AF191284

ÜBER DEN AUTOR

Oliver Szymanski wurde 1978 in Dorsten in Nordrhein-Westfalen geboren. Parallel zum Abitur arbeitete er bereits ab 1995 als Selbstständiger im IT-Bereich. Er hat als Wehrpflichtiger den Dienst seit 1997 in einem Nato-Fernmelderegiment geleistet. Begleitend zu seiner Tätigkeit als IT-Consultant begann er 1998 Kerninformatik an der Universität Dortmund zu studieren. Seit 2000 ist er als IT-Consultant angestellt und arbeitet heute international als Dipl.-Inform. für Unternehmen als Trainer und Berater. Privat skatet und snowboarded er gern, mag Kinogänge und Rollenspiele. Bereits seit dem 12. Lebensjahr schreibt er Geschichten in seiner Freizeit, die zwar in sich abgeschlossen sind, aber bedeutsame Facetten eines eigenen Universums widerspiegeln. Über die Jahre hinweg ist er dazu übergegangen statt der anfänglichen Kurzgeschichten vollständige Romane zu verfassen.

OLIVER SZYMANSKI

TOTE
TRÄUMER

EUROPEAN DIVISION

Bibliografische Information Der Deutschen
Bibliothek:
Die Deutsche Bibliothek verzeichnet diese
Publikation in der Deutschen Nationalbibliografie;
detaillierte bibliografische Daten sind im Internet
über <http://dnb.ddb.de> abrufbar.

Die vorliegende Geschichte ist rein fiktiv. Jede Nennung von realen
Personen oder Geschehnissen ist rein zufällig und nicht gewollt. Die
genannten Charaktere existieren nicht real.

© 1995-2007 Oliver Szymanski, Alle Rechte vorbehalten
Umschlaggestaltung: Oliver Szymanski
Herstellung und Verlag: Books on Demand GmbH, Norderstedt
ISBN-13: 978-3-8370-0021-4
Informationen zum Roman im Internet unter:
<http://www.oliver-szymanski.de>

DANKSAGUNG

Ich danke meinen Freunden, die um mich herum sind, sich anhören was mich bewegt, loyal zu mir stehen und mich aushalten. Mein Leben teilen. Ihnen gehört meine Verbundenheit, und ich hoffe ihnen geben zu können, was mir geschenkt wird. Freundschaft ist eine Familie.

I. Der erste Akt

DAS ANGEBOT

Der junge Mann harrte in der trübsinnigen Atmosphäre seiner engen Gefängniskabine und labte sich minder an seinen Gedanken, die wenigen, welche ihm in den Sinn kamen, wenn er die karge graue Wand betrachtete. Sein Leben war vergangen, obwohl es längst nicht zu ende gelebt war, dennoch war sein Körper und seine Seele unwiederbringlich verloren. Er hatte keine Chance, nie eine besessen, und niemand würde ihm jeweils eine geben. Niemand, dies stand fest. Der andere Mann mit dem er seine Zelle teilte, befand sich im geruhsamen Schlaf, seine rhythmische Atmung hatte sich unlängst auf den Wachenden übertragen, welcher die Atemzüge in seinen Ohren ertönend vernahm. Er saß lediglich da, auf seiner unbequemen unteren Pritsche, den anderen über sich wissend, mit dunklen, tiefgründigen Augen unbewegt dahin blickend. Die Zellentür öffnete sich:»Harder! Folgen!«

Wie ein stummer Golem erhob sich der junge Mann ohne Umschweife nach der Aufforderung, und ließ sich von der Wache durch die Flure des Gefängnisses führen. Er lächelte nicht, und er schaute nicht missmutig, genau genommen zeichnete sich keine Reaktion auf seinem Gesicht ab, außer einem trüben verklärten Ausdruck. Er war nicht mehr fähig eine Wandlung durchzumachen, er war an seinem persönlichen Ende angelangt und hatte es überschritten. Für ihn war eine Veränderung, eine Weiterentwicklung seiner selbst nicht mehr möglich.

»Sie sind ein jämmerlicher Haufen. Schwach und hilflos, ohne Hoffnung. Sie haben nichts von Ihrem starken und zielstrebigen Vater. Nicht das Geringste.«

Er antwortete seinem Gegenüber nicht. Er befand sich in einer Besucherkabine dieses Gefängnisses und sah in ihre braunen Augen, schöne glitzernde Augen, welche einen gefestigten Charakter offenbarten. Augen sagen eine Menge über einen Menschen aus, sie stellen die Seele dar, dem gegenüber sind die Hände die weltlichen Werkzeuge eines Menschen. Mit diesen Faktoren lässt sich der Charakter eines Menschen eindeutig bestimmen. Harder machte diese Überlegung nicht, er sah lediglich ihre Augen und war gefüllt mit Bitterkeit. Er erwiderte nichts. Er schaffte es sogar, scheinbar an ihr vorbei zu blicken und sah dennoch ihre Augen, als sie sagte: »Ihr Vater war in Gesprächen mit meiner Mutter niemals besonders freundlich. Einmal sagte er meiner Mutter, dass sie wunderschöne Augen hätte, machte ihr jedoch gleichermaßen deutlich, dass ihn dies kalt ließ. Ich habe leider nicht die meergrünen Augen meiner Mutter.«

Trotzdem waren ihre braunen Augen, welche sie von ihrem Vater geerbt hatte, wunderschön und prägten sich tief in sein Gedächtnis ein. Sie würden in der Dunkelheit der Einsamkeit für ihn leuchten und einen tröstenden Schein verbreiten. Sie verstummte in einer rhetorischen Pause, bevor sie weiter sprach: »Nur einmal ließ Ihr Vater sich erweichen und arbeitete für meine Mutter, er rettete mich aus einem

Bordell. Kurz danach fand man seinen Leichnam in einer Moskauer Seitenstraße, was nichts damit zu tun hatte. Da meine Mutter die Rechnung nicht mehr ausgleichen konnte, bin ich hier, um Ihrem Vater den letzten schuldigen Gefallen zu tun.«

Ihm waren ihre Worte genauso egal wie ihre Anwesenheit. Er sehnte sich nach der verantwortungslosen Atmosphäre seiner Zelle, nach der Einfachheit des Lebens. Dort war sein Ende behütet. Sie führte ihren Monolog: »Aufgrund meiner familiären Herkunft bin ich konsequent auf der Seite des Gesetzes. Ich bin Mitglied vom C.O.P.Net, Abteilung Organisiertes Verbrechen und habe viel Einfluss. Ich möchte Sie aus diesem Gefängnis holen.«

Ihr Kühlheit musste angeboren sein. Er wandte seinen Kopf um wenige Millimeter und beide Augenpaare wurden von einem psychischen Band ergriffen und festgehalten: »Ich will hier bleiben.«

»Ich setze meinen Willen immer durch. Ich will Sie nicht mehr in diesem Gefängnis sehen. Das heißt, Sie können nicht ablehnen. Sie haben lediglich die Wahl, entweder Sie werden in die Gefängnisminen verlegt, oder Sie kommen mit mir in den freien Vollzug. Vielleicht erinnern Sie sich, dass auch Ihr Vater einst in diesen Minen war, und es seinem Geist und seinem Körper nicht gut getan hat. Ich gebe Ihnen Zeit bis morgen, dann verlange ich die Antwort. Ciao.«

Das letzte, sanft gesprochene Wort klang noch lange in seinem Kopf nach, während er allein gelassen weiterhin die braunen Augen erblickte, welche ihn angeschaut hatten.

Er war wieder alleine, saß in seiner Zelle und betrachtete die gewohnte Wand, welche ihm so freundlich beigestanden hatte, sein einziger Freund in den eingesperrten Tagen. Das Gespräch war keine Stunde her, als die Gefängnistür sich erneut öffnete. Er drehte den Kopf, einen Wärter erwartend, während sich sein schlafend angenommener Mitbewohner von der Pritsche erhob und zu Boden sprang. Drei groß gewachsene Männer in der üblichen grauen Sträflingskleidung betraten den Raum, Harder kannte sie oberflächlich vom Sehen. Sie ergriffen den schlanken und körperlich weniger kräftig ausgeprägten jungen Mann und prügelten auf ihn ein. Sein Körper war angeschlagen und kraftlos, die Haut farblich schimmernd, als sie ihn zu Boden warfen und fort gingen, die Zellentür wurde von außen verschlossen. Er war nicht in der Lage sich aufzurichten. Er schlief nach Stunden des Schmerzes auf dem nackten Kunststoffboden ein, von braunen Augen träumend, die aus der Dunkelheit herausragten, selten umrandet von einem einprägsamen charaktervollem Gesicht, die dunklen, nahezu schwarzen leicht gelockten Haare – undeutlich in der Dunkelheit auszumachen – hochgesteckt, wenige Strähnen aus dem Band entwichen, welche so vor ihrem Gesicht schwebten. Er war verloren.

Sein morgendlicher Weckruf fand ebenso statt, wie sein gestriger Gutenachtkuss. Als eine Wache ihn wenige Minuten danach zu einem weiteren Besuchstermin abholte, musste er gestützt werden, alleine vermochte er nicht sich aufrecht zu halten, geschweige denn zu laufen.

»Wie fühlen Sie sich heute? Haben Sie gut geschlafen? Was Einfluss alles ausrichten kann, nicht? Ich denke Sie verstehen mich jetzt besser. Ihre Entscheidung«, ihre Augen blieben unbarmherzig. Er fühlte sich dem Tod näher als zuvor in seinem Leben, aber nicht so nahe, wie er sich es wünschte.

»Ich bleibe hier«, eine dumpfe, verhaltene und teils stotternde Stimme. Es verging eine geräuschlose Minute. Er hatte seine Arme um seinen Oberkörper gelegt und dicht an sich gepresst, saß stark zusammen gezogen auf seinem Platz. Sie schaute missmutig, schloss die Stille aber mit einem gewinnenden Lächeln ab, das Lächeln, welches ihm Schmerzen versprach, bevor sie sich erhob und an seinen Sitz trat, sich hinter ihn stellend: »Sie bleiben nicht hier. Sind Sie nicht kooperativ, kommen Sie in die Minen. Hier werden Sie geschlagen und verprügelt, solange wie ich es wünsche und dulde, in den Minen habe ich anderes für Sie vorgesehen. Seien Sie kooperativ!«

Ihre Hände berührten seine Schulter und massierten seinen Nacken, trotz der sehr zärtlichen Berührung starke Schmerzen auf dem gereizten und geschwollenen Fleisch hinterlassend: »Ich lege es Ihnen nahe.«

Ihr letzter Satz ein Hauch in seinem Ohr. Dies war ein Handel, kein guter für ihn und vor allem keine Chance. Er schüttelte den Kopf. Sie verließ wortlos den Raum, Wachen kamen herein, ergriffen ihn und legten ihm robuste Stahlketten fest als Fesseln an, die tief ihn sein Fleisch schnitten, bevor sie seine wunden Körperstellen mit ihren Gummiknüppeln reizten. Danach verfrachtete man ihn als menschlichen Abfall in einen Transporter, und er wurde zu einer Gefängnismine verfrachtet, wie ein lebloses Stück Gepäck ohne Besitzer auf der letzten Fahrt zur Beseitigung.

»Wie fühlen Sie sich heute?«, fragte sie ihn. Er stand vor ihr, in zerrissener dünner Kleidung. Ihre Augen begutachteten seinen Körper, sie erblickten jedes schmachvolle Detail und hinter den glitzernden Pupillen ließ sich erahnen, wie sie das gesehene bewertete und abwog – ob er diesmal bereit war einzuwilligen: »Haben Sie sich eingelebt?«

Seine linke Wange war mit einer Blutkruste beschmiert. Doch eben diese Wange war noch der am wenigsten geschundene Part seines wankenden Körpers. Sie zeigte barbarisches Interesse: »Wie gefällt Ihnen die neue Behandlung durch Ihre Mitgefangenen hier in der Mine?«

Sein Körper zitterte und schmale Rinnsale von Tränen rannen seine Wangen hinunter, an der einen Seite die Blutkruste auflösend, so dass dunkelrot gefärbtes Wasser zu Boden tropfen. Sie trat näher. Er meinte ihren Atem bei jedem ihrer Worte auf seiner brennenden Haut wie löschendes Wasser spüren zu können: »Dies ist mein letzter Besuch. Ich werde nie wieder kommen, niemand wird wieder kommen. Jeden Tag werden sich Mithäftlinge an Ihnen vergnügen und Sie zur Befriedigung benutzen. Leben Sie wohl.«

Sie trug einen langen Rock und ein eng anliegendes kurzärmeliges Oberteil, beides dezent in einem dunklen Blau gehalten. Der Rock schwang ein wenig in ihrer Bewegung nach, als sie sich umwandte und zum Ausgang schritt. Er fiel schluchzend in ihrem Rücken zu Boden, sie hatte die Reste seiner belanglosen und eintönigen Welt zerstört und mehr Qualen hinterlassen, als er durch seine Einsamkeit verspürt hatte. Sie verließ ihn.

Eine zweite weibliche Stimme im Nebenraum: »Sie behandeln ihn perfekt. Er ist soweit.«

»Er hat viel von Ihrem Vater«, bemerkte die Frau mit den braunen Augen, und ihr Gegenüber erwiderte: »Ja. Er ähnelt ihm zu sehr. Sein Schicksal steht fest. Aber er hat weniger Willenskraft.«

»Denise, holen Sie ihn jetzt raus.«

»Mitleid?«, klang es spöttisch.

»Er ist immerhin mein Bruder.«

»Bruder. Trotz allem benutzen Sie ihn, scheint nicht viel Geschwisterliebe bei Ihnen zu geben, Yade.«

Analysierend betrachtete die Frau mit den strahlenden braunen Augen die Schwester des Häftlings, die antwortete: »Er ist ein Versager. Er schafft es nicht sich in der Gesellschaft zu integrieren. Dies hat nichts mit Liebe zu tun, es gibt eine Aufgabe für ihn, und er soll sie erfüllen. Wenigstens einmal in seinem Leben kann er mal etwas richtig machen und Gutes tun. Und wenn er dafür durch den Tod gehen muss, dann soll dies sein. Mein Bruder ist menschlicher Abfall«, fügte Yade unbarmherzig und mit tiefer Abscheu erfüllt hinzu. Die Tür öffnete sich, die junge Frau trat wieder herein, und ihre braunen Augen musterten die jämmerliche Gestalt, die sich Trost suchend selbst schützend umarmte, ohne sich abschirmen zu können. Sie kniete neben ihm nieder und legte einen Arm um seine Schulter, er ließ sich zur Seite gleiten und fiel in ihren Schoß, sich ergebend niederlegend, die Augen geschlossen um den Tränenfall zu stoppen: »Sie arbeiten ab jetzt für mich im freien Vollzug. Reizen Sie mich niemals, täuschen Sie mich niemals, und handeln Sie niemals gegen meinen Willen, ansonsten kennen Sie es ja bereits, von den netten an diesem Ort ansässigen Menschen verwöhnt zu werden.«

Die Worte waren beinahe wie Verse eines Liebesgedichtes aus ihren vollen Lippen entwichen. Er schluchzte leise und die Tränen rannen auf den Stoff ihres Rockes. Für einen Augenblick hielt sie seinen Kopf fest und ließ ihn gewähren.

»Hi, Marc.«

»Schön Dich zu treffen, Jules. Ein herrlicher Tag heute, nicht wahr?«, der Mann mit sichtlicher südamerikanischer Herkunft namens Marc, betrachtete den schönen Sommertag durch die dunklen Gläser seiner Sonnenbrille. Beide Männer trugen teure Anzüge und saßen in der Außenfläche eines Cafés. Der andere Mann hatte eine helle Hautfarbe, er wirkte völlig entspannt und ruhig. Sie waren beide vierzig Jahre alt. Jules äußerte: »Ich gebe Dir Recht. C.O.P.Net will einen Undercoveragenten bei uns einschleusen.«

Marc sah keineswegs überrascht aus. Persönlich schien ihn das Offenbarte nicht zu berühren: »Töte ihn.«

Jules schüttelte entschlossen den Kopf. Sein kantiges Gesicht war frisch rasiert, sein Haar fingerlang und ordentlich gelegt, hellbraun, wenn auch die Stelle der Schläfen allmählich ergraute. Seine Augen wirkten grenzenlos, man blickte in einen Brunnen, dessen Boden durch die Dunkelheit verdeckt wurde: »Nein. Ich habe mich über ihn informiert. Er ist kein Mitglied von C.O.P.Net. Er wird nur ausgenutzt und unter Druck gesetzt. Ich werde ihn aufnehmen, er wird sich zu einem wertvollen Freund entwickeln.«

Jules grinste mit dem bubenhaften Lächeln, welches er für sich behalten hatte. Sein Kopf war dabei leicht schräg gestellt, seine Mundwinkel rechts im Grinsen erhoben: »Deine Entscheidung, Jules.«

»Ich habe die Informationen von dem kooperativen geheimen Dienst über diese Unterminierung erhalten, und ich habe alles mit denen abgesprochen. Sie sind einverstanden. Alles wird perfekt laufen, C.O.P.Net wird denken, sie hätten uns unter Kontrolle und würden alles über uns erfahren. Aber eigentlich haben wir ihre Ermittlungen unter Kontrolle. Perfekt.«

»Gut, Jules. Wie wollen die ihn einschleusen?«, erkundigte sich Marc.

Jack Junior Harder fühlte sich leer. Er stand unter dem Schatten seines verstorbenen Vaters, an dem er sich selbst gemessen hatte, bevor seine Gedanken sich fern der gelenkten Bahnen bewegten. Er besaß zuviel von den Eigenschaften seines Vaters. Er ging den ewig währenden Leidensweg, teilweise tiefer mit Schmerz verwurzelt als bei dem bekannten Polizisten, welcher in einem düsteren Viertel in Moskau seinen letzten Atemzug getan hatte. Dieser neue Jack Harder war wie sein Vater ein ausführendes Organ, er wurde benutzt. Er hatte den Mann kaum gekannt, welcher ihm vieles vererbt hatte. Der Senior war nicht lange Zeit Teil des Lebens seines Sohnes gewesen. Anders bei Jacks älterer Schwester Yade, welche den Vater gut gekannt hatte, und wie dieser beruflich bei der Polizei gelandet war.

Nach dem Tod seines Vaters, welchen dieser damals für das Leben der Tochter Yade in Kauf genommen hatte, fiel der Sohn in ein tiefes Loch, ohne Klettermöglichkeit. Wie sein Vater früher wurde er mit dem Verlust seines gewählten Vorbildes nicht fertig, Hass auf ihn und Yade breitete sich aus. Jacoba Jack Junior Harder spürte das Loch, in welchem er sich befand. Er spürte es in seinem Herzen, wo es existierte, beziehungsweise durch die Nichtexistenz von Liebe real wurde. Guten Kontakt zu seiner Schwester gab es nicht, seine Mutter Kimsy lag nach einem Unfall im Koma. Das einzige Band zwischen den beiden Geschwistern war somit stark angerissen.

»Ihr Bruder ist nebenan.«

Denise Hemington deute mit einer Kopfbewegung zu einer entfernten Tür. Sie trat zu Yade Harder, die viel vom optischen Erscheinungsbild ihrer Mutter besaß. Lediglich ihr Haar trug sie deutlich länger, lang und blond fiel es an ihren Schultern herab, dazu passende blaue Augen, wie aus einer Werbung für besonders politisch gesinnte. Ihre groß gewachsene muskulöse Statur rundete das Bild ab und ließen ihr Gegenüber nahezu klein erscheinen. Ihrem Bruder ähnelte sie nicht sehr. Dieser hatte viel vom Vater, dunkles Haar, gezwungenermaßen ebenso kurz geschoren, drahtig und robust.

»Perfekt.«

»Danke. Er schläft. Dieses Gebäude ist fortan unser Ausgangspunkt für Aktionen gegen die German Economy Force. Mein Mitarbeiterstab befindet sich schon an Ort und Stelle, innerhalb weniger Tage wird ein taktisches Einsatzteam für Notfälle ankommen. Danach sind wir komplett.«

»Na gut. Denise, ich weiß nicht, wie Sie das hin bekommen haben, dass C.O.P.Net diese Sonderermittlung genehmigt hat.«

»Ich bin ein angesehenes Mitglied. Die German Economy Force ist mittlerweile keine Scheinorganisation mehr, ihre Macht ist deutlich. Mit einigen Beziehungen gelang es mir unsere Verantwortlichen von dieser Gruppe zu überzeugen, die wollten schon lange einen effektiven Schlag gegen diese kriminelle Vereinigung ausüben. Jetzt ist es soweit, langfristig betrachtet.«, erklärte Denise.

»Mein Bruder muss vorbereitet werden. Er ist nicht so kampfstark wie mein Vater es war. Er ist ein Versager. Er konnte sich im Gefängnis selbst nicht verteidigen.«, sinnierte Yade.

»Er ist kontaktarm. Und körperlich nicht zu Höchstleistungen fähig, aber ausbaufähig. Wir haben Zeit, unsere Sonderkommission ist für lange Sicht angelegt. Ich habe mir militärische Ausbilder besorgt, wir werden Ihren Bruder vier Monate lang trainieren, bevor er in den Einsatz geht. Innerhalb dieser Zeit werden wir die Weichen stellen, dass Ihr Bruder in der Organisation aufgenommen wird. Sie halten sich im Hintergrund, Yade«, betonte die Leiterin der Gruppe.

Yade erwiderte: »Ja. Aber beachten Sie seinen Gemütszustand bei der Ausbildung. Mein Bruder ist überaus labil. Außerdem verträgt er keine Vorgesetzten. Ich meine, er ist für Disziplin und Gehorsam nicht sonderlich empfänglich. Aber das wissen Sie bereits.«

»Genau. Ein schwieriger Faktor an Ihrem Bruder. Aber ohne das wäre er nicht im Gefängnis gelandet, und wir hätten keine Möglichkeit, ihn zum freien Vollzug zu zwingen. Und niemand aus C.O.P.Net könnte in die GEF integriert werden. Wir brauchen jemanden von außerhalb mit einer realen Geschichte, die überprüft werden kann und keine Lücken aufweist. Und dazu noch jemanden der alles akzeptiert. Ihr Bruder ist mehr als geeignet.«

Die beiden Frauen lächelten sich an. Keine konnte durch die Fassade der anderen die Gedanken lesen, die sich hinter den Augen abspielten. Jede von ihnen hatte ihre besondere Geschichte, warum sie Jack Harder für die Aufgabe nehmen wollten. Und keine der Gründe konnte mit einem Lächeln assoziiert werden.

Es war der verwurzelte Hass. Im Fall von Denise Hemington der Hass ihrer Mutter gegenüber dem Vater gepaart mit den Schuldgefühlen, ihm das Leben zu verdanken. Im Falle der Schwester eine im Kern zerstörte familiäre Bindung, und das Wissen, dass Jack diese Verantwortung zu tragen hatte, um seine Schuld zu vergüten.

Jack schlief nicht. Er wurde oft verkannt und falsch eingeschätzt. Jack besaß ein kindliches Gemüt und war extrem sensibel. Wenn er allein war flossen scheinbar grundlos Tränen über sein Gesicht, wenn er nicht gerade in die Leere gegangen war. Die Leere, welche alle Emotionen abtötete, sein geliebter Freund. Er schlief nicht. Er dachte. Nicht wissend woran und worüber. Bilder flogen vor seinem inneren Auge durch den geistigen Nebel. Bilder seiner persönlichen Geschichte. Erinnerungen an den liebevollen Vater, an die strenge Mutter. Sie hatte den Jungen nicht verstanden, nicht vernommen, dass er eher geistig veranlagt war, vielleicht ein Geisteswissenschaftler hätte werden können. Aber er wurde nicht gefördert. Danach der Tod seines Vaters. Die Distanz zur Schwester. Die unbedingte Wahl seines Vaters zum Idol und der zwanghafte Weg in seinen Spuren. Die Ausbildung zum Polizisten, welche seine Schwester Yade bereits hinter sich hatte, der vorzeitige Abbruch und der Gang zur Armee, welche ihn abgeworben hatte. Die eindringliche und den sensiblen jungen Mann verletzende Ausbildung, die befremdeten und inhumanen Vorgesetzten. Seine Gefühle wurden damals mehr als bei seinen Kameraden hoch gepuscht, sein Kern schottete sich ab. Es endete in einem Fiasko. Angebrüllt und geistig auf der Schießbahn gepeinigt, ging die Ausbildung an der scharf geladenen Waffe in ein ausbrechendes Chaos über. Jack Harder tötete mit dem ihm zur Ausbildung überlassenen Gewehr fünf Vorgesetzte und verletzte zwei weitere schwer, bevor er gewaltsam ruhig gestellt und abtransportiert werden konnte. Ein Gerichtstribunal von Europian Command, der Kontrollinstanz der Europian Defence Army verurteilte ihn zu fünfzehn Jahren Haftstrafe, nach anderthalb Jahren lief Jack Harders Dienstzeit in der Armee ab, woraufhin die Strafe nach geltenden Gesetzen im Zivilen weitergeführt werden musste. Das zivile Gefängnis offenbarte keinesfalls mehr Annehmlichkeiten, im Gegensatz zum kaum belegten Militärgefängnis fanden sich hier Schwerstkriminelle ein, mit denen Jack Harder als verurteilter Mörder zusammengelegt wurde. Schlimmeres menschliches Potential gab es lediglich in geschlossenen Anstalten oder in den Gefängnisminen. Doch jetzt war er in keinem Gefängnis mehr, er befand sich an einem ihm unbekannten Ort mit ungewisser Zukunft. Und er hatte die karge Sinnlosigkeit als Verbündeten verloren, dieser melancholische Freund wurde im genommen.

Die Steigerung des Armeealptraumes fand statt. Erneut eine militärisch disziplinierte und strenge Ausbildung, diesmal nur für ihn, die Aufmerksamkeit der Ausbilder auf eine einzelne Person fokussiert. Und ständig Wachpersonal, welches ihn umgab. Er wurde nicht von den Menschenrechten geschützt, welche wie im zivilen auch in der Armee galten, er besaß keine Rechte mehr. Der freie Vollzug wurde für ihn die Hölle. Man schlug und prügelte ihn, wenn er Anforderungen nicht erfüllte, an welcher Stelle hätte er sich beschweren können? Freier Vollzug. Dies ähnelte dessen, was man mit seinem Vater gemacht hatte, lediglich dass dieser zum Polizeidienst verpflichtet wurde, nachdem man ihn aus den Minen geholt hatte. Jack musste für die Regierung arbeiten, aber ohne den Status eines Polizisten. Ohne Rechte. Er war vogelfrei. Nicht an Gesetze gebunden zu sein, bedeutete sie nicht als Auffangnetz zu besitzen.

»Sie haben die Ausbildung hinter sich, Jack. Ich bin zufrieden. Ihre Leistungen haben deutlich zugenommen. Mittlerweile könnten Sie fast mit Ihrem Vater konkurrieren.«

Jack blickte nichts sagend in ihre braunen Augen. Bislang war sie niemals freundlich zu ihm gewesen, im Gegenteil. Sie benutzte ihn für ihre Ziele. Und sie hatte ihn gestählt. Er hatte alles über Waffen gelernt, was in der bisherigen Menschheitsgeschichte an Wissen darüber erworben worden war. Und er hatte alles über ihre Augen gelernt, wie sie diese als Waffe gegen ihn – bewusst oder unbewusst –

einsetzte. Seine Muskeln waren leistungsfähig, und abgesehen von seinem schwachen Geist war er ein Instrument des Todes, dessen war er sich bewusst. Aber er kannte nicht das Ziel der Bemühungen, auf welches Denise Hemington ihn ansetzen wollte. Ihr versteckter Zorn ähnelte dem offenen Hass und dem Unverständnis, welche ihre Mutter im Amt als damalige Neu-Berliner Staatsanwältin seinem Vater – einem Exsträfling, der rehabiliert und in den Polizeidienst verpflichtet wurde, an der Front in Häuserkämpfen in den Gossen Berlins kämpfend, den Straßenvierteln die man bereits an die Drogenszene verloren hatte – entgegengebracht hatte. Der Kreislauf der Dinge: »Und Sie dürften aufgefasst haben, dass Ihr Geist und Ihr Körper ausschließlich mir gehört. Sie werden meinen Befehlen uneingeschränkt nachkommen. Ich bin die einzige aber absolute Autorität, welche Sie zu akzeptieren haben. Sollte einmal der Zeitpunkt kommen, an dem Sie sich darüber nicht mehr klar sind, werden wir die Erinnerungen auffrischen. Bei der Erfüllung Ihrer Aufgabe werden Sie sich hüten Fehler zu machen. Als mir unterstellter Gefangener im freien Vollzug werden Sie Undercover bei der German Economy Force eingeschleust. Sie werden für diese Vereinigung Aufträge zufrieden stellend ausführen und in den Kreis des engsten Mitarbeiterstabes der Spitze aufsteigen. Das wird Zeit benötigen, Monate, im schlechtesten Fall Jahre. Aber wir sind bereit diese Zeit zu investieren, da diese Vereinigung ansonsten keine Schwachstelle bietet. Ich brauche einen Informanten an der Spitze. Dies ist ein sehr gefährlicher Undercoverjob, aber Sie haben keine Wahl, außerdem sind Sie bestens vorbereitet. Sie werden Kontakt zu mir halten, aber dazu komme ich später. Wir werden Ihnen keine Hintergrundinformationen über die German Economy Force liefern, nur die Presseberichte, welcher der Öffentlichkeit zur Verfügung standen. Das wird glaubhafter wirken. Kommen wir nun dazu, wie wir Sie in die Gruppe einschleusen. Vergessen Sie dabei nicht, dass Sie nur mir verpflichtet sind. Im Zuge Ihrer Undercovertätigkeiten sind Sie an keine Gesetze gebunden. Denken Sie einzig an Ihr Überleben und primär an das Erfüllen der Aufgabe.«

DIE FLUCHT RICHTUNG FREIHEIT

Er war wieder eingesperrt. In Ketten gelegt und transportfertig verschnallt, an die innere Seitenfront eines offiziellen Transporters für Gefangenenbeförderungen. Sein Antrag auf Strafmilderung, welchen er nicht selbst verfasst hatte, war auf Anklang gestoßen und sollte vor Gericht verhandelt werden, wohin man seine Wenigkeit jetzt brachte. Der gepanzerte Wagen fuhr ihn von dem unbekannten Komplex, in welchem er sich zuletzt befunden hatte, in das betreffende Gerichtsgebäude. Ein pompöses Rundbauwerk, große goldene Lettern kündigten Europian District Court of Justice an. Vier bewaffnete Angehörige des Europian Prison Protection Corps sicherten den Häftling. Männer und Frauen, welche ihren Job beherrschten. Jack Harder lag in Ketten, seine Arme waren an den Handgelenken hinter seinem Rücken zusammen gefesselt, ebenso wie die Beine an den Fußgelenken, mit der Ausnahme, dass er dort ausreichend Freiheit zum Gehen besaß. Zusätzlich verlief eine dicke Stahlkette von den Fuß zu den Handketten. Seine Bewachung verlief nicht in einem stupiden Trott, die Wächter taxierten ihn genauestens auf jede Bewegung. Die Haupthalle des Gerichtes war gigantisch, es gab sowohl in der Parterre wie weiter oben Verhandlungssäle. Eine breite marmorne Treppe führte empor, die Jack von seinen ungewünschten Begleitern umringt hochstieg. Der größte Gerichtssaal des Gebäudes war von Reportern der profitablen Medienwelt belagert. Jack Harder wurde an ihnen in einem Sicherheitsabstand vorbei geführt. Jack und sein Geleit hielten einige Meter weiter vor einem kleineren Prozesssaal. Die Wachen geboten Jack stehen zu bleiben und sich nicht zu bewegen. Viele Menschen in zivil säumten die Gänge des Gerichtes. Eine wichtige und interessante Verhandlung schien hier heute stattzufinden.

»Haben wir noch Zeit? Bis die Verhandlung beginnt? Ich müsste auf Toilette.«

Eine der Wachen sah auf seine Armbanduhr. Er nickte schroff: »Los, gehen wir.«

Zu viert führten sie den Gefangenen erneut an den Reportern und dem obersten Treppenabsatz vorbei zur anderen Seite des Flures in die dort vorhandenen öffentlichen Toiletten.

»Pillyard, Du kommst mit.«

Zwei der Wachen blieben draußen, ein Mann und eine Frau. Die beiden anderen Männer traten mit Harder ein und überprüften rasch, ob die Toiletteräume leer waren. Ein Beamter sagte: »Jetzt wird es ernst.«

Der scheinbare Anführer des Wachpersonals trat hinter Harder und öffnete die Sperren der Fesseln, während die andere Wache seitlich von Jack wartete.

»Viel Glück und gutes Gelingen.«

Jack Harder spürte den spöttischen Blick auf sich, rieb seine schmerzenden Handgelenke aneinander, die Fesseln waren extrem eng geschnürt gewesen. Er nickte lediglich zu dieser Bemerkung. Danke sagen war unnötig, er wollte dies schließlich nicht, sondern wurde dazu gezwungen. Jack war nicht bereit, dennoch begann der Einsatz. Er würde niemals bereit sein. Die Wachen waren eingeweiht, sie gehörten zu Hemingtons Team. Jack Harder wandte sich herum und ohne eine Miene zu verziehen schlug er seinem Gegenüber von unten mit einer Wucht gegen das Kinn, dass der Mann bewusstlos zurückprallte und herunter sackte. Die andere Wache blieb reglos stehen, Harder drehte sich zu ihr. Er trat seinem Gegenüber entgegen dem Plan in die Genitalien, so dass seinem vermeintlichen Gegner die Luftzufuhr stockte. Harder griff sich die handlichen Handfeuerwaffen, welche die beiden Wachen besaßen, wegstecken konnte er keine, da seine graue Sträflingskombination keine Taschen besaß. Aber Harder wollte die Waffen nicht wegstecken. Er drehte sich zur Ausgangstür, vor welcher der Wachmannschaftsführer lag und streckte die rechte Hand mit der Pistole aus. Ein Schuss löste sich entgegen dem Plan seinem Willen folgend. Jack Harder hörte einen lauten aufgeregten Schrei von außerhalb der Toilette, die Tür öffnete sich abrupt, Harder feuerte zwei weitere gezielte Male, ein Schuss ging mit Leichtigkeit durch die sich öffnete Tür, der andere durch den größer werdenden Spalt. Drei Schüsse aus dem Magazin entwichen, noch neun in dieser Waffe waren somit vorhanden. Beide postierten Wachen sackten blutüberströmt vom Leben hin auf die kalten Fliesen. Jack sprang über ihre Körper hinweg, seine Beine trugen ihn mit effektiver Dynamik. Er lief in Richtung der Treppe, welche in die Freiheit dieser Welt führte. In was für eine Freiheit? Gejagt von einem funktionierendem staatlichen System, vor welchem er sich auf lange Sicht kaum zu verstecken vermochte. Dies war nicht sein Anliegen. Er hatte nicht vor zu fliehen, nicht auf diese Weise.

Für die Reporter war der Vorfall das gefundene Fressen, wenngleich er scheinbar nichts mit ihrem eigentlichen Besuch des Gerichts zu tun hatte. Von vielen Kameras gefilmt, gelangte Jack an den oberen Absatz der Treppe, unten gesammeltes bewaffnetes Personal des EPPC erblickend, welches durch die Schüsse gewarnt aus den Bereitschaftsräumen in die Halle gekommen waren: »Nur gezielte Schüsse. Täter sicherstellen. Los!«

Der Trupp in der Parterre war aufeinander abgestimmt. Mehrere Mitglieder knieten nieder und richteten sorgfältig die vorhandenen Gewehre aus, zeitgleich begannen die anderen mit dem Erstürmen der Treppe am Rand entlang, um eine freie Schussbahn zu ermöglichen. Gezielte Schüsse. Schließlich durften keine Unbeteiligten angeschossen werden, wenn man einen Skandal vermeiden wollte. Dieser Trupp gehörte nicht zu den Eingeweihten. Aber da Harder den Plan ohnehin eigenmächtig angepasst hatte, war dieses Detail ein unwichtiger Bestandteil der Gleichung. Jack Harder sprang seitlich zu Boden und rollte rücklings, blitzartig aus dem Bereich der Schusslinien fliehend. Dies war kein Manöver, mit den Wachen dort unten herrschte keine Absprache, wie die, welcher er vorhin bei seinen Bewachern gebrochen hatte. Ein Fehler seinerseits, und der Tod würde sein sinnloses Leben überraschen. Gebückt lief Harder durch die weichende Medienmenge zu den Flügeltüren des Gerichtssaales, dem er nahe war. Ein Kameramann kniete hindernd in seinem Weg, für gute Bilder die Gefahr ignorierend oder einfach an die Unantastbarkeit der Presse glaubend. Jack zerschoss seinen Leib, eine Patrone, ein Durchbruch, ein Leben.

Ein Mensch ohne Verpflichtungen, ohne Rückhalt und Verbund zum existierenden System steht außen vor. Er ist einsam. Und er nähert sich den ursprünglichen Bedingungen des Lebens an. Er akzeptiert seine eigene Existenz, aber er respektiert weder sie noch das Leben im Allgemeinen. Für Jack Harder bedeutete es nichts, Menschen zu töten. Wie viel waren sie ihm wert? Alles Fremde, niemand der ihm geholfen hatte oder auf ihn eingegangen war. Eine Kugel. Das waren sie ihm wert. Ein leicht zu verteilender Tod, ein Geschenk welches er selbst sehnlich erwartete. Nicht einmal sein eigenes Leben bedeutete ihm viel. Er ließ sich gleiten im Lauf der Welt, stellte sich nicht dagegen. Sein gewählter Weg war die Verkümmerung der Seele in Isolation. Man hatte ihn gezwungen diese Abkapselung zu verlassen, die Folgen dieses menschlichen notgedrungenen Kontakts wurden geerntet. Er musste diesen Weg gehen um schlimmeren sicheren Schmerzen zu entgehen. Jetzt war er bereit diesen Weg mit aller Konsequenz zu beschreiten. Die Ouvertüre in seinem Kopf schwoll zu ihrem Höhepunkt an. Die Flügeltüren flogen mit plötzlicher erfahrener Wucht auf. Mehrere Patronen lösten sich, die Schüsse vermischten sich nahezu zu einem anhaltenden einzelnen Geräusch, die austretenden Sicherheitsbeamten aus dem Gerichtssaal hatten ihr Leben verloren. Jack rannte in den gefüllten Raum hinein, seine Verfolger dicht hinter sich ahnend. Er spürte keine Erschöpfung, nicht einmal ein starkes Pumpen seines Herzens. Harder war gut gedrillt.

Mit den Reflexen eines in die Enge getriebenen Raubtieres schoss er auf sichtbare Bedrohungen, weiteres Sicherheitspersonal fiel nach dem Versuch eines Angriffes aufgrund von Kopfschüssen. Jack Harder wurde von einem Schuss seiner Verfolger getroffen, den stechenden Schmerz würde er später erst wahrnehmen. Aber auch ohne Schmerz bemerkte er den Treffer, da ihn die Kraft des Schusses wie eine gigantische Hand vorwärts warf. Im Fallen wendete er sich und setzte zur Gegenreaktion an, aus beiden Läufen tödliche Ladungen verströmend. Er richtete sich wieder auf und rollte sich über das kleine hölzerne Tor in den vorderen Verhandlungsbereich, wo er weiter an einem dahin siechenden Schussopfer vorbei kroch und hinter einem großen Schreibtisch kurzfristig in Sicherheit weilte. Lediglich eine Frage der Zeit, bis die Sicherheitskräfte diese Situation wieder unter Kontrolle haben würden.

Jacks Körper blieb nicht in vorübergehender Deckung. Er richtete sich hinter dem Schreibtisch auf, seine beiden Waffen ausgestreckt, eine in Richtung der Tür, zwei Schüsse aus der Mündung fliehend, welche die Eindringlinge zwangen in Deckung zu gehen. Die andere auf einen Mann auf der anderen Seite des Tisches zielend: »Ich werde ihn töten!«

Eine ausgesprochene Warnung. Der Mann, auf den Harders Bemerkung ansprach, war der Angeklagte dieser Verhandlung. Für den Augenblick beruhigte sich die Situation, die Angehörigen des Gerichtssicherheitsdienstes hatten Harders Bemerkung vernommen und verzichteten auf übereilte Aktionen. Jack Harder schritt um den Schreibtisch herum, Vorsicht bestimmte seine Bewegungen. Er legte die Mündung einer Waffe an die Stirn des Angeklagten.

»Ich verlange freien Abzug, oder der Mann ist tot.«

Ein breites Grinsen zierte das Gesicht von Harders Geisel, der im Gegensatz zu Harder mit seiner folgenden Bemerkung nicht das Wachpersonal ansprach: »Herr Richter, finden Sie das professionell? Ich stelle mich freiwillig der Staatsanwaltschaft um diese unsinnigen und kindischen Behauptungen gegen mich zu widerlegen, und Sie lassen es zu, dass ich im Gerichtssaal bedroht werde. Sehr unprofessionell. Was soll ich davon halten?«

»Still!«, Harder unterbrach sein menschliches Pfand, »Ich werde mit dem Mann das Gebäude verlassen. Niemand folgt mir!«

»Bleiben Sie ruhig. Ich bin eine gute Geisel. Ich hoffe, alle hier sind kooperativ. Sollte ich nämlich der Mensch sein, für den mich die Staatsanwaltschaft hält, dann würde jeder Mensch, einschließlich seiner Familie, ausgelöscht werden, wenn er mein Leben mit einer Aktion riskiert. Natürlich nur, wenn er der eingangs beschriebene Kriminelle wirklich wäre«, trotz der Pistolenmündung an seiner Schläfe legte sich der Kopf der Geisel automatisch in eine leichte Schräglage, während ein breites Lächeln das Gesicht ansehnlich zierte. Das Gerichtspersonal hatte den versteckten Hinweis verstanden. Und da niemand, der die Pressemitteilungen der letzten Jahre komplett ignoriert hatte, auch nur Idealistischerweise an die Unschuld dieses Angeklagten glauben konnte, ließen sie Harder mit seiner Geisel entkommen, um nicht das Leben des Angeklagten zu gefährden, und damit den eigenen Stammbaum auszulöschen.

Harder war die Welt egal. Unwichtig. Verletzt im Inneren spürte er lediglich das vererbte Gefühl der Leere. Die Flucht mit Geiselnahme gelang. Alles verlief nach Plan. Jack war dies egal. Er ging lediglich den Weg des geringsten Widerstandes. Er wollte ein einfaches Leben, das würde er nie bekommen. Er hatte Denise Hemingtons Aufgabe begonnen. Sie saßen in einem Wagen, Jack richtete die Waffe stur an die Schläfe des Mannes neben ihm. Jack war sich nicht bewusst, einen der machtvollsten Männer dieser bewohnten Welt neben sich unter seiner Kontrolle zu haben. Die Geisel steuerte den Wagen nach Jacks Weisungen. Die Flucht verlief extrem ruhig. Bis Jacks Geisel die Stimme erhob: »Sie haben sich mir nicht vorgestellt.«

Es war eine ruhige und keinesfalls nervöse Bemerkung. Jack reagierte gereizt. Er war unsicher. Obwohl er perfekt trainiert und körperlich in einem hervorragenden Zustand, war er nervlich ein Bündel innerer Zuckungen: »Still!«

»Ich bin eine gute Geisel gewesen und habe nicht vor, Ihnen Unannehmlichkeiten zu machen. Allerdings verlange ich den Namen meines Entführers zu kennen«, die Stimme der Geisel klang merklich bestimmter und duldete keine Ignoranz. Jacks Augenlider zitterten: »Das ist keine Entführung. Und Sie halten die Klappe. Ich heiße Jack.«

»Jack, ich lasse mir nicht den Mund verbieten. Sie haben etwas gut bei mir, denn Ihr Auftritt vor Gericht war sehr publicitywirksam. Sie konnten entkommen, aber Sie werden sich nicht verstecken können. Nicht vor der europäischen Justiz. Bereits jetzt wird die C.O.P.Net Zielfahndungsabteilung Ermittler auf Sie angesetzt haben. Ich kann Sie in Sicherheit bringen.«

»Wie?«, Jacks rechte Augenbraue hatte sich angehoben.

»Sie wissen nicht wer ich bin. Nennen Sie mich Jules, so nennen mich die Menschen, die unter meinem Schutz stehen. Ich bin der Leiter der Sicherheitsabteilung der German Economy Force, auch wenn ich mir das nicht nachweisen lasse. Offiziell kann noch nicht einmal bewiesen werden, dass die German Economy Force überhaupt existiert. Sie haben von natürlich uns gehört«, Jules steuerte den Wagen in lässiger Fahrweise, während er sich mit Jack wie mit einem Geschäftspartner unterhielt. Seine charismatische Ausstrahlung war nicht zu leugnen.

»Ich habe kein sonderliches Allgemeinwissen.«

»Natürlich haben Sie es gehört. Es gibt keine größere illegale Organisation. Wir haben gegen andere europäische Vereinigungen gekämpft und wir haben das organisierte Verbrechen als solches unterdrückt. Kritiker behaupten, wir sind das organisierte Verbrechen«, wieder dieses schelmische Lächeln, »Wir haben ein riesiges Wirtschaftskartell gegründet, die weltweit größte Finanzmacht. Ich habe selbst unsere anfänglichen Feinde getötet, und ich tue es notfalls immer noch, obwohl ich dafür eine mir unterstellte Truppe habe. Aber da bin ich ein bisschen eigen. Ich mag Leute mit Durchsetzungskraft die effizient sind. Sie werden für mich arbeiten. Wenn Sie möchten.«

Jack antwortete nicht. Im Geiste dachte er an den Plan der jungen Frau, welcher einfach zu beginnen schien. Seine Blutung hatte er mit dem Verbandskasten des Wagens gestoppt, es war nur ein Streifschuss.

»Dies ist unser Reich, Jack. Naja,« schmunzelte Jules, »eher mein Reich, seit Marc und ich versuchen zu vermeiden am gleichen Ort zu sein.«

Jack betrat die palastartige Villa, welche leicht mehrere hundert Menschen als Bewohner aufnehmen konnte, und folgte seinem neuen Mentor durch die mit Marmorplatten ausgelegten Gänge. Er spürte die Muskeln seines wohl definierten Körpers bei jedem Schritt.

»Der Tempel der Macht. Hier erlebt man das Zeitalter der Liebe, Jack. Ich habe in meinem Leben gelernt, dass es nichts gibt, was nicht käuflich ist, außer der Zuneigung eines Kindes. Alles andere ist käuflich. Ja, auch Liebe. Und ich besitze ausreichend Mittel, um jeden Preis zahlen zu können«, Jules war ein selbstsicherer Mann. Er versteckte sich nicht hinter einem aufgesetzten Profil, er war innerlich gefestigt und besaß die Macht von der er sprach: »Für heute sind Sie mein Gast. Sie bekommen eigene Räume. Aus Gründen der Sicherheit dürfen Sie diese Räumlichkeiten noch nicht verlassen, aber Sie werden dort ausreichend Platz haben. Morgen sehen wir weiter, heute ist Entspannung angesagt. Ich habe noch einiges mit der Justizbehörde zu klären und werde weitere freiwillige Termine vor Gericht mit der Begründung ablehnen, dass ich mich dort nicht sicher fühle. Originell, was?«

»Die werden Sie notfalls von hier abholen«, Jack fühlte sich unwohl in seiner Haut. Zumindest machte Jules einen freundlichen Eindruck auf ihn. Aber Jack war im Leben schon zu weit gegangen um einem Menschen Vertrauen zu schenken.

»Das wird dauern. So schnell bekommen die keine Erlaubnis dafür vom Richter. Liegt daran, dass der Richter das heutige Fiasko vor den Medien rechtfertigen muss und außerdem bekommt auch er Gelder von uns. Es gibt niemanden in diesem Land mit einer verantwortungsvollen Position, den wir nicht geschmiert haben. Teilweise wissen es die Leute nicht einmal. Aber bei Bedarf wird dann plötzlich deutlich, dass eine der Spendensummen durchaus mit uns in Verbindung gebracht werden könnte, zumindest falls ich dies möchte. Somit kann man Menschen leicht im Nachhinein erpressen, ohne dass sie jemals persönlich Geld angenommen haben. Wahnsinn, nicht? Jetzt beenden wir unser Gespräch. Entspannen Sie sich. Ich werde denen eine Geschichte über die Flucht liefern, welche sie glauben müssen. Sie sind unbekannt entkommen. Kommen Sie allein zurecht, wenn ich Ihnen Ihr Zimmer zeige?«

Die Räumlichkeiten waren vom Platz her mehr als ausreichend. Jack war eine riesige Suite zugeteilt worden, integriert war ein ebenfalls edles Badezimmer, in dem selbst ein Whirlpool nicht fehlte. Jack schritt alleingelassen zuerst in dieses Badezimmer und versorgte seine Blessuren. Er fühlte sich ausgelaugt. Und mit seinen Gedanken abgesondert. Er besaß keine guten Freunde, mit welchen er seine Sorgen teilen konnte, und die ihm mit der Verarbeitung halfen. Er selbst war für sich da, und er konnte sich auf niemanden sonst verlassen. Jack ließ in dieser Nacht sämtliche Lichter eingeschaltet, und er schlief nicht in dem weichen mit seidenen Laken ausgelegten Bett. Er verkroch sich in eine Ecke des Raumes, legte sich auf die Seite, winkelte seine Beine an, um welche er die Arme schlang und schloss die Augen. Sein Schlaf war unruhig und quälend.

»Was macht mein Bruder?«, fragte Yade.

»Er ist eingeschleust. Es wird dauern, bis wir zu ihm Kontakt aufnehmen.«

»Ich hörte, dass die Flucht nicht wie geplant verlief.«

»Diese Flucht verlief besser als geplant«, wehrte Denise ab.

»Er tötete drei Ihrer Wachen. Das war doch nicht abgesprochen.«

»Das war es nicht. Er wollte Wut abbauen, das soll er ruhig. Außerdem sah es auf diese Weise eher nach einer realen Flucht aus«, rechtfertigte sie sich zu Yades Unverständnis: »Denise, drei Ihrer Leute sind tot.«

Vielleicht wurde Yade zu diesem Zeitpunkt zum ersten Mal klar, wie fanatisch die Person war, mit der sie einen Pakt hatte: »Er hat das getan, um zu verarbeiten, dass er keine Chance gegen mich hat. Dafür werde ich ihn noch zur Rechenschaft ziehen. Momentan allerdings nicht.«

»Wann nehmen wir Kontakt zu ihm auf?«, sie gab die Diskussion auf.

»Das wird lange Zeit dauern. Ich lasse ihn nicht einmal beschatten. Ich möchte, dass er völlig in der Organisation integriert wird. Sobald ich allerdings finde, dass er zum Erfüllen seiner Aufgabe ein wenig Druck benötigt, wird er diesen bekommen. Der Sender ist implantiert und ebenso der Schmerzgeber. Er gehört mir.«

Yade überlegte kurz, ob sie noch einmal anführen sollte, dass der Plan gar nicht wie geplant gestartet war. Sie schenkte sich die Bemerkung.

»Soweit ist der Plan also gelungen, Denise. Ich hoffe, dass Sie recht damit haben, dass er das schafft. Ich würde diesem Wrack nicht vertrauen.«

Ihr Augenaufschlag verdeutlichte, was sie von ihrem Bruder und seinen Fähigkeiten hielt. Denise wirkte entspannt: »Das klappt schon, glauben Sie mir. Er hat zuviel Angst, um mich zu enttäuschen.«

Denise strich sich unterschwellig durch das braun gelockte Haar und nickte herausfordernd, ihren Plan verteidigend.

»Unterschätzen Sie seine innere Schwäche nicht. Er ist ...«

»Wir könnten ewig darüber debattieren. Warten wir es ab. Dieses Projekt ist auf lange Sicht angelegt. Es ist mein Lebenswerk diese Organisation zu zerstören.«

Und dieses Lebenswerk hatte sie von Ihrer Mutter geerbt, der es letztendlich als Staatsanwältin nicht gelungen war. Diesmal handelte es sich um einen C.O.P.Net Einsatz. Die Abkürzung stand für Central Organized Police Net und bezeichnete den überregional in Europa tätigen Polizeidienst. Die Organisation beschäftigte sich mit Serienmördern, Entführungen, Terroristenverfolgungen, Zielfahndungen und mit dem organisierten Verbrechen. Denise Hemington war Sonderermittlerin bei C.O.P.Net, Yade Harder Einsatzleiterin eines taktischen Eingreiftrupps. Zusammen bildeten den Führungsstab des Einsatzes, wenngleich Hemington das direkte Kommando ausübte.

»Jack, mein Lebenswerk war die Erschaffung dieser Organisation. Mein momentanes Anliegen ist, diese Organisation zu schützen, keinen Angriff auf die German Economy Force zum Erfolg kommen zu lassen. Mein Freund Marc, den ich leider zu selten sehe, verfolgt die wirtschaftlichen Ziele unseres Kartells. Ich habe eine Kampftruppe aufgebaut, die militärisch strukturiert ist, und die beliebig für uns einsetzbar ist. Wir haben damit nennenswerte kriminelle Strukturen in der Europäischen Union zerschlagen und viel getan dem organisierten Verbrechen einen Riegel vorzuschieben«, Jules bemerkte das Stutzen in Jacks Gesicht und die völlige Verständnislosigkeit. Jules nickte resignierend: »Klar, ich weiß schon. Natürlich haben Sie Recht. Wir sind auch organisiert. Und wahrscheinlich auch Verbrecher. Aber wir haben die Mafia zurückgedrängt, die Strukturen des osteuropäischen Drogenhandels angeschlagen und japanische Familien, die sich hier in der Szene ihren Standort aufbauen wollten, erfolgreich nach Haus geschickt. Ohne uns würde es in Europa weit mehr Verbrechen geben. Wir sind, wenn man es denn unbedingt so nennen möchte, ein Wirtschaftskartell. Wir handeln nicht mit Drogen oder ähnlichem. Wir schaffen uns Macht in Firmen, kontrollieren den Fluss des Geldes. Und wir schützen Europa, weil wir es als Teil unserer Pflicht ansehen, etwas zurückzugeben. Es ist ein ständiges Geben und Nehmen, Jules. Die Männer, die meinem Kommando unterliegen rauben keine Geschäfte aus, und sie verkaufen keine Rauschmittel. Sie sind einzig zu unserem Schutz und zur Bekämpfung fremder verbrecherischer Organisationen vorhanden. Nicht einmal Polizisten, die gegen uns ermitteln, werden wir angreifen. Das ist unser Kodex. Ein schwarzer Kodex, das gebe ich zu, aber ein Kodex. Sie werden noch mehr darüber lernen, aber das hat Zeit. Ich nenne meine Truppe die Sicherheitsabteilung. Sie, Jack, werden in dieser Abteilung arbeiten. Momentan habe ich nicht vor, Sie in ein Team zu integrieren, ich denke, Sie können am Besten als Individuum handeln und somit für mich von Nutzen sein. Ich habe gestern noch einiges über Sie in Erfahrung gebracht. Sie heißen Jacoba Jack Harder. Sie haben während Ihres Militärdienstes unter psychologischen Problemen gelitten und konnten die Befehlshierarchie nicht anerkennen. Infolgedessen haben Sie Ihre damaligen befehlsbefugten Offiziere getötet. Lustige Sache, das hat mir gefallen.«

Wieder dieses Lächeln, aber Jack bemerkte allmählich, dass man es auf verschiedenste Weisen deuten kann. Dahinter steckte je nach Situation ein Haufen Ironie und Sarkasmus oder Freude oder weitaus schlimmere Dinge. Jack spürte, dass dieses Lächeln derart war, dass man es erblicken konnte um danach für immer die Augen zu schließen. Man musste die Augen beachten, sie zeigten die Wahrheit: »Nein, es ist nicht gerade die beste Lösung gewesen. Ich meine mit gefallen, dass ich verstehe in welcher Situation Sie damals waren. Marc und ich, wir haben uns auch beim Militärdienst kennen gelernt.«

Für einen Augenblick sinnierte Jules: »Und auch wir hatten Probleme mit der Disziplin. Ich kann nachvollziehen, wie es ist, wenn man endlos unter Druck gesetzt wird. Und ich habe alle Ihre Berichte gelesen. Sie waren meiner Meinung nach in der Situation nicht wirklich zurechnungsfähig und wurden von Ihren Vorgesetzten in die Handlung gedrängt. Sie kamen auf Umwegen in ein ziviles Gefängnis, da Sie jedoch als nicht resozialisierbar eingestuft wurden, und es Krawalle in Zusammenhang mit Mitgefangenen gab, sandte man Sie in die Minen. Sie sollten vor Gericht wegen Ihres eingereichten Vetos, die Verhandlung über die Rechtmäßigkeit Ihrer Verlagerung in die Gefängnisminen. Toll diese Minen nicht war? Die Orte zu erkennen, an denen bereits der Vater gelitten hat. Sie müssen sich schrecklich gefühlt haben, Jack. Schauen Sie nicht zu Boden, man muss Menschen immer direkt in die Augen sehen, das stärkt das Selbstbewusstsein. Wer ein starkes Bewusstsein hat, überlebt. Wie Ihr Vater. Schrecklich, immer mit seinem Vater verglichen zu werden.«

»Mein Vater ist tot.«

»Ja. Gestorben in Moskau. Aber niemand vermochte ihn zu töten, er hätte ewig überlebt. Er hatte seinen Tod selbst zu verantworten. Nichts im Leben ist umsonst, Jack, nicht einmal der Tod, denn der kostet das Leben. Ihr Vater war bereit den Preis zu bezahlen. Für Ihre Schwester, Jack. Damit sie lebt.«

»Woher wissen Sie das alles? Es ist nirgends aufgezeichnet.«

»Ein Profi vom Geheimdienst hat Ihren Vater damals in Moskau begleitet, als er Ihre Schwester gerettet hat. Heute arbeitet dieser Mann freischaffend für mich. Ich habe meine Informationen über Ihren Vater also aus erster Quelle. Er war ein guter Mensch, Jack, ein sehr zuverlässiger und verantwortungsvoller Mensch. Aber er wurde von den meisten Menschen seiner Umgebung stets ausgenutzt, er war ein beliebter Vollstrecker. Ihr Vater war ein Mittel zum Zweck. Dies ist traurig aber war. Ich gebe zu, Menschen ebenfalls zu benutzen. Aber jeder, der für mich streitet, der steht unter meinem Schutz und genießt meine Freundschaft. Das ist mein Gefühl der Ehre. Aber kommen wir auf Sie zurück. Sie haben der Verhandlung nicht viel Hoffnung beigemessen, und da Sie keinesfalls in die Minen zurück wollten, was ich durchaus verstehe, sind Sie ausgebrochen. Nicht wahr?«

Jack nickte. Dabei schaute er an Jules Augen vorbei.

»Ich habe einige Aufgaben für Sie. Momentan sind Sie dabei auch für mich nur Vollstrecker. Es wird sich zeigen, inwieweit ich Ihnen Vertrauen schenken werde, Jack. Zuerst werden Sie außerhalb wohnen, in einer sicheren Aktionsbasis, ein Mann aus meinem Team wird Sie an Ihre Bestimmungsorte fahren, Sie werden die Liquidierungen chirurgisch perfekt ausführen, und Sie werden zurückgefahren. Können Sie das? Es ist nicht schlimm, wenn Sie sich nicht bereit erklären zu töten. Ich würde das verstehen. Wir können auch etwas anderes für Sie finden. Nicht jedermanns Sache.«

»Kein Problem. Das ist kein Problem«

Für den jungen Harder begann ein neuer Lebensabschnitt. Und für die GEF. Nachts begann dieser für Jules mit einem Traum.

Ich klopfe an der robusten Holztür, welche schon einige Winter an dem verlassenen Haus in dem trostlosen Wald verbracht hat. Ein kalter Windzug umgibt mich, während ich auf Regung im momentan stillen Haus warte. Ich bekomme einen leichten Hustenreiz, den ich allerdings gekonnt unterdrücke, da ich diese mir heilig anmutende Stille nicht mit solch Nebengeräuschen des menschlichen Körpers zu stören erachte. Schließlich bemerke ich den zu erahnenden Klang von Schritten auf Bodendielen, welche sich vom Innern her der Tür langsam zu nähern scheinen. Ich setze ein freundliches Lächeln auf, damit ich die Fremden nicht verstimme und spüre ein Gefühl der Erleichterung als sich die Türe knarrend öffnet.

Ein Mann mit sehr freundlichem Ausdruck steht vor mir. Wir lächeln uns quasi gegenseitig an. Er begrüßt mich mit dem Nicken des Kopfes und schaut mich erwartungsvoll an. Ich höre das Rauschen der Blätter des Waldes in meinem Kopf und das Zwitschern der Vögel, das langsam in der Ferne vergeht, als sie alle davon fliegen. Ich erkläre ihm, wie mein Wagen einige Kilometer entfernt liegen blieb, dass ich in der Nähe, wo ich ihn stehen ließ den Weg im Wald gefunden habe, den kleinen Privatweg, welcher direkt zu dieser Hütte führt, und das ich hoffte jemanden vorzufinden. Er fragt mich, wie er mir denn helfen könne, ob ich die Nacht über hier bleiben mag. Ich bedanke mich freundlich und nehme den Vorschlag an, da es schon sehr spät ist. Der Wald dunkelt während unseres Gespräches nahezu dramatisch ab. Am nächsten morgen wird es leichter sein, sich um den Wagen zu kümmern. Der Mann nickt verstehend, der Gedanke einen Gast zu haben scheint bei ihm Gefallen zu finden.

Es befinden sich zwei Paare in dem Haus, Lisa mit ihrem Verlobten George sowie Yvette und Clark, der Mann der mich an der Tür begrüßt hat. Sie erzählen mir, dass sie einen Wochenendausflug in Clarks Haus im Wald machen. Clark zeigt mir ein kleines Zimmer, in dem ich die Nacht verbringen kann. Ich bedanke mich freundlich, schließe die Tür hinter ihm und setze mich auf das karge Bett. Das Holzhaus hat eine eigentümliche Atmosphäre. Wenn ich ganz still bin, höre ich das Knacken des atmenden Materials. Es könnte beruhigend wirken. Ich sitze still. Die anderen sind zu Bett gegangen. Sie werden bald schlafen. Ich sitze regungslos da. Die Zeit vergeht, mehrere Stunden. Schlafen werde ich nicht. Ich kann nicht schlafen. Schließlich höre ich einen leisen Singsang, wie eine Sinnestäuschung in meinen Ohren erklingen. Ich stehe auf und öffne meine Zimmertür, die kein Geräusch macht, als wollte sie verbergen, dass sie bewegt wurde. Ich gehe den Gang entlang, an dem auch die Zimmer der anderen liegen und benutzte die enge Treppe, um wieder die Parterre zu betreten. Die Treppe endet in dem großen Wohnraum, ich nehme den Geruch erkaltender Kerzen wahr. Sie stehen überall. Gefährlich, in einem Holzhaus. Ich lächle abrupt, der Gedanke amüsiert mich. Ich gehe in die Küche und öffne den Kühlschrank, aber ich finde nicht, was ich suche. Ich öffne einen der Hängeschränke, darin stehen Konservenbüchsen und Einmachgläser. Eines der Gläser erweckt meine Aufmerksamkeit, ich ergreife es, doch bevor ich es herausnehmen kann um es mir anzuschauen, höre ich ein Geräusch in meinem Rücken. Ich lasse das Glas stehen und wende mich rasch. Vor mir steht George. Er lächelt mich an, meint, wenn ich Hunger hätte, auf dem Wohnraumtisch würde Schokolade liegen. Ich bedanke mich freundlich und verlasse an ihm vorbei die Küche. Ich spüre seine Augen auf mir ruhen, er beobachtet jeden meiner Schritte. Ich höre wie er den geöffneten Küchenschrank schließt. Ich nehme mir ein Stück Schokolade und begutachte es. Probieren konnte nicht schaden. Ich esse es. Solch einen leckeren Geschmack habe ich nicht erwartet. Ich verzehre die gesamte Schokolade, höre George in der Küche hantieren. Nach Minuten des Genusses wende ich mich um und gehe zurück zu George.

Er liegt mit dem Rücken auf dem Küchentisch, vom kargen Mondlicht durch das Küchenfenster beschienen, in seiner Brust stecken alle Küchenmesser, welche man in dieser Küche finden kann. Das Blut läuft über seinen Oberkörper, säumt den Tisch und in zwei Rinnsalen fließt es seine Beine entlang zu Boden. Ich bleibe stehen und suche mit den Augen die Küche ab. Die andere Tür, welche von der Küche hinaus in den Wald führt ist geschlossen. Niemand störendes ist anwesend. Teils fasziniert sehe ich wieder zum Leichnam. Meine Augen wandern zu dem Hängeschrank, und ich denke, dass George mich vorhin von dem Schrank abhalten wollte. Ich trete zu George und prüfe, was ich noch tun kann. Er ist tot. Ein kurzes Zögern, dann greife ich den Griff eines der Messer und ziehe es aus dem Fleisch. Die Klinge ist mit Blut gesäumt. Ich wiege es in der Hand und beschließe, dass es helfen kann. Ich überlege kurz, wo sich die anderen aufhalten, wahrscheinlich schlafen sie weiterhin in ihren Zimmern. Oder aber einer von ihnen... wer weiß. Ich trete an den Küchenschrank und öffne ihn erneut. Ich nehme das Einmachglas von vorhin und hole es heraus. Ich trete nahe zu George, versuchend nicht auf ihn zu achten und halte das Glas ins sparsame natürliche Licht. In seinem Inneren schwimmt ein menschliches Herz. Mir gelingt es das Glas neben George auf den Tisch zu stellen, ich darf kein Geräusch verursachen. Ich habe schon beim Betreten des Hauses gemerkt, dass ein Geheimnis die zwei Paare umgibt, und sie mir etwas verheimlichen wollen. Ich trete zu der Küchenaußentür und prüfe sie mit einem Druck auf die Klinke. Sie ist nicht verschlossen. Ich hake einen der unbequemen Holzstühle unter die Klinke, so dass sie nicht von außen geöffnet werden kann. Dann verlasse ich die Küche und gehe ins Wohnzimmer, George hinter mir lassend, dass Messer fest erfasst. Meine Augen haben sich an das Mondlicht gewöhnt. Ich bemerke den Teppich im Wohnraum, der nicht an dieser Stelle lag, als ich das Haus betreten hatte. Ich gehe zu ihm und hebe den Teppich, den Spalt im Boden mehr erahnend als sehend. Es ist eine Luke in den Dielen eingelassen. Ich knie nieder und ziehe an der Falltür, lasse sie vorsichtig aufschwingen. Ein dunkles Loch führt in den Boden. Mein Blick schweift auf die Kerzen, aber mein Vorteil wird sicherlich in der Dunkelheit liegen. Ich ertaste eine Leiter und klettere hinab. Einen Augenblick stehe ich völlig regungslos, die Augen geschlossen und lauschend. Ich vernehme die Geräusche des Holzes von weit oben. Ich mache einen vorsichtigen Schritt und meine Füße berühren etwas. Ich greife in meine Hosentasche mit der linken freien Hand und benutze das Feuerzeug. Jetzt erblicke ich den höhlenartigen Kellerraum. Ca. vier Meter in Breite und Tiefe, eine knappe Mannshöhe hoch, eine Mauer aus massiven Steinen als Wände. Überall erloschene Kerzen, rote Linien auf dem sandigen, dreckigen Boden. Yvette. Sie liegt inmitten der roten Linien. Ich bewege mich und somit das Feuerzeug, der Schein schwingt umher. Ich kann die Form der Linien erkennen. Ein Pentagramm. Meine einzige Reaktion ist ein Kopfschütteln. Pentagramme. Ich weiß, was ich davon zu halten habe. Nichts. Ich betrachte Yvette. Sie ist im Zentrum des mir nichts bedeutenden Zeichens aufgebahrt. Nackt. Sie hat eine Stahlkette um den Hals, sie wurde damit erdrosselt. Ihr Körper wirkt nahezu bleich. In ihr ist kein Leben mehr. Ich sehe um sie herum am Rand des Zeichens noch andere Dinge. Die weniger ekligen davon sind Kräuter und Schmuckstücke. Die anderen lohnen sich nicht der Auflistung. Wahrscheinlich stammen sie aus Einmachgläsern aus der Küche. Jemand nähert sich. Ich lösche das Feuerzeug und warte. Ich höre jetzt die Geräusche von der Leiter. Eine Stimme, die nach George fragt. Eine weibliche Stimme. Lisa.

Als ich die Treppe zum Obergeschoss am Rand entlang schleiche, erinnere ich mich an ihre Augen. Wütende, Hass verzehrte Augen, die im Schein meines frisch entzündeten Feuerzeuges geglüht hatten. Die Gefühle, welche aus den Augen sprachen, nährten meine Kraft, als sie ihre Freunde mit einem

Schrei rufen wollte. George bereits tot, Clark liegt in seinem Bett, langsam öffne ich die Tür zu seinem Raum. Er ist halb zugedeckt. Ich betrachte seinen Rücken. Eine kleine Tätowierung unter seinem Halsansatz. Das Symbol aus dem Kellerraum. Er hört das Geräusch der Holzdielen, welches ich in dem Haus ebenfalls schon belauscht hatte. Clark erhebt sich zügig in seinem Bett und starrt mich durch den dunklen Raum an. Er sieht mich, sieht mein Aussehen, meine Gestalt. Ich weiß nicht, ob er mich erkennt. Ich trete näher an ihn heran und bringe es zu Ende.

In Menschen liegt das Wissen verborgen, dass man sich nichts wünschen sollte, da es in Erfüllung gehen kann. Dennoch bemerken die wenigsten Menschen, welche Gefahr darin liegt. Ich werde den Wald verlassen. Ich trete aus dem Haus in die dunkle Nacht und kehre in meine Welt zurück. Meine Aufgabe ist erledigt. Ich wusste, was diese Menschen wollten, bevor sie den Wunsch laut und dreistimmig im Singsang gemurmelt hatten, einen unter ihnen dem Wunsch geopfert. Denn sie hatten mich gerufen und ich bin gekommen.

II. Tote Träumer

TRAUMWELTEN

13 Jahre zuvor.

Viele glauben, die Zukunft ist noch weit vor uns. Doch sie ist nicht mehr in unerreichbarer Entfernung. Wir stehen kurz vor ihr, und sie vor uns. Die Errungenschaften dieser Zukunft, über die hier berichtet wird, werden zu unserer heutigen Zeit entwickelt, zum Teil existieren sie bereits. Wir leben in dem letzten Zeitalter vor der auslebbaren Phantasie.

Die Welt der Zukunft ist eine Welt der Wunder, in der Träume ohne weiteres wahr werden können. Die Phantasien der Menschen bleiben keine Vorstellungen mehr, sie werden durch Computerchips Realität. Doch sie sind eine besondere Art von Realität. Einmal ist dort die Virtuelle Realität. Menschen werden in eine andere Welt gebracht, indem sie über Hilfsmittel an einen Computer angeschlossen werden. Es gibt dort Handschuhe, die dem Computer helfen festzustellen, welche Bewegungen der User macht, und diese werden in die digitale virtuelle Computerwelt übertragen. Die virtuelle Realität ist die Welt der Cyberpunks, wie sie sich seit der Pionierzeit des Cyperspaces nennen. Der Cyberspace ist ein Datennetz. Hier sind Computerprogramme, sämtliche Software, räumlich dargestellt. Cyberpunks können sich hier dank ihrer Hilfsmittel, mit denen sie an ihren Computer gebunden sind, bewegen. Cyberpunks sind die Soldaten der neuen Zeit. Sie stehlen Daten, in einer Welt in der Daten das Wertvollste ist. Dies ist kein einfaches Geschäft, denn zum einen ist es sehr schwierig und selbst für Profis kaum möglich die vielen Sicherheitsvorkehrungen im Cyberspace zu umgehen. Zum anderen wird es tödlich enden, wenn der Standort von dem gegnerischen Sicherheitspersonal geortet wird. Meist werden sofort lokale Tötungskommandos ausgeschickt, die denjenigen liquidieren, der es wagt, illegal in das Datennetz eines Konzerns einzudringen. Ein gefährlicher Job, aber ein einträglicher. Und es ist ungesetzlich. Aber damit kann man leben. Oder sterben ...

Es gibt aber einen Teil der User, für die diese virtuelle Welt noch zu unrealistisch war. Sie hassten es die Hilfsmittel benutzen zu müssen, sie wollten direkt mit dem Computer kommunizieren. Außerdem war der Cyberspace keine Freizeitbeschäftigung, sondern vergleichbar mit einem Kriegsgebiet. Einige hoch spezialisierte Freaks taten sich zusammen und schufen etwas Neues. Sie wollten ein System entwickeln, das absolut real war, mit der einzigen Ausnahme, dass man darin nicht sterben konnte. Neue Forschungsergebnisse im Bereich des Gehirns ermöglichten das einst Unvorstellbare. Eine neue Art der Realität wurde geboren, die Dreaming Reality. Der User wählt per Computer ein Szenario aus, legt sich einen Metallring um den Kopf und logged sich ein – er meldet sich im System an. Das

Gerät nimmt die Gehirnströme auf und leitet sie um. Anstatt den eigenen Arm zu bewegen, bewegt der User einen Arm in der simulierten Welt. Die Sinne der wirklichen Welt sind mit dem Moment des Einloggens abgeschaltet. Kein Schmerz oder ein anderer Reiz aus der echten Welt erreicht den User. Nur die Dinge, die in dem Dreaming Reality Szenario geschehen, nimmt der User wahr. Am Anfang gab es das Problem, wie der Benutzer die Phantasiewelt wieder verlassen konnte. Ein einfaches Entfernen des Interfaces war nicht möglich, da man den realen Körper nicht mehr steuern konnte, solange die Verbindung mit dem Computer bestand. Bevor man sich aus der Dreaming Reality auszuloggen zu vermochte, bedurfte es eines Ausschaltens des Interfaces. Hier lag das Problem. Der User selbst war von seinem Körper durch das Interface getrennt, er konnte sich nicht über ein Eingabegerät in der wirklichen Welt von dem Interface lösen. Da man auch nicht erwarten konnte, dass sich immer jemand bei dem User befand, der das Interface ausschaltete, erfand man die Gedankencodes. Über diese Gedankencodes kann ein User von der Dreaming Reality Welt aus sämtliche Software, die auf seinem eigenen Rechner installiert war, starten. Auch das Exit-Programm zum Abmelden. Man steuert diese Programme, wie man ein Bein oder einen Arm bewegt. Doch bis ein Mensch gelernt hat, seinen Körper richtig zu beherrschen, vergeht eine lange Zeit. Genauso ist es mit den Gedankencodes. Es braucht einen sehr großen Zeitraum zu lernen, wie man sie benutzt. Jemand, der sich zum ersten Mal einloggte, kann sich zwar ganz normal im Szenario bewegen, aber er kann sich nicht ausloggen. Er benötigt also der Hilfe eines externen Beobachters, der ihn irgendwann per Hand über den Computer mit Aufruf des Exit-Programms zurückholt. Für die meisten User des Dreaming Reality Systems ist die andere Realität nur eine Freizeitbeschäftigung. Somit reicht es ihnen, den Exit-Gedankencode aufrufen zu können. Doch auch unter den Anwendern der realsten aller Ersatzrealitäten gibt es Profis, die alles beherrschen, von den einfachen Usern als Magier bezeichnet. Magier, da sie manchmal wirklich als Zauberer in der Traumwelt erscheinen, denn über den Aufruf ihrer Zusatzprogramme können sie Dinge tun, die eigentlich selbst in der Traumwelt unmöglich sind. Diese Welt richtet sich nach den Naturgesetzen der wahren Welt, dies ist so einprogrammiert. Durch das Starten bestimmter (legal gekaufter oder auf dem Schwarzmarkt besorgter) Software ließen sich die Gesetze außer Kraft setzen, und andere für den normalen User unmöglichen Dinge tätigen. Von den einen als Magier belächelt nennen sie sich selbst Träumer – die Herrscher der Dreaming Reality.

MAGIE

Sheldon hatte einen anstrengenden Tag hinter sich. Nicht so anstrengend wie die langen Abende der vergangenen Woche, aber er fühlte sich ziemlich ausgelaugt. Stunde für Stunde hatte er damit verbracht sich im Cyberspace durch das Eis zu hacken. Eis – ICE, das bedeutete Intrusion Counterattack Equipment, dies sind sämtliche Sicherheitsvorkehrungen in dem Netz aller Daten, dem Cyberspace. Sheldon war ein Cyberpunk, er und seine Freunde verdienten ihren Lebensunterhalt mit dem

Beschaffen jeglicher Information. Und Sheldon war einer der besten. Ihr Team war eine Gruppe von Profis, und sie wurden immer wieder damit beauftragt, die geheimsten und am besten geschützten Daten zu stehlen. Sheldon brauchte etwas Ruhe und Ablenkung, und immer wenn er so etwas brauchte, wusste er, wo er es fand. Im Dreamnet, wie manche Träumer die Dreaming Reality Szenarien nannten. Sheldon war nicht nur ein Cyberpunk, er war auch ein begeisterter Träumer. Er hatte kürzlich aus Südafrika einige der neuesten Dreamnetzusatzprogramme erhalten und freute sich schon darauf sie auszuprobieren. Sheldon nahm vor seinem Computer Platz und legte das Interface an. Über die Tastatur wählte er sein Lieblingsszenario und loggte sich ein, was das Interface aktivierte. Die Bestätigungsmeldung auf dem Display bemerkte er schon nicht mehr.

Das Szenario, welches er bevorzugte, war eine Welt im Stil des Mittelalters. Seine Freunde und er hatten hier schon viele Abenteuer bestanden, in einer Welt voller Ritter und Magier, sofern Träumer mit ihrer Software Zaubersprüche simulierten. Diese Welt war vergleichbar mit den Phantasiewelten, die Rollenspieler kennen, bloß realer, da man selbst aktiv darin ist, und es sich nicht mehr um ein reines Spiel des Geistes handelt. Das Sheldon ein Profi im Bereich der Dreaming Reality war, konnte man erkennen, weil er vor dem endgültigen Einloggen die Augen schloss. Beachtete man dies nicht, musste man mit hundertprozentiger Sicherheit damit rechnen, einige Zeit verwirrt zu sein und unter Kopfschmerzen zu stehen, wenn man sich wieder ausloggte. Denn das Gehirn verkraftete es nicht so kurz hintereinander völlig andere Daten zu empfangen, und auch für den User ist dies sehr ungewohnt. Indem man die Augen schließt, kann man allerdings alle Probleme beheben.

Sheldons Augen öffneten sich und er erblickte nicht die Formen seines Wohnzimmers, sondern die Konturen einer bekannten Stadt. Er blickte an sich herunter und sah die Kleidung, die ihm das Szenarioprogramm automatisch verpasst hatte. Sie passte zwar in die Zeit, doch Sheldon gefiel eine andere besser. Er setzte einen Code ab, und eine Zusatzsoftware, die er besaß, aktivierte sich. Er trug nun eine Art von Mönchsrobe, ganz in weiß. Dies war sein Magierumhang, denn Sheldons bevorzugte Spielereien waren Magieprogramme. Sheldon setzte sich in Bewegung und schritt über das Kopfsteinpflaster eines Marktplatzes. Er genoss das Gefühl des rauen Steines unter den Füßen. Der Platz wimmelte nur so von Leuten. Zum größten Teil keine AI's (Artificial Intelligence – künstliche Intelligenzen), also lediglich vom Computer in das Szenario eingebaute und von ihm gesteuerte Charaktere (im Rollenspielerjargon Nicht-Spieler-Charaktere genannt) sondern Avatare hinter denen wirklich existierende Menschen standen, beziehungsweise vor ihrem Computer saßen. Nur Charaktere, die für die Realität des Szenarios nötig sind und ungern von Spielern verkörpert werden, simuliert ein Computer durch AI's. Zum Beispiel einige der Anbieter auf dem Markt, oder der Wirt in Sheldons Stammwirtschaft, einer kleinen Taverne. Dieser AI's wurden jedoch dermaßen gut programmiert, dass man sie theoretisch nicht von einem echten Menschen unterscheiden konnte. Zumindest für den begrenzten Tätigkeitsablauf, den die künstliche Intelligenz im Rahmen ihrer Aufgabe erfüllen musste.

Es war taghell in der mittelalterlichen Stadt. In den Szenarien gab es natürlich auch Tag und Nacht, da jedoch die meisten User das Phantasienetz nur abends betraten, waren hier die Tageszeiten im Vergleich zur realen Welt verschoben. Sheldon, als solcher weiterhin zu erkennen, da man beim Einloggen die natürliche Körperform von Scannern des Interfaces abgetastet besitzt, die nur durch Zusatzprogramme geändert werden kann, betrat die ihm gut bekannte Taverne. Heute schien niemand seiner Bekannten im Netz zu sein. Er erkannte wenige, und von denen wusste er, dass es nur einfache Anwender waren, Amateure. Er verzog enttäuscht sein Gesicht, dachte sich dann, dass dies eigentlich gar nicht schlimm war und lächelte. Hier konnte er einige seiner Tricks vorführen und sich sicher sein bestaunt zu werden. Durch einen plötzlichen Blitz lenkte er die Aufmerksamkeit aller auf sich. Mit dem nächsten Gedankencode aktivierte er seine neuen, direkt aus Japan gesaugten Zaubersprüche. Biergläser tanzten durch die Luft, als er für diese Objekte die Schwerkraft ausschaltete, und Bilder von fliegenden Drachen erschienen, als er ein Illusionsprogramm startete. Freudig und voller lobenswerter Gesten applaudierte sein Publikum. Plötzlich entstand vor seinen Augen die Gestalt eines hoch gewachsenen Mannes mit schwarzem Umhang. Sheldon dachte bei sich, dass dieser User ein Teleportationsprogramm haben musste, und wenn er ein solches Programm anwenden konnte, musste er ein Träumer sein. Gerade als Sheldon sich freute einen Gleichgesinnten getroffen zu haben, mit dem er Erfahrungen austauschen konnte, machte der in schwarz gekleidete Magier eine Geste mit seinen Händen, und ein roter Lichtstrahl ging von ihm aus und traf den weißen Magier, Sheldon in die Brust. Er fühlte ein unheimliches Knistern und ein Stechen in der Brust, das Schmerz auslöste. Schmerz der immer mehr anstieg, virtueller Schmerz, der wie echter wirkte. Sheldon war klar was hier geschah. Er hatte schon des Öfteren Scheinkämpfe bei seinen Abenteuern in dem Dreamnet gemacht und besaß einiges an Erfahrung. Und auch er besaß Kampfzauber.

Sheldon warf beide Arme seitwärts. Natürlich war dies nicht nötig, aber es geschah mittlerweile instinktiv, denn alles sollte schließlich echt wirken, auch die Zauberei. Eine blaue schimmernde, aber durchsichtige Kugel baute sich um ihn auf, ein Schutzwall. Dieses Programm hatte Sheldon schon immer gemocht. Der rötliche Strahl prallte dagegen, vermochte nicht hindurch zu dringen.

Sheldons Gegner hatte auf Sheldons Zauberparade jedoch einen weiteren Angriff parat. Ein einziges Ballen seiner Fäuste gleichzeitig zu dem Absenden des Gedankencodes ließ eine zusätzliche Kugel erscheinen. Die Kugel schimmerte in sämtlichen vorstellbaren Grüntönen und befand sich um Sheldons Schutzkugel. Sheldons sah wie sie immer enger wurde und sich seiner anschmiegte, bis sich beide vereinigten, wie in einem Tanz purer Energie. Wie in Trance, so beeindruckt war er, sah er die zwei Kugeln miteinander wie in einem Wettkampf verschlungen, mal ausdehnend, mal kleiner werdend, je nachdem welche die Oberhand besaß. Doch die Macht der angreifenden magischen Kugel schien stärker zu sein, denn letztlich schrumpften die beiden Kugeln auf eine für Sheldon, der sich innerhalb befand, gefährliche Größe. Seine Erfahrung sagte ihm, dass eine Berührung schier unerträgliche Schmerzen bereiten und Brandwunden verursachen würde. Die Wunden würden mit dem Ausloggen allerdings wieder verschwinden, dies waren Verletzungen der digitalen Gestalt. Für Sheldon kam es nicht in Frage seine Zeit im Netz einfach dadurch zu beenden, dass er ausstieg, denn er besaß eine Menge Stolz und hatte keine Angst vor einer richtigen Herausforderung. Diesem Träumer, der meinte ein Held zu sein, würde er es schon zeigen. Er wollte ein Energieabsorbationsprogramm starten, das die Kugeln durch Auflösen vernichten würde, als sie ihren Kampf beendeten und in einer mächtigen Explosion, deren Farben unbeschreiblich waren, untergingen. Sheldon war frei, nicht mehr gefangen von einem Softwareprogramm. Er wandte sich seinem Gegner zu und zuckte wütend mit der Oberlippe.

Keine Sekunde war nötig um den Gedankencode auszuführen, es war ein Reflex. Ein mächtiger, bei einem Treffer lähmender Strahl entfloss Sheldons Fingern und verlängerte sich wie ein Lichtstrahl in die Richtung des schwarzen Magiers. Doch dieser dunkle Träumer schien keine Furcht zu spüren, vor dem was sich ihm näherte. Keine Regung war in dem, vom Schatten der Kapuze bedeckten Gesicht zu erkennen. Für Beobachter langsam erscheinend öffnete sich seine linke Hand, und die Innenseite reckte sich dem Strahl entgegen. Der Strahl teilte sich in der Mitte und glitt an beiden Seiten des Magiers hinweg. Sheldon ließ den gleichen Spruch sofort erneut frei, und der Strahl floss wieder in die Richtung des Angreifers. Und einen weiteren ließ er parallel dazu los.

Der Dunkle richtete beide Handflächen auf je einen Strahl und die lähmenden Lichtbündel erreichten ihn. Die Reaktion war selbst für Sheldon, als jemanden, der bereits so viel im Dreamnet gesehen hatte, verblüffend und ungeahnt. Der Magier nahm die Strahlen in sich auf und seine Macht schien dadurch nur zu wachsen. Die Bündel flossen in ihn und verschwanden. Doch der Magier war weder gelähmt, noch hatte Sheldons Zauber ihm sonst etwas angetan. Der schwarze Magier ließ beide Arme sinken, um darauf wieder den linken zu heben, der in Richtung der anderen Tavernengäste zeigte. Die Menschen, die gewiss keine Träumer waren, sondern nur harmlose Personen, die ihre Freizeit im Dreamnet verbrachten, sprangen plötzlich auf, um sich gegen Sheldon zu wenden. Sie griffen ihn an, nicht mit Waffen, sondern mit ihren Händen, leeren Krügen und Flaschen, die sie an Tischkanten aufschlugen.

»Was soll das? Bist du verrückt?«

Der Magier hatte sich damit gegen den Ehrenkodex eines jeden Träumers hinweggesetzt, nämlich niemals Nicht-Träumer ohne ihren Willen in eigene Abenteuer einzubauen. Es galt sie immer als unbeteiligte Beobachter zu behandeln. Ungesetzlich war es nicht unbedingt, da für die Virtuelle und die Dreaming Reality eigentlich nur das Gesetz galt, dass man niemanden hindern durfte, sich aus dem Netz ausloggen zu können, wenn die Person es wünschte. Anderes war im Netz erlaubt, da Schmerzen vom User dadurch beendet werden können, dass er sich ausloggte. Allerdings ist Recht und Gesetz ein schwieriges und lokal abhängiges Terrain, welches mit dem global angelegten Dreamnetz wie auch dem Cyberspace kollidierte, und immer erst mit Regelungen nachzog. Mord im Netz gab es nicht, da dass Netz einen virtuellen Todesfall wie den Exitgedankencode behandelte, und den entsprechenden User einfach raus warf, so dass er sich wieder kerngesund vor seinem Terminal wieder fand.

Sollte die Software die der Magier aktiviert hatte die Willen seiner Opfer ausschalten, war es allerdings eine illegale Handlung, die von der Polizei verfolgt werden würde. Abgesehen davon, dass zuerst jemand eine Klage einreichen müsste und dass es schwer sein würde herauszufinden, wer der jeweilige User, der böse Magier überhaupt war. Wenn er gut war, konnte er seine Spuren nämlich so verwischen, dass ihn im Nachhinein niemand mehr finden konnte.

Es war gegen das Gesetz, das einzige Gesetz aus Sicht der Träumer. Das erschreckende und schockartige Gefühl tiefster Betroffenheit und Hilflosigkeit überfiel Sheldon. Er konnte diesen willenlosen, von einer dunklen Kraft angetriebenen Menschen nichts tun. Sie waren es nicht, die sich tatsächlich gegen ihn wandten, es war die schwarz gekleidete Person, die in einigem Abstand von Sheldon verharrte. Sheldon fühlte sich gefangen, gefangen in einem Kreis aus Seelenlosen, die über ihn herfielen wie Wölfe auf ihre Jagdbeute. Sheldon blieb nur eines übrig, denn gegen Unschuldige wollte er sich nicht wenden, er musste sich von dem Netz lösen, diesen Alptraum verlassen, sich von seinem Computerinterface trennen.

So hatte er sich seinen Ausflug in der anderen Realität nicht vorgestellt, für ihn sollte es nur eine harmlose Beschäftigung sein. Er empfand ein tiefes abstoßendes Gefühl von Unverständnis für den unbekannten User, dem Träumer, der ins Netz kam um zu verletzen und böse Gedanken um sich zu werfen.

Sheldon von Schmerzen gepeinigt, die ihm diese menschlichen, nichtmenschlichen, sich selbst nicht mehr kontrollierenden Maschinen entgegenbrachten. Nach einem letzten Blick auf den dunklen Magier dachte Sheldon den Exit-Code, der ihn aus diesem Fantasy-Szenario freilassen sollte.

Im Netz lag Sheldons seelenlose Leiche, mit zerfetzter Kleidung, darum Fleischstücke, die mit zackigen Scherben von dem Körper getrennt oder abgebissen worden waren, alles in einem Schwall von Blut. Kein Krümmen mehr, keine Bewegung, die auch nur im Geringsten auf Leben hindeutete. Es war der Tod, der dort in einer Taverne auf dem Boden lag, einer Taverne, die nicht real existierte, sondern die nur aus einem Bild in den Köpfen tausender User bestand. Eigentlich eine unechte Situation, als Bits, Schaltzustände in den Speicherbänken einiger Großrechner. Kann ein Tod irreal sein? Doch real genug um die Tavernengäste, die User, in deren Gehirn das Bild schwebte, nun wieder zurückgekehrt in die Selbstkontrolle, ohne Einfluss einer gewissenlosen Person, zum Erbrechen zu zwingen. Nachdem der wahre Böse, in der realen Welt eine Person aus Fleisch und Blut, bestehend aus den gleichen chemischen Elementen wie alle Menschen, auf die normale Art und Weise aus dem Netz schied, wurden sie erlöst, und die Sperre, welche ihren Willen unterbunden hatte, hob sich auf. Selbst als auch sie wieder Zuhause vor ihren Terminals saßen, ausgeloggt für heute, würgten sie noch, diesmal mit realen Nachwirkungen, doch was ist heute schon real? Zu real war der Tod im Netz.

An Sheldons Interface hing eine leblose Gestalt, deren Haltung sich seit dem Einloggen nicht verändert hatte, die Augen geschlossen, wie vor Entsetzen und Furcht vor dem Unfassbaren, vor dem absolut Letzten, das ein Mensch erblickt. Sheldon war Tod, sein Gehirn arbeitete nicht mehr, Flatline.

Case spürte das Gefühl der Stärke und Macht. Er tobte sich aus, seine Seele, seinen Frust. Er fühlte jedes Masseteilchen seines Körpers, fühlte die alles absorbierende Energie, die innerhalb seines Körpers schwebte und ihm das Gefühl eines göttlichen Zustandes gab. Die Energie breitete sich in immer größeren Kreisen aus, alles in das es einströmte vernichtend, und Case wusste in diesem Moment, was man unter dem physikalischen Begriff der Energie verstehen musste. Ungeahnte Kräfte umgaben ihn, und sein Verstand konnte die gewaltige Informationsflut kaum mehr fassen. Plötzlich war da die Leere, nach der totalen Zerstörung des Dreaming Reality Privat-Szenarios, welches Case selbst geschaffen hatte.

Nachdem Case sich ausgelebt hatte, ohne sich an moralische oder ethische Gesetze halten zu müssen, da er in seinem privaten Szenario keine persönlichen Rechte seiner Mitmenschen verletzte, trotz der gigantischen Zerstörungswut, die aus seinem Innersten strömte, lehnte er sich nach dem Ausloggen erschöpft zurück. Der Schweiß lief an seinem Körper herunter, als Zeichen der äußersten Ekstase in die Case sich selbst versetzt hatte, eine Körperreaktion, die Case mit seinem Willen regulieren konnte. Er hatte die Macht sich zu konzentrieren und dadurch seinen Puls und Herzschlag zu erhöhen, so dass er in einen Zustand geriet, den andere nur unter Zuhilfenahme von Drogen erreichen konnten. Adrenalin, die stärkste aller Drogen. Case war kein anderer Mensch bekannt, der seine Körperfunktionen auf diese Weise regulieren, der auf Kommando weinen oder einen Herzinfarkt erleben konnte. Case war ein Meister des Willens.

Er war kein Muskelprotz, er hatte nicht die Statur eines Bodybuilders, und er erschien auf den ersten Blick schmächtig, mittelgroß und schlank, dazu passend blonde kurze Haare, die sehr knapp geschnitten waren. Wer ihn jetzt sah, mit nacktem Oberkörper vor dem Terminal, die Muskeln weiterhin zuckend, wusste, dass dieser junge Mann nicht schwach war, sondern dass er sich gut auf seine Kraft verlassen konnte, deutlich konnte man die Muskelstränge sehen. Mancher, der ihn unterschätzt hatte, musste später darunter leiden, denn obwohl Case sich nicht leicht reizen ließ und meist freundlich blieb, konnte auch er in Wut geraten. Case hatte einen festen Brustkorb, und er war sehr geschmeidig, allerdings verhielt er sich oft ein wenig unbeholfen. Case Hand griff wie automatisch nach der halbleeren, bzw. halbvollen Flasche neben seiner Dreaming-Reality Konsole und führte den Flaschenhals zum Mund, während der Daumen und Zeigefinger in der Bewegung den Verschluss abdrehten. Die erfrischende Flüssigkeit ergoss sich in Cases Schlund und labte sein erschöpftes Körpersystem.

»Verneigt Euch. Der Kampf beginnt ... jetzt!«

Die zwei Personen, welche beide in einem weißen Trainingsanzug steckten bewegten sich einen Schritt voneinander weg, um aus einer sicheren Stellung heraus einen Angriff zu starten, welcher prompt erfolgte. Der Mann, der wie beide Kämpfer einen schwarzen Gürtel trug, und der ihn somit als einen Angehörigen der Elite dieses Sportes auszeichnete, machte einen plötzlichen Ausfallschritt und trat mit seinem Bein in Richtung seines ebenbürtigen Gegners, was ein Zurückweichen dieses zur Folge hatte. Immer das Bein wechselnd wiederholte Jeffrey seinen erfolgreichen Angriff, erfolgreich in dem Maße, dass er seinen Kampfpartner immer näher an das Ende der Matte drängte, um ihn dort, wenn er über den Rand stolperte, mit einer Schlagkombination zu Boden zu zwingen. Aber wenn man einer Frau im Kampf gegenübersteht, sollte man sich nicht von Natur aus überlegen fühlen, denn dies widerspricht den tatsächlichen Gegebenheiten. Als erneut das linke Bein des Angreifers Sophies Gesicht näher kam, ging sie blitzschnell in die Hocke, ihre Reaktionszeit war unübertrefflich, ohne Verzögerung rollte sie auf das Standbein ihres Widersachers zu, womit sie ihn beim Aufprall zu Fall brachte. Chancenlos, die plötzliche Attacke zu parieren, fiel er über sie hinweg auf die dunkelblau gefärbte Matte, die vor schlimmeren Verletzungen schützen sollte. Kaum versuchte er wieder auf die Beine zu kommen, umschlang Sophie, der er den Rücken zukehrte, und die auch diesmal schneller war, hinter ihm kniend seinen Hals und würgte ihm die Luft mit ihrem muskulösen Arm ab. Jeffrey versuchte sich zu befreien, er spürte den Druck ihres sehnigen Armes an seinem Hals, startete einen Gegenangriff, indem er wild hinter sich schlug, während er seine rechte Hand darauf verwendete an Sophie zu zerren. Doch darauf war die junge Frau vorbereitet und unbarmherzig hielt sie dem Mann weiter stand, den Schmerz, den er ihr zufügte, verdrängend - ganz in dem Kampf versunken, ihren Geist nur auf einen Gedanken fokussiert, konzentriert auf den Sieg. Jeffrey wand sich, wie ein Aal versuchte er ihr und ihrem gnadenlosen Griff zu entweichen, was zur Folge hatte, dass Sophie fester zudrückte, ihn weiterhin umklammerte, ihre Beine zur Hilfe nahm, um ihn am Boden zu halten und am Aufstehen zu hindern. Ein Zeichen des Aufgebens wollte seinem Mund entweichen, aber auch dieser Versuch schlug fehl, nichts drang aus seiner Kehle, der starke Arm, den er unterschätzt hatte, ließ es nicht zu. Mit ihrem freien Arm verstärkte Sophie den Halt, und der Gewinner des Kampfes wurde deutlich. Jeffreys Lippen bewegten sich zu den Lauten, die sich ihren Weg aus der Kehle zu kämpfen versuchten, der Versuch hatte ein Scheitern zur Folge. Wer von den Lippen lesen konnte, sah Worte der Niederlage, geformt von Lippen, die sich ganz langsam blau färbten. Sophie beherrschte diese Fähigkeit nicht, außerdem konnte sie den Mund des hilflosen Mannes nicht sehen. So dauerte sein leidender Zustand an, bis zu dem Zeitpunkt als er endgültig erschlaffte und die Seite seines Kopfes auf ihrem Arm lag, der Schiedsrichter den Kampf abwinkte und Sophie einen Punkt zusprach. Ihre Muskeln entspannten sich und ihr Arm nahm eine natürliche Haltung ein, während sie langsam aufstand und sich ihrem Trainer näherte, von Menschen umringt, die sie beglückwünschten. Jeffrey musste sich mit zwei Pflegern abgeben, die sich ihm widmeten und ihm Aufmerksamkeit schenkten, indem sie seine Luftzufuhr wieder regulierten. Viel davon bemerkte der junge Mann allerdings nicht, da er sich immer noch in einem gedanklichen Nebel befand, am Rande der Bewusstlosigkeit, trotzdem keine wirklich ernste Verletzung.

Case betrat die große Halle. Er verglich sie immer mit einer Arena für Gladiatoren und fand dies sehr zutreffend. Seine Zeit war gekommen, und nachdem er sich in seiner Wohnung nach dem Ausloggen den Schweiß gründlich abgewaschen hatte, war er sofort losgefahren. Die Sporthalle diente den meisten Vereinen der Stadt und lag im Zentrum. Der Verkehr war zu dieser Zeit recht groß, es war der typische Berufsverkehr einer Großstadt. Case war gut durchgekommen, sein Hilfscomputer versorgte ihn immer mit nützlichen Tipps, welche Route er am Besten fahren konnte. Auf diese Weise schaffte er es trotz einer Verspätung, die man durch seinen etwas länger als geplanten Ausflug im Dreamnet erklären konnte, pünktlich zu erscheinen. Er sah die vielen Matten, welche als Schauplätze der sportlichen Wettkämpfe herhielten, aber jetzt befanden sich keine Kämpfer mehr auf ihnen. Es herrschte leichter Tumult in der Halle, vergleichbar mit dem geregelten, ordentlichen Chaos bei einem Ameisenhügel. Nach kurzer Zeit des Suchens entdeckte Case zwar nicht die Person, welche er sich erhofft hatte, aber eine andere, die ihn zu ihr führen konnte. Case setzte sich in Bewegung, und im normalen Schritttempo rempelte er sich seinen Weg durch die Menschenmenge, die aus Kampfsportlern, Trainern, Schiedsrichtern und Zuschauern bestand, frei. Als Reaktion auf die Zuhilfenahme der Ellbogen hörte er sehr negativ ausfallende Bemerkungen. Schließlich erreichte er die gesuchte Person, froh sie an der Stelle vorzufinden, an der er sie vorhin vom Eingang der Halle aus, der erhöht lag, gesehen hatte. Der Trainer sah Case, als dieser sein Blickfeld betrat: »Hi, Case. Du willst sie abholen?«

Case kannte den hoch gewachsenen Mann schon seit einigen Jahren, er war ein paar Jahre älter als Case und immer freundlich und zuverlässig. Obwohl Case davon nicht viel Ahnung hatte, hatte er das Gefühl das dieser Mann ein guter Trainer war. Er meinte beiläufig: »Ja. Wie ist es gelaufen?«

»Sie hat den Pokal. Hast Du anderes erwartet?«

Case lächelte unwillkürlich und seine Antwort war ein leichtes Kopfschütteln.

»Eine andere Antwort hättest Du mir auch nicht geben dürfen. Sie ist in ihrem Zimmer, Nummer sechsundfünfzig. Bis dann.«

»Ciao«, Case entfernte sich.

Das milchige Glas ließ nur Umrisse erkennen. Die einen Meter neunundsiebzig große Frau besaß einen gut geformten Körper. Sie war extrem muskulös, wenn sie sich nicht anspannte, fiel dies jedoch nicht stark auf. Ihre Haut war schön straff und alles an ihrem Körper war fest, kein überflüssiges Gewebe befand sich an ihr. Ihre geraden Schultern, die weder schlaff herunterhingen, noch zu breit waren, bewegten sich leicht mit ihren Armen, als ihre Hände über den Körper glitten um ihn zu waschen. Der Schaum, den die Seife verursachte, floss langsam an ihrer Hüfte herunter. Sophie war eine ausgesprochen hübsche junge Frau, ihr Körper war makellos, und da war ein Mensch, der ihn perfekt fand. Er war nicht der einzige.

Langsam schwang die Tür zu dem kleinen Duschraum auf und ein Mann trat ein, den die junge Frau nicht sah, da sie den Rücken zu ihm gedreht hatte, und wegen des lauten Wasserrauschens hörte man nichts. Der eintretende Mann war ganz nackt, seine Kleidung hatte er im Vorraum fallengelassen, und er schlich mit vorsichtigen

Bewegungen auf die Dusche zu, um die Tür mit einem Ruck zu öffnen und die junge Frau von hinten zu erfassen. Sie erschrak nicht, zuckte nicht einmal, sondern drehte sich langsam um, als sie seine Hände an ihrer Taille spürte, während der Mann in die Dusche stieg. Das schöne Gesicht, welches zu dem attraktiven Körper gehörte, blickte mit sanften Augen, die mal grün, mal blau schimmerten, in die des jungen Mannes, der die Schwingungen spürte, die von ihr ausgingen. Ihre Gesichtszüge deuteten auf eine charakterlich gefestigte Persönlichkeit hin, sie strahlte Jugendlichkeit und eine besondere Art von innerer Stärke aus.

Die Augenbrauen, die wie gezeichnet wirkten, veränderten die gerade Linie die man anhand beider bilden konnte, kaum, als sie leise seinem Namen flüsterte. Case Hand streichelte durch Sophies recht kurzes blondes Haar, was für sie praktisch war, da ihr beim Kampf niemand leicht daran ziehen konnte. Es fiel seitlich fingerlang herunter. Sie gingen beide eine zärtliche Umarmung miteinander ein, und ihre Körper bewegten sich rhythmisch um die lustvollen Gedankenbilder der beiden auszuleben. Ihre Haut war fest und straff, nun fühlte sie sich zusätzlich weich und sanft an. Case gab sich ihr, wie sie ihm, völlig hin, der einzigen Person die er liebte, und der er ohne Einschränkung vertraute. Sie liebten sich lange Zeit und verstanden sich ohne Worte. Stunden später kamen sie zur Ruhe und schliefen unzertrennbar vereint auf dem warmen Teppichboden des Umkleideraumes ein. Sie hatten Sophies Titelgewinn auf ihre eigene besondere Art gefeiert, und zum Glück gehörte die Sporthalle zu einem großen Hotel, in dem die internationalen vertretenen Teilnehmer des Turniers übernachtet hatten, denn sonst wären sie wohl eingeschlossen worden und hätten auf einen Verein warten müssen, der sie freiließ.

Nachdem Case mit seiner Verlobten Sophie das Wochenende auf diese Weise verbracht hatte, erwachte er ein wenig ausgelaugt und ohne Tatendrang am Montagmorgen in der gemeinsamen Wohnung. Er konnte nicht einfach im Bett bleiben, da er eine Arbeit hatte, der er nachgehen musste, und seine Geschäftspartner und Freunde würden es nicht gut heißen, wäre er nicht vorhanden, wenn sie einen neuen Auftrag ausführten. Sophie war schon unterwegs, sie war vor einer Stunde aufgestanden, und er hoffte, sie hatte ihm etwas zu essen hingestellt, bevor sie ihrer Arbeit nachging. Er hatte heute nicht die Nerven, selbst zu versuchen Frühstück vorzubereiten, und somit würde er sonst lieber hungern. Sophie war Psychologin, eine Sache die für Case gut war. Er war ein echter Problemfall, zwar äußerlich ein sehr logischer Mensch, der kaum Gefühle offenbarte, und er besaß einen unglaublich starken Willen, aber ohne diesen wäre er schon lange zugrunde gegangen. Denn fast genauso stark wie sein Wille waren seine Emotionen. Seine Gefühle waren teils dergleich stark, dass es andere Menschen zerreißen und zu Taten zwingen würde, die ihnen schadeten. Case wurde ihrer Herr, indem er seinen Willen über sie setzte, ganz selten waren die Emotionen stärker, und er war nicht mehr Meister seiner selbst. Es gab zum Teil ganz unbedeutende Situationen, die Case fertig machten, ihm seelischen Schaden zufügten, Schäden die andere Menschen in der Lage nicht einmal erwartet hätten. Case hatte wegen der Schmerzen mehr als einmal an Selbstmord gedacht. Aber dazu war er zu seinem eigenen Glück nie stark genug gewesen, und es blieb bei Tränenergüssen. Nach außen hin verdrängte Case diese Schwäche oft, damit andere nicht mit dem Wissen um seinen wunden Punkt vermochten ihm zu schaden, doch als er mit Sophie zum ersten Mal aus war, hatte sie dies gleich vernommen. Sie hatte sich seine freundliche aber kühle Art nur angesehen, und ihm dann, als sie einmal alleine in ihrer Wohnung beim Abendessen saßen, ihre Macht demonstriert. Sie war eine sehr gute Psychologin, die Menschen leicht manipulieren konnte. Sie hatte dies mit Case getan, seinen Willen gesprengt und ihn total verunsichert. Er hatte sich damals so schlecht gefühlt, so hilflos, doch danach hatte sie ihm geholfen seinen Willen zu festigen, leichter mit diesen Emotionen zu leben und ihm einen Weg aus dem innerlichen Chaos gezeigt. Ihre Anwesenheit beruhigte Case immer, und sie war die Einzige, die ihn stoppen konnte, wenn ihn seine Gefühle übermannten. Sie ergänzten sich prima – sie, die ihm allzeit half, ihm Halt gab, weil sie ihn liebte, und er, der ihr alles gab was sie brauchte, seine starke Liebe und auch eine Schulter zum Anlehnen, sobald sie dies benötigte. Irgendwie war Case genau der Mann, der verrückt genug war, geheime Daten zu stehlen.

Case hatte Glück, Sophie hatte ihn nicht vergessen, und er konnte ausgiebig Essen zu sich nehmen. Nun war es Zeit in das Büro zu fahren, welches er sich mit seinen Freunden teilte. Zuletzt war er dort am Samstagvormittag gewesen, als sie wichtige Daten an einen ihrer Klienten verkauft hatten, für die sie in die Datenbanken einer bekannten Firma eingedrungen waren. Case war sehr froh gewesen, dass alles so glimpflich verlaufen war, sie hatten sich am Freitag alle vier in das Virtual Reality Netz eingeloggt, durch das Eis geschlagen, ein Haufen Wachprogramme vernichtet. Ohne Schaden zu nehmen, kamen sie an den Informationsstrudel den sie benötigten und zapften die verlangten Daten ab, für die sie ihre monatlichen Einnahmen bekamen, dies war die Art und Weise mit der Case und seine drei Freunde, die vier selbsternannten besten Cyberpunks der Stadt und des Umkreises, ihren Lebensunterhalt verdienten. Nicht ganz legal aber sehr einträglich, wenn man gut war, außerdem waren die gesetzlichen Strafen nicht allzu hoch, lediglich die bestohlene Firma konnte auf eine unangenehme Art reagieren. Doch dieses Pech hatten die vier nie gehabt. Sie wussten im Allgemeinen sich zu schützen. Ein Job für Profis. Menschen die mehr als genau wussten, was sie da taten und wofür. Fehler wurden in dieser Branche nicht geduldet. Es galt das darwinsche Prinzip.

Case betrat das große Büro, das in dem Dachgeschoß einer kleinen Fabrik lag. Sie hatten es von dem Fabrikbesitzer günstig gemietet, als sie angefangen hatten ihren kleinen Betrieb aufzubauen und nicht viel Geld besaßen. Das Dachgeschoß war wirklich groß, sie hatten mehr Platz zur Verfügung als sie benötigten. Das Licht fiel durch die kleinen Dachluken, nicht genug um den Raum richtig zu erhellen, aber um die Anzeigen auf den Bildschirmen, der achtzehn Monitore, die in der Mitte des Raumes, aus dem das ganze Dachgeschoß bestand, verteilt waren, zu erkennen, da diese von alleine Licht ausstrahlten. Alle Computer bildeten ein selbstgebautes, hochspezielles Netzwerk, sechs von ihnen dienten zur Überprüfung der anderen und zur Verwaltung sämtlicher Programme. Zwei waren auch an internationale Netzwerke angeschlossen, so dass sie jederzeit zu jeder Datenbank der Welt Kontakt aufnehmen konnten, sie nannten sie Connector, da sie sie überall hin verbinden konnten. Jeweils fünf waren Virtual, bzw. Dreaming-Reality Konsolen. Die Dreaming-Reality gehörten zwar nicht zu ihrem Arbeitsgebiet, aber die vier hatten sie sich angeschafft, um von hier aus gemeinsam Reisen unternehmen zu können und nach Dienst zusammen Spaß zu haben. Sie konnten sich zwar auch von ihrer Wohnung aus in dasselbe Szenario einloggen, doch als sie genug Geld verdient hatten, erlaubten sie sich diese Anschaffung. Die Virtual-Reality Konsolen waren ihr hauptsächlicher Arbeitsbereich. Mit dem Connector wählten sie die gewünschte Datenbank an, und wenn, wie eigentlich bei jeder Datenbank zu der nicht jeder freien Zugriff haben sollte, Sicherheitsvorkehrungen vorhanden waren, verbanden sie die VR Konsolen mit den Datenbanken, einer oder mehrere von ihnen schloss sich ans Interface an und steuerte nun Angriffsprogramme durch den Cyberspace um das Eis zu brechen und durch die Schranken hinweg an die gewünschten Daten zu kommen. Eine solche Aktion konnte mit einem Kampf verglichen werden, sie waren die Söldner, die sich durch feindliches, bewachtes und mit Minen belegtes Gebiet kämpfen mussten. Die Wachen waren hier künstliche Intelligenzen, selbst denkend, aufgrund eines speziell ausgearbeiteten Algorithmus, oder menschliche User, die von Firmen bezahlt wurden, um ihre Datenbanken zu schützen und ihrerseits Sicherheitssoftware durch den Cyberspace, wie Raumschiffe durch den Weltraum, steuerten, um die Angriffsprogramme zu vernichten, bevor diese an die Daten gekommen waren. Die Minen waren Sicherheitsprogramme, die von niemanden gesteuert wurden, sondern wie eine Falle auf eine falsche Bewegung des Eindringlings warteten, um ihn somit als illegalen Benutzer zu identifizieren, da er die Schranken nicht zu kennen schien, und ihn dann, dass heißt seine Programme und somit die Verbindung, die mühsam aufgebaut wurde, zu vernichten.

Sid und Stone, letzterer nach einem alten Computervirus genannt, erwarteten ihren Freund Case schon. Murrend blickte Sid von seinem Terminal auf, die Informationen, die seine Anzeigen ihm gaben schienen ihm nicht zu gefallen. Sid war der absolute Spezialist auf dem Gebiet der Computersysteme. Sprich er beherrschte jeden Computer im Handumdrehen und konnte alles damit machen. Computer lasen ihm seine Wünsche von den Augen ab, wie Stone es manchmal formulierte. Nur für den Cyberspace war der, von seiner Fingerfertigkeit mit Tastaturen und Mäusen abgesehen, ungeschickte Neunzehnjährige nicht geeignet. Er reagierte meist einen Moment zu langsam, eine Sekunde zu spät, und so überließ er es den anderen dreien, die allesamt Vollprofis in dem Gebiet der Cyberpunks, sprich dem Cyberspace, waren, sich durch das Eis zu hacken. Sid war mehr der zurückgezogene Typ, der erst nach acht, neun Liter Bier und einigen Wodkas anfängt sich zu unterhalten. Und dann konnte man wirklich beeindruckend qualifizierte Gespräche mit ihm führen. Sein blondes Haar, das bis zu seinem Hals ragte, flog immer ungekämmt herum, doch das störte hier niemanden. Einen Bart hatte er nicht, nur manchmal - nach tagelanger Zeit der Übermüdung und Schlaflosigkeit – einige Stoppeln, die dem Rasierer noch nicht zum Opfer gefallen waren.

Stone war für die physikalische Zusammenstellung zuständig. Er hatte das Netzwerk gebaut, Sid die Software dazu geschrieben. Stone kaufte die Konsolen, nahm sie auseinander und baute sie wieder zusammen, mit zusätzlichen Teilen versehen, so dass sie effektiver arbeiteten, schneller, leistungsstärker. Stone war einer der seltsamsten Menschen, die Case kannte. Er war weltoffen, hatte immer einen dummen Spruch auf den Lippen, rauchte viel und oft, trug der Norm entsprechend langes schwarzes Haar, nicht wie das extrem kurze von Case, trank gern und literweise Alkohol mit seinen Freunden, wirkte immer cool und war es auch, und er hatte jeden Abend eine andere Frau in seinem Bett, manchmal auch mehrere. Eigentlich war Stone ein Arschloch, der andere Menschen, von seinen Freunden abgesehen, benutzte um seine eigenen Vorteile ziehen zu können. Aber er war zuverlässig und tat alles für seine wahren Freunde, zu denen Case sich zählen durfte.

Case blickte von Sid zu Stone, der ihn nichts sagend ansah, und wieder zu dem mürrischen Sid, wobei ihm jedoch klar wurde, dass er von seinem nicht sehr gesprächigen Freund keine Erklärung erwarten durfte.

»Hallo ihr alle ...«, warf er in die Runde und »... hallo Case.« fügte er hinzu, als er keine Antwort bekam, »Na kommt schon Leute, was ist passiert?«

Stone, der an einen Stützbalken in einer dunklen Ecke gelehnt hatte, richtete sich zu seiner vollen Größe auf und trat in den nur wenig heller erleuchtetem Teil des Raumes in dem die gewaltige Rechneranlage stand. Mit einem Finger schnippte er die Zigarette in seiner rechten Hand weg und trat sie auf dem alten Holzboden aus: »Wir wollten den Auftrag der Chicagoer Datenbank erledigen bevor ihr kommt. Sid hat den Connect hergestellt, und ich versuchte mich durch das Eis zu hacken. Die entdeckten mich und machten uns die Hölle heiß. Anstatt mich rauszuschmeißen, kesselten sie mich ein, sie wollten uns wohl festhalten, bis sie den Connect zurückverfolgt hatten, um ein Kommando auf unsere Fersen zu heften, aber ich hab' rechtzeitig den Ausgang erreicht. War reichlich knapp. Wenn wir wieder rein wollen, müssen wir aufpassen, denn die sind bestimmt vorbereitet.«

Sid nickte zustimmend. Case verzog den Mund, zuckte mit seinen Achseln und setzte sich in Bewegung, auf die eine VR Konsole zu, die er aus einem unerfindlichen Grund bevorzugte: »Okay, Sid, ich brauche einen Connect. Stone, du gehst mit rein, einer von uns muss sie ablenken, dass machst du, während ich eindringe. Sid, verbinde Stone über unsere Ablenkbox in Australien, so dass wir etwas mehr Zeit haben, bis sie uns hier gefunden haben. Sid, du lenkst uns.«

Sie arbeiten wie immer, wie ein eingespieltes Team. Sid bediente die normalen Computer, er benutzte den Connector um die Verbindung aufzubauen, während Case, der inoffizielle Chef der vier Freunde – obwohl sie alle gleichberechtigt waren – und Stone sich die als Interface dienenden elektronischen Handschuhe anzogen, sich ein letztes Mal zunickten und Cyberspace Sichthelme aufsetzten. Stone ging zuerst rein und wurde schon erwartet, die Wächter in der Chicagoer Firma waren durch den letzten Zwischenfall bereits alarmiert.

GEFAHRENZONE

Es war ein hochmodern eingerichteter hell erleuchteter Raum, voll gestopft mit Hightech Equipment und überall herrschte geschäftiges Treiben. Die Männer und Frauen, die in diesem Raum arbeiteten, hatten die Aufgabe den ganzen Tag den Bildschirm vor ihnen zu beobachten und Auffälligkeiten zu melden. Circa dreißig Monitore waren vorhanden, zwei davon unbesetzt.

»Sir, ich habe erneut einen Eindringling. Dieselbe Taktik wie zuvor?«

Der einzige Mann im Raum, der nicht vor einem Bildschirm saß, näherte sich. Die Macht der Befehlsgewalt ging von ihm aus: »Wie vorhin. Nicht entfernen, sondern festhalten und zurückverfolgen.«

Die Sicherheitszentrale in Chicago, Teil eines privaten Sicherheitsdienstes, der von einigen millionenschweren Firmen zum Schutz engagiert wurde, nahm ihren Dienst auf.

Stone bewegte seine Handschuhe, und durch den Monitorhelm konnte er sehen, wie er sich in dem dreidimensionalen Gitternetz namens Cyberspace bewegte. Er sah einige Defensivprogramme in der Gestalt von dreidimensionalen Objekten, mal einfach strukturiert, bestehend aus einer Kugel, oder hochgradig komplex aus lauter kleinen zusammengesetzten Würfeln und Pyramiden. Anhand der verschiedenen Formen konnte ein Kenner, ein Cyberpunk erkennen, was für ein Programm er vor sich hatte. Stone wich den Verteidigungsmechanismen aus, er bewegte den Handschuh und gleichzeitig sich im Cyberspace, woraufhin sich die Abwehrprogramme auf ihn zu bewegten, gesteuert von den Wächtern, einigen hoch bezahlten Sicherheitsbeamten, die dies tagtäglich taten. Auch sie waren Profis. Innerhalb weniger Sekunden verfolgten genug von ihnen Stone, so dass er große Probleme damit bekam. Er lenkte sie weg von dem Eingang im Gitternetz, durch ein grelles Feld verdeutlicht. Sid half ihm, die beste Richtung zu finden. Drei Sekunden später kam Case. Er startete ein Programm, dass es ihm ermöglichte extrem schnell durch den Cyberspace zu kommen, sie hatten es von russischen Freunden erhalten. Case bewegte sich in entgegen gesetzter Richtung, er entfernte sich von Stone und hielt sich ebenfalls an Sids Anweisungen. Er kam in dem Gitternetz an ein Labyrinth aus Gängen, es gab immer zehn Möglichkeiten, und hinter jedem Gang wieder zehn, usw. bis in die zehnte Instanz. Würde er einen falschen Gang erwischen, so würde er durch einen Schutzmechanismus am weiteren Vordringen gehindert. Erst nachdem er den Gang ganz zu ende abgefahren hätte, wüsste er ob seine Wahl richtig war. Es gab zehn hoch zehn Möglichkeiten, sprich zehn Milliarden, davon eine richtig. Die Wahl fiel schwer.

Nun stellt sich vielleicht die Frage, warum man nicht einfach keinen Weg zulässt und somit seine Daten rundherum absichert. Doch Datenbanken waren ja gerade dazu da, dass man hier seine Daten ablegte, so dass andere darauf zurückgreifen konnten, zum Beispiel wenn man Informationen an Partnerfirmen übermitteln will. Damit aber ausschließlich Personen Zugriff bekommen, die berechtigt sind, bezahlen die Firmen viel, dass Spezialisten ihnen ein kompliziertes System von Schutzvorrichtungen anlegen, so dass niemand ohne den Weg kennen durchkommt. Zusätzlichen Schutz bieten die Sicherheitszentralen, die neben den festen Hindernissen mobile Wachen stellen, die unberechtigte Eindringlinge erkennen und an weiterem Vordringen hindern. Steigt man also zu einer Zeit ein, in der kein Zugriff angemeldet ist, oder ohne zuvor um Berechtigung anzufragen und diese zu bekommen, schlägt es bei den Sicherheitsdiensten Alarm. Case stand nun vor dieser gigantischen Schranke, die wie ein Codeschloss wirkte, nur ein Weg, eine Kombination war richtig, jede andere falsche würde zur Niederlage führen. Aber das bereitete Case keine Probleme. Die Wahl fiel leicht. Er startete das Decoder-Programm, das Sid entwickelt hatte, und es teilte sich immer nach Anzahl der Möglichkeiten, die einzelnen Programme flogen dann in die Wege und teilten sich erneut, usw. bis sie alle am Ende angekommen waren. Nur eins existierte dann noch, die anderen wurden von dem Schutzmechanismus angegriffen und vernichteten sich selbst. Das Programm, das übrig blieb, meldete den Weg, den es gekommen war zurück und startete ein Lotsenprogramm, das Case nun den Weg angab. Keine zwei Sekunden und Case kannte den Weg, weitere zwei und er ließ die Schutzvorrichtung hinter sich. Er hielt sich an den Grundsatz, dass jede Sicherung, die ein Mensch geschaffen hat, auch von einem Menschen gebrochen werden kann. Das Case-Prinzip. Und bis jetzt hatte sich dieser Grundsatz immer bewahrheitet. Es gab immer einen Weg. Die Frage war, wie viel man opfern musste.

Sie hatten Stone, ein Search-Programm hatte an ihm angedockt, während Catch-Programme ihn festhielten. Stone konnte sich nicht mehr wehren. Ihm geschah natürlich nichts, da er nicht, wie im Dreamnet mit allen Sinnen im Netz war, sondern er sah nur, was dort passierte. Jederzeit konnte er den Helm und den Handschuh absetzen, doch er wartete um sich weiter im Cyberspace umsehen konnte. Das Search-Programm ortete den Ort von dem die Verbindung aus hergestellt wurde. Dies dauerte immer eine gewisse Zeit, da die ganze Leitung bis zum Ausgangsort abgesucht werden musste.

»Sir, wir haben die Adresse.«

Der oberste Sicherheitsbeamte wandte sich seinem Untergebenen zu: »Geben Sie mir ein Einsatzkommando in dem Zielgebiet.«

In jeder Stadt der Welt hatten sich mittlerweile kleine Gruppen gegründet, die sofort einsatzbereit waren und ausgesandt wurden um Eindringlinge hart zu bestrafen. Je nachdem, wie nah die Firma am Rand der Legalität stand, handelten sie. Sie taten alles, für das sie bezahlt wurden. Es waren organisierte Gruppen von Killern, die man aufgrund von Mobilitätsgründen benötigte. Der Sicherheitsdienst in Chicago konnte schlecht sofort gegen Hacker irgendwo anders in der Welt vorgehen, aber die mobilen Einsatzkommandos ließen sich von überall vor Ort benachrichtigen, und die konnten ohne Verzögerung in Aktion treten.

Case hatte die Daten und befand sich wieder auf dem Rückweg, durch die seiner Meinung nach lächerlichen Schranken, welche ihn nicht hatten hindern können, glücklich darüber, dass Stones Ablenkungsmanöver funktioniert hatte, und man ihn bis zu diesem Zeitpunkt nicht entdeckt hatte. Die drei schwer bewaffneten Männer stürmten aus einem kleinen Transportbus und bevor man sie bemerkte, hatten sie ihr Einsatzgebäude schon betreten. Sie rannten die Treppe hoch, sich gegenseitig Deckung bietend, und als sie an der Wohnung angelangt waren, zu der man sie geschickt hatte, vergingen nur anderthalb Sekunden bis sie die Tür mit Gewalt geöffnet hatten. Diese flog auf und ohne Pause ging der Einsatz weiter. Zwei der Männer nahmen in dem Türrahmen Stellung und ihre schwerkalibrigen Schnellfeuergewehre zertrümmerten die Einrichtung, sie vernichteten fast alles, seltsamerweise berührte keines der Geschosse das Terminal in der Mitte des Wohnraumes. Nachdem sicher war, dass von keiner Ecke her Gefahr drohte, verstummten die Schüsse und die zwei schwarz gekleideten Gestalten machten der dritten Platz, die mit einem Koffer unter dem linken Arm auf den Terminal zueilte und den Computer, welcher sich in dem Koffer befand, an ihn anschloss. Dem Tötungskommando war klar, dass ihr Zielort nicht der wirklich gesuchte Ort war, sondern hier nur eine Ablenkbox zur Überbrückung stand, und sie versuchten den Ausgangspunkt von hier aus weiter zu verfolgen. Einer von ihnen nahm mit einem Funktelefon mit dem Auftraggeber Kontakt auf, um ihn zu informieren.

Case bekam von Sid die Meldung, dass die Ablenkbox in Australien angezapft wurde und nicht mehr viel Zeit bliebe, als er die zwei Wächter hinter ihm bemerkte. Sie hatten einen verhältnismäßig geringen Abstand, und er war sich sicher, dass sie davon Kenntnis hatten, dass er wichtige Daten bei sich hatte, gestohlen von dem Konzern, der den Sicherheitsdienst bezahlte um ihn zu schützen. Sie mussten ihn fassen, koste es was es wolle. Und Case musste an Stone denken, konnte man seine Verbindung nicht rechtzeitig lösen, würden die die richtige Adresse bald haben, und die Freunde hätten ein Mordkommando auf dem Hals. Stecker ziehen reichte nicht, da Verbindungen heutzutage eher logischer als physikalischer Natur waren, und die Verbindung erst nach einem mehrminütigen Timeout beendet wurde, wenn man sich nicht korrekt ausloggte. Und so lange wie sie offen blieb, konnte man sie zurückverfolgen. Sid lenkte Case in Stones Richtung. Stone war wirklich gut eingekeilt. Sämtliche seiner Verteidigungsprogramme waren deaktiviert worden, alleine konnte Stone sich nicht befreien und es zum Ausgang schaffen, dies sah Case auf einen Blick. Er betätigte ein Minenprogramm, dass hinter ihm eine Wand im Gitternetz errichtete, die ihn verfolgenden Wächter aufprallen ließ und sich um sie schloss. Case nutzte das Überraschungsmoment und hatte seine Angriffsprogramme schon gestartet, bevor den Piloten der Catch-Programme überhaupt klar wurde, dass er da war und es auf sie angelegt hatte. Die Catch-Programme waren schnell gelöscht, erased oder genullt wie es Sid immer sagte, und Stone floh mit Case aus dem Cybernet, die Verbindung war aufgehoben, ihr Auftrag ausgeführt.

»... ja, wir können sie nicht weiterverfolgen, Terminal vernichten, okay. Die Rechnung wird zugestellt«, das Kommando vernichtete nun auch das, was sie vorhin übrig gelassen hatten.

DeForrest ging vorsichtig durch das schlecht erhellte Treppenhaus. Er zog vorsichtshalber seine Handfeuerwaffe, die gefährlich für seine Feinde werden konnte. Sein bräunliches Haar bewegte sich leicht im Takt zu seinen Beinen, immer wenn er eine Stufe hochstieg. Er wusste nicht, was ihn hier erwartete und sein bisheriges Berufsleben hatte ihm gezeigt, jederzeit auf alles vorbereitet sein zu müssen, wenn man überleben wollte. In der linken Hand seinen Ausweis und in der rechten seinen Schutz wartete er, bis man ihm öffnete, als er seinen Zielort erreichte. DeForrest trug die schwere Bürde einen Tod zu untersuchen, der eigentlich zwar selten aber nicht ungewöhnlich war. Flatline im Netz war nie ausgeschlossen, aber diesmal gab es seltsame Berichte von einem Magierkampf im Netz. Seine Nase sagte ihm, hinter diesem Tod steckte mehr, vielleicht ein Mord. Was wohl eine ganz neue Art von Verbrechen war, etwas noch nie da gewesenes, und dazu noch eine Straftat auf einem Gebiet, von dem niemand der polizeilichen Abteilung viel Ahnung hatte. Die erste Untersuchung, nachdem die Freundin des Opfers den Toten gefunden hatte, brachte nicht viele Informationen. Aber nach einem Gespräch mit der unglücklichen Frau war ihm zumindest eine Adresse bekannt, die ihn weiter führen konnte.

Der Leutnant der Polizeidivision, Abteilung Mord musste dem gefassten Case zu Hause über den Tod seines Freundes aufklären. Case hatte einen langen Tag gehabt, vielfach hatten er und seine Freunde sich darüber gewundert, wo Sheldon, der vierte im Bunde, bliebe, doch sie dachten an etwas harmloses, Stone hatte gemeint Sheldons Freundin wäre zeitaufwendig. Doch nun begegnete Case der Wahrheit. Verzweiflung überkam ihn, sein Willen verhinderte äußere Ausbrüche. DeForrest war mit dieser Reaktion nicht zufrieden, sein Misstrauen war geschürt, und er nahm sich vor, Case ab sofort ständig zu beobachten, vor allem, da dieser ihm nichts Neues berichten konnte, und ihm nähere Informationen nicht gab. Außerdem wich Case einigen Fragen aus, so dass DeForrest ihn zu seinen Verdächtigen zählte.

Case war ziemlich fertig. Der Leutnant hatte ihn wieder verlassen, und Case saß zu Hause auf dem Sofa, die Knie hochgezogen und schützend seine Arme darum gelegt. Er weinte, die Tränen rannen an seinen Wangen herunter wie bei einem kleinen Kind. Seine Freunde wussten noch nicht Bescheid, er war jetzt nicht bereit ihnen von dem Vorfall zu berichten. Schluchzend hing er seinen Gedanken nach. Er hatte dem Polizisten nicht weiterhelfen können. Flatline war eine Gefahr mit der alle Anwender des Netzes rechnen mussten. Mehr hatte DeForrest ihm nicht gesagt. Nur das Sheldon Flatline aufgefunden wurde, sozusagen ein Unfall. Case war sehr zurückhaltend. Der Polizist durfte nichts über seinen illegalen Beruf erfahren, also sagte er ihm, dass er Informatiker war. Außerdem galt es unter den Freunden als ein Gesetz, welches als Schutzfunktion vor den Tötungskommandos bestand, dass nur die vier ihren Arbeitsort kannten.

Als Sophie nach Hause kam, fand sie Case in seinem schlechten Zustand vor. Er war total am Ende, geistig ausgelaugt. Wie immer half sie ihm. Sanft entlockte sie ihm den Grund seines Zustandes. Ihn streichelnd und sein Haar kraulend schenkte Sophie ihm

Trost. Schließlich zog sie ihren Sweater aus, und er legte sich auf die weichen Kissen der Couch. Sie küsste seinen Körper, während er es still geschehen ließ. In sanften Wogen kam sie über ihn, wie Wellen die seinen Kummer fortspülten. Er war hin und her gerissen zwischen seinen Gedanken und den Genüssen die sie ihm bereitete, und die ihn allmählich wieder zurückbrachten aus der inneren Zurückgezogenheit.

Die drei verbleibenden Freunde trafen sich am nächsten Tag und Case hatte das zweifelhafte Vergnügen ihnen von dem unglücklichen Todesfall zu erzählen. Stille herrschte in der kleinen Gruppe, jeder trauerte auf seine Weise. DeForrest stand mit seinem Wagen an dem alten Lagerhaus und wartete. Er würde später Zeit finden, sich dort in Ruhe umzusehen, vorerst hieß es nur zu sehen was passieren würde.

ALPTRAUM

Sid war nie ein Mensch vieler Worte gewesen. Er hatte viele Minuten damit verbracht nachdenklich auf seinem Bürostuhl zu sitzen, jetzt stand er auf und ging an eine DR Konsole. Er brauchte Ablenkung. Stone starrte ihn an und ließ keine von Sids Bewegungen aus den Augen, Case stand teilnahmslos daneben, er hatte seinen Schmerz überstanden und ließ die anderen gewähren, um mit ihrem fertig zu werden. Sid loggte sich ein. Stone sah seine langgliedrigen Finger über die Konsole huschen, als Sid das Fantasy-Szenario auswählte. Der schüchterne Mann setzte sich das Interface auf und betrat die Dreaming Reality.

»Sieht so aus als ob wir nur noch zu dritt wären ...«, Stone ließ seine Bemerkung frei in der Luft hängen. Er hatte einfach etwas sagen müssen. Stone war die längste Zeit von allen mit Case befreundet. Schon in der Schule waren die zwei immer zusammen, unternahmen nichts alleine. Gemeinsam waren sie zum ersten Mal total besoffen gewesen, und es verbanden sie Erinnerungen, die keiner von ihnen missen wollte. Für Minuten hing jeder seinen Gedanken nach.

»Es ist hart für uns alle Stone ...«, keiner wusste so recht zu beginnen.

»Ja, Case.«

Plötzlich durchdrang eine Alarmsirene das stockende Gespräch. Eine der Sicherheitsvorkehrungen im Büro legte los. Stone blickte überrascht auf, während Case sofort zielstrebig zu der Konsole ging, an der Sid sich eingeloggt hatte. Er erblickte plötzliche Schriftzüge auf dem Monitor, und was er las erschreckte ihn: »Sid sucht Hilfe.«

Stone war mit einem Satz neben ihm. Sid hatte den Alarm mit einem Gedankencode ausgelöst und benutzte ein Kommunikationsprogramm um seine Gedanken den Freunden zugänglich zu machen.

»Scheiße!«, war Stones sofortige Bemerkung.

Nachricht: er will mich umbringen holt mich raus

Cases Finger flogen über die Tastatur. Er startete das Exit-Programm von extern, da Sid dies anscheinend nicht schaffte.

```
Failure.
Aufruf:            Exit_
Failure.
Aufruf:            Speechcom_
Accepted.          Speechcom started
```

Case schnappte sich ein Mikro, welches an dem Computer angeschlossen war. Das Speechcom-Programm ermöglichte es ihm, ins Mikro zu sprechen, und Sid konnte ihn hören: »Sid, was ist da los?«

```
Nachricht:         er will mich umbringen
                   holt mich hier raus
```

»Der Mechanismus funktioniert nicht. Verdammt Sid, verliere bloß nicht die Kontrolle.«

```
Nachricht:         hilfe
Nachricht:         er tötet mich
```

Stone sprang an die nächste freie Konsole und rief die Startupsequenz auf um sich ebenfalls einzuloggen. Er wollte Sid helfen.

```
Aufruf:            Exit_
Failure.
.

.

System stopped.
Object flatline.
Aufruf:            _
```

DeForrest betrat zusammen mit Sanitätern das Dachgeschoß der Lagerhalle. Niemand konnte Sid mehr helfen, nichts half ihn von seinem ewigen Schlaf zurückzurufen. In einer freien Minute, in der DeForrest mit dem Arzt sprach, hatten Stone und Case Zeit für einander: »Stone, das war kein Unfall... Stone!«

Case Freund schreckte von seiner Lethargie auf. Er war innerlich versunken. Doch dies war nicht der Moment zur Trauer: »Es war Mord, Case. Jemand hat ihn ermordet, im Netz.«

»Kaum zu glauben, nicht Stone? Irgendein Arschloch hat das Unmögliche möglich gemacht und im Netz getötet. Und ich könnte schwören, dasselbe ist Sheldon auch passiert.«

»Wie?«, fragte Stone aufgelöst.

»Das Interface kommuniziert mit unserem Hirn über Messung der Gehirnwellen und über Stromstöße, mit denen es uns suggeriert, was wir erleben. Der Mörder muss einen Weg gefunden haben, das Interface seines Gegenübers zu kontrollieren und selber ungeahnte Stromstöße abzugeben.«

»Wer, Case?«

»Keiner unserer direkten Feinde. Wir schlagen im Cyberspace immer unerkannt zu. Es muss jemand sein, der uns kennt. Ein Kunde.«

»Warum auf diese Weise? Wieso tötet man uns nicht hier, in diesem Büro, alle zusammen?«

»Niemand kennt diesen Ort, auch unsere Auftraggeber nicht. Doch jeder der Kunden weiß, dass man mit uns über das Dreamnet Kontakt aufnehmen kann. Es ist der einzige Ort, der dem Mörder bekannt ist. Er kennt weder unsere echten Namen, noch weiß er wo wir leben. Aber im Netz findet er uns. Er weiß wie wir aussehen, er wartet in dem Szenario bis einer von uns sich einloggt, dann schlägt er zu.«

»Es ist also einer unserer Kunden«, hielt Stone die Vermutung fest.

»Jemand der keine Mitwisser haben will, jemand für den wir extrem wichtige Informationen besorgt haben, tödliche Daten. Wer weiß, vielleicht hat jemand Angst, dass wir ihm in die Quere kommen können.«

»Er wird wieder zuschlagen, bis wir alle Tod sind, Case. Ich habe an so etwas nie gedacht, ein Netzmörder. Ein dunkler Magier, der die Dreaming Reality beherrscht. Ein böser Träumer«, flüsterte Stone.

»Nicht mehr lange Stone.«

Mit einem Blick auf DeForrest fügte er hinzu:

»Lenk ihn ab.«

Case entschlüpfte dem aufgeregtem Treiben um seinen toten Freund in einem günstigen Augenblick. Sie würden DeForrest eine gute Erklärung bieten müssen, aber Case hatte anderes vor. Es musste ein Auftraggeber sein, der erst kürzlich einen Dienst verlangt hatte, und es musste sich um wichtige Daten gehandelt haben. Sie kannten den Inhalt der Daten nie, aber Case merkte schließlich immer, wie gut diese Daten geschützt wurden, und allgemein galt die Regel, je wichtiger die Daten, desto besser sind sie gesichert. Und mit diesen Überlegungen im Hinterkopf war Case sich sicher, wer für die grausamen Aktionen verantwortlich war, und er wollte diese nun stoppen. Zum Glück wurden bei erfolgreich abgeschlossenem Auftrag die Daten immer von ihnen zum Auftraggeber transferiert, so dass sie den Connect aufbauten und wussten, wer und wo sich ihr Auftraggeber befand. Meist zogen die Freunde zusätzliche Informationen ein, um genau zu wissen, mit wem sie handelten. Case kannte den Ort an den er fahren würde. Der Auftraggeber, an den er dachte, stammte aus dieser Stadt und Case benötigte nicht allzu lange für den Weg.

Als er das Gebäude betrat, dessen Adresse er kannte, fand er lediglich eine kleine Firmenstation vor. Das Gebäude säumte die Schrift Data Trade Service, ein Unterhändler, den man engagieren konnte, wenn man als Auftraggeber nicht zurückverfolgt werden wollte. Nun gut, nicht das was Case sich vorgestellt hatte, aber trotzdem war er sich sicher, hier etwas zu finden, das er suchte. Das Firmengebäude bestand aus einem Vorzimmer mit einer Sekretärin und einem Wachposten der auf einem Stuhl verweilte. Case schritt einfach weiter und ließ sich von der Sekretärin nicht aufhalten. Er hörte den Leibwächter nahen, als er die Tür in das eigentliche Büro durchschritt.

»Ist etwas Frau ... oh«, der Mann im Büro blickte etwas verwundert. Case schritt zielstrebig auf ihn zu, während er sprach: »Reden wir nicht lange herum. Sie haben Samstag Informationen von uns erhalten. Jetzt schlachtet jemand meine Freunde ab. Ich will wissen, an wen Sie die Daten weitergeleitet haben.«

»Bitte verlassen Sie mein Büro«, Case wurde von hinten gepackt. Der Leibwächter wollte ihn hinaus schleifen. Case wurde immer ärgerlicher, Bilder seines toten Freundes Sid fielen über ihn her und Gedanken an Sheldon. Seine Emotionen durchbrachen die Schranken seines Willens in einer schrecklichen Ekstase, die einzigen Schranken, die in ihm moralische Barrieren darstellten, Case verlor die Kontrolle. Seine Wut war grenzenlos, unbändig sein Hass. Er riss sich frei, der Wachposten wurde nach hinten geschleudert. Gerade als er eine Feuerwaffe auf Case abfeuern wollte, brach dieser ihm mit einer gewaltigen Kraft den Arm. Sich umdrehend erblickte er die Mündung einer Pistole, die der Händler auf ihn richtete: »Sie hätten nicht herkommen dürfen.«

Case hörte den Schuss, er selbst hatte keine Chance rechtzeitig zu reagieren: »Lennard, das war knapp.«

Der unverletzte Case bewegte seinen Blick von dem zerfetzten Händler auf Leutnant DeForrest, der hinter ihm stand, verwundert zu leben und mit seinem Nachnamen angeredet zu werden: »Und jetzt haben Sie mir ein paar Dinge zu erklären.«

Case sprach lange Zeit mit DeForrest, in dessen Büro auf der Polizeistation. DeForrest war in Ordnung, er übersah die Aktivitäten der Gruppe, fragte nicht näher nach als Informationshandel erwähnt wurde. Der Ermittler sprach lediglich lapidar davon, dass Datenhandel nicht in seinen Zuständigkeitsbereich viel. Leider war auch die letzte Spur verwischt, nur der Händler wusste, wohin er die Daten weiter gesendet hatte. Es gab aber keinen Händler mehr, die Projektile aus DeForrest Waffe waren äußerst effektiv. Es war mittlerweile spät am Abend. Case war erschöpft und DeForrest hatte Feierabend. Und er hatte keinen Mörder. Und keine weitere Spur. Er wusste, dass er alleine keine Chance hatte, er besaß nur über weltliche Dinge Kenntnisse, nicht über all den neumodischen Kram, auch wenn er damit aufgewachsen war. Er plante mit einigen Informatikspezialisten der Polizei die Computer des Händlers gründlich zu untersuchen, aber nun war endgültig Dienstschluss. Case begab sich nach Hause, mit DeForrest gutem Rat, nichts zu unternehmen und in Sicherheit zu bleiben in den Ohren. DeForrest glaubte höchstwahrscheinlich selbst nicht an den gut gemeinten Ratschlag.

Er spürte es ganz deutlich, und sie verstand ihn. Er vernahm es, wie ein Ruf in der Stille. Da war jemand, der auf ihn wartete, es war, als wenn er seinen Schatten sehen konnte. Noch diese Nacht wollten sie etwas unternehmen. Es war klar, dass die Polizei nichts erreichen konnte. Sophie begleitete ihn, auch Stone kam. Das Dachgeschoß wirkte gespenstisch, nur wenig erleuchtet und draußen herrschte die Nacht. Stone wartete schon auf sie, sie verloren keine unnötige Zeit mit sinnlosem Reden. Zuerst stellten sie einen Connect mit einer schwarzen Box in Japan her. Dort bekam man immer eine Menge illegaler Software für Anwendungen im Dreamnet. Es war der digitale Schwarzmarkt. Die Cyberpunks deckten sich ein, soweit es ihr Banklimit zuließ. Zum Glück waren sie extrem vermögend, sie besaßen immer mehr als ausreichend Geld, und sollte alles glatt gehen, würden sie wie immer mit einem Auftrag mehr Geld verdienen als ein Angestellter im Jahr. Sophie beobachtete die zwei aufmerksam. Sie spürte Angst um Case, wusste jedoch, nichts würde ihn von seinem Vorhaben abhalten. Ohnehin würde es niemals wieder wie früher sein. Als sie genug Software hatten setzten sich Case und Stone an die DR Konsolen: »Okay, Sophie. Bitte hör mir gut zu. Eventuell nehme ich über den Terminal mit Dir Kontakt auf, dann tu das, was auf dem Monitor steht. Wenn auf einem Bildschirm Flatline steht, zieh das Interface einfach ab. Ansonsten rühr es nicht an, es könnte tödlich für uns enden, aber das ist nicht neu für Dich. Mit den Dingern dort drüben kannst Du Wiederbelebungsversuche machen, wenn einer Flatline ist.«

Alle schluckten leicht, dessen ungeachtet vermochte niemand etwas zu sagen, nicht einmal das man Sid nicht hatte wieder beleben können. Stone setzte sich das Interface auf, Case griff nach seinem. Ernst blickte er Sophie dabei an: »Ich liebe Dich.«

Beide waren nun im Netz, eingeloggt.

DER TAG DES TRÄUMERS

Es war hell in der mittelalterlichen Stadt. Case blickte auf Stone, und sie nickten sich ermutigend zu. Es war nichts Ungewöhnliches zu erblicken, und als erste Handlung im Netz wechselten sie ihre Kleidung. Case trug eine wildlederne Kluft und Stone eine stählerne Ritterrüstung. Beide aktivierten eine Kampfsoftware, so dass sie als weiteres Schwerter trugen. Zusammenbleibend schritten über den ihnen wohlbekannten Marktplatz. In der Dunkelheit der irrealen Stadt war kein Leben zu entdecken. Dunkelheit? Es war Dunkel geworden. Und die eben noch vorhandenen Menschen, welche die Marktstände gesäumt hatten waren verschwunden. Ein gewaltiges, machtvolles Programm musste dies fertig gestellt haben. Die zwei heldenhaften Krieger die in der Phantasiewelt einen bösen Magier zur Strecke bringen wollten, waren irritiert. Unvorbereitet über diese gigantische Allmacht mit der sie konfrontiert wurden, ließen ihre ersten Reaktionen auf sich warten. Plötzlich stellte sich ihnen eine schwarze Gestalt in den Weg. Der Urheber des Bösen, der Vollstrecker des Unheils und der Herrscher über den Tod im Netz zeigte sich ihnen, in seiner Gestalt des dunklen Magiers, schwarz wie ihre düstersten Träume. Wie in einem Kampf Mann gegen Mann trat Stone ihm entgegen, und sein Schwert drang auf den Mörder seiner Freunde ein. Case, der in Wildleder gekleidete Krieger im Netz nahm Kontakt zu seinem Engel auf, Sophie wusste damit von der Begegnung. Dann trat er an Stones Seite um seinem Hilfe zu leisten. Das Schwert war durch das Fleisch gegangen, doch unverletzt verließ der Magier diesen Ort des ersten Schreckens nach einem Lachen seinerseits. Stone und Case waren nun wieder zweisam allein: »Er war es…«

»Ja, Case. Und wir werden ihn stellen«, bestätigte Stone.

»Der Schwur gilt. Bis in den Tod aller. Wir sind es Sheldon und Sid schuldig. Freundschaft auf ewig.«

Rau erklang Stones Stimme als er Cases Worte aufgriff und wie bei einem Gelübde wiederholte: »Freundschaft auf ewig.«

Oft hatten sie diesen Satz zusammen mit den Freunden vor Beginn eines Kampfes bei einem der Abenteuer im Dreamnet geschworen. Heute mischten sich nicht mehr als zwei Stimmen in das Gelübte. Sie schritten voran im Netz, tief miteinander verbunden, in einer seelischen Verknüpfung und mit dem Ziel, den Schwarzmagier zu finden und in zu den Göttern zu schicken, hoffend auf die Qualität der zuvor gesaugten Programme, die es ihnen erst möglich machen sollten. Case spürte eine Energie in ihm, der innere Antrieb auf den er sich verlassen konnte. Stone gab ihm den Halt den er benötigte. Die zwei konnten momentan bloß einander vertrauen. Schließlich trennten sie sich, um das Szenario leichter auskundschaften zu können. Sie besaßen Programme die ihnen einen gedanklichen Austausch ermöglichten und ganz neu auch ein Teleportationsprogramm. Würde einer von ihnen in eine ausweglose Situation geraten, ließ sich ihm mit der Hilfe dieser Programme schnell helfen.

Sie bewegten sich in einem leeren Netz. Keine AI war auffindbar. Der Mörder schien sie abgeschaltet zu haben. So wie er alle anderen User dieses Dreamnets entfernt hatte. Sie befanden sich infolgedessen in einem Privatszenario. Stone, Case und der Dunkelmagier. Stone betrat die alte Festung, das große Gebäude der Stadtwachen in der mittelalterlichen Stadt. Die Tore waren weit geöffnet, als würden sie ihm Einlass gewähren. Mit vorsichtigen Bewegungen schritt er auf den kalten Steinfußböden weiter hinein. Er spürte die Erregung, welche zusammen mit einem steigenden instinktiven Spüren einer Gefahr auf ihn hereinbrach.

Case bemerkte wie seine Gedanken verdrängt wurden, weg geschoben von plötzlich einsetzen Wogen von fremden Gedanken. Er hörte, nein, er fühlte Stone zu ihm sprechen. Das Gedankenkommunikationsprogramm tat seinen Dienst: »Er ist hier, Case!«

Case reagierte sofort, und die Register in dem Dreamnetszenario-Großrechner, welche seinen Standort enthielten, nahmen andere Werte an. Er war grob geschätzt 20 Meter von Stone entfernt. Und er konnte ihm nicht helfen, ein Energienetz teilte den Raum, undurchdringlich für den besten Cyberpunk, den besten aller. Er erblickte die zwei Kämpfenden, den strahlenden Ritter in der silbernen Rüstung und einen dunklen Schwertmeister mit schwarzem Fellumhang. Der dunkle Magier hatte seine Kleidung gewechselt. Die Schwerter dreschten aufeinander ein, Stone beherrschte dies. Er war schon immer ein Schwertkämpfer gewesen, abwehrend mit einem kleinen handlichen Metallschild. Niemand schwang das Schwert wie er, Stone hatte bisher jeden geschlagen. Heute fand er seinen Meister. Der Dunkle ließ seine Waffe nicht wie Stone durch die Lüfte schwirren, sondern besser, kraftvoller und schneller.

DeForrest sprang geschmeidig um die Ecke, seine tödliche Präzisionshandfeuerwaffe im Anschlag. Er erblickte den nur schwach erleuchteten Dachboden, die junge Frau, welche hinter den zwei besetzten Terminals stand und sich zu ihm drehte. Der Leutnant kam aus der Hocke und schritt auf Sophie zu, die ihm auf eine harmlose Art entgegentrat. Seine Waffe zielte auf sie, allerdings wollte er sich damit nur absichern, bis er die Situation völlig erfasste. Keinen Sekundenbruchteil später weilte das Mordinstrument auf dem Fußboden und drei gezielte leichte Schläge gegen DeForrests Magen, Brustkorb und seinen Hals schickten ihn hinterher. Nach Luft schnappend krümmte er sich. Die junge Frau nahm die Pistole auf und benutzte sie gegen ihren Besitzer. Sie drohte ihm damit, abwartend, dass er regelmäßig atmete und ihr antworten konnte: »Name!«

»Lassen Sie mich erklären ...«, versuchte DeForrest Kontakt aufzunehmen.

»Ihr Name!«

Ihr strenger Gesichtsausdruck ließ erahnen, dass sie aufgrund ernster Besorgnis bereit war Case und Stone auch mit Waffengewalt zu verteidigen. Trotzdem war sie beherrscht, sie schien auch mit einer solchen ungewöhnlichen und gefährlichen Situation ruhig umgehen zu können: »Ich bin Leutnant DeForrest, Abteilung Mordkommission.«

»Sie untersuchen die Mordfälle?«

»Ja.«

Sein Blick schwenkte auf die zwei Personen, die er kannte. Sie verharrten reglos, ein Interface um die Stirn: »Die wollen den Mörder selbst fangen? Wir müssen sie sofort zurückholen.«

Der Mann wollte auf die Terminals zugehen, doch dies wurde ihm von Sophie untersagt. Niemand durfte Case oder Stone vom Interface lösen, erst wenn diese sich ausloggten. Unerwarteterweise fing Stones Körper an zu zucken, sich zu winden und auf dem Bildschirm erschien die Meldung die man sich nie wünschte.

System stopped.
Object flatline.
Aufruf: _

»Nnnnnnnnneeeeeeeeeiiiiiiiiiiinnnnnnnnnn!«

Cases Schrei übertönte alle Geräusche im lautlosen Netz. Er sah wie das zackige Schwert, eine so genannte Bastardklinge, seinen Freund durchbohrte, und obwohl er sonst gewusst hätte, dass sein Freund nur ausgeloggt worden wäre, war ihm diesmal etwas anderes deutlich. Diese im Netz übermenschliche Person hatte den letzten seiner wahren Freunde getötet, um sich jetzt Case zu widmen. Cases Angriffsprogramme zerstörten die grünlich schimmernde Barriere zu langsam, doch ein Wink des Mächtigen und das Energiefeld zerfiel.

»Schnell, wir müssen ihm Stromstöße geben. Los, beeilen Sie sich.«

»Ihr habt meine Freunde getötet«, es war keine Frage, sondern eine reine Feststellung. Die Anrede in der alten Höflichkeitsform war typisch für ein Fantasyszenario. Der

Schwertmeister stand neben der Leiche Stones, die leicht glühte und deren Gestalt immer weiter abnahm. Er befand sich auf einer Erhöhung in dem Thronsaal der Festung. Case sah hinter ihm den hohen Sitz eines mächtigen Herrschers. Der dunkle Schwertmeister beschritt den roten Läufer und überbrückte so langsam die zwanzig Meter zwischen ihm und Case. Eine tiefe Stimme ging von ihm aus, durch außergewöhnliche Software modifiziert.

»Dies ist mein Reich, ich herrsche im Netz. Und ich töte im Netz. Ich bin der Herr der Dunkelheit.«

»Ihr seid nichts Besonderes. Ihr seid ein einfacher bezahlter Mörder. Nicht mehr ...«, warf Case ihm vor.

»... nicht weniger.«

»Unser Auftraggeber, der auch Euch bezahlt, für ihn haben meine Freunde und ich ebenfalls gearbeitet, scheint sehr wichtige und wertvolle Daten von uns bekommen zu haben. Zu wichtige.«

»Das ist nicht von Interesse. Ich werde die töten, für die ich zu töten bestimmt wurde«, es war die Art und Weise wie man im Fantasyszenario miteinander sprach. Etwas geheimnisvoll und nicht nach der Umgangssprache: »Ihr wollt auch mich töten.«

Wieder lediglich eine Feststellung. Case hatte seinen Mörder vor sich, dem sein Job Spaß machte, der Gefallen daran gefunden hatte und ihn wie ein Künstler ausführte. Durch seine Art und Weise war er fast ein Künstler, er tötete als Magier oder durch sein Schwert. Er tötete nicht einfach, er ließ sich auf einen Kampf mit seinen Opfern ein, vielleicht ein ungleicher Kampf, aber ein Kampf. Und er war der erste Netzmörder. Heute wurde Geschichte geschrieben, auf einem grausamen, mit Blut übersäten Weg.

Wenn Case sich wehren wollte, so konnte er sich nicht auf die eigene Software verlassen. Er besaß nichts, womit er dem Mörder dauerhaft Schaden konnte, denn Programme, um jemanden auch in der Realität zu verletzen, bekam man auf keinem Schwarzmarkt. Der Mörder musste ein Profi sein, er hatte sehr wahrscheinlich alles, was er benutzte, selbst programmiert. Case hatte eine Idee, sie überfiel ihn sprunghaft, und er war bereit sie auszuführen. Der Schwertmeister nickte ihm zu und hob sein Schwert zum Gruß. Case umfasste seinen Beidhänder fest und sendete Sophie eine Nachricht.

»Er steht ihm gegenüber. Sie werden kämpfen, Gott behüte ihn.«

Case dachte ein letztes Mal an Sophie, anschließend ging er in eine Abwehrstellung. Nun würde sich zeigen, was er von der Frau, die er liebte, gelernt hatte. Unterschätze nie einen Gegner. Alles lässt sich als Waffe einsetzen. Auf jede Aktion erfolgt eine Reaktion. Geschwindigkeit ist das Wichtigste. Lass den Gegner sich selbst täuschen. Dies waren die wichtigsten Grundsätze in einem Kampf. Sophie ließ sich im Besonderen von der vierten Regel leiten, durch ihre Schnelligkeit und ihre geringe Reaktionszeit hatte sie ihre bisherigen Kämpfe gewonnen. Case ließ sich instinktiv von diesen Hilfen leiten, so wie Sophie es ihm anerzogen hatte, wenn er ab und zu mit ihr trainiert hatte. Case ließ sein Schwert zustoßen und parierte die Angriffe des

Schwertmeisters. Zum Glück hatte er genügend Kenntnisse in diesem Bereich, obwohl er nicht so gut wie Stone war. Aber er hatte einige Tricks in seinem Repertoire, die zwar nicht für einen echten Kampf geeignet waren, vielmehr für Vorführungen, aber diesmal war es alles was er hatte. Er sprang einen Meter zurück und zeigte dem leicht überraschten Dunkelkrieger mit welcher Geschwindigkeit er sein Schwert in der Hand drehen konnte. Während er es anschließend in Richtung seines Feindes warf, rollte er sich ihm mit einem kraftvollen Stoß entgegen um ihn umzuwerfen.

Doch der Schwertmeister sah was passieren würde. Er wich sowohl Case als auch dem Schwert aus und drehte sich dabei rasch. Case erkannte dies zu spät, und als er sich noch aufrappelte, erreichte ihn ein Schwertstreich an der Hüfte und ließ einen blutigen Spalt zurück. Case Körper am Terminal bebte einmal auf um danach wieder ruhig und bewegungslos abzuwarten, dass der Wille, der den Körper lenken sollte, zurückkam.

Case wurde immer weiter von dem nahenden Kämpfer zurückgedrängt. Er näherte sich dem Ort an dem Stone durchbohrt worden war, seine Leiche war inzwischen verschwunden. Case war waffenlos, zumindest was sein Schwert anbelangte. Und er musste zu seinem Entsetzen bemerken, dass der dunkle Unbekannte Case jeden Zugriff auf Zusatzsoftware gesperrt hatte. Case fühlte sich, als hätte er alle Gedankencodes vergessen, wie ein Mensch der plötzlich gelähmt aufwachte. Case war nun wirklich waffenlos, er konnte nichts mehr zu seiner Verteidigung einsetzen, ebenso wenig konnte er das Netz verlassen oder mit Sophie Kontakt aufnehmen. Der Übermensch, welcher ihn töten wollte, war wirklich der Herr des Netzes. Und sie kämpften um und vor seinem Thron. Verlassen von allen Hoffnungen stand Case vor diesem Sitz genauso regungslos wie sein Körper in der Realität vor dem Terminal saß. Er wartete. Der Dunkelkämpfer schritt bis vor Case und holte weit mit seinem Schwert aus.

Da bemerkte Case das Glitzern. Ein winziger Punkt an dem Gürtel seines gefährlichen Gegners. Seine kurzfristige Todessehnsucht erlosch und ein Sprung erfolgte. Case traf den ungeschützten Schwertkämpfer mit einer extrem starken Vehemenz, was diesen zurückwarf. Ein tiefes, wahnsinniges Lachen ertönte, während sich der auf diese Attacke Unvorbereitete wieder aufrichtete. Er würde seinen vernichtenden Angriff einfach erneut starten, um diesen kleinen unbedeutenden Cyberpunk endgültig zu seinen Freunden zu schicken. Case musste erblicken wie sein Gegner sein Schwert erneut schwang, mit einer perfekten Grazie. Ein wenig unbeholfen sah Case hingegen aus, als er lediglich seinen Arm hochriss, um den bösen Träumer, der zwar auf eine plötzliche Offensive gefasst war, aber keine echte Gefahr spürte, den glitzernden Punkt, welchen er bei seinem Sprungangriff unbemerkt erbeutet hatte, entgegen zu werfen. Er schlug ihn mit seinen eigenen Waffen, so wie es seine zu Beginn gekommene Idee gewesen war. Blut spritzte im Netz, kleine Bits die ihren Zustand wechselten, Register die andere Werte annahmen, Flatline in der Realität. Tote Träumer.

Case hatte einen kleinen Dolch entdeckt und ihn bei dem ersten Ansturm ergattern können. Es war die Waffe des Dunkelmagiers, des bösen Träumers, des schwarzen

Schwertmeisters. Und diese Waffe war nicht durch ein Softwareprogramm, wie Case es besaß, geschaffen worden. Sie konnte nicht nur Schmerzen verursachen und Opfer aus dem Netz werfen, sondern sie war realer. Irreal, da sie ein Teil der virtuellen Welt war, doch real beim Töten. Ihre Verletzungen, die Auswirkungen die sie mit sich brachte, übertrugen sich dank der Genialität eines gewissenlosen Menschen bis in die Realität, bis ins Interface. Der Mörder hatten seinen Weg gefunden Stromstöße im Interface auszulösen und somit ebenso sein eigenes Ende. Dank Case. Der ihn mit seinen Waffen schlug. Case kamen fünf Worte in den Sinn: das Böse vernichtet sich selbst. Case lebte.

III. Vor dem Umschwung

DER HORT DER MACHT

Jack bedeuteten Menschenleben nichts. Sein eigenes war für ihn absolut unwichtig, wie sollte er da andere achten. Er würde für Jules töten, für die German Economy Force, für jeden, der ihm ein Stück Leben schenkte. Ein Jahr war vergangen.

Er lebte in dieser Zeit in einem kleinen Raum, in einer Art lockeren Wohngemeinschaft, welche mit ihm aus fünf Männern bestand. Jack war der jüngste dieser Männer, zwei andere waren circa dreißig, einer war genau fünfunddreißig alt, und der letzte bereits bei Ende sechzig angelangt. Der Älteste empfing die anliegenden Aufträge, auf welche Art und Weise erfuhren die anderen nicht, er verteilte dieser Aufträge, nie wurde er dabei selbst aktiv. Er übernahm dafür die Rolle des Fahrers, brachte die Männer zu ihren Zielorten und zurück. Sie alle durften davon abgesehen die Wohnung nicht verlassen. Sie wurden somit systematisch von der Außenwelt abgeschirmt, allerdings hatte dies keine hinterhältigen Gründe, sondern es galt ihrem eigenen Schutz. Die vier jüngeren Männer wurden alle polizeilich gesucht. Drei von ihnen inklusive Harder standen auf der C.O.P.Net Zielfahndungsliste. Sie hatten auf den Straßen keinerlei Chance lange Zeit unerkannt zu entkommen. Hier waren sie sicher, auch nach den Prinzipien der Zielfahndung hatte C.O.P.Net hier keine Aussichten sie zu finden.

Irgendwie fühlte sich Jack wohl. Zumindest wurde er relativ in Ruhe gelassen, niemand kommandierte ihn herum, es herrschte hier eher ein kameradschaftliches Klima. Manchmal, wenn sie gelangweilt zusammen im Gemeinschaftsraum saßen, erzählte der Älteste ihnen alte Geschichten aus seiner aktiven Zeit und den Tage vor dem Aufbau der neuen Europäischen Union und den letzten Momenten des Vernichtungskrieges, der davor getobt hatte, den der Mann als Kind erleben musste. Es waren nervenaufreibende und geschmacklose Erzählungen, aber gefesselt hörten sie zu, wissend, dass sie daraus lernen konnten, dass die Todesgefahr für sie überall lauerte.

Jack Harder erledigte seine Aufgaben mit voller Konsequenz, nur nicht unbedingt chirurgisch.

»Also, berichten Sie mir. Wie verhält sich mein besonderer Schützling?«

»Jack hat bislang jedes Primärziel erledigt. Allerdings belässt er es nicht dabei, er sucht sich anscheinend selbständig sekundäre Zielobjekte. Ich meine damit, dass er nicht unserem Standard von chirurgischer Präzision genügt. Er ist ein Schlächter. Kein Assassine. Er ist kein kalter Profi. Er lässt sich zu stark von seinen Emotionen leiten.«

»Das habe ich mir gedacht. Aber ich mag ihn. Er ähnelt mir in gewisser Weise«, Jules Stimme klang gefühlvoll, und der alte Mann schüttelte verwirrt den Kopf, als er meinte daraus eine Art väterliche Sorge zu vernehmen. Er sprach mit Jules über einen Audio-

Kommunikationskanal.: »Der verbraucht mehr Munition in einem Einsatz als meine anderen Leute im Jahr zusammen. Jeder von unseren Jungs braucht pro Ziel eine Kugel, maximal zwei, sie ignorieren andere Ziele als die, worauf sie angesetzt sind. Jack bringt einfach jeden um. Gut, ich meine natürlich keine Zivilisten, aber auch die Leibwachen und ähnliches.«

»Ich sagte bereits, dass er nach meinem Geschmack ist. Geben Sie ihm ab sofort ausschließlich Aufträge, die von mir direkt für ihn bestimmt sind. Und gönnen Sie den Jungs mal eine Pause und ein wenig Ablenkung. Sie können mit dem Büro sprechen, wenn Sie irgendetwas benötigen, damit es dem Trupp besser geht.«

Die Wohnrunde bekam unerwarteten Besuch. Der absolut ruhig und beherrscht wirkende Mann, welcher vom Ältesten geöffnet wurde, blickte selbstsicher und mit eiskalter Miene auf die Mündung der Waffe, welcher einer der jüngeren Männer in seine Richtung hielt. Eine Abwehrmaßnahme, da man hier keine Gäste erwartete. Auf das Klopfen war eine Art Alarmbereitschaft eingetreten. Der Älteste hatte mit einer Außenkamera gesehen, wer vor der Tür stand, und grinsend hatte er sich zur Tür begeben. Obwohl es anscheinend ein Bekannter war, wies er einen der Männer an, mit der Waffe im Anschlag im Flur abzuwarten. Der junge Mann senkte seine Waffe eiligst, als er den Gast sah. Der Älteste begrüßte ihn: »Guten Morgen. Es freut mich Sie hier zu sehen. Womit haben wir den Besuch verdient?«

Der Eindringling winkte ab und schritt in die Wohnung, hinter ihm schloss man die Tür. Er trat in den Gemeinschaftsraum und alle Anwesenden blickten ihn an. Jack kannte diesen Mann nicht, aber dessen Aufmachung fiel ihm direkt ins Auge. Außerdem schienen die anderen ihn mit deutlichem Respekt zu behandeln. Der Mann trug einen langen dunklen Mantel, ein samtener Stoff. Er hatte einen kurz rasierten Bart um die Wangen sowie das Kinn herum und über den Lippen, sowie einen knappen Haarschnitt. Das Deutlichste an ihm war die Sonnenbrille mit den dunkelblau getönten Gläsern. Er wirkte extravagant. Der Ältere trat neben ihn und sprach ihn erneut an: »Sir, haben Sie neue Richtlinien für mich?«

Es war für Jack verwirrend zu sehen, dass der ältere Mann den Neuankömmling dermaßen höflich behandelte. Jack schätzte den Besucher auf über dreißig Jahre. Er konnte auf die vierzig zugehen.

»Ich bin wegen ihm hier«, der Eindringling deutete mit dem Kopf zu Harder, der seinen Blick misstrauisch erwiderte.

»Jack, dies ist Andrew Ravenow«, Jacks Blick hatte sich nicht geändert, »Dieser Mann ist ...«

Ravenow winkte ab: »Ich möchte mit Jack alleine sprechen.«

Die anderen verließen den Raum und schlossen die Tür. Ravenow trat näher heran, er machte keinerlei Anstalten es Jack gleich zu tun und sich zu setzen. Jack wirkte ruhig, aber er nahm jede kleine Bewegung wahr: »Ich bin der Mann, welcher Deinen Vater in Moskau begleitet hat. Du hast von mir gehört?«

Jack nickte. Seine Augenbrauen hatten sich verengt.

»Ich habe damals für den Dienst gearbeitet. Ein Geheimdienst. Dein Vater wurde von mir für den Dienst unterstützt, da dies für Russlands Eingliederung in die EU vonnöten war. Er hat damals Deine Schwester gerettet. Allerdings werde ich das nicht näher erläutern. Ich arbeite nicht mehr für den Dienst. Damit bin ich fertig. Wenn ich momentan jemanden einen Gefallen tue, ist es Jules. Ansonsten arbeite ich auf eigene Rechnung.«

»Was sind Sie? Ein Agent?«

»Nein. Ich bin der Schatten über dieser Welt. Ich bin der Tod. Ein Genie.«

»Sie sind nicht sonderlich eingebildet«, spottete Jack.

»Wenn Menschen mich auf eine Art ansehen, die mir nicht passt, töte ich sie. Deine Leute wissen das, daher bringen sie mir angemessenen Respekt entgegen.«

»Ich kann mich wehren.«

Ravenow war absolut beherrscht, kein Muskel regte sich in seinem Gesicht, kein Mienenspiel: »Ich bin nicht hier, um mich von Dir herausfordern zu lassen. Außerdem wäre ein Spiel zwischen uns nicht fair für Dich.«

»Was war das für ein Dienst?«

»Der Dienst. Es gibt nur einen, den wir so nennen. Den Geheimdienst der Europäischen Union, von dem die Bevölkerung und die Regierung nichts wissen. Und der Dienst, der mein Leben dramatisch verändert hat«, im Geiste fügte Ravenow »Die Europian Secret Division« hinzu.

»Wie meinen Sie das?«, Jack wirkte interessiert.

»Ich war ein Genie, eine Art Wissenschaftler. Ein wenig zurückgezogen. Die bemerkten das und schleusten eine Agentin an meine Seite, ich widerrum merkte das.«

»Sie haben sie getötet?«, zeigte Jack sein Interesse.

Ravenow griff an sein Brillengestell und senkte sie ein wenig: »Nein. Ich bin untergetaucht und wurde zu einem freien Menschen, fernab von allen Regeln und Gesetzen. Damals habe ich mit einigen Hackern in einer Aktion das Zensurzentrum des Netzes ausgeschaltet, dabei bin ich wieder auf sie getroffen. Sie kam zurück zu mir. Angeblich aus Liebe. Sie sprach davon. Ich erklärte mich zu Verhandlungen mit dem Dienst bereit und erledigte Aufträge für den Dienst. Wie den mit Deinem Vater. Schließlich bemerkte ich wieder, dass sie mich hinterging.«

»Dann töteten Sie sie?«

Andrew Ravenow richtete seine Brille wieder: »Nein. Ich habe ihre Eltern getötet und die Geschwister, ich tötete die Großeltern und ihre engsten Freunde. Nur sie selbst habe ich übrig gelassen.«

Jack Harder starrte mit geöffneten Augen auf den Teufel vor sich. Oder hatte er in den Augen das Aufflackern eines ironischen Lächelns vermerkt?

»Ich hole Sie ab und bringe Sie zu Jules. Nehmen Sie das Wichtigste mit«, forderte Andrew Ravenow den verpflichteten C.O.P.Net Sonderermittler auf.

»Ich besitze nichts Wichtiges. Nur das was ich ohnehin schon bei mir trage«, zuckte Jack mit den Schultern und zeigte damit seine sofortige Bereitschaft.

»Dann komm, Jack.«

Jack Harder stand auf, die schwere Last mit sich tragend. Diese Last bestand aus seinem nicht vorhandenen Gewissen und den vier automatischen Pistolen, je einer im Halfter unter den Achseln und die anderen beiden griffbereit hinter den Rücken geschnallt. Und die letzte Lebensversicherung, ein effektives Meuchelmesser in seinem rechten Kampfstiefel versteckt. Er schwang sich vor dem Verlassen der Wohnung in seine gegerbte Lederjacke und wandte diesem Lebensabschnitt ohne Reue den Rücken zu.

»Schauen Sie mir in die Augen, Jack. Ich möchte, dass Sie nicht aufhören mir in die Augen zu schauen. Ich will in Ihre Seele sehen. Sie haben für mich gearbeitet. Für mein Lebenswerk. Sie haben feindliche Ziele eliminiert. Schön ausgedrückt, nicht war? Ich weiß, dass Sie die Gier nach dem Tod empfunden haben, die Lust daran, der Meister des Todes zu sein. Obwohl sich Ihr Inneres gesträubt hat. Ich kenne dieses Gefühl. Ist es nicht atemberaubend einen Menschen zu töten? Den Schweiß der Angst zu riechen, diese Nässe zu spüren. Diese großen Angeber, plötzlich sind sie alle, alle klein und hilflos, selbst die schlimmsten Jäger unter ihnen. Sie kriechen und flehen. Sie betteln und entehren sich selbst. Die sind sich selbst nicht treu. Menschen verletzten Dich, machen sich keine Gedanken. Hinter Deinem Rücken lachen sie über Dich. Aber wenn Du ihnen den Tod bringst, gehören sie Dir. Nur Dir. Sie sind dann Dein Eigentum. Lachen nicht. Nein. Sie versklaven sich vor Deiner Macht. Sie gehen mit geschlossenen Augen und ohne Ehre in den Tod, Jack. Mit jedem Mal, mit dem Du das siehst, wächst Du innerlich. Ich gehe nicht mit geschlossenen Augen in den Tod. Ich habe keine Angst vor dem Tod, ich erwarte ihn. Dann kann ich endlich mit Gott abrechnen, wir haben noch eine Rechnung offen. Kommen wir zu Dir, Jack. Ich hoffe es stört Dich nicht, dass ich Dich duze. Ich habe mir von Deinen Aktivitäten berichten lassen. Und diese Berichte haben mir gefallen. Ich vertraue Dir, Jack.«

Jack senkte seinen Blick, schweifte mit seinen Augen ab, bevor die Pupillen wieder die Sehorgane seines Gegenübers trafen: »Ich weiß, dass Du mir etwas verheimlichst. Und ich weiß, was es ist.«

Jack wurde nervös. Seine Finger zuckten leicht, er dachte an die Waffen, welche er trug. Und ihm fiel ein, dass dieser seltsame Fremde namens Andrew Ravenow hinter seinem Rücken stand.

»Ruhig«, Jules setzte sich in den bequemen Armsessel, welcher in diesem tageshellen Raum stand. Er strich sich mit der Hand über die angegrauten Haare an der Schläfe: »Ich weiß, dass man Dich dazu zwingt, Jack. Ich weiß ebenso, dass Du Dein Leben leben willst, dies aber nicht kannst. Und daher biete ich Dir meine Freundschaft. Du arbeitest weiter für die Regierung, liefere denen alle Informationen, welche die haben wollen. Ich erlaube dies. Dir wird nichts geschehen. Die wissen nicht, dass ich über Dich informiert bin. Die junge Frau, welche es auf mich abgesehen hat, auf mich und meine Organisation, Denise Hemington, hat Dir übel zu schaffen gemacht, nicht wahr? Du brauchst nicht antworten, ich kenne deren Methoden. Auch die Regierung arbeitet nicht immer ganz legal. Wenn Du möchtest, können wir das auch direkt beenden. Ich denke zwar nicht, dass dies die richtige Wahl wäre, aber ich bin der Meinung, dass Du das Recht hast darüber zu bestimmen. Mein Freund hier, Ravenow, kann das erledigen. Sollen wir sie ausschalten und den Schmerz für Dich beenden, Jack? Überlege es Dir gut, Du hast Zeit. Ravenow wie lange wirst Du bleiben?«

»Bis morgen früh.«

»Schön. Ich freue mich immer über einen Besuch von Dir. Am Ende der Woche werde ich Marc treffen.«

»Dann richte ihm Grüße aus.«

»Das werde ich, Andrew. Jack, Dir gehört wieder die Suite, in der Du bereits übernachtet hast. Du kannst Dich frisch machen, Dir andere Sachen anziehen, die Kleiderschränke sind voll. Sicherlich mit Kleidungsstücken, welche Du gern anziehst. Wir werden in einer halben Stunde im Saal zu Abend essen, wahrscheinlich hast Du Hunger. Bis dahin muss ich einen wichtigen Anruf erledigen. Andrew, Dich sehe ich auch, oder?«

»Natürlich«, erwiderte Andrew, und Jules verließ den Saal. Jack konnte sich endlich umdrehen und sah den Mann an, der selbst bei Fehlen von Tageslicht seine getönte Brille nicht abnahm. Ravenow lächelte breit, es war eher ein Grinsen.

»Willst Du Dich tatsächlich umziehen, Jack?«

Jack Harders Antwort klang ungewollt schroff, seine Stimmbänder waren ein wenig belegt: »Nein.«

Andrew Ravenow schnaufte belustigt durch die Nase, der Grund für seinen Humor war nicht ersichtlich. Seine dürre Gestalt wurde deutlich als er den Mantel über einen Stuhl ablegte: »Dann gebe ich eine Führung durch diese Villa und das Grundstück. In der einen Nacht hier in der Suite wirst Du nicht viel von der Welt der German Economy Force gesehen haben. Jules hat hier wirklich ein Wohnparadies geschaffen. Und vor allem ist es ein sicheres Paradies.«

Jack nickte, dass war ihm bereits aufgefallen: »Das riesige Anwesen ist hoch umzäunt. Zwischen den beiden Außenmauern ist ein Stacheldrahtwall. Innerhalb des Geländes patrouillieren stark bewaffnete Wachen mit Kampfhunden. Außerdem gibt es mehrere unabhängige Alarmsysteme.«

»Richtig. Du hast Deine Hausaufgaben gemacht, Jack. Wirklich gut. Aber ich zeige Dir jetzt die angenehmeren Seiten dieses Traumes. Jules kann hier wirklich jedem beweisen, dass alles auf der Welt käuflich ist. Alles. Auch Liebe. Nicht nur körperliche, wirklich Zuneigung ist käuflich.«

»Hier?«, haderte Jack.

»Natürlich müssen wir hier nichts zahlen, niemand hier. Es gibt hier zahlreiche Frauen, Jules archiviert sie geradezu. Sicherlich ist auch eine für ihren Typ dabei.«

»Die werden dafür bezahlt?«

»Das klingt so übel. Es ist ehrlicher, als die verlogenen Emotionen, welche einen sonst erwarten. Direkt bezahlen lassen sich die Frauen hier nicht. Sie leben hier. Die sind hier wegen des Luxus, in dem sie hier schwelgen können. Es ist einfach angenehm. Es wird nichts von ihnen verlangt, es gibt quasi keinen Vertrag. Die können jederzeit gehen. Aber ich glaube, das wollen sie nicht. Hier haben sie alles. Sie sind absolut frei. Sie wohnen hier, aber sie können natürlich einkaufen, sich mit Freunden treffen, Familie besuchen, und und und. Die meisten hier haben auch Zuneigung zu Jules entwickelt, er ist kein so übler Kerl wie man denken mag, wenn man die Medienberichte über ihn sieht. Man kann sich auf ihn verlassen, wenn man sein Vertrauen besitzt. Er tut alles für Freunde. Auch die Mädchen zählen dazu. Komm nicht auf die Idee, ein Mädchen zu etwas zu zwingen. Hier herrscht ein freundliches Miteinander, aber niemand wird zu etwas gezwungen. Liebe direkt ist zwar nicht käuflich. Aber die Grundlagen dazu. Danach reicht Sympathie um in der Gefühlswelt eine Kettenreaktion auszulösen. Gehen wir ein wenig herum, es gibt hier einiges zu sehen.«

Ravenow zeigte seinem jüngeren Begleiter die gigantischen Räumlichkeiten des Besitztums. Es gab ein Hallenbad, eine Sauna, einen Pool bei der Terrassenfläche. Ebenso mehrere Kinosäle, einen großen Fitnessraum, und ein bequemes einladendes Kaminzimmer. Es gab mehrere Bedienstete, die Harder auf dem Rundgang bemerkte, und auch zahlreiche hübsche Frauen, die ihren Freizeitbeschäftigungen nachgingen. Ravenow wurde von mehreren lächelnd begrüßt. Kühl erwiderte er die Willkommensgrüße. Die Frauen schienen ihm nichts zu bedeuten, wenngleich sie ihm teils verführerisch zuzwinkerten. Jack beobachtete seine Reaktion aufmerksam.

»Weißt Du eigentlich, wie alles begonnen hat?«, fragte Ravenow. Jack schaute zu ihm herüber, beobachtete dann weiterhin eine der jungen Damen, welche ihm zu Gefallen schien: »Jules hat mir erzählt, er und Marc haben sich beim Militär kennengelernt.«

Ravenow nickte: »Ja, richtig, aber das meine ich nicht. Ihr erstes Kapital, das Startkapital, aus dem die German Economy Force wuchs. War ein echter Geniestreich«, lachte Ravenow und fuhr fort »Die beiden haben massenweise Konten unter fremden Namen eröffnet, falsche Identitäten. Über Mittelsmänner. Das klingt drastisch, was? Damals waren es lediglich Studenten und Schüler, denen sie ein wenig Bares gaben und zur Bank schickten. Auf eines die Konten überwiesen sie einen großen Betrag, verhältnismäßig ein sehr gutes Monatsgehalt. Dann haben sie Daueraufträge eingerichtet, so dass das Geld von einem Konto automatisch zum nächsten transferiert wurde, bis schließlich nach einem Monat der Kreis geschlossen wurde und das Geld wieder beim ersten Konto landete. Bei der GEF spricht man immer noch vom Zero Account. Nach wenigen Monaten glaubten die Banken, dass es sich bei den Konten um ständige Zahlungseingänge handelte. Sie gewährten verdammt hohe Dispokredite, ca. die dreifache Summe des anfänglichen Betrages pro Konto. Jules und Marc sind hingegangen und haben innerhalb eines Monats diese Kredite durch Abhebungen komplett abgeschöpft. Sie wurden dafür nie belangt. Das Gerücht besagt, dass das anfangs eingezahlte Geld immer noch zirkuliert.«

Ravenow grinste und Jack erwiderte mit einem Lächeln.

»Ist natürlich nicht wahr, die Banken zogen immer wieder die Zinsen des Kredites von dem zirkulierenden Geld ab, bis schließlich die Summe verbraucht war. Es fiel somit nach Monaten auf. Mit dem Startkapital haben die zwei ein Imperium aufgebaut. Sie investierten das Geld in Aktien kleiner Firmen, bestochen Mitarbeiter und hatten einfach viel Glück zusätzlich zum Verstand. Und dann haben sie sich Verbrecherorganisationen vorgenommen und deren Geld durch Betrug an sich genommen. Und alles wurde genutzt um ihre Macht weiter auszubauen und sich Einfluss bei immer höheren Stellen zu verschaffen. Aber alles begann mit dem Zero Account.«

Beide begaben sich zum Abendessen in den Speisesaal. Jules erwartete sie bereits. Er lächelte freundlich, allerdings schien ihn etwas zu bedrücken. Ravenow sprach ihn darauf an, nachdem er sich an die reichlich gedeckte Tafel gesetzt hatte.

»Was ist geschehen, Jules?«

Jules presste seine Lippen aufeinander, während er kurz über eine Antwort sinnierte: »Ich habe mit Marc gesprochen. Es scheint Komplikationen bei einer Verhandlung zu geben, welche er führt. Außerdem hatte er Neuigkeiten über meine Eltern.«

»Anscheinend nichts Gutes.«

»Sie haben Ärger mit einigen Ämtern.«

»Und Du willst Dich darum kümmern.«

»Vielleicht werde ich das. Alles ist kompliziert geworden. Unsere Organisation ist mächtig und war scheinbar gesichert. Jetzt finden an allen Seiten Operationen gegen uns statt. Eine Gruppe des europäischen Polizeinetzes schleust uns Jack ein. Na ja, was soll es. Jack ist nicht das Problem, sondern das Ziel, welches die sich gesetzt haben. Aber ich denke, wir schaffen das. Das Kartellamt lässt sich ebenfalls nicht mehr abwimmeln, und es hageln Gerichtsbescheide. Dabei können wir gar nicht viel mehr Leute auf unsere Lohnliste setzen, wir bezahlen ja bereits jeden der mächtig und für Geld zugänglich ist. Feindliche kriminelle Organisationen nutzen die Gunst der Stunde. Sie sehen uns als geschwächt an und greifen uns an. Keine großen Attacken, aber die Summe beunruhigt mich. Es brennt an allen Fronten«, meinte Jules frustriert.

»Jules, jedes Problem hat einen lösbaren Ansatz. Zumindest Eure Probleme. Marc und Du, Ihr beide schafft das. Bislang habt Ihr jedes Hindernis überstanden«, suchte Ravenow seinen Freund aufzumuntern.

»Weißt Du, Andrew, ich ahne, dass uns schreckliche Zeiten bevorstehen.«

»Vielleicht hast Du Recht, Jules. Aber ich liebe solche Zeiten.«

Jack hatte das Gespräch aufmerksam in sich aufgenommen, während er unausgefüllt Essen zur Nahrungsaufnahme in seinen Mund bewegte.

»Jules, ich habe vor, morgen vorerst wieder zu verschwinden. Oder brauchst Du mich?«, fragte Ravenow.

»Nein, danke. Ich werde morgen mit Harder um die Häuser ziehen.«

Harder blickte überrascht auf: »Aber wenn ich erkannt werde?«

Jules lächelte wieder, diesmal keine versteckte Trübsinnigkeit erkennbar.

»Mach Dir darum keine Gedanken. Die German Economy Force kontrolliert zahlreiche Mediengesellschaften. Dein Bild wurde aus diesem Grund seit längerem nicht gezeigt. Außerdem hält die German Economy Force Beziehungen zu dem europäischen Geheimdienst, der uns auf dem Laufenden hält, da wir einen Nichtangriffspakt mit ihm haben. Die Regierung weiß das leider nicht und will uns als Kartell deshalb zerschlagen. Dazu haben sie Dich eingeschleust. Sie selber haben, wie ich von dem Dienst erfahren habe und wie es rein logisch ist, dafür gesorgt, dass die Fahndung nach Dir stagniert. Du hast mittlerweile einen anderen Haarschnitt, morgen bekommst Du einen Anzug und eine dunkle Sonnenbrille tut ihr übriges. Außerdem will Dich C.O.P.Net ja gar nicht verhaftet sehen. Gar kein Problem. Okay, ich muss noch einiges ausarbeiten. Wir sehen uns zum Frühstück.«

»Mich nicht, Jules. Ich werde früher fahren, schätze ich. Ich brauche ein paar freie Tage«, meldete sich Ravenow ab.

»Schön, dass Du hier warst, Andrew«, lächelte Jules ehrlich.

»Wenn Du mich brauchst, werde ich wieder hier sein.«

»Danke.«

Harder stand am Fenster seiner Suite, er starrte in die Dämmerung. Aus der Ferne schien der beleuchtete Schutzwall dieser Zufluchtsstätte. Er hasste die Leere seines Inneren, erbarmte sich ihm niemand? Niemand der diese Leere beendete, nicht einmal die Gnade Gottes, welche ihn ins Paradies holte? An der Zimmertür zum Flur klopfte es dezent. Jack wandte sich um, er sah die Tür an. Er hatte sich bereits der Bequemlichkeit halber umgezogen und trug lediglich das armlose straffe schwarze Unterhemd und eine ebenso schwarze Shorts. Sein Blick schwenkte automatisch auf den Tisch, welcher zwischen ihm und dem Eingang in einigen Metern Entfernung stand, und auf dem sich seine Schusswaffe befand. Es klopfte ein weiteres Mal zaghaft. Jack fiel die Bemerkung ein, dass dieser Ort sicher war, und er rief herein, mit nicht beabsichtigter dumpfer, gepresster Tonlage.

Die Tür schwang vorsichtig auf. Der schüchterne Blick einer hoch gewachsenen Brünetten, welche auf dem Flur unsicher dastand, war sicherlich das Produkt guter Schauspielerei, denn diese Frau war garantiert nicht schüchtern. Ihr unschuldiger Blick wirkte direkt, unwillkürlich lächelte Jack scheu. Sie fuhr sich mit der linken Hand durch hier langes Haar und trat zögernd ein, als wäre sie unsicher, ob sie dies dürfte. Er ließ sie keine Sekunde aus den Augen. Sie trug ein enges schwarzes Abendkleid, welches mehr zeigte als verhüllte, und man konnte aus ihrem Benehmen beinahe deuten, dass sie dies nicht wusste. Aber nur beinahe. Sie drehte sich, und er hatte einen genüsslichen Ausblick auf ihre freie Rückenpartie, welche von den seidigen Haarsträhnen liebkost wurde. Gekonnt drehte sie sich auf den hochhackigen Damenschuhen um. Sie schritt an dem Tisch vorbei auf ihn zu, den Kopf leicht nach unten gesenkt, mit den Augen unter den Wimpern zurückhaltend nach ihm ausschauend. Als sie ihn erreichte, legte sie ihre feingliedrigen langen Finger auf seine unbekleideten Schultern und schmiegte sich an den verwirrten Mann, der keine Gelegenheit zum Nachdenken besaß. Ihre Nase drückte sich an sein Kinn, die Spitze streichelte zuerst seine Lippen und wanderte danach zu seiner Nase empor. Ihre Haut war weich und wohlig warm. Ihre Augen erwiderten seinen Blick zuerst nicht, wie ein kleines Mädchen versuchte sie ihm auszuweichen. Schließlich trafen sich sekundenlang ihre Blicke, braune Augen fesselten ihn, bis sie die Lider verzückt schloss, als ihre Lippenpaare aufeinander trafen, sich die Münder öffneten und die Zungen liebevolle Zuneigungsbeweise austauschten. Er umarmte sie, für ihn war es, als würde er sich festhalten, nicht an ihr, sondern symbolisch am Leben. Er spürte einen Keim in sich wachsen. Ihre Zunge umgarnte ihn, während ihre Hände an seinem Körper hinunter wanderten. Die langen Fingernägel strichen über seine Haut, als sich die Hände unter sein karges Oberteil schoben. Ihr Fleisch war wunderbar erwärmt, er spürte diese Hitze in einer Woge auf ihn übergehen.

Er kuschelte sich am Morgen in einem übrig gebliebenen Anflug des Schlafes an seine nächtliche Gefährtin, welche seine trübsinnigen und düsteren Gedanken für den heutigen Tag auf wirklich eindrucksvolle Art verdrängt hatte. Sie lag mit dem Rücken zu dem unschuldig Schlafenden, welcher sich dicht an sie gedrängt hatte, seinen Arm über ihre Taille gelegt, so dass sie seine Hand vor ihrem Bauch hielt. Celine spürte, wie ihr langes duftendes Haar beiseite geschoben wurde und öffnete die Augen, das lächelnde Gesicht eines Mannes im perfekt sitzenden Maßanzug erblickend. Sie bewegte sich nicht, um das schlafende Mündel hinter ihr nicht zu erschrecken. Beide flüsterten vorerst: »Guten Morgen, Jules.«

»Dir ebenfalls einen wunderbaren Tagesanfang, Celine. Ich hoffe, Ihr hattet einen schönen gemeinsamen Abend?«

Celines Augenlider zwinkerten süß, während sie vor einer Antwort ihre Lippen mit der Zunge benetzte.

»Er ist unglaublich liebreizend. Wie bist Du nur an ihn gekommen, Jules? Ich fand ihn schon süss, als ich ihn gestern auf dem Grundstück erblickte und musste einfach bei ihm anklopfen. Das ist keiner von Deinen Killern, er ist wirklich bezaubernd.«

»Gleiches wird er von Dir behaupten, Celine.«

Ihre Augenbrauen verengten sich: »Ich gehöre nicht zu Deinen Killern, Jules!«, der Klang ihrer gedämpften Stimme wirkte erbost. Jules Augen leuchteten schelmisch: »Aber Du bist eine Frau, Celine. Du kannst einen Mann mit Deinen Augen vernichten. Wir werden zu Mördern, Celine. Ihr seid es von Geburt an.«

Ihre Augen glitzerten wütend, allerdings erwiderte sie dem weiterhin freundlich lächelnden Mann nichts. Es hätte nichts ausgemacht. Niemand, kein Mensch und keine Frau konnten Jules seine Meinung mehr nehmen. Obwohl sie es gern getan hätte.

DER SCHWARZE KODEX

»Weißt Du, Jack, hier bei uns herrscht der Schwarze Kodex. Es bedeutet, dass wir Menschen töten und schlechte Dinge tun, und damit kein Problem besitzen. Keine Verschwendung von Gedanken an etwas wie ein falsches Gewissen. Aber trotz allem sind wir nicht frei von Wertvorstellungen. Wir sind loyal. Treu unseren Freunden und Gefährten. Ich dulde es nicht, wenn Menschen getötet werden, die nichts mit unseren Geschäften zu tun haben. Ermorden dürfen wir nur Menschen, die sich mit uns in der Konsequenz einlassen, dass sie von der Gefahr wissen, in welcher sie schweben. Wir töten auch keine Staatsdiener, es sei denn aus Notwehr, wenn wir angegriffen werden und uns verteidigen. Aber eigentlich versuche ich Staatsdienern ausschließlich mit Gesetzeslücken, Drohungen und Geld entgegenzukommen.«

Jack Harder Junior lief an der Seite seines Herren Jules, ein ganzes Team von ausgebildeten Söldnern der GEF war an ihrer Seite. Die Männer sowie Jules trugen dunkle Seidenanzüge und darüber dünne modische Langmäntel, knapp bis über die Schuhe und modern. Sie wirkten elegant und dennoch fehlte nicht die Spur Lässigkeit, was leicht in Richtung gesunder Arroganz tendierte. Jules war absolut beherrscht und locker. Jack empfand ihn als sehr angenehmen Umgang, Jules war im Vergleich zu ihm so selbständig und sicher, er hatte diese Aura der Unverletzbarkeit, welche Jack gerne an sich gesehen hätte.

»Jack, ich denke Du verstehst, was ich Dir gesagt habe. Wir leben in einer eigenen Welt, und wir akzeptieren es, wenn Menschen außerhalb unserer Welt in Ruhe leben möchten. Wir dulden das. Es sei denn, sie betreten wissentlich unsere Welt. Dann sind sie ein Teil dessen, was Marc und ich steuern. Worüber wir die nicht anzugreifende Kontrolle besitzen. Niemand darf uns in unserer Welt angreifen oder uns den Machtbereich streitig machen. Darauf reagieren wir gereizt und mit allen uns zur Verfügung stehenden Mitteln. Und uns steht alles zur Verfügung, denn in unserer Welt gehört uns alles. Alles ist unser, totes sowie menschliches Material. Ich sage dies bewusst mit direkten und vielleicht gefühllosen Worten, um meinen Standpunkt diesbezüglich deutlich zu machen. Wenn Menschen uns absichtlich in die Quere kommen, verlieren sie in meinen Augen den Vorteil Mensch zu sein. Sie verlieren ihre Unantastbarkeit. Das ist die Situation. Ich werde kein Stück meiner Macht abgeben, ebenso wenig Marc. Wir hatten einen langen und steinigen Weg hier hin, und ein paar der schlimmsten Dinge im Leben eines Menschen mussten wir dafür schon selber erledigen. Und wir sind immer bereit auch die restlichen Dinge zu unternehmen, um uns unsere geteilte Macht zu sichern. Das sollte niemals jemand in Frage stellen. Marc und mir gehört diese Welt, unsere Welt.«

Jack wirkte neben den eleganten Männern irgendwie unbeholfen. Er trug eine verwaschene Jeans, festes Schuhwerk, regelrechte Kampfstiefel, die größtenteils von der Hose verdeckt waren und über seinem schwarzen Pullover mit erhöhtem Kragen eine gegerbte lederne Jacke. Er verzog keine Miene, während Jules mit ihm sprach, keine Emotion huschte über sein Gesicht. Längst hatte er die Kontrolle über dieses Spiel verloren, in dem er als Spielfigur diente. Er wusste nicht einmal mehr, welcher Seite er diente. Undercover, gezwungenermaßen für die guten, erkannt und weiter benutzt von den Bösen, hin und her geschickt, die Gedanken auf diesem Weg verloren, und vor allem die Frage, welche sich ihm allerdings noch nicht stellte, wer die Guten und wer die Bösen waren, längst in der Antwort versunken. Die Antwort? Die Antwort ließ sich nicht mehr erkennen, nicht von Jack Harder Junior.

Sie waren in einer Limousine gefahren worden, eigentlich in mehreren, wegen der Leibwachen, welche Jules in großer Zahl begleiteten, aber Jack war bei Jules mitgefahren. Sie schritten durch eine verschlafene Innenstadt, Jules hatte in diesem Städtchen eine persönliche Angelegenheit zu klären.

»Du gehörst jetzt dazu, Jack. Du bist ein Teil meiner Welt. Du stehst hier bei mir an der Spitze der Herrschaft. Ich weiß, dies klingt dämlich und größenwahnsinnig, gut, ich behaupte nicht, dass Marc und ich nicht größenwahnsinnig sind. Aber wir hatten den Ehrgeiz uns durchzusetzen, und das zu schaffen, was wir vorhatten. Die Menschen wissen nicht einmal, wie viel Macht wir wirklich haben. Sie vermuten eine Menge, deshalb wurde eine Gruppe gebildet um uns zu vernichten, die Dich eingeschleust hat. Aber die haben keine Ahnung. Nicht die geringste. Absolut keine Ahnung was sie tun. Wir stehen über dem Gesetz, über den Menschen, über der

Menschheit. Für uns existiert nur eine Regel, das Leben endet mit dem Tod. Doch in dem Leben vor dem Tod sind wir unantastbar. Vielleicht erkläre ich zuviel auf einmal, Jack. Für heute ist dies genug. Außerdem sind wir angekommen.«

Wenige Meter vor ihnen erblicke Jack ein altes Rathaus, wunderschön dörflich gehalten, so dass es eine idyllische Atmosphäre verbreitete, welche die Menschen auf dem Rathausplatz, der gleichzeitig auch als Marktplatz diente, wahrnehmen konnten, wenn sie es überhaupt noch wahrnahmen und nicht verwöhnt die Nase rümpften, weil wieder einmal feiner Blütenstaub durch die Lüfte wirbelte. Jules betrat das Rathaus, zwei Gardisten seiner Leibwache schritten vor ihm, neben ihm durfte Jack laufen, dahinter befanden sich die anderen. Jules betrat eines der amtlichen Büros ohne anzuklopfen, er ignorierte die zwei wartenden Personen vor dem Büro, welche die Menge an Neuankömmlingen irritiert anstarrten. Jack und eine Leibwache traten mit in den Raum, der Gardist schloss die Tür von innen, Jack und er stellten sich seitlich von Jules auf, welcher als Spitze dieser gebildeten V-Formation herausragte.

Jules trat zu dem Schreibtisch mit dem überraschten Diener der Europäischen Union, der böse aufschaute, immer noch über die Telekommunikationseinheit seines Schreibtisches gebeugt, wahrscheinlich führte er gerade ein wichtiges Gespräch mit der Außenwelt. Jetzt war Jules in diesem Büro, und wo er sich befand war seine Welt. Es war an der Zeit für ein wichtigeres Gespräch. Für ein Gespräch mit dem Schicksal, falls man die falschen Antworten gab. Jules unterbrach das Gespräch mit einem Druck seines Zeigefingers auf den Interruptsensor und strich sich anschließend aufreizend ruhig über die Handoberfläche seiner anderen Hand. Sein Gegenüber fluchte unbeherrscht, die Tür zum Nebenbüro stand auf, und eine Frau, welche nebenan arbeitete, blickte hinüber.

»Sie müssen ruhiger werden, viel ruhiger. Sonst werden wir keine angenehme Zeit miteinander haben.«

Der Mann sah Jules mehr als grimmig an und wollte ihn aus dem Büro verweisen. Die Leibwache stellte sich eindrucksvoll, ohne direkte Geste drohend, vor die Tür zum Nebenraum mit der Beamtin, welche den Wink verstand und sich abwandte, während Jules blitzschnell die Kaffeetasse links auf dem Schreibtisch ergriff und sie beherrscht gegen die Schläfe des Unionsdieners prallen ließ. Der daraufhin automatisch ruhiger wurde, allerdings nicht in Bewusstlosigkeit verfiel: »Vielleicht verstehen Sie meine Position nun besser. Sie sollten mir gut zuhören, zum einen wiederhole ich mich recht ungern, und zum anderen sind meine Worte von äußerst wichtiger Bedeutung. Diese beiden Personen«, Jules legte ein Bild mit einem älteren Paar auf den Tisch, während er betont leise sprach, »werden hier ab sofort zuvorkommend behandelt. Ich meine mit zuvorkommend, dass ihnen jeder Wunsch von den Augen abgelesen wird, also nicht nur das selbstverständliche und unaufgeforderte Anbieten von Kaffee bei einem Besuch ihrerseits. Falls Sie momentan mit diesen Personen keine Namen verbinden können, sollten Sie sich anstrengen. Sie persönlich sind mir für die Behandlung dieser zwei Menschen verantwortlich. Sollten Sie, obwohl ich nicht glaube, dass Sie ein schlechtes Allgemeinwissen besitzen, nicht wissen, wer heute hier vor Ihnen steht, sei Ihnen gesagt, dass ich der Mann bin, den Sie bisher nur in Medien gesehen haben. Ich bin der Sicherheitschef der German Economy Force, falls es eine so genannte Organisation tatsächlich gibt, und ich bitte Sie meinen Wünschen nachzukommen.« Jules hinterher geschobenes Lächeln schaffte keinesfalls eine friedliche Atmosphäre, es wirkte auf eine sarkastische Weise eher provozierend.

Seid diesem Tag begleitete Jack Harder Junior seinen Mentor stets, sich unablässig um dessen Sicherheit sorgend. Jack wurde Teil der perfekt geschulten Leibgarde des Sicherheitsführers der GEF. Äußerlich zuerst durch seine Kleidung nicht unbedingt zugehörig erscheinend, sollte sich auch dieses legen. Jack bekam alles über die Organisation zu wissen, mehr als er von seinem Standpunkt aus betrachtet hätte wissen müssen. Die Geschichte der Entstehung der German Economy Force war die Geschichte einer Freundschaft zwischen zwei Männern, die heute selten in den Genuss kamen, sich sehen zu können. Es war die Geschichte von Marc und Jules.

Kennen gelernt hatten sich die beiden erst spät. Jeder hatte für sich seine Kindheit beendet und die Zeiten der eigenen Charakterformung abgeschlossen. Keine besonders tolle Kindheit, obwohl sie nicht an wertvollen Entbehrungen gelitten hatten. Beide besaßen die Liebe der Menschen, welche sie umsorgt und gehegt hatten, teils mehr als nötig. Marc war mit seiner Mutter aufgewachsen, ihn verband auch heute noch eine enge Bindung zu ihr, er war eher der Familienmensch als Jules. Dieser besaß keinen Kontakt zu seinen Eltern, welche ihn nicht mehr sehen mochten. Sie verweigerten jeden Kommunikationsversuch, und Jules besaß nicht den Wunsch, sie zu zwingen. Wahrscheinlich vermisste er sie sehr, aber er sprach niemals darüber, und sich selbst gestand er schon lange keine Gedanken mehr an sie ein. Dennoch hatte er Marc schon vor langer Zeit darum gebeten, sie für ihn nicht aus den Augen zu lassen, und Marc ließ sie des Öfteren von seinen Leuten überprüfen, und wenn irgendwelche Probleme zu vernehmen waren, teilte er dies Jules mit, der sich meist sofort, alle anderen anstehenden Aufgaben ignorierend, darum kümmerte. Sehen oder mit ihnen reden konnte er nicht, würde er nie mehr können. Vielleicht würde er in wenigen Jahren einsam an ihrem Grab stehen, den einzigen Menschen bei denen er wahrlich bedauerte, was er ihnen angetan hatte. Die Trennung schmerzte tief, tief in seinem Inneren.

Jules hatte sich zu einem einsamen Menschen entwickelt, welcher heute nie alleine ist. Stets waren seine Leute um ihn herum, sorgten sich um ihn. Dennoch war er einsam. Nicht in der Lage Menschen Gefühle entgegenzubringen. Stets ruhig und gelassen, nichts was ihn tief genug berührte um sein Herz zu erreichen, wenn Emotionen, dann hoch gekochter Hass. Keine euphorischen Gefühle des Glückes mehr in seiner Seele, in seinem Kopf, in seinem Bauch. Ausgelaugt und ohne Lust. Leben um seine Grundbedürfnisse zu befriedigen. Nicht duldend, dass sich jemand einmischte. Niemand. Hass. Das einzige Gefühl, in welches sich Jules hineinsteigern konnte. Traurig, nicht wahr? Genug Hass für einen Menschen, für jeden Menschen, für alle Menschen, für die gesamte Welt. Genug Hass um diese Welt zu vernichten. Ausreichend Hass um die Welt einst zu zerstören. Jules und Marc hatten sich beim Militär kennen gelernt, beide mit dem Gedanken dorthin gegangen einmal ein anderes

Leben zu entdecken, ein Leben in dem man sich einordnete, nicht unterordnete, sondern militärisch Teil eines Ganzen wurde und in dem man lernte mit anderen Menschen zusammen zu leben und die Schwächen und Stärken anderer zu akzeptieren. Für beide war dies die Flucht aus ihrem spätjugendlichen Einzelgängertum. Der vorher coole und beliebte Marc wollte seine Grenzen abstecken, sie erreichen um für ewig die Erinnerung daran zu tragen, wie weit sein Körper und Geist mit ihm gehen konnte. Der unbeliebte Jules, welcher stets mehr geduldet als akzeptiert worden war, der keine Freunde besaß und eigentlich keine Lust mehr zu leben, dachte daran ein neues Leben zu beginnen, an einem Ort wo man ihn nicht kannte, ihm nicht mit Vorurteilen begegnete und ihn neu kennen lernte.

Von diesem Standpunkt aus betrachtet, war der Gang zum Militär der größte Reinfall ihres Lebens. Nicht einer ihrer Vorsätze wurde dort erfüllt, keiner. Aber sie lernten sich kennen, alle Arten von Disziplin und Gehorsam hassen, und Wut über die Menschheit entbrannte in ihrem Innern. Außerdem hatten sie Macht geleckt, Macht vor der andere Menschen niederknieten, die Befehle der Macht ausführend. Ja, Macht über Menschen. Etwas Großartiges. Und Jules verließ das Militär mit seinem neuen Freund. Nicht als unbeliebter, verhasster Idiot, dem niemand ein freundliches Gefühl entgegenbrachte, sondern als ein Mensch, den niemals wieder eine Person auslachen oder anschreien durfte. Klare Prinzipien hatten sich in seinem Geist gebildet. Wer mich auslacht wird leiden. Wer mich anschreit wird Schmerzen erfahren. Wer meine Schützlinge oder mich verletzt stirbt. Sie verlieren das Recht auf Leben. Jules verließ das Militär als ein Mensch, der viel dazu gelernt hatte. Wissen ist Macht. Als charismatische Person, die Menschen mit ihren Worten und einem charmanten Lächeln überzeugen konnte. Als perfekter Anführer, der ungeheuerlichen Führungsstil besaß, so dass sich seine Untergebenen nicht erniedrigt oder befehligt fühlten, sondern den Eindruck besaßen, sie handelten freiwillig um ihm einen Gefallen zu tun. Seine Art und Weise. Die neue Art und Weise, welche endlich aus ihrem Exil in ihm entkommen war.

Der Grundstein des größten Kartells der Welt war damit gelegt. Und zwei absolut im Kern bösartige Menschen hatten zueinander gefunden. Beide befanden sich im selben Alter. Sie waren dreizehn Jahre nach der Gründung der Europäischen Union geboren, welche aus der Asche des alten Reiches nach dem letzten Vernichtungskrieg entstanden war. Die Menschheit hatte auf dem Weg zur Union unzählige Wunder vollbracht, aus eigener Kraft hatte sie sich wieder empor gestoßen zu der Spitze der Welt um erneut über sie zu regieren. Ja, die Asche des alten Reiches. Die Gründung der Union fiel in die Zeit der aufbauenden Freude und des Glücks. Längst waren die Schmerzen der Mütter und Väter vergessen, oder zumindest zur Seite geschoben, als die ersten Champagnergläser aneinander stießen, und sich ihre Träger zu prosteten. Die Gründung unterstrich, dass eine neue Zeit begann, vielleicht diesmal eine die Zufriedenheit und Glück versprach, wenn die Menschheit nicht wieder zu hoch strebte und ihre eigene Zufriedenheit nicht ertragen konnte. Menschen waren schon ein seltsames Volk in der Klasse der Lebewesen. Sie verstanden sich selbst nicht, stellt sich die Frage, ob sie überhaupt jemand verstand. Heute war die Asche des alten

Reiches lange verweht. Vom Wind. Besser von den Stürmen der neuen Zeit. Ebenfalls von der neuen Zeitrechnung. Das Jahr Null, nicht die Geburt des Herrn, obwohl die Kirche immer noch darauf bestand, sondern nach der Regierung und den gesetzlichen Vorschriften das Jahr der Vereinigung. Jack Harder stieß 0054EY (Europian Years) zu der German Economy Force, 0035EY war es eine kleine Organisation, bestehend aus Jules und Marc und einigen Anarchisten, welche ohnehin eine neue Weltordnung anstrebten. Jules und Marc finanzierten sich ihre Zeit nach dem Militär aus der Gleichgültigkeit, welche sie der Existenz anderer Menschen entgegen brachten. Sie erpressten Schutzgeld, sie stahlen nicht einfach Geld, sondern überzeugten ihre »Kunden« dermaßen, dass diese freiwillig zahlten. Sie machten einfach perfekte Angebote. Sie spekulierten nebenbei mit dem Geld an der Börse, und nennen wir es ein Kette aus glücklichen Zufällen, sie vermehrten ihr Geld nahezu exponential. Und mit dem Geld gewannen sie Macht. Sie nutzen ihre materiellen Mittel effektiv um ihre Kontakte zu vermehren, wertvolle Kontakte, beide zusammen besaßen stets den richtigen Riecher. Sie vermittelten Auftragsmörder, kassierten dafür Gebühren, wie eine offizielle Firma. Und sie kauften sich in eben solche legalen Firmen ein, immer mehr, immer mehr Macht. Ihr Einfluss wurde immer grenzenloser, doch sie blieben unbemerkt von allen. Von Beginn an besaßen sie Strohmänner, sie setzten Leute an die Spitze kleinerer Parteien, bekamen über diese Umwege Mitspracherecht und besaßen ihren eigenen riesigen Informationspool, welchen sie gut ausnutzten. Die Jahre vergingen, doch es herrschte kein Stillstand, sondern rege Betriebsamkeit. Als Regierungsmächte und darunter liegende Instanzen auf sie aufmerksam wurden, war es beinahe zu spät. Dafür hatten sie zu viele Menschen auf der Liste der abhängigen Personen. Abhängig von ihrem Geld, ihren Kontakten und ihrem Wohlwollen. Wer zu ihnen stand, dem geschah kein Leid und konnte seine Sorgen teilen. Und meist wurden seine Sorgen sogar gelöst.

In diesen Jahren entwickelte Jules seinen Schwarzen Kodex. Unbeteiligte blieben außen vor, und Menschen der Regierung, zum Beispiel Polizeibeamte wurden nur direkt angegriffen, wenn es unumgänglich erschien. Mit anderen Feinden der illegalen Seite rechnete er dafür umso gnadenloser ab. Jules duldete niemanden neben sich, nur Marc, der sich um geschäftliche kümmerte. Beide hatten ihre Berufung gefunden. Jules konnte sich den Traum, welchen er vor seiner Ernüchterung dank des Beitritts zur Realität des Militärs gehabt hatte, verwirklichen. Er schuf sich sein eigenes Militär. Eine riesige Truppe aus Individuen, welche dies auch blieben, und lediglich zu lernen hatte, miteinander im Team zu arbeiten. Und wer das nicht konnte, der durfte allein für Jules arbeiten. Diese Flexibilität liebten seine Anhänger. In diesen Jahren hätte man die Organisation noch stoppen können. Sehr wahrscheinlich, obwohl sie sich überallhin vernetzt hatte. Aber mit einem perfekten chirurgischen Eingriff hätte man das Geschwür ohne größeren Schaden entfernen können, aber man half ihm noch zu wuchern. 0042EY ging die Europian Secret Division, der unbekannte Geheimdienst des vereinten Europas, in globaler Fehleinschätzung ein Bündnis mit der German Economy Force ein, welches Informationsaustausch und einen Nicht-Angriffs-Pakt einschloss. Seit diesem Zeitpunkt erfuhren die beiden Leiter der GEF von jedem

Schlag, welche die offizielle Regierung gegen sie plante. Sie hatten einen undurchlässigen Schutzschild errichtet, welches niemand zu durchbrechen vermochte. Jeder Angreifer gegen sie saß quasi in einem gläsernen Käfig, stets beobachtet von den ausschweifenden Sinnen der GEF. Nun konnte man sie nicht mehr wirklich verletzen, keine Chance. Zu mächtig waren Jules und Marc geworden, zu riesig die Macht, welche die German Economy Force verwaltete.

Jack Harder Junior lernte viel von seinem Mentor. Jules war der Vaterersatz für den Jungen, der niemals darüber hinweg gekommen war, dass sein Vater für seine verwöhnte Schwester gestorben war. Wer konnte beurteilen, welche Schmerzen Jacks Herz bei Gedanken an die Schwester oder den Vater empfand. Derselbe Schmerz, eine andere Ursache.

DER RUF DER HERRIN

Jack musste Kontakt aufnehmen. Er spürte die Schmerzen, welche das Implantat auslöste, fast hätte er diesen Teil der Realität vergessen. Aber er wurde schmerzlich daran erinnert. Wie man es ihm vor Monaten unablässig beigebracht hatte, nahm er Kontakt auf. Er sagte Jules vorher bescheid, welcher ihm freundlich über die Schulter strich und bei der verbalen Fernkommunikation anwesend blieb. Jack rief die Nummer des Krankenhauses, in welchem seine Mutter im Koma lag und ließ sich mit ihrem Zimmer verbinden. Es dauerte lange Zeit, bis erneut das Freizeichen ertönte, und am Ende der Verbindung eine Antwort erfolgte. Die sanfte Stimme des Hasses erklang in Jack Harder: »Den besten Tag der Welt wünsche ich Dir, Jack. Hast Du meinen Ruf vernommen? Es ist gut, dass Du Dich meldest, dann kann mein Klagen ja vergehen«, ihr Sarkasmus war unüberhörbar. Sie kostete die Macht über ihn aus. Das Implantat wurde deaktiviert, und die Schmerzen vergingen, während die dumpfe Erinnerung niemals verklang: »Jack, ich weiß, dass Du es zur Spitze geschafft hast, und ich bin sehr stolz auf Dich. Sehr stolz.«

Denise Hemington, zu welcher das Gespräch umgeleitet worden war, lachte sarkastisch: »Jack, ich erwarte Informationen von Dir, zahlreiche und wertvolle Informationen. Ich will detailliert wissen, wo dieser Jules wann war, und was er dort gemacht hat. Des Weiteren will ich über zukünftige Pläne in Kenntnis gesetzt werden. Sammle in dieser Woche alle Informationen, welche Dir dazu noch fehlen, und wir treffen uns wie vereinbart. Bleib entspannt und ruhig. Du bist perfekt und hast bislang alles richtig gemacht. Ich sehe Dich«, das Gespräch war beendet, und Jules lächelte. Ein echtes Lächeln, nicht gekünstelt, aber erfrischend aufbauend.

»Deine Schmerzen sollen bald vorbei sein, Jack. Wenn Du es nicht erträgst, sag es mir. Es muss nicht sein. Ich würde sie töten lassen, wenn es Dir besser geht. Du musst es mir sagen«, bot Jules verständnisvoll an. Jack schüttelte still und duldsam den Kopf. Schmerzen zu ertragen war er gewohnt, darüber beklagte man sich nicht. Nicht er.

»Gut. Du wirst alle Informationen bekommen. Und Dich mit ihr treffen, wie sie es will. Danach ist alles vorbei. Die werden mich und Marc verhaften, um uns vor

Gericht zu stellen. Und dabei werden sie sich blamieren, und der ganze Einsatz gegen uns wird auf Eis gelegt. Niemand wird denen danach erlauben weiterhin zu ermitteln. Und die Balance ist wieder hergestellt. Aber Du musst das freiwillig tun, Jack. Sag nein, es gibt auch andere Lösungen.«

Jack blickte Jules tief in die Augen, und eine innere Stärke wurde ersichtlich, die Jules vorher an ihm nicht festgestellt hatte: »Nein, ist eine gute Lösung. Ich schätze, man nennt dies investieren in die Zukunft.«

Er hatte wirklich viel von seinem Mentor gelernt.

Jack Harder Junior trug einen kleinen militärischen Kampfbeutel, darin vorhanden zahlreiche Geschäftsunterlagen, welche illegale Kartellaktivitäten aufdeckten, und diverse Berichte über zu liquidierende Menschen. Die meisten der Unterlagen entweder mit Jules Schnörkel, oder der Unterschrift von Marc versehen. Wichtige Dokumente, welche die Kraft besaßen die German Economy Force für immer zu zerschlagen. Jack stand im Fahrstuhl des Krankenhauses, in dem seine Mutter sich befand, tief im Koma schlummernd, den nicht offensichtlichen Kampf ihrer Kinder nicht bemerkend; vielleicht spürend, dass ihr keine Besuche von ihrem Sohn vergönnt waren. Je nachdem wie weit das Koma ging, was kein Arzt beantworten konnte. Jack hatte zwar den Ziffernknopf ihrer Etage tief hinein gepresst, dennoch bewegte sich der Aufzug nicht nach oben, sondern in die umgekehrte Richtung tief in den Keller. Mehrere Männer in schlichten billigen Anzügen erwarteten das heute erwünschte Bündel und durchsuchten ihn. Sie nahmen ihm die robuste Handfeuerwaffe ab, welche er als Teil von Jules Garde besaß, legte ihm Schellen an die Hände, welche sie damit auf seinen Rücken schnallten und stopften ihn gesichert auf die Rückbank ihres Automobils, zwei Leute setzten sich an seine Seite, die anderen beiden Männer nahmen vorne Platz, einer steuerte den Wagen. Keiner redete mit dem jungen Undercoveragenten der alles wie ein Lamm vor dem Schlachten geschehen ließ, und nicht einmal seine Mutter hatte sehen dürfen.

»Guten Tag, Jack. Endlich sieht man sich wieder. Du hast mich sicherlich schon vermisst, oder?«

Jack blickte auf die C.O.P.Net Beamtin, innerlich grummelte er, aber er ließ sich seinen Unmut nicht offensichtlich anmerken. Sie sagte: »Ich habe die Dokumente überflogen. Dass war gute Arbeit, Jack. Wirklich gut. Damit werde ich die German Economy Force überrumpeln. Wir werden diese Akten auswerten. Wenn mein erster Eindruck bestehen bleibt, werden Marc und Jules in wenigen Tagen verhaftet werden, ohne die Möglichkeit der Gerechtigkeit zu entkommen.«

»Ich bin frei?«, die Tonlage seiner Stimme war mit etlichen Gefühlen überlagert. Unglauben gepaart mit Hoffnung, Unsicherheit in Bezug auf das Leben in Freiheit. Hauptsächlich misstrauischer Unglauben.

»Frei?«, ihre Augen brannten sich in ihn. Er begann zu stottern. Er wusste, dass er des Nachts wieder von ihnen träumen würde: »Ich ... nun ja ... alle Information habe ich gebracht. Ich habe doch ... alles getan, ... oder?«

»Du bleibst mein Diener, Jack. Mach jetzt ja keinen Aufstand, erst wenn ich sage, dass Du frei bist, bist Du frei. Und damit werde ich mir Zeit lassen. Bis die Akten ausgewertet sind, wirst Du weiterhin bei der GEF bleiben. Um kein Misstrauen zu schüren. Meine Männer werden Dich jetzt zum Krankenhaus bringen«, sie strich unbewusst eine Haarsträhne aus dem Gesicht. Jack blickte ihr tief in die Augen, völlig emotionslos mit kalten Wangen und verstorbenen Pupillen.

Er kehrte zurück zu seinem Herrn und Mentor Jules, dachte an alles, was ihm angetan worden war, und wie die Zukunft verlaufen würde. Jules blickte ihm freundschaftlich in die Augen und schloss ihn in seine Arme.

»Du bist ein treuer Gefährte, Jack. Ich werde Dir das nicht vergessen. Ich hoffe, damit beginnt auch für Dich ein besseres Leben.«

Jack zuckte unwissend die Schultern: »Was wird passieren? Was wird mit mir passieren? Die werden sich sicherlich an mir rächen.«

»Leider wirst Du unantastbar sein. Vertraue mir. Ich habe für den morgigen Tag ein Ärzteteam der German Economy Force herbestellt. Die entfernen Dein Implantat. Um alles andere kümmere ich mich persönlich. Du bist dann frei. Ich werde Dir alles ermöglichen, was Du tun möchtest.«

Es geschah sechs Tage später als Marc zu Besuch auf Jules riesigem Gelände war. Jules gab ein paar Festlichkeiten für seine Bediensteten in seinen edlen Gemäuern, als die Aktion startete. Sie wurde schnell und nahezu perfekt ausgeführt, was nicht zuletzt daran lag, dass es keine Gegenwehr gab, obwohl etliche von Jules und Marcs Wachen durchaus Schusswaffen bei sich trugen. Diese wurden jedoch nicht eingesetzt. Es war die größte Verhaftungswelle der Geschichte der Europäischen Union. Jules, Marc und alle anderen Anwesenden – weniger als sonst üblich – wurden in Schellen gelegt und mit C.O.P.Net Einsatzbussen abtransportiert, eine gewaltige bewaffnete Eskorte als Geleit. Zahlreiche legale Waffen wurden erst einmal beschlagnahmt, und das gesamte Gelände musste sich einer peniblen Durchsuchung stellen. Jules und Marc verbrachten die Nacht vor der ersten Anhörung vor Gericht jeder für sich allein in einer Zelle. Niemand sprach mit ihnen. Sie waren einsam, zum ersten Mal seit langer Zeit.

In dieser Nacht wurden zahlreiche andere Bedienstete in einem Massenverhör mit einer Flutwelle an geschulten Ermittlern befragt. Jules sinnierte in seiner Zelle, über die vergangenen Ereignisse nachdenkend, während Marc mentale Übungen vollzog und seinen Geist leerte. Der entscheidende Tag stand bevor. Die Anklagen waren zahlreich. Illegale Kartellbildung, Mord in mehreren Fällen, Anstiftung zum Mord in mehreren Fällen, Bestechung in mehreren Fällen, Verstoß gegen das Steuerrecht in mehreren Fällen, Erpressung in mehreren Fällen, Unterschlagung und Vernichtung von Beweismaterial in mehreren Fällen, Behinderung der Justiz in mehreren Fällen, Androhung und Durchführung körperlicher Gewalt in mehreren Fällen, Unionsfriedensbruch aufgrund illegaler Waffenexporte sowie Importe in mehreren Fällen, die Liste der Anklagen schien nicht zu enden. Ruhig und gelassen hörten die beiden Führer der German Economy Force der Stimme des Unionsanwaltes zu, welcher die Anklage vertrat, dem höchsten Anwalt der Anklage in der Europäischen Union. An seinem Tisch saßen zwei hohe Beamte von C.O.P.Net, und die C.O.P.Net Sonderermittlerin Denise Hemington zur Unterstützung der Anklage. Jules streichelte sich mit dem Daumen der einen Hand die innere Handfläche der anderen. Er war in keinem Maße angespannt. Er stellte den Kopf schräg, blickte zu der Sonderermittlerin und lächelte sie an.

Am Ende der Verlesung der Anklage traten die drei Anwälte der German Economy Force vor das Richterpult und erhoben gegen jeden einzelnen Punkt der Anklageschrift Einspruch. Sie zweifelten jedes aufgelistete Beweismaterial an und äußerten den Wunsch sie für nichtig zu erklären. Nachdem somit jeder Punkt von ihnen konsequent abgearbeitet und besprochen wurde, erhob sich Jules von seinem Sitz und ließ seine Stimme ertönen: »Ich habe etwas zu sagen.«

Zwei Angestellte des Gerichtes wollten ihn zurück auf den Sitz drücken, und der Richter verwarnte ihn, dennoch ließ sich Jules nicht halten.

»Fasst mich nicht an«, seine gereizt wirkende Stimme ließ die Wächter zurückweichen, keiner berührte ihn. Sie alle hatten schließlich die Anklagen vernommen: »Und Sie, Herr Richter, hören gefälligst auf mich zu verwarnen. Sie begehen hier einen illegalen Akt und werden dafür Rechenschaft ablegen müssen. Lassen Sie mich ausreden.«

Der Richter wollte erneut protestieren, verstummte jedoch auf Anhieb, als ihm einer der drei Anwälte ein amtliches Dokument vor Augen legte: »Genau, Herr Richter, Sie sehen ganz richtig. Vor knapp drei Jahren hat die Europäische Union die Souveränität der Republik Freies Irland anerkannt«, die Vertreter und Unterstützer der Anklage blickten sich verwirrt an, »Es wurden zahlreiche Bündnisverträge mit den Staatsoberhäuptern der Republik Freies Irland geschlossen. Mit dem gestrigen Tag jedoch hat die Europäische Union gegen die Akzeptanz der Souveränität der Republik Freies Irland verstoßen. Vielleicht verstehen Sie alle augenblicklich nicht, was ich Ihnen zu sagen habe, aber warten Sie doch einfach einen Moment«, mit dem letzten Satz reagierte Jules auf das beginnende Gemurmel im Saal, »Um Ihnen die Konsequenz meiner Rede schon vorweg zu nehmen, wir werden am Ende meiner Worte diesen Saal als freie Menschen verlassen. Das Dokument, das meine Anwälte dem Richter gerade vorgelegt haben, bestätigt unseren offiziellen Dienst für den diplomatischen Chor der Republik Freies Irland. Da die Europäische Union die Souveränität der genannten Republik anerkannt hat, willigte sie der diplomatischen Immunität der Mitglieder dieses Chors zu. Gestern wurde dieser Grundsatz gebrochen. Als Vertreter der Republik im Ausland sage ich aus, dass die Republik Freies Irland dies als betrübliches Missverständnis ansieht, und von einer Klage vor dem Weltsicherheitsrat absieht. Dennoch würde die Republik Freies Irland es positiv beurteilen, wenn die verantwortlichen Personen die Konsequenzen ihrer Handlungen tragen. Allerdings, auch wenn ich im Anschluss in Freiheit gehe, sehe ich es nicht gern, dass mein Leumund vor diesem Gericht und der Weltöffentlichkeit verletzt wurde. Außerdem wird es sicherlich eine Untersuchung in Irland nach sich ziehen, wenn die Beweise nicht entkräftet werden. Deshalb verweise ich noch einmal auf die

Fehlerhaftigkeit der Beweise. Zum einen ist keine der vorhandenen Unterschriften authentisch, zum anderen lässt sich bei Überprüfung jedes einzelnen Beweises jeder widerlegen. Ich würde es ebenfalls positiv beurteilen, wenn diese Beweise überprüft werden. Meine Anwälte haben die entsprechenden Dokumente, unter anderem auch durch mein Tagebuch niedergehaltene und prüfbare Alibis für eine Vielzahl der vorgeworfenen Straftaten. Sie werden die entsprechenden Unterlagen vorlegen. Die Verhandlung kann also gern fortgeführt werden, mit der Erlaubnis der Republik die ich vertrete, allerdings ohne unser Beisein. Ich danke Ihnen für das ruhige Zuhören und wünsche Ihnen einen angenehmen Tag.«

Jules und Marc erhoben sich im Einvernehmen und verließen mit ihren Anwälten den geräuschlosen Saal als Sieger. Gegen Ende der Verhandlung war eindeutig die vollständige Unschuld der Angeklagten erwiesen, da alle Beweismittel nachweisbar gefälscht oder einfach nichtig waren.

»Wir haben gewonnen, auf jeder Linie«, verkündete Jules.

»Du hast denen zum Teil auch echte Hinweise auf ehemalige Aktivitäten von uns gegeben, Jules.«

»Sicherlich. Aber nur Hinweise, und keine gültigen Beweise. Und da die Gerichtsverhandlung unsere Unschuld erwies, kann man uns niemals wieder dafür anklagen. Die Anklage geschah vor dem Unionsgericht, es gibt keine höhere Instanz, vor die man uns noch stellen kann. Und dank der Hinweise, welche ich denen untergejubelt habe, haben die uns für jeden Punkt, den wir jemals begannen haben, angeklagt. Leider darf man jeden Menschen nach Unionsrecht für dieselbe Tat nur einmal anklagen, und diese Anklage schlug fehl. Unsere Vergangenheit ist damit rein gewaschen, Marc, wir sind legalisiert.«

»Und wozu dann die diplomatische Immunität?«

»Damit wir schneller freikommen, und nicht für die Dauer der Gerichtsverhandlung Gefängniszellen von innen sehen. Wir sind frei, Marc, freier als jemals zuvor. Es liegt amtlich betrachtet nichts mehr gegen uns vor, die können uns niemals wieder für zurückliegende Sachen anklagen.«

Es dauerte nur wenige Tage, bis ihre Bediensteten wieder an ihre Seite zurückkehren konnten, es gab eigentlich keine Mühen für die gewitzten Anwälte, nachdem die große Anklage gegen die Führer der GEF fallen gelassen worden war.

Jack Harder hatte diese Zeit in absoluter Gelassenheit fern der Europäischen Union verbracht. Seine Gefangennahme wollte Jules nicht riskieren. Mit einem erfreuten Grinsen, ohne schmerzendes Implantat, mit einem legalen Pass auf seinen Namen und neu erworbener diplomatischer Immunität, ließ es sich gut leben.

Nach dieser anstrengenden Zeit wurde es ruhiger um die German Economy Force und die beiden Führer. Jack verlebte eine ruhige Zeit an Jules Seite. Die illegalen Aktivitäten der Gruppierung gingen zurück. Jack fing an sich selbst zu entwickeln, sein eigener Charakter trat wieder in den Vordergrund, nachdem er sich in geistiger Freiheit befand. Die GEF besaß die Unterstützung des Dienstes, der so genannten Europian Secret Division, deren Namen nur Mitglieder kennen. Und es kam das Jahr des Weltkrieges, in welchem die GEF zahlreiche Aufgaben ohne Gewinnstreben für den Dienst ausführten und eine Vielzahl von Leben retten konnte. Für die Europäische Bevölkerung war dies eine sehr schwere Zeit, aber zum Glück konnte die amerikanische Dominanz schnell unterbunden werden, was an dieser Stelle aber nicht ausgeführt werden soll, und Frieden kehrte wieder ein. Nach dem Krieg arbeitete Jack einige Zeit als Leibwächter für Marc, aber da er Jules als Freund ansah, kehrte er bald in dessen Garde zurück.

Die Zusammenarbeit mit dem Dienst gegen die Invasion verlief zufrieden stellend, und eigentlich dachte keine der Seiten an eine Aufgabe der Kooperation. Nachdem allerdings im Weltkrieg die Struktur des Dienstes leicht angeschlagen worden war, übernahm nach dem Krieg Nikolai Rosenheim die Führung der Europian Secret Division, des größten und geheimsten regionalen Geheimdienstes dieser Welt. Jedoch hatte Nikolai Rosenheim nicht mehr lange zu leben, und er suchte sich in den knappen Tagen vor seinem Tod selbst den Nachfolger für seine Aufgaben. Heinrich von Schattenberg, wurde von ihm zum Führer der Europian Secret Division auserkoren, und mit diesem Mann an der Spitze des mächtigen Dienstes sollte sich Wichtiges ändern. Er traf eine folgenschwere Entscheidung.

Und es geschah nach diesem Zeitpunkt, dass ein hochrangiger Offizier der Europian Defence Army zusammen mit einem europäischen Diplomaten in der Republik Freies Irland vom ernannten Chef des diplomatischen Corps empfangen wurde. Ihr Gespräch unter sechs Augen hatte zur Folge, dass sich der irische Diplomat via Kommunikationseinrichtung den Leiter des Außenministeriums geben ließ, welcher am Ende des Telefonats versprach in Kürze zurückzurufen. Und während der irische Diplomat seinen zwei Gästen einen weiteren Tee einschenkte, sprach der Außenminister mit dem Staatspräsidenten der Republik Freies Irland, danach kontaktierte er wieder den Chef des irischen diplomatischen Corps. Nach diesem Gespräch kam der Ire mit einem verlegenen Lächeln unsicher zu seinen zwei Gästen zurück, nickte den beiden Männern mit den fragenden Blicken bestätigend zu und schüttelte ihre Hände, als sie sich erhoben, um den Besuch zu beenden. Sie gingen in dem Bewusstsein, dass kein Angehöriger der German Economy Force mehr zum diplomatischen Corps der Republik Freies Irland gehörte. Und mit dem guten Gewissen, dass man den angedrohten Zweifel an der Unabhängigkeit der Republik Freies Irland und eventuelle darauf folgende militärische Aktionen nicht laut äußern, beziehungsweise ausführen musste.

IV. Der König der Träumer

LEBEN UND TOD

Die epische Zeichensammlung des grenzenlosen Cyberspace prallte auf ihn herein, er badete sich in ihr und fühlte sich wohl, anders als es ihm in der realen Welt erging. In der Realität des Seins der menschlichen Welt war er tot, gestorben, ermordet. Sein menschliches Leben war am Ende angelangt, sein Tod hatte die Geschichte gezeichnet, wenngleich nicht sonderlich beeinflusst. Er war der erste Tote im Dreamweb gewesen, zwar nicht der erste den man Flatline am Interface aufgefunden hatte, aber der erste der im Dreamweb mit realen Ausmaßen getötet worden war. Nicht der letzte. Ihm war einer seiner Freunde gefolgt, und schließlich auf Initiative eines anderen Freundes der Mörder. Ja, Sheldon war tot. Sein Leichnam unlängst beerdigt, in dem ekligen kalten und lehmigen Boden des abseits der Stadt gelegenen Friedhofes. Ein teures Begräbnis, doch Geld war in seinem Leben schon niemals knapp gewesen. Der Körper war bereits verwest, wie auch die fleischlichen Beförderungsmittel der anderen Getöteten. Er war tot. Und er raste in gigantischer Geschwindigkeit, personifiziert durch ein schlankes kaum Kanten aufweisendes geometrisches Objekt, auf der Flucht vor den Cyberwächtern, durch die Leere. Hinein in die glühende Fläche des Ausganges, dadurch die Verbindung kappend, die nicht weiter zurückverfolgbar war, die wertvollen Daten mit sich tragend. Hinter sich explodierte ein geometrisches Feuerwerk – aus einer Vielzahl von Dreiecken gebildet, seine letzte gestartete Abwehrmaßnahme, die er dem Ice entgegen warf.

Case betrachtete das Virtual Reality Cyberspacevisier, das er bereits abgenommen hatte und mit den Händen drehte. Er vernahm den Signalton, der angab, dass die Verbindung der Connectorcomputer mit den fremden Datenbanken beendet war und drehte sich zu den Bildschirmen in seinem Rücken um, die zu den sechs Computern gehörten, welche früher, als seine Freunde noch lebten zur Wartung und Überprüfung der anderen Computer gedient hatten. Er blickte auf die Gesichter seiner Freunde, die ihn von den Monitoren her anlächelten.

Vor einiger Zeit hatte es angefangen. Drei Wochen hatte er nach der Beerdigung seiner Freunde Sid und Sheldon benötigt, bevor er sich wieder auf diesen Dachboden der verlassenen Fabrik getraut hatte. Dieser Moment hatte ihn Überwindung gekostet, und er hatte ihn allein angetreten. Der Dachboden wies klebrige Spinnweben und große Ansammlungen von Staub auf, aber dies machte ihn heimisch. Auch vorher bei Betrieb der Datendiebstahlzentrale hatte niemand etwas gegen den Dreck unternommen. Ausgetretene Kippen von Zigaretten säumten den hölzernen knirschenden Boden, und auch nach Einschalten der Beleuchtung war es nur mäßig hell. Case spürte ein Gefühl von Romantik, auch von Betrübtheit und Depression. Er trat vor die sechs Servicerechner, dass ganze System war angeschaltet, alle Computer liefen. Er nahm sich einen der Bürostühle mit Rollen und setzte sich damit vor einen dieser Computer. Seine Finger flogen über die Tasten, und Unmengen an Daten wurden eingegeben, Vorgänge gestartet, die er in den letzten Wochen zu Hause geplant hatte. Nach zwei Stunden kam er zum Abschluss der Vorbereitungs- und Initialisierungsphase und startete den Vorgang, während sich aus der Schwärze der Umgebung ein Schatten löste und ein glühender Leuchtpunkt erflackerte. Case reagierte nicht auf die Wahrnehmung, er hatte sie durchaus realisiert und eingeordnet, unwissend, was er für eine Zukunft gestaltete.

```
Aufruf:              Init_
Init Sequence started

.......................................
Init Sequence successful
Aufruf:              Sheldon$ScannedAI_
Accepted.            Sheldon$ScannedAI started
```

Stone trat neben seinen langjährigen Freund, welcher vor dem Terminal saß.

»Du gehst die letzten Schritte des Weges, Case.«

Case Lennard verzog keine Miene und wandte sich nicht um: »Ja, Stone.«

Stone hatte überlebt, damals. Er war rechtzeitig wieder belebt worden, nicht Flatline auf ewig. Zwei Wochen hatte er in einem Krankenhaus verbracht, die ersten Tage unter ständiger Beobachtung, danach galt er als gesund. Der Fall war abgeschlossen, für den ermittelnden Beamten DeForrest. Aber nicht für Case. Er akzeptierte weder den Tod seiner Freunde, noch den Gedanken an den Mörder, den er zwar im Dreamweb getötet hatte und somit auch in der Realität, der aber wie seine Auftraggeber nicht identifizierbar war. Nichts davon akzeptierte Case.

»Case, bist Du Dir sicher, dass Du das Ziel des Weges richtig einschätzt?«

»Das wird sich gleich zeigen, Stone.«

»Hi, Stone, Case. Seid Ihr endlich da? Wo fangen wir an?«

»Hallo, Sheldon. Wie fühlst Du Dich?«

»Normal? Wieso die Förmlichkeiten? Wie geht es Euch zweien denn?«

»Besser als Dir, Sheldon. Wir leben. Du nicht.«

»Was?«

»Du merkst es nicht. Ich habe die Sensoren des Dachbodens mit einem privaten Dreaming Reality Szenario gekoppelt. Du befindest Dich in einem Dreaming Reality Szenario in dem Du uns aus der realen Welt wahrnehmen kannst. Sheldon, Du bist eine rekonstruierte AI, ich habe den Dreaming Reality Körper von Sheldon als Basis für eine künstliche Intelligenz benutzt, die ich mit den aufgezeichneten Gehirnmusterscans von Sheldon programmiert habe. Du bist die künstliche Intelligenz Sheldon. Es ist die Rückversicherung, die wir gemeinsam geplant hatten. Du lebst nicht. Du bist kein Mensch. Eine AI.«

Die AI zögerte nur einen knappen Moment, bevor sie gefasst antwortete: »Ich bin folglich nicht mehr real, Case. Ich bedaure dies zu hören. Ich bin gestorben. So sieht also der Tod aus, ich fühle mich recht lebendig.«

»Für Dich besteht vielleicht kaum ein Unterschied. Außer, das unsere Welt für Dich nicht mehr geöffnet ist. Wenn Du den Dachboden verlassen willst, wirst Du bemerken, dass der Ausgang für Dich nicht betretbar ist, Sheldon. In Deinem Szenario stehst Du zwischen uns, kannst Dich im Dachboden bewegen. Wir sind für Dich keine Hindernisse, Du kannst durch uns hindurch laufen, wie ein Geist. Wir sehen Dich in der Realität auf dem Bildschirm. Wir sehen den projizierten Dachboden und Deine Abbildung. Du kannst sämtliche Computer in Deinem Szenario mit vollständigen Auswirkungen auf die Wirklichkeit benutzen, Sheldon, ich habe Dein Dreaming Reality Programm mit ihnen gekoppelt. Über die Dreaming Reality Konsolen kannst Du Dich in andere Szenarien transferieren. Dein Persönlichkeitsscan ist ungefähr ein Jahr alt, damals haben wir alle unsere letzte Aufzeichnung vorgenommen. Ich werde Dir nachher erklären, warum Du gestorben bist, aber vorher muss ich einen weiteren Freund reaktivieren. Warte.«

Die vier Freunde waren wieder komplett, Stone und Case real, Sid und Sheldon innerhalb der digitalen Welt. Wie beschreibt man die Emotionen von digitalen Persönlichkeitsstrukturen, die dem Verstand nach kein direktes Leben besitzen, deren Existenz und Intelligenz aber niemand leugnen kann? Die vier arbeiteten wieder zusammen, wie in alten Zeiten. Obwohl zwei bereits das Zeitliche gesegnet hatten. Zwei von ihnen waren Abbilder alter Gehirnmusterscans. Natürlich waren es keine Menschen, keine denkenden Lebewesen, aber dennoch... Wie vom Computer gespielte Akteure in einem Spiel, mit simuliertem Entscheidungen anhand der Messdaten der früheren Menschen.

»Und Case?«, fragte Sheldon von einem der Monitore.

»Wir haben die Informationen. Sid, entpacke sie bitte und analysiere die Struktur, ich vermute eine dimensionale Verschlüsselung auf fünf Ebenen, rekonstruiere die Daten.«

Man sah Sid nicken und in der Bildschirmprojektion zu einem anderen Computer treten. Sheldon stand ebenfalls von seinem imaginären Platz in dem Paralleldachboden auf und lief unschlüssig herum, während er sprach: »Mir gefällt dies nicht, Case. Diese Existenz ist unbefriedigend. Wir zwei können den Dachboden nie wieder verlassen.«

Case blickte auf die wenige Zentimeter hohe Abbildung seines Freundes, er hatte lange um den Entschluss gekämpft, ihre Geister zu rufen. Aber jetzt stand er hundertprozentig hinter seiner Entscheidung: »Sheldon, ich sehe keine andere Möglichkeit. Außerdem bist Du freier als ein lebender Mensch jemals sein kann. Du ist unsterblich geworden, Sheldon.«

»Ich bin kein Mensch. Ich bin auch nicht Sheldon. Ich bin lediglich ein Trugbild. Wie kann ich als künstliche Intelligenz ...«

»Sprich nicht weiter, Sheldon. Du kannst alles tun. Hilf uns, die Auftraggeber zu finden. Stone und ich gehen der erhaltenen Adresse nach, Sid entschlüsselt das Informationspaket. Auch für Dich gibt es eine Aufgabe, Sheldon. Tauch in die Welten der Dreaming Reality ein, und kontaktiere andere Träumer. Vielleicht erfährst Du wertvolle Neuigkeiten. Ich muss nun los.«

Die vier Freunde hatten sich ein Ziel gesetzt. Die Verantwortlichen für den unter ihnen existierenden Tod zur Verantwortung zu ziehen. Es war kein einfacheres Vorhaben, aber mittlerweile besaßen sie eine gute Basis an potentiellen Spuren. Case hatte den damaligen Mörder im Netz getötet, ihn mit den eigenen Waffen geschlagen. Somit konnte der Mörder seine Spuren nicht mehr verwischen, seine Verbindung mit den gewaltigen Großrechnern, welche irgendwo auf der Welt positioniert das Szenario verwalten, wurde nicht beendet, und der Standort des Mörders war zurückverfolgbar. Jetzt hatten es die vier Freunde endlich geschafft, zu der Verbindung eine Adresse zu ergattern. Außerdem waren sie in die Datenbanken aller bekannten Netzanbieter eingedrungen und hatten sich, unter Einsatz sämtlicher Kräfte, durch die hohen Maßnahmen an Eis gekämpft, bis sie schließlich alle Datentransfers der Firma Data Trade Service protokolliert besaßen. In den letzten zwei Wochen waren sie jedem dieser Datenpakete nachgegangen, hatten sich mit allen Datenbanken connected, an welche der Data Trade Service etwas gesandt hatte und hatten sich die Informationspakete unter großen Bemühungen kopiert. Sid werkelte daran, die erhaltenen verschlüsselten Daten zu decodieren, damit sie einen Sinn ergaben. Unter diesen Daten musste sich das Paket befinden, wegen dessen man ihnen einen Mörder auf die Fersen geheftet hatte. Das Paket, welches sie in ihrem letzten Auftrag gestohlen hatten. Für das zwei der Freunde sterben mussten.

Stone und Case fuhren mit Stones klassischem extravagantem Sportwagen zu der Adresse, welche sie heute Morgen vermocht hatten der ihnen bekannten Nummer zuzuordnen. Case war extrem still, man hörte lediglich seine rhythmischen Atemzüge. Stone kannte seinen Freund und wusste, dass dieser das Erlebte lange nicht verarbeitet hatte: »Wie geht es Sophie?«

Case blickte auf den Bordcomputer: »Fahr die 62., der Tunnel ist dicht.«

»Du solltest Sophie öfter sehen.«

Case schien seinen Freund zu ignorieren, er antwortete nicht: »Du brauchst Sophie, Case. Wir beide sind nicht mehr die alten. Wir sind nicht mehr frei, wie in jungen Jahren. Ich vielleicht, aber nicht Du. Sophie ist zu eng mit Dir verbunden, kämpfe nicht dagegen an. Sie war immer offen für Deine Probleme.«

»Ich muss dies zu ende bringen. Wir zwei sind es Sheldon und Sid schuldig.«

»Sheldon und Sid sprechen nicht von Rache. Wir sind ein Team. Die beiden sind unsere Freunde. Wir ziehen das zusammen durch, aber erblinde nicht vor Wut.«

»Du sagtest gerade, die beiden sprechen nicht von Rache. Stone, sprechen tun die beiden künstlichen Intelligenzen. Sie denken und handeln wie unsere beiden Freunde, ja, vielleicht sind es unsere beiden Freunde. Aber sie sind gehemmt, in einem Computer gefangen, handeln seelenlos nah den Hirnstrukturen von Toten. Mehr nicht.«

»Was ist schon die Seele, Case? Vielleicht ist die Seele Teil dieser Wellenmusteraufzeichnungen. Wenn ja, so sind die beiden AI's unsere Freunde. Bist Du Dir dessen bewusst?«

Es herrschte einen schnell vorübergehenden Augenblick Stille: »Ich bin mir dessen genauso bewusst, wie der Erinnerung an ein Begräbnis, in dessen Ablauf zwei meiner besten Freunde in hölzernen Kisten in die Erde herabgelassen wurden. Ich vergesse diesen Anblick, diesen emotionsgeladenen Augenblick nie. Ich will die Auftraggeber, welche meine Freunde ermorden ließen«, presste Case hervor.

Der Tod ist real. Auch wenn Case jederzeit mit den Toten zu sprechen vermochte, sie seine Ansichten teilten oder ablehnten, er mit ihnen im Cyberspace Seite an Seite fliegen, oder sie in einem Dreaming Reality Szenario in den Arm schließen konnte. Waren sie wirklich tot? War ihr Leben eine geschickte Täuschung der menschlichen Sinne, oder ihr Tod? Was bedeutet der Tod? Bedeutet tot zu sein, die Hinterbliebenen nicht mehr sprechen zu können, nicht mehr bei ihnen sein zu dürfen, keinen Kontakt mehr zu besitzen? Wenn dies die Erklärung für den Tod ist, so waren die beiden verstorbenen Freunde lebendig.

»Wir sind angekommen, Case.«

»Gehen wir rein, Stone.«

Sheldon betrat die Welt der Dreaming Reality, er wurde Teil des Fantasyszenarios, welches er und seine Freunde stets geliebt hatten. Diese Welt war anders, erfreulich und wunderschön, und er war darin gestorben. Sie war natürlich und erfüllt von Mystik. Er lief durch die mittelalterlichen Straßen einer ihm bekannten Umgebung und atmete den frischen Duft von Seeluft in seiner Lungen. Dies war die wunderschönste Stadt, welche er kannte, dies war das Königreich, dem er in der Dreaming Reality die treue geschworen hatte, und dem er als erfahrener Magier diente. Für dieses Königreich traten er und seine Freunde ein, sie waren Teil einer kleinen Gruppe von Abenteurern, welche die Belange des Königreiches der Bogeninseln in ihren freizeitlichen Abenteuern vertraten. Sheldon betrat eine ansässige Taverne und nahm Platz, aufmerksam die anderen Gäste musternd, mit erfahrenem Blick nach Träumern suchend, welche ihm mit ihrem Wissen weiterhelfen konnten. In der Dreaming Reality war der Tote frei zu leben.

Case trat beiseite, er hätte die Tür am liebsten mit roher Gewalt geöffnet, aber Stone war anderer Meinung. Der muskulöse und durchtrainierte Schulfreund von Case widmete sich mit einer selbst entwickelten Black Box dem Codeschloss der Wohnungstür, die rasch aufgab. Eine Black Box ist ein elektronischer Apparat, dem nur durch Kenner anzusehen ist, wie er seiner Berufung nachgeht. Ein Apparat den man benutzt, ohne sich zu fragen wie er intern funktionierte. Stone schob die Tür auf, und Case ließ es sich nicht nehmen, als erster die Wohnung des Netzmörders zu betreten.

Sie hatten aufmerksam die Nachrichten verfolgt, niemand war Flatline vor seinem Terminal aufgefunden worden. Case schloss daraus, dass die Leiche des Mörders nicht entdeckt worden war, und dass sich der Körper noch immer am Terminal befinden musste. Er erwartete in dieser Wohnung das Vorfinden der Leiche, ein ungeheures Verlangen erfüllte ihn, das reglose Gesicht des Mörders endlich betrachten zu können. Die Tür führte direkt in den geräumigen Wohnraum, die Fenster waren abgedunkelt und Details aufgrund der schlechten Beleuchtung nicht zu erkennen.

Bewegungssensoren hatten die Eintretenden erfasst, und langsam heller werdend, taten daran gekoppelte Lampen ihren Dienst. Stone schloss die Wohnungstür hinter sich, Case erblickte das kompakte Computersystem in einer hinteren Ecke des sichtbaren Raumes. Das System war deaktiviert, keine Leiche saß verzerrt auf dem bequemen Stuhl davor, niemand außer den beiden Freunden befand sich in diesem Raum. Case Gemütszustand wurde deutlich mürrischer, da er nichts wie erwartet vorfand. Er nickte Stone zu, er sollte an der Eingangstür warten und lief langsam durch den Raum, wobei er versuchte keine Geräusche zu verursachen. Er öffnete vorsichtig eine anliegende Tür und schaute in den Raum dahinter ohne einzutreten. Die Kulisse wurde von dem herein scheinenden Licht des Eingangsraumes aus erhellt. Case drehte sich passenderweise zu Stone zurück, als eine Tür auf der gegenüberliegenden Seite geräuschlos auf glitt, und mehrere Personen herein traten.

Sid las sich den entschlüsselten Text durch, badete seinen Geist mit den Inhalten der decodierten Dateien und erkannte erste Zusammenhänge.

Sheldon hatte einen ihm als Reisenden bekannten Charakter in der Dreaming Reality getroffen, mit dem er sich unterhielt. In der Dreaming Reality wusste niemand von seinem eigentlichen Tod, da man den Dreaming Reality Charakter nicht mit einer weltlichen Person verbinden konnte: »Seid gegrüßt, Reisender. Ihr habt lange Zeit nicht in dieser lieblichen Stadt verweilt. Darf ich Euch zu einem Getränk Eurer Wahl einladen?«

»Gern, ehrwürdiger Vaylin. Ich bevorzuge am heutigen Tag die sanften Wallungen von gereiften Weinen.«

In diesem Szenario hatte Sheldons damals den Namen Vaylin für den Magier gewählt, den er in dieser Fantasywelt verkörperte: »Schankwart, ich erbitte Euch, mir und meinem geehrten Gast zwei Gläser und eine Flasche Eures besten Hausweines zu bringen. Reisender, gibt es entscheidende Neuigkeiten aus den anliegenden Bereichen?«

»Vaylin, Euer Bekanntheitsgrad in dieser Welt ist hoch, doch ich war trotz allem von der hohen Nachfrage nach Eurem Namen und denen der anderen mit Euch befreundeten Abenteurer überrascht.«

»Ein Fremder wünscht mich zu sehen?«

»Kein Treffen ist erwünscht. Gerüchten zufolge erkundigt sich ein Unbekannter nach Eurem Wohlbefinden und dem Eurer Freunde.«

»Habt dank für Eure bereitwillige Auskunft. Gibt es mehr Wissenswertes für meine Wenigkeit?«

»Nein, tapferer Vaylin.«

»So muss ich Euch leider verlassen. Schankwart, dies ist für Euch, haltet meinen Gast für heute auf mich frei«, Sheldon verließ die Dreaming Reality mit dem Wissen, dass noch immer jemand nach ihm und seinen Freunden Ausschau hielt. Entweder war es ein neuer Auftraggeber, welcher die Freunde engagieren wollten, oder aber ...

»Sheldon, ich habe die Daten decodiert. Und ich habe Antworten gefunden«, Sid sprach Sheldon beiläufig an, als dieser gerade die Dreaming Reality in die scheinbare Wirklichkeit verlassen hatte. Nun befand er sich im Szenario des Dachbodens. Sheldon blickte verwundert auf den sonst stillen Softwarespezialisten. Er hatte etwas Wichtiges zu sagen, sonst würde er nicht sprechen: »Was?«

»Die Daten enthalten wertvolle wirtschaftliche Informationen über ein gigantisches Unternehmen. Es sind zahlreiche Deckadressen und Scheinfirmen genannt, die tatsächlich eine große Organisation bilden, welche garantiert nicht den zulässigen Beschränkungen des Kartellrechts entsprechen.«

»Du meinst, dass Datenpaket, welches wir gestohlen haben, enthielt Aufzeichnungen über eine illegale wirtschaftliche Vereinigung?«

»Ganz genau. Und ich habe mir Mühe gegeben, mehr über unseren Auftraggeber zu erfahren«, Sheldons ganze Aufmerksamkeit war geweckt. Der Auftraggeber hatte wahrscheinlich auch den Mörder engagiert, um sicherzugehen, dass die Freunde nicht ebenfalls von dem Inhalt der Daten wussten, und dieses Wissen weitergaben: »Und?«

»Ich habe die Verbindung der Datenbank in ein Regierungsnetz zurückverfolgen können, genau zuordnen, lässt sie sich nicht.«

»Das bedeutet, unser Auftraggeber ist eine Gruppe aus der Regierung. Aber wer?«

Sid zuckte mit den Achseln. Er hatte alles gesagt, was er hatte sagen müssen, mehr Worte zu äußern war redundant.

»Guten Tag, meine Herren«, Case sprang schnell in Deckung hinter eine dunkelblaue Couch. Vor einer ersten Attacke geschützt, überlegte er weitere Schritt um die Wohnung lebend zu verlassen. Er hoffte, Stone täte gleiches, er wollte ihn nicht auch noch verlieren.

»Das ist nicht nötig. Ich denke, wir sollten uns vorstellen. Bleiben Sie ruhig hinter dem Sofa, wir können auf diese Weise auch miteinander reden. Ich habe kein Killerkommando bei mir, lediglich ein schöne Frau als Begleitung. Und ich bin nicht der Mörder ihrer Freunde, falls Sie dies denken. Sie dürfen mich Marc nennen. Ihre Namen kenne ich nicht«, es war eine ruhige Stimme ohne Wärme, die Case vernahm. Und diese Stimme verkörperte alles, was sich an Wut bei Case seit dem Versterben seiner Freunde angesammelt hatte, auch ihre Wiedergeburt hatte seine angestauten Gefühle nicht gelindert.

»Sie wollen mir Ihren Namen nicht sagen, und ich verstehe dies durchaus. Sie haben noch nicht gelernt, das Geschäft von den Emotionen zu trennen. Eine Erfahrung, die Sie noch machen werden. Sie verspüren Wut auf mich, weil Sie in mir die Personifizierung des Todes Ihrer Freunde sehen. Dies stimmt sogar, ich habe die Ermordung veranlasst. Ich sah darin eine Handlung aus Notwehr, denn Sie haben meine Daten gestohlen. Ja, genau. Ich bin nicht Ihr damaliger Auftraggeber, sondern mir gehörten die Daten. Sie enthielten wichtige Informationen über mich. Sie enthielten die Namen meiner Freunde. Und einer nach dem anderen, der innerhalb der entwendeten Informationen erwähnt wurde, starb eines extrem unnatürlichen Todes. Auch meine Freunde, meine Partner wurden getötet, und ich gebe Ihnen die Schuld dafür. Aber ich sehe mittlerweile ein, dass wir uns falsch verhalten haben. Sie haben die Informationen lediglich weiter vermittelt, diese Leute töteten meine Freunde. Ich verspreche Ihnen das Leben. Es sei Ihnen gegönnt. Ich verlange zu erfahren, an wen die Daten gingen, damit ich die Leben retten kann, die noch zu retten sind. Sind Sie bereit zu verhandeln?«

Case vernahm im Anschluss an das Gesagte einen wütenden Schrei, der plötzlich zu einem Röcheln abschwellte und sprang behände aus seiner Deckung, bereit anzugreifen um Stone zu helfen. Er sah Stone am Boden liegen, eine Frau mit schwarzen Haaren, welche zu einem Zopf gebunden über ihre Schulter nach vorne gefallen waren, trat ihm mit einem festen Kampfstiefel gegen die Kehle, während sie eine dickläufige Handfeuerwaffe auf ihn richtete. Case zitterte vor Wut und Unvermögen, er konnte ihn nicht rechtzeitig erreichen: »Lass ihn los!«

Die Frau mit dem energischen Gesichtsausdruck trat zurück. Sie trug eine eng anliegende Hose aus Kunstleder, welche die Kampfstiefel ausreichend verdeckten, wenn sie stand. Die Waffe hielt sie neben ihrer Hüfte. Der Mann neben ihr wirkte für sein tatsächliches Alter relativ bejahrt. Er schien südamerikanische Herkunft oder zumindest Abstammung zu sein, aber Case war sich nicht sicher. Und er trug eine Sonnenbrille mit undurchdringlichen schwarzen Gläsern: »Ich werde niemanden von Ihnen töten lassen. Ich will nur verhandeln. Das ist mein Angebot. Ich denke nicht, dass Sie es ablehnen können.«

Case starrte das merkwürdige Paar nachdenklich an, er wünschte sich Sophie herbei. Sie hätte ihm einen Ratschlag geben können. Stone rollte sich beiseite und richtete sich auf, die Kehle mit schmerzverzerrter Miene massierend. Case äußerte sich: »Der Mörder ist tot.«

Case deutete mit dem Kopf auf das verlassene Terminal. Der fremde Mann machte sein Gedankenbild zunichte: »Ja. Dieser Mörder ist tot. Aber es gibt immer zahlreiche Mörder. Die Frau neben mir ist eine Mörderin. Keine Netzmörderin, mit Computern kennt sie sich kaum aus. Sie tötet auf sehr alte schmerzvolle Weise. Aber jetzt nicht. Denke ich.«

Case wusste nicht weiter, er war verwirrt. Er starrte auf die junge Frau, welche ebenso hasserfüllt seinen Blick erwiderte. Ihre schwarzen Augenbrauen passten zu dem in gleichem Maße dunklen Haar und unterstrichen ihre gefährliche Aura: »Sie versteht unsere Sprache nur unzureichend, dafür spricht ihr Körper alle Worte perfekt. Sie bereinigt für mich kleinere Ausrutscher. Wir wollen ihr keine Vorwürfe machen, dass sie Menschen tötet. Sie tat und tut es, weil ich sie dafür bezahle. Ich will den Auftraggeber. Danach dürfen Sie in Frieden verweilen, ich werde großzügig sein, wenngleich ich weiß, dass Kapital Ihre Freunde bedauerlicherweise nicht wieder beleben wird.«

»Wieso das alles?«

»Sie hatten überlebt, und ich überdachte die Situation. Ich habe den Auftrag annulliert. Wir haben die Spuren im Netz mit Absicht nicht verwischt, weil wir erhofften, dass Sie irgendwann herkommen würden. Diese Frau hat hier Tag und Nacht gewartet. Sie wählten einen guten Moment für Ihr Eintreffen, ausgerechnet, als ich mit Ihr über weiteres Vorgehen verhandelte. Ein perfekter Zeitpunkt. So können wir direkt miteinander reden. Werden wir uns einig? Nennen Sie mir Ihren Auftraggeber?«

Case schluckte, er wusste wirklich nicht, wie er zu reagieren hatte. Sein kleines mobiles Kommunikationsgerät gab ein akustisches Signal ab, und Case aktivierte es, er hielt es zittrig an sein Ohr gepresst: »Hier ist Sheldon. Die Informationen handeln von einer illegalen wirtschaftlichen Fusion, unser Auftraggeber gehört anscheinend zur Regierung. Ich kann Dir mehr darüber ...«

»Danke. Jetzt nicht«, Case deaktivierte das Kommunikationsgerät. Er kannte jetzt seine die Vorgehensweise, sein Entschluss stand fest: »Stone, setz Dich irgendwo hin. Ich heiße Case. Meine Freunde bildeten mit mir ein Team zum Beschaffen von geschützten Daten im Cyberspace. Auf unserem Gebiet waren wir Profis und sind es immer noch. Wir wurden engagiert, verschafften uns Zugriff auf Ihre Daten und übermittelten diese weiter. Das zu uns. Wer sind Sie?«

Der Mann setzte die Sonnenbrille ab und steckte sie beiseite. Er besaß dunkle Augen: »Ich bin Marc, mein ganzer Name ist irrelevant, wie der Ihre. Ich bin der Lenker einer wirtschaftlichen Gruppierung, welche dem Gesetz nach verboten ist, aber das ließ sich bislang sehr gut verheimlichen. Die komplette Struktur meiner Organisation befindet sich in den Daten aufgezeichnet, welche Sie vermittelten. Ihr Auftraggeber geht anhand dieser Daten vor, um meinen konstruierten Apparat zu zerschlagen. Ich will ihn daran hindern.«

»Welche Organisation leiten Sie?«

»Ich sage dies nur Menschen, die fest für mich arbeiten.«

»Und ich verrate meine Auftraggeber niemals.«

»Ich spreche von der German Economy Force.«

TRAUM UND REALITÄT

Case und Stone betraten erneut den Dachboden, ihr kleines ausreichendes Firmengelände. Case setzte sich an einen der Virtual Reality Rechner, Stones erster Griff verlief nach einer Zigarette. Sheldons Stimme ertönte: »Wie verlief es?«

Case ließ sich mit der Antwort Zeit, Stone sagte nichts: »Der Killer gehört zu einem illegalen Wirtschaftskartell namens German Economy Force. Wir haben Mitgliederdaten dieser Gruppierung gestohlen und verkauft, jetzt tötet unser damaliger Auftraggeber nach und nach die angegebenen Personen der Liste. Du sagtest, der Auftraggeber ist von der Regierung. Welche Institution?«

»Das wissen wir nicht, Sid konnte dies nicht zurückverfolgen. Das Ganze ist verschleiert, ich vermute, wir sprechen nicht von einem öffentlichen Bereich.«

»Ich will mehr über den Auftraggeber wissen.«

»Was ist mit dem Killer?«

»Er ist tot. Der Mörder war bezahlt, als ausführendes Organ der German Economy Force.«

»Case, was versuchst Du zu verheimlichen?«

»Ich habe einen Deal mit denen abgeschlossen.«

»Wie meinst Du das?«

Sids und Sheldons Augen bohrten sich vom Terminal in Case. Die Augen wirkten künstlich. Stone stellte sich ein wenig abseits in den Schatten des Dachbodens und widmete sich seiner Zigarette: »Ich warte natürlich Eure Zustimmung ab. Der Deal sieht folgendermaßen aus. Die töten Stone und mich nicht. Sie bezahlen uns und schützen uns vor der Regierung. Wir arbeiten weiterhin ausschließlich selbstständig. Alles was die vorerst wollen, sind unsere Auftraggeber.«

»Das ist gefährlich, Case.«

»Ich möchte wissen, in was für einem Spiel wir da sind«, meinte Case.

»Dieses Spiel hat keine Regeln, Case.«

»Entscheiden wir darüber, jeder hat eine Stimme«, das Zwiegespräch zwischen Sheldon und Case endete, Stone sagte lediglich »einverstanden«, Sid nickte vom Bildschirm, nur Sheldon machte ein missmutiges Gesicht. Case blickte auf sein Terminalbild, sein Gesicht machte einen ernsten Ausdruck. Er wartete ab, was Sheldon zu sagen hatte.

»Ich bin nicht lebendig. Sid und mir kann nichts mehr zustoßen. Aber Stone und Du sind verletzbar. Ich mag eine künstliche Intelligenz sein, aber ich mache mir Sorgen. Zumindest scheinen mir das meine Datenstrukturen vorzugaukeln«, fügte er sarkastisch hinzu.

»Sheldon, wir sind ebenfalls tot, wenn wir das Angebot des Kartells ablehnen, dessen bin ich mir sicher. Einen Mörder könnten wir abwehren und einen Gegenschlag verüben, aber eine komplette Organisation ist ein zu großer Gegner.«

»Die Regierung ebenfalls.«

»Das sehe ich ein. Ich will sowohl über die geheime Institution als auch über das Kartell Informationen sammeln. Wir spielen beide gegeneinander aus, entscheiden können wir uns immer noch. Mit dem Kartell habe ich einen Netzkontakt vereinbart, die kennen unseren Stützpunkt noch immer nicht, wir wurden nicht verfolgt.«

»Ich bin ebenfalls einverstanden. Sammeln wir Informationen.«

»Gut, das ist entschieden. Sid, gib uns einen Connect zu der Datenbank, in der Du das von uns vermittelte Paket wieder gefunden hast. Sheldon, Stone und ich gehen rein. Bereit?«

Durch den Sichtschirm des Visiers tauchten vor Cases Augen zahlreiche geometrische Objekte auf, sie befanden sich in einem öffentlichen Bereich des allgemeinen Regierungsnetzes. Vor sich sah Case einen Informationspool, keine Wachprogramme waren vorhanden. Dieser Bereich war für jedermann frei, der sich über öffentlich freigegebene Belange informieren wollte. Der Informationspool galt als Wegweiser für die Datenbank, hier erfuhr ein Besucher, wo er die gewünschten Daten vorfinden würde. Aber Case dachte nicht daran, sich zu dem Pool zu begeben, die von ihm gewünschten Daten fand er nicht in dem öffentlichen Bereich. Stone und Sheldon befanden sich als geometrische Objekte an seiner Seite, sie folgten ihm vertrauensvoll. Case sah sich ruhig um, er versuchte Orientierung in dieser Datenbank zu erlangen.

Schließlich fand er sich zurecht und bewegte sich durch den Cyberspace. Es gab mehrere vorhandene Strudel, welche zu den verschiedenen Themenbereichen der Datenbank führten, und Sid hatte ihnen mitgeteilt, wo er das Datenpaket gefunden hatte. Case verschoss einige Sensorprogramme, welche den gesamten hier vorhandenen Cyberspace getarnt nach Eisprogrammen absuchten. Dort wo sich Eis befand, gab es geschützte Programme und folglich schützenswerte Daten, und dorthin wollte Case. Seine Programme tauchten in die unzähligen Strudel ein und meldeten ihm laufend die gesammelten Sensordaten. Einige Wachen waren vorhanden, Case wusste sofort, dass diese bloß die allgemeine Ordnung überprüften und sicherten. Diese Eisprogramme waren unwichtig. Ebenfalls wurden ihm andere anwesende Besucher gemeldet, welche sich über aktuelles in der Politik und Ähnliches informierten. Plötzlich bekam Case von einer Sonde zahlreiches Eis gemeldet, bevor sie von den Angriffsprogrammen enttarnt und vernichtet wurde. Case sprach zu seinen Freunden: »Stone, Du schaust dort nach, pass auf Dich auf. Check die Art der Daten. Sheldon und ich sind in Bereitschaft«, Case Wort galt wie früher als Anweisung für seine Freunde, und Stone bewegte sich davon. Er flog durch den betreffenden Strudel und kam in ein absolutes Cyberkriegsgebiet.

Die aktivierten Wachprogramme stürzten auf ihn ein, er sah nur noch eine gewaltige bunt gemischte Fläche vor sich, zu viele Programme waren vorhanden, als das er ein Loch zum Durchkommen sah. Er startete seine Abwehrsoftware und ging zum Gegenschlag über. Er doppelte seine Gestalt mehrfach, so dass die Angreifer nicht wussten, wo sich der echte Eindringling versteckte, und die zahlreichen Kopien seiner Form bewegten sich nach nicht vorher bestimmbaren mathematischen Mustern. Die Angreifer teilten sich auf, und der echte Stone hatte nun deutlich weniger Kriegshetzer hinter sich. Auf der Suche nach Datenpaketen bewegte er sich vorwärts, einige bewährte Minenprogramme startend, welche unvorsichtige Verfolger fesselten.

»Stone, Daten auf drei drei.«

Stone nahm die dreidimensionale Richtungsangabe von Sid in Form von senkrecht zueinander stehenden Uhren auf und änderte den Kurs mit einer Handbewegung im Datenhandschuh. Er startete das Speed-Programm und beschleunigte.

»Ein Welcomepaket. Hol es Dir.«

Ein Welcomepaket befand sich eigentlich in jeder Datenbank, meist sogar eines pro Themenbereich. Es war eine Kennung, mit welcher der Besucher erkannte, wo er sich eigentlich befand. Die Welcomepakete gehörten nicht unbedingt zu den geschützten Daten, aber dieses lag in einem geschützten Sicherheitsbereich. Stone sah aus den Augenwinkeln im Visier einen Feind von der Seite näher kommen und tauchte im letzten Moment ab, kurz danach nahm er wieder den Kurs auf, nach dem der Angriff in die Leere verlaufen war: »Case, hier ist die Hölle los. Ich schnapp mir das Welcomepaket, mehr kann ich nicht machen.«

Einem normalen Besucher hätten die Wächter lediglich mitgeteilt, dass dies ein gesperrter Bereich wäre, und ihn umgeleitet. Aber das vorherige Sensorprogramm hatte die Wachen gewarnt, dass ein Hacker unterwegs war. Sie wollten ihn unbedingt catchen und zurückverfolgen, um seine reale Identität herauszufinden.

»Stone, die Kavallerie steht bereit.«

Stone flog durch das Datenpaket und bekam Zugriff. Im Durchfliegen gelang ihm der Download, das Paket war klein, bei einem großen Paket musste man einige Zeit am Paket andocken, da das Laden länger andauerte. Bei der Zahl seiner Verfolger wäre Stone dazu nicht in der Lage gewesen: »Ready. Ich gehe auf Ausweichkurs.«

Case übernahm wieder das Kommando: »Sid, it's your turn.«

Sids Finger flogen in dem privaten Dreaming Reality Szenario über die Tasten: »Wir haben eine Kennung der Europian Defence Army.«

»Stone, komm dort raus.«

»Stone, geh auf acht neun. Vier Sekunden, danach sechs, sieben.«

Sid lotste ihn aus dem gefährlichen Bereich heraus, die Wachen folgten ihm durch den Strudel, doch Stone erreichte den Ausgang der Datenbank eher. Sein Connect war beendet.

»Okay, Sid, halt Dich bereit. Sheldon, was denkst Du?«

»Der Bereich war falsch. Die Absicherung ist durchaus Standard fürs Militär, ich glaube nicht, dass die etwas mit uns zu tun haben.«

»Mir wurden sechs weitere sicherte Bereiche gemeldet, welche jetzt alle vorgewarnt sind. Wir können sie überprüfen, Sheldon.«

Case und Sheldon galten noch immer als normale Cyberspacegäste, sie wurden von den Wächtern wie die anderen Besucher weiterhin ignoriert: »Wir müssten sie alle überprüfen, Case. Ziemlich schwierig, nicht wahr? Ich glaube nicht, dass wir das schaffen. Die könnten sich auch in einem Unterbereich integriert haben und nicht so offensichtlich sein.«

»Scheiße. Wie finden wir mehr über die heraus?«

»Case, wenn wir die nicht finden können, so müssen die uns finden. Wir hinterlassen eine Lawinenmail. Wir verschlüsseln sie mit der gleichen Signatur, mit der auch das Datenpaket codiert war. Die kennen den Code und werden die Mail lesen können. Um sicher zu gehen, dass niemandem sonst gelingt die Mail zu knacken, statten wir sie mit einem aktiven Selbstzerstörungsmechanismus aus, so dass niemand Zeit genug hat, sich mit dem Dekodieren zu befassen.«

»Gute Idee, Sheldon. Wie lautet der Text?«

»That's your turn, Case.«

Die Lawinenmail überschwemmte den Regierungscyberspace, das Programm drang in alle Bereiche ein, sich immer wieder vervielfältigend. Für keinen Anwesenden in dieser Datenbank war die Mail übersehbar. Case und seine Freunde waren sich sicher, dass es auch die richtige Stelle erreichte.

»Sir, die Regierungsdatenbanken werden mit einer Mail überflutet..«

»Hauser, ist es notwendig, dass ich als Leiter unserer Organisation damit belästigt werde?«, fragte eine beschäftigt klingende Stimme.

»Unsere Analytiker haben dieser Mail die höchste Dringlichkeitsstufe zugeordnet. Ich habe den Text gerade erhalten, er ist nicht einmal eine Stunde alt.«

»Das klingt wirklich wichtig, wenn die Mitteilung so schnell weitergeleitet wird«, mutmaßte der Leiter.

»Sir, die wissen anscheinend von unserer Existenz. Sie ist an uns gerichtet«, begründete der Mann namens Hauser die Bedeutsamkeit.

»Niemand weiß von unserer Existenz, Hauser. Vielleicht vermutet es jemand, aber niemand kennt die European Secret Division. Nur wenige Auserwählte. Beruhigen Sie sich und geben Sie mir die Notiz.«

Er las den Text: Wir haben Ihnen vor wenigen Wochen Informationen vermittelt, die in Zusammenhang mit der German Economy Force stehen. Wir schlagen einen Informationsaustausch vor. Da Mordanschläge auf uns in Zusammenhang mit den vermittelten Daten verübt wurden, verlangen wir Informationen über Sie im Gegenzug zu weiteren Informationen über die Führung des illegalen Kartells. Die Informationen über Ihre Gruppierung dienen nur zu unserer Absicherung. Wenn Sie nicht kooperieren, bevorzugen wir diesen Deal mit der Gegenseite. Wir kontaktieren uns zur morgigen Cyberwende. Dreaming Reality, Whyne, Perl, Taverne zum königlichen Soldaten, weißer Magier.

»Sir?«

»Das klingt nicht gut. Ich denke nicht, dass die etwas über uns wissen. Dies ist lediglich ein Versuch mehr über uns zu erfahren. Wir gehen darauf ein«, sagte der Leiter der Europian Secret Division.

»Warum, Sir?«

»Weil ich die German Economy Force zerschlagen will. Ich will alle Informationen. Wenn die etwas wissen, will ich, dass es aus Ihren Köpfen herausgeholt wird. Kümmern Sie sich darum.«

Die Frau in der glänzenden Ausstattung einer reisenden Kriegerin betrat die Taverne in der abendlichen Atmosphäre der gemütlichen Fischerstatt. Zahlreiche Soldaten der königlichen Garde feierten gesittet, während die Kriegerin durch die Tischreihen schritt, auf der Suche nach dem verkündeten weiß gekleideten Magier. Der Magier saß fernab von den anderen in einer Ecke am Kamin der Taverne, und sein Kopf hing von der Kapuze bedeckt nach unten, als würde er schlafen. Die Kriegerin zog einen freien Stuhl zu ihm heran und setzte sich: »Ich bin Katjahla.«

Der Magier hob den Kopf nur soweit, dass sein Mund sichtbar wurde: »Und ich bin erfreut. Mein Name ist Vaylin, Hofmagier von Perl und Unterrichtender der magischen Akademie. Seid gegrüßt. Kommt Ihr in Frieden?«

»Meine Absichten sind weder böse noch falsch. Ich komme in kriegerischer Rüstung, aber mit der Gesinnung zu verhandeln.«

»So geht mit mir an einen ruhigen Ort. Folgt meinem Willen.«

Licht umhüllte die Kriegerin, und sie befand sich an einem anderen leeren Ort, als es wieder wich. Es war dunkel, ihr war, als befände sie sich im Nichts. In diesem leeren Raum, in dem sich der Magier mit der Kriegerin transferiert hatte, währte Stille. Nur Katjahla und der Magier waren sichtbar, als eine Stimme aus der Dunkelheit tönte: »Das ist nicht die wahre Gestalt unseres Gegenübers.«

Die Kriegerin fühlte eine plötzliche Veränderung ihres Körpers, schließlich fand sie sich in ihrem echten Körper wieder. Der ältere Herr, nun männlich mit einem dunklen Anzug gekleidet, zeigte deutlich, dass ihm dies missfiel.

»Sie sehen mich nicht, aber das ist nicht nötig. Mein Freund, Vaylin, hat Sie hergebracht, mit mir wird verhandelt. Nennen Sie mich heute Shellar.«

»Ocean Shellar?«, der Mann schien Cases DR-Charakter zu kennen.

»Ja. Ich werde Sie mit Tom anreden. Sie arbeiten für eine geheime, inoffizielle Organisation der Regierung. Wie darf ich diese Gruppierung bezeichnen?«, fragte Cases Stimme, und die Antwort kam prompt: »Sprechen Sie einfach vom Dienst.«

»Gehören Sie zum Führungsstab dieses Dienstes? Sagen Sie entweder die Wahrheit oder verweigern Sie mir die Antwort, wir haben ein Analyseprogramm gestartet, dass als Lügendetektor eingesetzt wird.«

»Ich gehöre nicht zum Führungsstab.«

»Wie bezeichnen Sie Ihren Stand im Dienst?«

»Ich bin aktives Mitglied.«

»Was sind die Aufgaben des Dienstes?«

»Keine Auskunft.«

»Wie ist Ihre Einschätzung der German Economy Force?«

»Eine illegale Gruppierung, die sich im Untergrund aus zahlreichen Unternehmen gebildet hat. Ihr Machtpotential bildet sich aus einer hohen ökonomischen Kraft. Ein gigantisches Kapitel. Zur Sicherung des Bestandes wird auch Gewalt eingesetzt. Klassifizierung extrem gefährlich.«

»Versucht der Dienst die German Economy Force zu zerschlagen?«

Die Kriegerin nickte, Case sprach: »Sie haben offen geantwortet. Es ist an der Zeit Ihnen weiterzuhelfen. Ich habe Kontakt mit einem Führungsmitglied der German Economy Force. Diese Leute haben Angriffe auf uns verübt.«

»Lennard, wir wollen doch ehrlich zueinander sein. Ich kenne Ihren Namen. Ich kenne die Namen Ihrer Freunde. Der Dienst weiß alles.«

Case kochte innerlich, die Wut stieg in ihm an: »Aber ich kenne das Oberhaupt der Gruppierung!«

»Die German Economy Force wird von zwei Männern geleitet. Ihre Namen liegen uns vor. Einer von Ihnen ist Unternehmensberater, er arbeitet teils völlig legal als Administrator der juristischen Abteilungen der zahlreichen Firmen, welche das Kartell bilden. Dieser bevollmächtigte Verwalter bildet den rechtlich korrekten Kern der Vereinigung. Dazu ist er ein Finanzgenie, er befiehlt über die vorgeschobenen Unternehmensführer. Er ist gesetzlich abgesichert, da seine Kontakte offiziell nicht existieren. Vor uns schützt er sich dadurch eine offensichtliche Verbindung zu zeigen und durch die Sicherung mit Leibwächtern. Dieser Ökonom nennt sich selbst Marc. Sie haben ihn getroffen. Der andere ist für den Schutz des Kartells verantwortlich. Seine Handlungsweise dabei ist nicht eingeschränkt. Er befehligt ein kleines Mörderkommando. Die beiden lassen sich ungern in ihre Geschäfte pfuschen. Und sie besitzen ein stetig steil ansteigendes Kapital. Geld bedeutet Macht. Wir wollen diese Vereinigung stoppen, bevor sie zuviel Macht erlangt und nicht mehr zu stoppen ist.«

»Wenn Sie ihre Namen kennen, warum töten Sie die nicht?«

»Jeder Mensch sehnt sich nach Macht. Wenn wir einen oder beide töten, vernichten wir nur den Kopf, aber der wächst nach, andere werden ihre Plätze einnehmen, ein Vakuum in der Machtbasis saugt sich rasch voll. Unser Ziel ist die Zerschlagung der Vereinigung. Wir wollen die Fäden zwischen den Unternehmen kappen. Dazu haben wir uns von Ihnen das Datenpaket stehlen lassen. Wir taten es nicht selber, weil wir das Risiko, zurückverfolgt zu werden, nicht eingehen konnten. Es war einfacher, ein außen stehendes Hackerteam mit der Aufgabe zu betrauen. Wir gehen nun nach der Liste vor. Damit wollen wir die German Economy Force ausreichend Schwächen, so dass sie keine zu große Gefahr mehr darstellt.«

»Warum haben Sie dem Treffen zugestimmt, wenn Sie alle Informationen haben?«

»Case, wir kennen Sie und Ihr Team. Wir wollen nicht, dass Sie mit der German Economy Force gegen uns Partei ergreifen. Wer mit der German Economy Force sympathisiert ist tot. Das ist keine Drohung, Case, wie wollen Ihnen nichts tun, wir haben Ihre beiden Freunde nicht getötet. Mit der German Economy Force ist nicht zu spaßen. Man glaubt, man könnte mit denen verhandeln, aber wenn man einmal nicht zustimmt, wird man daran erinnert, dass der Vertrag mit Blut unterzeichnet ist. Ich habe Sie gewarnt, Case. Unsere Hilfe ist Ihnen gewiss, wenn Sie sie benötigen. In Ihrem gewählten Szenario, in der Freien Stadt Pen'tra, die Taverne Seesturm, durchgehend geöffnet. Fragen Sie den Wirt, eine künstliche Intelligenz, nach Katjahla. Ich werde Sie nun verlassen. Bitte forschen Sie nicht nach dem Dienst, Case, dies ist ein gut gemeinter Rat.«

»Marc, es ist Zeit für den Gegenschlag.«

»Wir dürfen nichts übereilen. Dies ist nichts Persönliches. Die wollen unser Machtgefüge aufheben, wir verhindern es. Aber unsere Handlungsweise muss gut überlegt sein. Die Hacker werden mit uns kooperieren. Ich habe mit ihrem inoffiziellen Anführer verhandelt, wir werden wieder Kontakt aufnehmen. Haben wir einen Anhaltspunkt, wer dafür verantwortlich ist, bist Du an der Reihe, Jules.«

Jules war von der Äußerung nicht befriedigt, wie man anhand des skeptischen Gesichtsausdruck bemerkte.

»Natürlich ist dies nichts Persönliches. Aber ich leite unsere Sicherheitsabteilung, und ich bin für den Schutz der Organisation verantwortlich. Ich habe eine Menge Ärger. Dass irgendwer unsere Leute abschlachtet, erleichtert meine Arbeit nicht. Die Russen lassen ihre Geschäfte in Europa zu unseren Gunsten nicht schwinden. Ebenso die Japaner, und die Amerikaner, die nicht verstehen wollen, dass die Europäische Union keinen Platz für sie hat. Das ist unsere Spielwiese, und ich werde das durchfechten. Ich kämpfe an allen Fronten. Bislang wissen die nicht, wer sie angreift. Jetzt kennt jemand die Namen unserer Jungs, dass ist eine schlimme Nachricht. Kümmere Dich darum, Marc, mit oberster Priorität!«

»Jules, Du wolltest Dich darum kümmern. Fast hättest Du alle Hacker getötet, und wir hätten keine mögliche Spur mehr nach ihren Auftraggebern. Ich mache das richtig, mein Weg ist vernünftig und logisch.«

»Trotz allem bleibt meine gute Freundin an Deiner Seite.«

»Sie ist in ihrem Job perfekt, das gebe ich zu. Und sie ist gut zu kontrollieren«, meinte Marc lobend.

»Meine Aufgaben rufen mich, Marc. Schön Dich zu treffen.«

»Wir werden mehr Freizeit besitzen, sobald wir die Organisation gefestigt haben.«

»Okay, Freunde. Was sollen wir tun?«, Case blickte unentschieden in die Runde aus Stone und den beiden Bildschirmen.

»Bist Du etwa überfragt, Case?«, antwortete Sheldon ihm mit einer Gegenfrage.

»Ja. Wir stehen zwischen zwei anscheinend mächtigen Gegnern.«

Stone rauchte sich genüsslich eine weitere Zigarette. Er hatte ebenso wie Sid nicht viel zu sagen. Das Denken überließen sie lieber den beiden in dieser Hinsicht Begabtesten des Teams. Wobei Sheldon schon zu Lebzeiten logischer und mit mehr Verstand dachte als Case, der oft Emotionen in seine Entschlüsse einbrachte. Trotzdem hatte bereits in der Vergangenheit meist Case das ausschlaggebende Wort unter den Freunden gehabt. Woran das lag wusste niemand, aber Sheldon respektierte dies und zweifelte niemals an Cases Entscheidungsfähigkeit. Er war quasi der logische Berater: »Case, wir müssen uns in eine neutrale Position versetzen, so dass keiner der beiden Mächte uns als Ziel versteht.«

»Ich werde wieder mit diesem Kartell wie vereinbart Kontakt aufnehmen. Ich manövriere uns aus der Schusslinie. Ich schaffe das.«

»Sicher, Case. Du weißt, dass wir an Dich glauben.«

Der schlanke Europäer mit dem energischen Gesichtsausdruck und heller Hautfarbe ging zielstrebig durch die Innenstadt, einige Passanten kreuzten seinen Weg, die er zu ignorieren schien. Sie weckten sein Interesse nicht. Von rechts hörte er plötzlich eine jugendliche weibliche Stimme, die ihn im Vorbeigehen anpöbelte.

»Arrogantes Arschloch.«

Er kam abrupt zum Stillstand und drehte sich nach rechts. Seine Augen blickten sie starr an, sie war eine Göre, knapp achtzehn, vielleicht zwanzig Jahre alt, sie erwiderte seinen Blick frech und spuckte ihn an. Er reflektierte über sie und kam zu dem Schluss, dass sie durchaus wusste, wie hübsch sie war. Ihr Gesicht war in diesem Alter makellos und angenehm, ihre Figur attraktiv. Sie spielte vor ihren anwesenden Freundinnen den Vamp, welcher die Männer provozierte und benutzte. Bei ihm lag sie falsch, ihn benutzte niemand. Ein weiterer Mann, der ebenfalls mit einem Anzug gekleidet war, der jedoch aufgrund der Muskeln deutlich enger saß, trat hinzu, und gab dem Mädchen eine schallende Ohrfeige, welches auf den Asphalt fiel. Ihre Freundinnen protestierten lautstark, unternahmen jedoch nichts, als sie bemerkten, dass zu den beiden Herren eine ganze Gruppe gehörte. Das aufsässige Mädchen wurde von dem Muskelprotz mit dem Status eines Leibwächters an den Haaren schmerzvoll empor gezogen, ihre Augen tränten und das Rouge verschmierte. Sie bekam eine weitere verletzende Ohrfeige, während der Kerl sie mit der anderen Hand am rechten Schulterblatt festhielt. Der Angespuckte zog eine Schusswaffe unter seiner Jacke hervor und hielt sie dem anderen Mann an die Schläfe. Er wirkte dabei gelassen und beherrscht.

»Jules?«, kam ein unsicherer Wort aus dem Mund des Bedrohten. Der schlanke junge Mann schüttelte den Kopf, bevor er seinem Untergebenen verbal eine Anweisung gab: »Schlag keine Frau. Und keine Zivilisten. Nie! Halte Dich gefälligst an unseren Kodex.«

Jules steckte die Waffe beiseite, die Leibwache entfernte sich von dem Mädchen, zu dem sich Jules nun wandte: »Entschuldigung. Und nein, ich bin nicht arrogant. Vielleicht ein Arschloch«, Jules Lippen umspielte ein gewinnendes Lächeln, »aber nicht arrogant. Ich würde es gern beweisen. Und das von gerade wieder gut machen. Ich muss etwas erledigen und hätte dann den Nachmittag frei. Ich würde mich sehr freuen.«

Sie blickte tief in seine freundlich strahlenden Augen und versuchte schlau aus dem Mann zu werden, der über reichlich Macht zu verfügen schien maximal zehn Jahre älter als sie selbst war. Er schaute charismatisch zurück. Ein jugendliches schalkhaftes und leicht verstecktes Grinsen war ihm dabei unschwer anzusehen.

Die Gruppe ging in einen nahe liegenden Hausflur, eilig sprang einer der Männer vor den Anführer, um blitzschnell mit einer Blackbox das Codeschloss der Tür zu öffnen und sie aufzuhalten. Sie stiegen eine Treppe hinauf und wieder öffnete derselbe die Eingangstür in das Penthouse. Der junge Mann namens Jules trat hinein und lief zielstrebig durch das große Wohnzimmer zu dem verblüfften Bewohner der Mansarde, welcher auf einem Sofa mit erstauntem Gesichtsausdruck saß, reglos den unbekannten Mann anschauend, der sich ihm näherte. Vor einigen Jahren hätte er noch reagiert, das Nachlassen dieser Fähigkeit lag nicht an seinem Alter, er war noch jung, aber mittlerweile hatte er sich stets sicher fühlen können. Er war nicht mehr auf diese Attacken vorbereitet. Heutzutage trug er seine Waffe nicht am Körper, wenn er sich auf eigenem Gelände befand, sie lag in seinem Nachttisch in einer Schublade gut verstaut. Die Männer, welche herein schritten, schauten grimmig, zwei von ihnen hielten einen weiteren jungen leicht bekleideten Mann grob fest, welchen sie zu Boden warfen, um ihm mit einem brutalen Tritt zu verstehen zu geben, dass er besser keine Probleme provozierte. Schluchzend versuchte dieser bewegungslos zu bleiben, wurde allerdings von Zitterkrämpfen geschüttelt. Er war hinter der Eingangstür auf die Männer gestoßen und war augenscheinlich zu Liebesdiensten anwesend.

»Ich bin hier, um mit Ihnen zu verhandeln.«

»Ich kenne Sie nicht und verhandle niemals mit Unbekannten.«

Der Mann von der Couch ging in die Offensive. Jules blieb ruhig und entspannt. Er schaute nicht grimmig, er schaute einfach kalt und emotionslos: »Ich habe Ihnen nicht erlaubt zu sprechen.«

Jules winkte. Drei seiner Leute traten zu dem Sitzenden mit dem amerikanischen Akzent. Zwei von ihnen packten ihn und rissen ihn hoch, der dritte überklebte seinen Mund mit einem Klebeband und ließ ungebremste Schläge gegen ihn prallen. Deutlich vernahm man die Geräusche der brechenden Rippen und die Versuche des Schreiens, sowie im Hintergrund das Wimmern des Strichers, während Jules sprach: »Ein Freund von mir führt die richtigen Verhandlungen, meine Besprechungen verlaufen extrem einseitig. Ihre geschäftlichen Beziehungen in das Vereinte Europa sind ab dem heutigen Tag beendet, alle Kontakte abgebrochen. Ihre Vereinigung ist ausgewiesen. Glauben Sie nicht, dass ich Sie eine Nachricht an Ihre Freunde in Amerika überbringen lasse, Sie selbst werden die Nachricht sein. Die Verunstaltung Ihres Körpers reicht.«

Er gab seinen Untergebenen ein Zeichen, und sie stoppten ihre Aktion. Der Schläger trat beiseite, die anderen beiden hielten den Lakai einer kriminellen Organisation mit Sitz in dem westlichen Kontinent weiterhin ergriffen, so dass er sich nicht bewegen konnte. Seine blutunterlaufenen Augen schauten verklärt. Jules griff unter sein Jackett und zog seine handliche Pistole aus dem praktischen Halfter. Er entsicherte die Waffe, richtete sie langsam mit Genuss aus, zielte genauestens und presste den Abzugshahn. Mit einem kleinen, jedoch ausreichenden Loch in der Stirn, ließen die Bediensteten der German Economy Force den Getöteten zu Boden gleiten. Ein Mord hinterlässt Leere. Jules fuhr sich durch das seichte, anschmiegsame Haar und betrachtete den Leib wenige Sekunden, bevor er sich mit einem süffisanten Lächeln auf den Lippen umdrehte und sich zu dem liegenden Mädchen bückte, welches ebenfalls in dem Raum anwesend war. Der Getötete und der Stricher schienen es in ihr Liebesspiel integriert zu haben. Sie sah aus, als wäre sie leicht misshandelt worden. Allerdings gehörte dies zu ertragen wahrscheinlich zu der Bezahlung, welche sie dafür bekommen hatte: »Ich bin Jules. Dir wird nichts geschehen.«

Er strich über den schaudernden Körper und lächelte freundlich. Ein Blick zu seinem Stellvertreter reichte, um von diesem die geforderte Antwort zu bekommen: »Die Polizei wird erst in einer halben Stunde erscheinen, wie abgesprochen.«

Jules Lächeln wurde zu einem breiten Grinsen. Er gab seinen Leibwächtern mit einem Augenaufschlag den erwarteten Befehl, und sie verließen den Raum, zerrten den Stricher mit sich. Sie würden im Flur auf ihn warten. Jules Finger streichelten das ängstliche Mädchen, welches erahnte, nein, wusste, was er mit ihr verüben würde. Aber sie irrte sich: »Du kannst nun gehen und für immer schweigen. Dann stehst Du unter meinem Schutz. Erinnere Dich einfach nicht an Gesichter. Bei einem Profi in Deinem Job wäre ich mir sicher, dass es keine Aussage bei der Polizei geben würde. Aber Du bist noch jung«, Jules schien einige Momente nachzudenken. Das Mädchen starrte ihn angstvoll an: »Meine Männer bringen Dich nach Hause, wenn Du Dich schnell anziehst. Du solltest diesen Job aufgeben, egal was Du verdient hast. Ist kein guter Job.«

Jules strich ihr noch einmal freundlich über das Haar und erhob sich.

Das Privatszenario in der Dreaming Reality war ebenso karg wie zuvor, als Case mit dem Angehörigen der geheimen European Secret Division gesprochen hatte. Marc war in seiner natürlichen Gestalt anwesend, und Case, diesmal sichtbar, die beiden saßen sich in schlichten Holzstühlen gegenüber. Einem erneuten Treffen in der realen Welt hätte Case niemals zugestimmt: »Guten Tag, Case.«

»Kommen wir zur Sache. Ich habe Daten über meine Auftraggeber und ihre unbekannten Erzfeinde gesammelt. Ich besitze für Sie wertvolle Informationen. Das Problem ist folgendes: Ich möchte mich und meine Freunde ungern zwischen zwei ungeahnte Kräfte manövrieren.«

»Ich verstehe Sie, Case. Sie kennen weder die eine Seite noch die andere gut genug um jemandem zu vertrauen. Ich werde nicht behaupten, dass meine Seite die richtige ist. Das wäre wahrscheinlich gelogen. Case, ihr Handwerk ist kein legales. Gesetze haben Sie bisher weitgehend ignoriert. Also ist meine Organisation aus dem Grund der Illegalität für Sie nicht ablehnungswürdig. Vielleicht stören Sie unsere Umgangsformen. Unsere Sicherheitsabteilung handelt manchmal auf fragwürdige Weise, aber von unserem Standpunkt ist das immer begründet. Mächtige Feinde fordern kraftvolle Attacken. Wir sind zwar illegal aktiv, dennoch sind wir die Hoffnung für dieses neue wieder aufgebaute Europa. Mit unserer Hilfe werden wir ausländische Aktivitäten in der europäischen Wirtschaft effektiv unterbinden und die innere Wirtschaft stärken. Das ist nicht unbedingt mein Anliegen, ich will Kapital verdienen. Aber dies wird die Union im gleichen Zug mit an die Spitze bringen. Kriminelle ausländische Vereinigungen und legale Wirtschaftsunternehmen gleichermaßen erzielen auf dem Boden der Europäischen Union Gewinne, auf Kosten unserer eigenen Wirtschaft. Unsere Aktionen stärken die europäischen Strukturen und schaffen Arbeit für unsere Mitbürger. Wir sind eine illegale Vereinigung. Aber Ihnen sollte klar sein, dass es diese Vereinigungen immer schon gab und immer geben wird, und demnach sind wir das kleinere Übel. Denken Sie darüber nach, Case.«

»Meine Wahl besteht nicht zwischen Ihnen und irgendwelchen Ausländern.«

»Keine Ausländer? Keine feindlichen Organisationen? Wer innerhalb Europas wagt es uns anzugreifen?«

»Dazu werde ich noch nichts sagen. Sie sprechen von Europa, warum dann Deutschland, Germany?

»Ein bisschen Heimatstolz, nicht mehr. Nicht direkt mein Anliegen, was meinen Stammbaum anbelangt bin ich nicht einmal europäischer Natur, aber ich bin im europäischen Sektor Germany geboren. Wie auch der Rest des Führungskaders unserer Gruppe. Innerhalb Europas ist Deutschland das wirtschaftlichste Gebiet. Von dort aus haben wir unsere Fäden gezogen und wurden reich und mächtig. Daher kommt der Name. Historisch gewachsen. Früher haben wir nur im Sektor Germany operiert. Jetzt kämpfen wir in und für Europa. Wie lange brauchen Sie zum Nachdenken, Case?«

»Das weiß ich noch nicht.«

»Sie sollen ausreichend Zeit bekommen. Sehen Sie sich Nachrichten an, beobachten Sie aufmerksam die Neuigkeiten, Sie werden viel über unsere Gruppierung lernen.«

Der schlanke Mann mit der glatt rasierten Haut und den langen blonden Haaren fuhr sich mit der Hand über sein Kinn. Sein Herz pumpte unnachgiebig und in schnellem Takt. Dieser Augenblick war der ersehnteste in seinem Leben. Heute würde er sich einen Namen machen, den Leuten zu seinem Gesicht eine Assoziation geben. Er stand vor den geschlossenen Türen, sein Blick auf die rote Leuchte darüber fokussiert. Er atmete tief ein, füllte seine Lungenflügeln und ging los, prallte gegen die aufschwingenden Türen ohne langsamer zu werden und fühlte die pulsierende Atmosphäre. Ein großer Saal, der sich ein wenig nach unten senkte, von der Tür aus ein langer freier Gang zur Bühnenfläche am anderen Ende, links und rechts von diesem Gang Sitzreihen für die Besucher der Talkshow. Auf der Bühne mehrere bequeme Stühle, dort saßen die Menschen, welche ihre wichtigen Erlebnisse zu schildern hatten.

Ein Moderator, ein junger und vor kurzem noch unbekannter Mann, stand zwischen den Publikumsreihen mit einem Mikrofon und war bereit für Fragen unter den Gästen. Der Eindringling schritt unaufhaltsam los, es dauerte nur Momente bis er bemerkt wurde. Der Moderator blickte ihn mit einer ärgerlichen Miene an, doch nichts störte den Frontkämpfer der German Economy Force. Als man das Objekt in seinen Händen sah, häuften sich die vereinzelten Schreie im Publikum. Der Mann war bereits vorne angelangt und schritt die Reihe der Talkgäste ab, hinter einem zitternden älteren Herren stehen bleibend, ihm den Lauf der massiven Back Rifle an die Schläfe haltend, was der Sitzende durchaus erwartet hatte. Er wehrte sich nicht. Die Stimme des Eindringlings war laut genug um den Raum ohne elektronische Verstärkung durch Mikrofone auszufüllen.

»Ich bin hier auf Befehl des Leiters der Abteilung für Sicherheit der German Economy Force, um einen Feind unserer Organisation zu richten, der sich schuldig gemacht hat. Er berichtet Lügen über uns und spricht offen über Betriebsgeheimnisse. Dies kann die Sicherheitsabteilung nicht dulden. Ich trete offen vor die Augen der Medienöffentlichkeit, wir haben keinen Grund uns zu verstecken. Blicken Sie in mein Gesicht, merken Sie es sich, sehen Sie in meine Augen. Ich bin hier um zu richten und zu vollstrecken, dies widerspricht den geschriebenen Gesetzen der Europäischen Union. Dennoch wird kein Gericht über mich urteilen, und ich bin nach wie vor ein freier Mensch. Sie sollten über diese Macht der German Economy Force reflektieren. Wir sind nicht die Feinde der Europäischen Union, im Gegenteil. Wir stärken die Wirtschaft und schützen sie vor profitsüchtigen Feinden, welche die Gewinne in Ausland transferieren sollen. Unser Kapital bleibt in Europa und sichert den Aufstieg der europäischen Handelswelt. Wir sind die Schutzengel dieser Union. Und wir greifen nur Feinde an, die ebenfalls bereits sind Gewalt gegen uns einzusetzen. Die German Economy Force wird niemals gegen Zivilisten vorgehen die uns nicht bedrohen.«

Der Attentäter blickte unnachgiebig und mit einem kraftvollen Glänzen in die Kamera. Der ernannte Kämpfer in dem teuren, maßgeschneiderten Anzug schaute zu dem Herrn herunter, auf den er das tödliche Instrument richtete: »Mein Freund, Du hast große Sünde begangen und bist nicht zur Beichte erschienen, so dass Dir hätte verziehen werden können. Ich muss Dein Leben hiermit in Schranken verweisen, da Du gegen unser Vertrauen gehandelt hast. Unsere Freundschaft wurde verletzt. Nur Blut kann die Schande reinwaschen. Und wenn der große Freundschaftsbund der German Economy Force nur durch Blut an Basis gewinnen kann, so wird es geschehen.«

Als der Abzug durchzogen wurde, entstand das laut knallende Geräusch. Der Herr sackte mit einem deformierten Rumpf vom Sitz, kein Schreien im Publikum, lediglich angstvolles Wimmern. Blaue strahlende Augen schauten abschließend erneut in die Kamera, einige Blutstropfen, beziehungsweise Fleischstückchen klebten an der linken Wange. Die Waffe senkend lief das Mitglied der Sicherheitsabteilung gemächlich aber unaufhaltsam aus dem Aufnahmestudio. Sein Opfer hielt sich den blutenden Arm und starrte entsetzt in die Kamera. Er würde nicht reden, nie wieder würde er seine Informationen preisgeben. Er dankte Gott zu leben, und dabei hatte er das Bild von seinen Kontakten zur GEF im Sinn. Er wusste, dass dieser Warnung keine weitere Folgen würde.

DER PAKT

»Sir, die German Economy Force veranstaltet einen regelrechten Krieg. Wir müssen uns wirklich beeilen, diese Gruppierung zu zerschlagen.«

»Hauser, was sollen wir noch tun? Haben Sie konstruktive Vorschläge? Wir gehen nach der Liste und schalten die Mitglieder aus. Wir vernichten die Struktur dieses Kartells«, fasste der Dienstleiter zusammen.

»Während wir das tun, liquidieren die weiterhin ihre Feinde, Sir. Ich vermute, dass sie unsere Aktionen als Attentate ihrer Feinde verstanden haben und nun einer Blutfehde nachgehen«, teilte Hauser seinem Vorgesetzten seine Sicht der Vorgänge mit.

»Vielleicht haben wir das Problem falsch angepackt. Ich möchte erneut alle Berichte der Analytiker durcharbeiten. Außerdem bringen Sie mir Recksen«, forderte der Chef des größten regionalen Geheimdienstes der Welt.

»Sir, Recksen ist die eingesetzte Chefanalytikerin in der Vatikankrise.«

»Sie bekommt einen anderen Aufgabenbereich. Organisieren Sie um, Hauser, ich benötige Recksen. Die German Economy Force hat oberste Priorität«, teilte er seine Entscheidung mit.

»Freunde, wie seht Ihr die Lage?«

»Die Leute sind gefährlich, Case.«

»Richtig, Stone. Sie sind gefährlich. Aber das bringt uns nicht weiter. Die stellen für uns eine Gefahr da, wenn wir nicht mit den uns bekannten Informationen rausrücken. Scheiße.«

»Beruhige Dich, Case«, meinte Sheldon in besorgtem Ton.

»Wie soll ich das anstellen, Sheldon? Ich weiß nicht weiter. Wir könnten denen den Auftraggeber nennen, aber Genaues wissen wir nicht. Ich glaube nicht, dass unsere Informationen der German Economy Force reichen. Die wollen Namen und keine Legende. Und wenn wir die Informationen preisgeben, haben wir vielleicht Killer von der Regierung auf unserer Spur. Scheiße! Fuck!«

Stone warf den Zigarettenstummel mit einer lässigen Handbewegung auf den Boden des Dachbodens, um sie nebenbei auszutreten, während er zu Case sprach: »Du wolltest zu Deinem Treff mit Sophie. Fahr los, wir beratschlagen."

Case blickte voller Missfallen auf, aber er fügte sich. Stone hatte Recht, er würde nichts ändern, und seine Freunde konnte auch ohne ihn Kriegsrat abhalten. Aber es fiel im schwer, Verantwortung abzugeben.

»Marc, Neuigkeiten?«

»Die Hacker haben mir noch nicht alles mitgeteilt, aber der Teamleiter hat sich verplappert. Unsere Feinde kommen nicht aus dem Ausland, sie gehören in die Europäische Union.«

»Näheres?«

»Nein, Jules. Aber ich bleibe dran. Wie läuft die Sicherheit?«

»Wir haben die kleineren Organisationen zerschlagen oder annektiert. Es gibt drei große Feinde, welche uns noch gegenüberstehen. Ich will nicht alle drei auf einmal attackieren. Ich habe mir einen herausgesucht.«

»Dein Plan wird bereits umgesetzt?«

»Ja. Der Sohn eines Organisationsmitgliedes aus dem Führungsstab, welcher ebenfalls für die fremde Organisation arbeitet, wird ihm entstellt und kalt zurückgesendet. Noch bevor der Mann Rachepläne überdacht hat, wird sein Anwesen von einem Kommandotrupp überfallen, die Leute sind angewiesen ihm lediglich die Zunge herauszuschneiden. Psychoterror ist die Basis der geplanten Aktionen. Des Weiteren weiß der Mann nicht, dass ich zwei voneinander unabhängige Spitzel in seiner Nähe positioniert habe. Ich erfahre alles über die Organisation. In spätestens drei Wochen habe ich ihre Struktur vernichtet, und alle Mitglieder dermaßen verunsichert, dass sie keine Gegenschläge mehr ausüben werden.«

»Sehr gut. Ich werde Dir bald unseren Feind nennen. Ich habe gehört, dass Du eine neue Freundin hast?«

»Richtig. Aber nichts ernstes.«

»Dieses Mädchen, hat sie den Mord beobachtet?«

»Nein. Sie ist keine Gefahr.«

»Der Auftritt Deiner Abteilung in der Show war publikumswirksam. Die Einschaltquoten der unbedeutenden Sendung sind stark angestiegen. Die Medien werden noch wochenlang davon berichten«, klang Marc missbilligend.

»Es war eine Demonstration unserer Macht.«

»Wir haben nun alle Kräfte der Polizei auf unserer Spur.«

»Nein. Sie sind auf einer Spur. Der eines Extremisten. Dies ist die einzige Tat, der sie eine Verbindung zur German Economy Force nachweisen können. Rechtlich besitzen sie keine Möglichkeiten gegen unsere Organisation, deren Namen es offiziell nicht einmal gibt, vorzugehen. Große Teile des juristischen und des exekutiven Organs sind dank unserer Spenden unter unserer Kontrolle. Niemand wird den Attentäter verhaften, da ihn niemand erreichen wird. Jeder ist vor einer Attacke gegen uns wirksam gewarnt worden, dass war mein Anliegen. Perfekte Propaganda. Und unser Name ist in aller Munde. Außerdem sind wir den Verräter los, der in der Sendung alles über uns berichten wollte. Das wäre viel schlimmer gewesen.«

Case war gereizt, seine Nerven überspannt, er besaß keine Ruhe mehr in seinen Gliedern. Seine Überforderung hatte die Grenzen unlängst überschritten. Er dachte über den erforderlichen Schutz für seine Freunde zu verhandeln, aber wen wollte er schützen? Waren sie nicht bereits tot? Sheldon und Sid. Gestorben und zum Himmel aufgefahren, sofern es einen Gott gab, und dieser ihnen ihre Taten nicht übel nahm. Stone war noch da. Ihn schützen? Genauso gut konnten die Freunde das Vergangene vergessen, sich ein neues Leben aufbauen, mit ihrem Geld und ihren Hackerfähigkeiten neue Identitäten annehmen und sich vor der German Economy Force verstecken. Er war verwirrt. Warum tat er das? Zuerst aus Rache. Plötzlich keine Rache mehr, Verhandlungen mit den Mördern. Sie waren übermächtig. Und plötzlich hatte er Europa vor sich, war quasi verantwortlich, ob er eine kriminelle Institution globalen Ausmaßes, welche die Struktur des Vereinten Europas nachhaltig modifizieren würde, deckte, oder sie der Inquisition preisgab. Case war angespannt und wütend erregt. Er bahnte sich seinen Weg durch die Menge in der großen Arena, die mit vereinzelten Kampfplätzen gesegnet war, er wollte zu Sophie, die er näher kommend dabei betrachtete, wie sie mit ihrem Trainer sprach. Manche Dinge blieben konstant.

Case machte beabsichtigten Gebrauch von seinen Ellbogen, auf dem Pfad zu ihrer Existenz, bis ihn abrupt ein Schlag vor die Schulter stoppte. Case verlor das Gleichgewicht und prallte gegen weitere Besucher in der Arena, so dass er nicht hinfiel. Er fing sich wieder auf und drehte sich in die Richtung, aus der die Attacke kam. Ein breitschultriger Mann, welcher Case circa zwei Dezimeter überragte, und den Oberkörper frei zur Schau stellte, hatte sich gerade gewandt und kam zum Stillstand, mit dem Rücken zu Case. Dieser Mann hatte Case aus dem Weg geboxt. In Case brannte die Flamme der Erbitterung zum Fanatismus empor, und er stürzte sich auf den Koloss aus Muskeln. Er schlug mit konzentrierter haltloser Kraft gegen die trainierte Rückenwand, blitzschnell drehte sich der erwählte Gegner, bereit den Kampf aufzunehmen. Case prügelte wild, der kämpferische Goliath ihm gegenüber war stählern und schlug zurück. Ein gezielter Schlag prallte zerschmetternd gegen Case Gesicht, welcher jede Abwehr und Gegenattacke ignorierend die Vernichtung seines Gegners zum einzigen aktivierten Ziel in seinem emotionsbetonten Gehirn verspürte. Ein Tritt gegen den Brustkorb warf ihn rücklings, um die Krieger hatte sich eine freie Fläche gebildet. Case sprang behände wieder auf, in den zahlreichen Kämpfen in der Abenteuerwelt des Dreaming Reality Szenarios hatte er bereits bewiesen, dass er nach dem Beginn eines Kampfes nicht mehr zu halten war. Er kannte kein Verlieren und keine Aufgabe. Er rannte auf den Giganten zu, hob vom Boden ab und prallte gegen den abwehrenden Mann mit voller Wucht des Sprunges auf, ihn damit umwerfend. Die Muskeln hatten Case Gegner nicht geholfen, die Bewegungsenergie umzuleiten. Case rollte ungebremst über ihn hinweg, kam wie ein Gummiball wieder in die Höhe, blitzschnell bei dem sich aufrichtendem Gegner stehend, den er mit zahlreichen Tritten wieder und wieder deformierend traf. Prellungen waren eine der Folgen. Goliath ließ sich wieder zu Boden fallen um den Angriffen auszuweichen, Case reagierte. Er traf ihn ein weiteres Mal, Goliath wurde so herum geworfen, dass er mit dem Rücken zu Boden lag, Case sprang auf ihn, und seine Schläge trafen zum einen die abwehrenden Arme seines Gegners, aber aufgrund der immensen Bewegungsgeschwindigkeit von Case, konnten seine Attacken nicht alle pariert werden, dass Gesicht wurde mehr und mehr verwundet. Schließlich bewegte sich der Liegende nicht mehr, und Case hörte allmählich in seinem aggressiven Wutanfall auf, allerdings nur, weil er die bekannte und zärtliche Stimme seiner großen Liebe eindringlich in seinem Ohr vernahm.

Er blickte auf das geschlagene und besiegte Muskelpaket unter sich, sah die aufgeschlagenen und blutigen Lippen, die ebenfalls blutende Nase und die geschwollenen Wangen, die insgesamt verunstaltete Miene des kahl geschorenen Riesen, im Hintergrund hörte er ein unverständliches Stimmengewirr und das Pulsieren seines Herzens. Case stand auf und wurde von seiner Verlobten beiseite gezogen und umarmt. Sie zog ihn hinter sich her, er folgte ihr ohne nachzudenken, die Kulisse an sich vorbeiziehend sehend, aber nicht wahrnehmend. In einem stillen Gang außerhalb der Arena hielt sie an und presste ihn an die Seitenwand, vorsichtig mit einer Hand sein Gesicht abstastend: »Case, warum kannst Du Dich nicht beherrschen? Weißt Du, wie Du aussiehst?«, sie blickte auf sein angeschlagenes Gesicht und wollte nicht daran denken, in welchen Farben seine Haut unter der Kleidung am Oberkörper schimmerte. Und sie wollte nicht an sein Opfer denken: »Der hätte Dich umbringen können. Du hast den amtierenden Kickboxmeister der Republik Freies Irland zusammengeschlagen, Case.«

Seinen Namen betonte sie liebevoll, gleichzeitig streichelte sie zärtlich eine seiner bläulich gefärbten Wangen. Er starrte zur Decke, langsam beruhigte er sich wieder, den Puls stabilisierend, erschöpft: »Ich habe stärkere Feinde.«

»Also, Recksen, abschließend sind wir also gleicher Meinung?«

»Ja, Sir. Ich denke, heute sollte der Dienst die Sachlage aus einem anderen Blickwinkel betrachten.«

»Vielleicht hätten wir das damals schon tun sollen, ich bedauere es, dass die anderen Analytiker nicht Ihre Weisheit und Voraussicht besitzen. Ich danke Ihnen, Recksen. Sie bleiben weiterhin am Ball und sichten die restlichen Berichte sowie alle Neuen. Sie können mir stets Ihre Ansichten nennen.«

»Mein Vorschlag ist zu handeln wie besprochen. Rufen Sie Ihre Hunde zurück, bevor das Bellen die Nachbarn ängstigt.«

Sie hatten sich einen schönen Abend gemacht, über alles gesprochen, über die Probleme der Freunde, über die Zukunft des Hackerteams und letztendlich abschließend über ihre Beziehung, die in den letzten drei Wochen stark gelitten hatte. Es hatte in einem romantischen Essen in einem idyllischen orientalischen Restaurant geendet, dass heißt, die Nacht fing erst danach an. Case legte ihren nackten, vor Schweiß glänzenden Körper auf den gläsernen Tisch und beugte sich herunter, seine Zunge glitt über ihren benetzten Leib, sie griff mit den Händen zu seinem Kopf und streichelte seine Haare mild. Sein Haupt bewegte sich über ihre beiden Zeugen der weiblichen Anmut, die Knospen der schönsten Blumen gefühlvoll mit den Lippen liebkosend, weiter zu ihrem Kopf, beide Gesichter schauten sich lächelnd an, die Münder vereinigten sich zu einem anhaltenden Kuss, ihre Formen schmiegten sich aneinander. Case vernahm den Geruch ihres betörenden Parfums, und den angenehmen Duft ihres Schweißes, ein deutliches Zeichen für ihre Erregung und die kommende Ekstase. Der erste Höhepunkt war für beide gedanklich erreicht, als sie sich bei ihrem Kuss in die Augen schauten, die Seele des anderen freudestrahlend den Blick erwidern sehend.

»King an alle. Die Kampagne ist beendet. Rückrufcode bestätigt. Abbruch.«

An einem anderen Ort, fern von dem verlobten Liebespaar, herzte ein bekleideter Mann den nackten Körper einer erwachsenen sehr jung wirkenden Frau, bis sie erwachte und sich zu ihm drehte, dabei die halb über sie geschlagene Decke wegstoßend und ihm die Brüste entgegen reckend. Seine Hand glitt über die Busen, gedankenverloren wiegte er die Zeichen ihrer weiblichen und jugendlichen Schönheit, ihre junge Haut spürend. Sie lächelte.

Katjahla lief durch die Straßen von Perl, zügig trugen ihre Schritte sie zu dem Palast in der Nordmitte der Insel, und sie erblickte die Wachen der Ehrengarde, welche den Palast und den hier wohnenden König vor potentiellen Gefahren schützten. Katjahla trat vor die drei Torwachen, welche sie freundlich, aber wachsam anblickten. Einer von ihnen, der Torwachhabende, welcher das Kommando besaß, trat ihr grinsend entgegen: »Schönste Kriegerin, Ihr seid zu meinem Leidwesen nicht Mitglied der königlichen Armee. Kommt Ihr von hier, Liebste?«

Katjahla blickte mit Ungeduld zu dem Wachposten, bevor sie dem freundlichen Ehrengardisten ein gehaltvolles Lächeln schenkte: »Nein, ich bin von fern. Aber man sieht deutlich Eure Zugehörigkeit zu dem besten Soldatentrupp der bekannten Welt. Ich überbringe wichtige Nachrichten.«

»Hübsch und nett. Ihr übertrefft meine Erwartungen. Falls Ihr trotz der Wichtigkeit Eures Besuches den Abend bislang frei halten konntet, würdet Ihr vielleicht meine aufrichtige Einladung für einen gemeinsamen Abend erhören?«

Katjahlas Lippen umschmiegte ein Schmunzeln: »Ihr seid erhört, tapfere Wache. Mein Name ist Katjahla.«

»Ich bin Daktar Kirandar, Sohn von Unar und Alaria Kirandar. Was ist Euer Begehr im Palast? Wünscht Ihr eine Audienz beim König?«

»Nein. Ich habe eine brisante Nachricht für den Hofmagier Vaylin. Er soll sich bei seinen unbekannten Freunden melden, Eile ist geboten. Ich bitte Euch, diese Nachricht in Schnelle zu übermitteln. Euch, Daktar, würde ich gern zur Abendwende am Hafen sehen. Dort findet ein Fest unter den Seeleuten statt.«

»Gern, Katjahla. Eure Nachricht wird augenblicklich überbracht und wir werden einander wie gesprochen wieder sehen«, freute sich der Soldat. Es war verblüffend wie sehr die Geschicke der realen und der Traumwelten miteinander verwebt waren. Und wie man wichtige Dinge im Dreamweb klären, und auf gleiche Weise mit dem Vergnügen koppeln konnte. Das Leben ging eben weiter. Egal was Großes in der Welt geschah. Und egal in welcher Welt.

Sid und Sheldon saßen sich gelangweilt gegenüber. Beide waren gefangen in diesem Dreaming Reality Privatszenario des Dachbodens.

»Sid, was denkst Du über die Sache?«

Sid zuckte als Antwort mit den Schultern ohne zu reden.

»Schon gut. Ich würde gerne einmal wieder diesen Dachboden verlassen. Gut, über die Dreaming Reality können wir uns in zahlreichen Welten frei bewegen und andere Menschen treffen, wie in der Wirklichkeit. Dennoch habe ich ein schlechtes Gefühl, wenn ich an unseren Tod denke. Letztendlich können wir Case und Stone in der realen Welt nicht beschützen. Wir können sie nur in unserer Welt der Daten unterstützen.«

»Wir leben, obwohl wir tot sind. Sei dankbar«, meinte Sid.

Sheldon starrte seinen Freund an, der wie immer nur sprach, wenn er etwas Wichtiges zu sagen hatte. Sheldon hörte mit dem Gerede auf.

»Ich werde ein bisschen träumen.«

Sheldon legte das Gehirninterface der Dreaming Reality an um vor dem Tod zu flüchten, und die künstliche Intelligenz wurde in das gewählte Szenario transferiert, von einem Szenario ins andere.

Vaylin, alias Sheldon, lief durch die Gänge des Palastes, die Steinmauern waren mit samtenen Wandteppichen behangen. Ein eifriger Palastdiener lief ihm entgegen und sprach ihn an: »Ehrenwerter Magier, ich suchte Euch bereits in den zahllosen Gängen dieses Palastes. Seid gegrüßt, ich habe eine wichtige Nachricht, welche der Torwache von einer jungen Frau namens Katjahla genannt wurde. Ihr möget Euch unversehens bei Euren unbekannten Freunden melden.«

»Danke Euch. Ich habe verstanden«, gedankenverloren schritt Vaylin weiter durch den Gang, bevor seine Gestalt an Konstanz verlor und verging, eintauchte in die Leere und an diesem Ort der Dreaming Reality verschwand um in Ferne wieder aufzutauchen. Sein digitaler Körper befand sich in der Freien Stadt Pen'tra vor der Taverne Seesturm. Die Register seiner Ortsangabe hatten nach der Ausführung eines praktischen Teleportationstraumprogrammes ihre Werte geändert. Vaylin war ein Magier als Charakter dieser Welt. Der Mensch, welcher in Realität dahinter steckte, beziehungsweise welcher der stellvertretenden künstlichen Intelligenz seine Charakterzüge vererbt hatte, war ein Träumer. Ein perfekter User der Dreaming Reality. Ein echter Magier. Mittlerweile in allen Welten, die sein Dasein fristete.

Vaylin schritt in die Taverne und sein weißer Umhang wehte leicht im schnell vergangenen Durchzug, solange die Tür offen stand. Der Träumer ging zur Theke und wartete, bis der Tavernenwirt kam, um ihn nach seinen Wünschen zu fragen: »Ich hätte gern ein Pentilla, mir wurde das Getränk der Freien Städte sehr empfohlen. Und ich würde gerne ...«

Er fühlte eine Berührung auf seiner Schulter, und als er sich umwandte sah er die bekannte Gestalt der Kriegerin:»Seid gegrüßt, Katjahla. Ich bin erfreut Euch wieder zu sehen.«

»Wiedersehen? Ihr seid Vaylin, der Magier. Katjahla ist eine Figur, ein Shared-Charakter, stets werdet Ihr jemanden anderen in mir sehen müssen. Gehen wir in das Hinterzimmer, ich möchte ungestört sprechen.«

Das Gespräch lief nach einer kurzen Pause weiter, in welcher sich beide Gesprächspartner in das Hinterzimmer begaben, und der aufmerksame Wirt ihnen Getränke brachte:»Ein Shared-Charakter. Interessant.«

»Katjahla ist der Unterschlupf für den jeweiligen Stellvertreter des Dienstes in diesem Szenario.«

»Ich verstehe. Ein guter Dienst beschränkt sich nicht auf die reale Welt sondern überwacht alles und ist stets ansprechbar. Seid Ihr diesmal wirklich eine Frau?«

Die Kriegerin grinste den Magier an, nickte jedoch, während sie mit ihren Worten bereits einem anderen Thema nach ging.:»Der Dienst wollte Sie kontaktieren. Wir haben einen Ausweg für alle Seiten gefunden. Wir sind bereit mit der German Economy Force zu verhandeln.«

»Was verstehen Sie darunter?«

»Sie vereinbaren für uns ein Treffen in einem Dreaming Reality Szenario. Sie haben doch Kontakt zu dem Führungsstab, oder? Ich benötige keine Antwort. Sorgen Sie für ein Treffen, wann und wo teilen Sie dem Wirt mit. Wir wollen mit mindestens einem der zwei Führungsmitglieder eine friedliche Lösung finden, auf die wir uns einigen können. Sie und Ihre Freunde wären damit ebenfalls in Sicherheit.«

»Ich werde sehen, was ich diesbezüglich unternehmen kann. Ich werde nun gehen.«

»Gehet in Ehren, Magier«, Vaylin drehte sich erneut um:»Wenn Ihr wüsstet, was für ein Magier ich bin. Sogar über den Tod hinaus kann ich mit Euch sprechen.«

Vaylin verließ die Dreaming Reality in das andere Szenario und kehrte in die Wirklichkeit seines Todes zurück.

Die vier Freunde waren wieder gemeinsam vereint an ihrem Einsatzort. Sheldon hatte nach seinem Traum Stone und Case über die Kommunikationskopplung seines Dachbodenprivatszenarios angerufen, welche zügig hergefahren waren.

»Der Dienst will also verhandeln. Was hältst Du davon, Sheldon?«

»Ich denke, Ihr Anliegen ist aufrichtig. Die werden sich untereinander hoffentlich einigen und uns heraus halten.«

»Was wenn nicht? Wie sichern wir uns ab?«

»Case, wir können uns nicht absichern.«

»Das gefällt mir alles nicht. Die werden sich bekriegen, und wir stehen in der Mitte.«

»Weißt Du, ich bin ein Mensch, der rasch in Wut gerät. Ich beherrsche mich ungern und nicht sonderlich gut. Warum ich heute vor Dir stehe, hat mein persönlicher Sekretär mir bislang nicht berichtet, sonst könnte ich mich wahrscheinlich nicht mit Dir unterhalten. Gibt es Dinge, welche Du mir berichten möchtest?«, Jules stand ruhig vor seinem Gegenüber, einem Mann um die zwanzig, welcher helle blonde Haare besaß, und der auf einem Stuhl aus einem stabilen Stahlgestell gekettet war und Jules gefühlskalt anschaute. Er taxierte Jules mit den Augen, dessen Krawatte sich leicht bewegte, als er sein Sakko richtete.

»Dein verfickter Kerl hat um Leben gebettelt«, sagte der Gefangene grinsend. Jules ließ den Blick von dem Gefangenen und sah zu seinem Mitarbeiterstab. Sein Berater verstand den Wink und begann mit seinen Erläuterungen: »Einer unserer Außendienstler war bei der Schlägertruppe eingeschleust, welche diese Person leitet. Diese Gruppe handelt für eine kriminelle russische Organisation, welche mit Drogen handelt. Die Zerschlagung dieser Organisation war eigentlich Teil unseres sekundären Planes, aber ich habe mir erlaubt, diesen Gefangenen im Zuge eines raschen Vergeltungsschlages zu machen, Sir. Man hatte unseren Agenten enttarnt und mit einem Genickschuss hingerichtet.«

Jules blickte wieder auf den sitzenden Mann, der ihn spöttisch anblickte: »Meine Gefangennahme wird meine russischen Freunde verärgern. Sie werden nicht mehr lange Leben.«

Jules Lippen formten sich zu einem emotionslosen Grinsen: »Ich will Dir etwas sagen, Kleiner. Deine Gefangennahme wird sie verärgern? Das möchte ich wahrlich nicht. Ich will sie nicht verärgern. Ich will ein Gefühl in ihnen auslösen, dass denen das Herz stehen bleibt.«

Jules Berater trat zu ihm heran: »Sir, unser Agent hat sich durch absolute Loyalität zu unserer Gruppe ausgezeichnet. Er war verheiratet, und seine Ehefrau erwartet in wenigen Monaten ein Kind. Die haben Videoclips und Bilder von der vollzogenen Hinrichtung gemacht«, Jules nickte ohne weitere Worte zu verlieren. Sein Adjutant verstand und hielt eines der Photos sichtbar in Jules Richtung. Jules Augen blieben nicht beim bisherigen funkeln. Sie glühten vor Hass und Wut: »Rasiert seinen Schädel.«

Sein Assistent trat hinter den Gefangenen und zog eine Haarschneidemaschine hervor, deren geladener Akkumulator eine Aktivierung ohne Verkabelung ermöglichte. Jules Beistand sorgte für freie Sicht auf die Schädeldecke der ungeliebten Person. Schließlich drehte Jules sich mit dem Rücken zu dem Gefangenen und entfernte sich von ihm, zu zweien seiner Untergebenen in den teuren maßgeschneiderten Anzügen. Sein Berater verstaute den Haircutter wieder, während der Gefangene immer noch kühl versuchte zu begreifen, was seine Gegner zu tun gedachten als sie ihm die Fesseln aufschlossen. Jules bekam von einem der beiden Männer seiner Organisation ein längliches metallenes Stück gereicht, es war circa achtzig Zentimeter lang und dunkelrot lackierte. Das Stück war an einer Seite rund gebogen, dieses Ende diente als Griff, zur anderen Seite hin wurde es breiter, wie ein langer Schuhanzieher geformt. Jules ergriff es mit festen Händen, seine Oberlippe zog sich zu einer Seite in einer aggressiven Miene mündend nach oben. Der Gefangene war frei und richtete sich auf, Jules Adjutant trat beiseite, die innere Fläche des großen Raumes war möbellos, von dem Stuhl abgesehen. Jules wandte sich zurück, er hielt die Mischung zwischen Samuraischwert und Schlagstock krampfhaft fest, als klammere sich sein Leben daran. Mit einem plötzlichen Satz bewegte er sich auf den Gefangenen zu, und der

Schlagstock wurde dabei weit ausgeholt. Jules war damals schnell und trainiert, er leitete die Sicherheitsabteilung der German Economy Force, und dies schloss oft Maßnahmen wie diese ein. Sein Gegner wollte ausweichen, doch genauso schnell korrigierte Jules das aufgenommene Ziel, direkt hinein treffend. Es blieb nicht bei einem Schlag, er trümmerte auf die Beine, die Arme und den restlichen Oberkörper des Mannes ein, seine Untergebenen standen still am Rande des Raumes und blickten auf die menschliche Zerstörung. Die Waffe hinterließ keine direkt sichtbaren Verletzungen, lediglich unter der Kleidung verfärbte sich die geprellte und zum Teil abgeschürfte Haut. Der geschlagene Mann lag am Boden und bewegte sich nach einer letzten Schlagwelle nicht mehr. Jules warf wütend seinen Schlagstock zu Boden und trat beiseite, im Raum herumlaufend um sich zu beruhigen, was ihm nicht gelang. In dieser Zeit zog sein Adjutant den Bewusstlosen und bald Toten empor, ihn wieder auf den Stuhl setzend, es benötigte drei Anläufe, bis der Körper nicht hinunter rutschte. Ein weiterer Bediensteter trat herbei und benetzte das Gesicht des Gefangenen mit dem wässrigen Inhalt eines Eimers. Er war wieder bei beschränktem Bewusstsein. Jules trat zurück zu dem Stuhl, dabei den Schlagstock wieder aufhebend. Er stellte sich vor den Gefangenen, niemand wusste, ob dessen Sinne noch Reize aufnahmen: »Ich bin oberster Schutzwall aller meiner Angehörigen der German Economy Force. Einer meiner Schutzbefohlenen wurde von Eurer Seite getötet, hier und heute findet meine alles umfassende Kriegserklärung in Form einer blutigen Nachricht an Euch statt.«

Seine nächsten Schläge landeten auf der rasierten Kopfhaut, er schlug nach und nach Löcher hinein, Blut strömte aus und verlief: »Sorgt dafür, dass dieser Leichnam seinen Weg zurück findet, er soll den Rest seiner Gruppe wachrütteln und bevor sie ihre Augen von dem Körper weg bewegen können, will ich, dass sie alle tot daneben fallen. Die haben eine Attacke auf uns ausgeübt, dafür wird ihnen jedes ihrer Leben genommen. Für die Frau und das Kind wird die German Economy Force auf Lebenszeit sorgen. Leiten Sie das in die Wege, und beseitigen Sie erst einmal alle Spuren hier. Wir gehen, ich habe einen Termin mit Marc.«

Seine Wut prasselte immer noch in ihm. Vor einiger Zeit hatten sie der Gruppierung eine Kooperation angeboten. Auf dem Weg hinaus betrat Jules die nahe liegende Toilette und erbrach sich.

Ein nettes kleines Cafe stellte die Kulisse des Gespräches dar: »Jules, es freut mich Dich zu sehen. Ich warte stündlich darauf, dass Du verhaftet und vor Gericht gestellt wirst.«

»Marc, bleib locker. Niemand wird mich verhaften. Jeder auf dieser Welt wird unser Imperium respektieren.«

»Du bist der gute alte Jules. Sprechen wir über etwas anderes. Die Hacker haben mir einen Vorschlag gemacht. Sie wollen eine Verhandlung zwischen mir und unseren unbekannten Feinden organisieren.«

»Gehst Du darauf ein? Das könnte eine Falle sein. Ich kann die Sache in die Hand nehmen, ich werde die Namen der Auftraggeber aus den Hackern herauspressen und danach alle Gefahren für uns beseitigen.«

»Dieser Hacker, Case ist sein Name, scheint sich große Sorgen zu machen. Ich denke unser Auftraggeber ist von bedeutender Statur, ich weiß nicht ob es klug ist, eine Herausforderung auszusprechen«, bemerkte Marc.

»Und was dann, Marc?«, horchte Jules aufmerksam auf.

»Jules, Du vernichtest unsere Gegner. Immer wenn es nötig ist. Aber sobald ich Möglichkeiten von Profit in einer anderen Lösung finde, manage ich die Situation. Ich werde die Verhandlung führen. Und sollte sich nichts für uns ergeben, so bist Du an der Reihe. Die Kartellbehörde hat umfangreiche Ermittlungen anberaumt.«

»Fuck! Wir kämpfen auf zu vielen Fronten, Marc. Wir haben die Kriminellen gegen uns, gegen die ich den Kampf aufgenommen habe, konkurrierende Wirtschaftsunternehmen, einen unbekannten Feind und nun die Kartellbehörde. Scheiße. Ich kann nicht überall zugleich sein.«

»Nicht alle diese Faktoren lassen sich mit Deinen Mitteln neutralisieren, Jules. Vertraue mir.«

»Ich bin Manager der German Economy Force. Mein Name ist Marc«, begann der Anführer der GEF das Gespräch.

»Angenehm. Meinen Namen werde ich Ihnen nicht offenbaren. Ob dies meine wahre Gestalt ist, lasse ich dahingestellt. Ich bin Leiter eines mächtigen Europäischen Geheimdienstes. Ich möchte, dass Sie, Case, sich zurückziehen und nicht an der Unterhaltung teilnehmen. Dies sichert Ihre körperliche Unversehrtheit. Versuchen Sie nicht uns mit Programmen zu belauschen, Mitarbeiter meines Dienstes scannen diese Szenarioumgebung auf Aktivitäten.«

Case nickte und seine Gestalt löste sich auf. Marc und der Leiter der European Secret Division blieben zu zweit allein zurück. Marc erhob zuerst die Stimme: »Sie haben diese Hacker damit beauftragt eine Datenbank mit detaillierten Informationen über die German Economy Force zu bestehlen. Sie sind anhand dieser Datenbank vorgegangen, erhabene Mitglieder meiner Organisation zu liquidieren um der Struktur zu schädigen. Damit haben Sie meine Geschäfte erschwert. Ich nehme solche Dinge nicht persönlich, aber ich denke an das Bestehen meiner Unternehmen. Ich muss meine Organisation schützen. Leider weiß ich nicht einmal wovor. Aber ich bin mir sicher, dass ich Ihnen trotzdem mit Gegenattacken Schaden kann, sollte es nötig sein.«

»Ich habe Verhandlungen mit Ihnen gewünscht, damit keine weiteren Attacken nötig sind. Die älteren Berichte innerhalb meines Dienstes haben mir die Auffassung gegeben, dass ich ihre Organisation zerschlagen lassen musste. Neuere Analysenberichte eines hervorragenden Analytikers schenkten mir eine andere Sichtweise. Mein Dienst hat den Schutz und die Stabilität der Europäischen Union zur Aufgabe, sowohl intern wie auch weltweit betrachtet. Ich bin jetzt zu dem Schluss gekommen, dass Ihre Vereinigung die Stabilität der Union nicht schmälert, sondern sie sogar stützt. Wenngleich ich Ihr Unternehmensgebilde als illegal ansehe. Ziel meines Dienstes ist nicht die Unterbindung von kriminellen Handlungen, im Gegenteil, ich streite keineswegs ab, dass Umstände existieren, bei denen auch wir kriminelle Handlungen ausführen. Ich habe den Beschluss gefasst, mit Ihnen einen für beide

Seiten akzeptablen Kompromiss zu schließen, sofern Sie nicht abgeneigt sind. Es ist ein Angebot«

»Ich höre.«

»Die Aktivitäten meines Dienstes gegenüber Ihrer Vereinigung sind bereits eingestellt worden und werden nicht wieder aufgenommen. Sie übermitteln mir über festgelegt Kanäle wöchentlich Statusberichte über die German Economy Force, welche ich lediglich zur Verfolgung Ihrer Aktivitäten nutze. Sollten mir Bestrebungen von Ihnen begründetermaßen missfallen, werde ich diese nicht gewaltsam unterbinden, sondern Kontakt aufnehmen, und Ihnen dies von Fall zu Fall mitteilen, so dass wir eventuell andere Wege finden werden. Ich unterstütze Ihre Organisation soweit, wie Sie positiv für die Europäische Wirtschaft handeln und nicht den Schutz und die innere Sicherheit der Europäischen Union gefährden. Sind Sie einverstanden?«

Marc überlegte nicht lange: »Ja. Aber ich habe Ergänzungen.«

»Reden wir darüber.«

»Ich verlange Einflussnahme Ihrerseits auf die Kartellbehörde, welche die Ermittlungen langfristig gesehen einstellen soll. Des Weiteren fordere ich, von allen Ermittlungen, die Behörden gegen die GEF planen oder durchführen, informiert zu werden.«

»Das werde ich veranlassen. Die Kartellbehörde wird letztlich keinen Beweis für eine legale Unterbindung Ihres Kartells vorfinden. Wir können uns sogar auf kontrollierte Ermittlungen der Polizei gegen Ihre Organisation, oder Teile dieser, einigen. Das bedeutet, Sie sprechen vorher mit meinem Dienst ab, was Sie bewerkstelligen können, ohne dass die Polizei Beweise gegen Sie findet, im Gegenzug verlange ich, dass Sie von Zeit zu Zeit öffentlichkeitswirksame Erfolge der Polizei gegen Ihre illegalen Glieder dulden, die wir ebenfalls absprechen können.«

»Einverstanden.«

»Da besteht ein letzter Punkt. Ich weiß, dass Sie als German Economy Force radikal auf Politiker und Richter Einfluss ausüben, so dass eine Regierungsinstitution nicht gegründet wird, von welcher ich die Erschaffung gerne sehen würde.«

»Ich bin einverstanden. Wir sind uns einig. Wir bekämpfen ausländische Einflussnehmer auf dem bewährten Weg der Wirtschaft und der kontrollierten Gewalt und bringen somit Europa in einem Zug mit uns selber an die Spitze der Weltwirtschaft und somit an die Spitze der Macht. Und die von Ihnen angesprochene Institution namens Central Organized Police Net, kurz und knapp C.O.P.Net, ist genehmigt. Wie gehen wir mit den Hackern um?«

Der Leiter der European Secret Division schaute ernst eindringlich in Marcs Augen: »Darum kümmere ich mich. Sie vergessen Ihre Kontakte zu diesen Hackern und kommunizieren niemals wieder mit ihnen. Sie stehen unter meinem Schutz. Diese Freunde besitzen ein großartiges Potential.«

Case blickte über seinen Freund Stone hinweg zu den Bildschirmen, welche die Mienen seiner Freunde Sid und Sheldon zeigten. Keines der Gesichter der vier befreundeten Partner zeigte Freude: »Der Deal ist beendet. Die haben sich geeinigt.

Wie weiß ich nicht, aber die Verhandlungen sind zu Ende. Für uns ist die Sache damit vorbei.«

Case wartete auf eine Bemerkung, eine widersprechende Antwort, eine einfache Reaktion. Nichts folgte, seine Aussage verglühte wahrgenommen. Seine Freunde vertrauten seinen Worten. Sie glaubten ihm. Dabei wusste selbst er nicht, ob der Schluss gut war, ob sich die Situation stabilisiert und positiv entwickelt hatte. Aber es war erledigt, oder?

Ocean Shellar betrat in einer fernen Welt den Palast des Königs C'ter, Herrscher des Königreiches der Bogeninseln. Der junge bekannte Elfenheld schritt durch die Hauptgänge des Palastes, kurz vor dem Thronsaal, Mittelpunkt der Herrschaft, machte er eine plötzliche Richtungswende, wobei seine Schwertscheide klangvoll gegen einen Mauerstein schlug, und er verließ den Hauptweg in einen Seitengang. Zielstrebig schritt er vorwärts und kam in den Seitenflügel, welcher die Gemächer der hoch angesehenen Palastbewohner beherbergte. Ocean Shellar klopfte an der Tür des dritten Gemachs und wartete auf eine Antwort: »Tretet ein.«

Es war die klare und Ruhe ausstrahlende Stimme des Hofmagiers Vaylin, Shellar kam der Aufforderung nach und öffnete die Tür:»Ihr seid es Shellar, Held von Whyne. Ich grüße Euch, erfreut Euch wieder zu sehen. Ist die lange Reise beendet?"

»Ja, Vaylin, erhabener Magier. Mein Besuch des Kaisers war schön und ereignisreich, ich benötige Zeit um davon zu berichten.«

»Es ist lange her, seitdem wir uns gesehen haben, Shellar. Heute sei meine Zeit die Eurige.«

»Lange nicht gesehen. Das gilt für diese Welt, werter Freund. Aber fortan gilt diese Welt, zumindest für den Augenblick. Lasset uns in die Gärten begeben, dort ist die Atmosphäre weitaus angenehmer.«

Die Freunde waren wieder im Traum vereint, die Lebenden und die Toten in den Charakteren der Dreaming Reality.

TRAUMVERLUST

Das Kommando brach die sperrige Lagerhaustür auf, sie drangen unberechtigt in die Fabrikhalle hinein, lautlos und behände. Ihre schwarze Kleidung fiel in der Dunkelheit nicht auf, ebenso die dunklen Waffen. Ihr Anführer sah sich um, er fand sich rasch zurecht und benötigte nur Handzeichen, um sein taktisches Einsatzkommando anzuweisen. Zwei verschwanden zwischen den verstaubten Maschinen, sie nahmen Positionen in Deckung ein und würden den Rückzug sichern. Der Rest der Truppe nahm eine Formationslinie ein, der Leiter kniete neben der schweren Holztreppe nieder, welche nach oben führte, und ein Kämpfer trat heran, der leise die Treppenstufen empor klomm. Oben angekommen hielt er vor der geschlossenen Dachluke inne, ein weiterer kletterte nach ihm hinauf. Der Leiter koordinierte den Einsatz weiterhin von unten. Der oberste Mann ließ sein handliches Gewehr an dem Schultergürtel baumeln, zog eine kleines Pistole, öffnete die Luke ein kleines Stück und verschaffte sich einen Überblick, während er die Waffe durch die Öffnung ausrichtete um sicherzugehen. Danach machte er die Luke ganz auf, weiterhin mit der Pistole in einer Hand die Umgebung absichernd, bevor er vorsichtig in den Dachboden hinein glitt. Er kniete neben der Luke nieder, der nächste steckte seinen Kopf und den Lauf seines Gewehres durch die Öffnung und wartete auf den Einsatzleiter, welcher mit weiteren Mitgliedern des Teams möglichst still herauf in den Dachboden kam. Nach kurzer Zeit befand sich das Team, von den zwei Mitgliedern, welche den Rückzug sichern sollten, abgesehen in dem mit Computern voll gestopften Raum. Überall zeigten Monitore irgendwelche Informationen, darauf achtete der Einsatzleiter nicht. Er schaute auf die beiden Personen, welche vor zwei Computern mit einem am Kopf befestigten Interface saßen. Er trat näher heran und blickte auf die Bildschirme. Diese zwei Männer, welche er hier laut Einsatzbeschreibung durchaus zu erwarten hatte, befanden sich in einem Dreaming Reality Szenario. Der Leiter gab einem aufgrund ihrer Körperform unter der lückenlosen Kleidung als Frau erkennbaren Teammitglied mit einem Zeichen die Anweisung, beide aus dem Szenario zu reißen.

Case blickte in die Realität, er wandte sich erschreckt vom Text *Aufruf: Exit* nach hinten, wo er die bewaffneten Personen bemerkte, welche offensichtlich eine Gefahr darstellten. Case wollte protestieren, sich wehren, etwas unternehmen, doch augenblicklich wurde er von zwei Kämpfern unerwartet zu Boden geworfen und dort bewegungsunfähig festgehalten, ebenso erging es neben ihm seinem Partner Stone. Ihnen wurde der Mund zugeklebt und die Arme und Beine gefesselt. Case suchte krampfhaft sich zu bewegen, aber er wurde weiterhin gewaltsam nieder gepresst.

Der Einsatzleiter hatte sein Team perfekt unter Kontrolle. Eifrig machte sich das bewaffnete Kommando an ihrer vorgegebenen Ziele. Sie befestigten elektronische Blackboxen an jede Computereinheit, rasch ging dies vonstatten. Case schaffte es seinen Kopf hoch zu drücken und wurde von den kleinen, effektiven Explosionen stark geblendet, während ihn das Gefühl der Hilflosigkeit überschwemmte. Zum Zweiten Mal wurden seine Freunde getötet, vor seinen Augen wurde ihr endgültiges Ende beschert. Die Datenspeicher der Computer waren gesprengt, die Persönlichkeitsstrukturen von Sid und Sheldon auf ewig verloren, da sie nirgendwo sonst gesichert waren. Der Einsatzleiter stellte vor Case einen ledernen Koffer, öffnete ihn, und Case erblickte eine schier endlose Summe von Geldscheinen: »Dies ist für die Unannehmlichkeiten. Versuchen Sie nicht weiter, etwas über den Dienst oder die German Economy Force herauszufinden. Dies ist keine Drohung, aber Ihre Liquidierung wäre in solch einem Fall erforderlich.«

Der Einsatzleiter winkte zu seinem Team, und sie zogen sich geordnet zurück. Case und Stone ließen sie unverletzt liegen. Nach zahlreichen, scheinbar nie vorübergehenden Minuten lösten sich ungefährliche Sprengköpfe an den Fesseln, und die beiden waren wieder befreit, dennoch erhob sich Case nicht, er wälzte sich gepeinigt und voller Wut gemischt mit Trauer auf dem dreckigen Boden.

»Ocean, Ihr seid bei unserem letzten Treffen plötzlich durch Magie verschwunden, welche meine Wenigkeit nicht zuordnen konnte.«

»Ich verschwand aufgrund höherer Umstände, Vaylin. Ich verschwand in die uns bekannte Welt«, sagte Case aus dem Mund seines Fantasy-Charakters Ocean Shellar und beäugte Vaylin aufmerksam und nervös.

»Welche Euch und mir bekannte Welt ist es, von der Ihr sprecht, Ocean Shellar? Ihr verwirrt meinen Geist.«

»So ist es denn wahr, mein Freund?«

»Von welcher Wahrheit redet Ihr?«

Von welcher Wahrheit redete er nur. Ocean Shellar, was meinte er? Er sprach von einer fremden realen Welt, von einem anderen Leben, dass die ausschließlich auf das Szenario abgestimmte künstliche Intelligenz einst geführt hatte. Dieses Leben war vorbei, Sheldon war tot, seine künstliche Lebensform in den Datenbänken war tot, nur die künstliche Intelligenz Vaylin lebte losgelöst, ohne Bezug zur Realität. Vor ihm Ocean Shellar, einen Helden dieser Welt, den berühmtesten aller Helden der Welt Whyne, den König der Träumer, Case, der zwei Freunde verloren hatte, sie waren aus seinem Leben geschnitten worden. Für immer.

V. Frieden

DER ERSTE ANGRIFF

Der Ballraum war wundervoll geschmückt und eine angenehme Klangkulisse aus klassischer zeitloser Musik erfüllte den Saal. Es versprach ein schöner Abend zu werden, die Männer in eleganten Anzügen, die Frauen in verführerischen Kleidern, keines glich dem anderen, was den Vorteil hatte, dass keiner der gefürchteten kalten Kriege aus den vergangen Zeiten wieder empor beschwört wurde. Jack Harder betrat den Saal, ein langer Mantel aus Leder folgte seinen wendigen schnellen Bewegungen, wie zum Körper gehörig. Der junge kernige Mann mit den strengen Gesichtszügen, welcher das Schöne im Leben zu sehen einfach nicht vermochte, blickte aufmerksam umher, seine Schritte wirkten eilends, keiner der weiten Ausschnitte der Stoffkunstwerke mit den fast nicht vorhandenen Trägern band dabei seine Augen fest. Wie eine Maschine schien der Mann die Umgebung zu scannen. Nach lang scheinenden Sekunden nickte er, scheinbar nur eine Geste um sich selbst zu bestätigen und sprach in ein kaum sichtbares Mikrofon, welches sich in seinem Kragen versteckte. Daraufhin kamen weitere gleich gekleidete Männer die Treppe hinauf zum Ballsaal, sie alle schienen sich hier nicht zum Vergnügen zu befinden. In ihrer Mitte befand sich der eine Mann, welchen sie zu beschützen hatten, der Mann der ihre Loyalität ausreichend bezahlte, und dem ihr Respekt gehörte, da sie ihn dank der langen Zeit, welche sie für ihn arbeiteten, gut kannten. Sie kannten seine Vorzüge und seine Nachteile. Und sie alle wussten, dass seine Vorzüge alle negativen Seiten übertrumpften, wenn man ihm sein Vertrauen schenkte. Von seinen Freunden und Untergebenen und der Öffentlichkeit wurde er Jules genannt, in Wahrheit war sein Name nicht einmal damit ähnlich, aber lange Zeit hatte ihn niemand mehr bei seinem von den Eltern gegebenen Namen genannt, obwohl er keinesfalls ein Geheimnis war. Die meisten wussten nicht einmal, woher die Bezeichnung Jules kam. Aber das mussten sie auch nicht. Noch nicht. Hier am heutigen Abend würde Jules auf seine Vergangenheit treffen, auf die alten Mitschüler, unter denen er groß geworden war. Erwachsen erst später. Er atmete tief die Luft in seine Lungen ein und ging an seinen Leibwachen vorbei in den Ballsaal. Ein erfrischendes Grinsen lag auf seinen Lippen, als er Jack freundschaftlich auf die Schultern klopfte, während er an ihm vorbeiging. Jack nahm die Berührung zwar zur Kenntnis, aber er widmete sich seinem Herrn nicht weiter. Er teilte zwei Männer ein, am Eingang postiert die Eintreffenden zu beobachten, bevor er Jules und dessen attraktiver Begleitung, welche in dieser Menge alt gewordener früherer Schulmädchen durchaus positiv auffiel, folgte. Die restlichen Männer verteilten sich taktisch wie vorher besprochen in der Menge, in der Nähe ihres Schutzobjektes bleibend.

Jules weibliche Begleitung himmelte ihn an, die junge Frau gehörte zu den zahlreichen Frauen, welche der Sicherheitsleiter der German Economy Force in seinem Domizil wohnen ließ, doch Jack hatte unlängst bei dieser bemerkt, dass sie wahre Gefühle für seinen Herrn empfand, die sie teils zu verstecken scheinen wollte, was ihr nicht immer gelangt. Jules reagierte niemals auf diese Blicke von ihr, er glaubte lange nicht mehr an wahre Liebe und hatte sich abgeschottet. Jack beobachtete dieses Verhalten beider stets mit Interesse, ihr tiefsinniges Werben, und die Behandlung seinerseits. Jules wusste von ihren Gefühlen zu sich, dessen war sich Jack mittlerweile sicher. Dennoch behandelte Jules sie wie eine der anderen Frauen, von seiner Seite schien ihn an sie nichts stärker zu binden. Für diesen Abend hatte er sie ausgewählt, und ihre Freude darüber war nicht zu verhehlen gewesen. Jack bemerkte ihren Seitenblick auf den ruhig und gelassen bleibenden Jules, und wie sie nach dessen Hand tastete um sie zu umfassen. Für den führenden Leibwächter bedeutete dieser Abend absolute Wachsamkeit. Jack gefiel diese Situation gar nicht, hier mit Jules mitten in der Öffentlichkeit, aber Jules war gewohnt, dass ihm zwar Gefahren drohten, ihm jedoch im Endeffekt niemals etwas angehabt werden konnte. Zu lange hatte Jules mit diesem Wissen gelebt, in seinem Unterbewusstsein schlummerte bereits die Erkenntnis, dass er von einem niemals brechenden Schutzschild umgeben war. Heute riss das Netz bei diesem Drahtseilakt.

»Sir, Sie wollten informiert werden, wenn die Aktion startet«, meldete der neue Untergebene dem neuen Leiter der Europian Secret Division.

»Ach ja, es ist folglich soweit?«, fragte dieser.

»Ja, Sir. Die C.O.P.Net Sonderkommission gegen das organisierte Verbrechen hat ihre Operation Gegenschlag begonnen. Das Kommando von der Leiterin Denise Hemington an ihren Trupp wurde uns gerade bestätigt. Die German Economy Force wurde von uns nicht über diese Attacke informiert, wie Sie es befohlen haben, Sir«, die Betonung lag auf *Sie*.

»Sehr gut, Thomas. Jetzt ist es nur eine schnell vorübergehende Frage der Zeit, bis das organisierte Verbrechen in Form der German Economy Force nicht mehr existiert. Ich danke Ihnen, Thomas. Halten Sie mich auf dem Laufenden.«

»Ja, Sir.«

Thomas Kiem verließ in dem Wissen den Raum des führenden Leiters der Europian Secret Division, des mächtigen europäischen Geheimdienstes, dass dieser Mann namens Heinrich von Schattenberg als erster Leiter der Division, die kooperative Verbindung zur German Economy Force abgebrochen hatte. Damit hatte die German Economy Force keinen Rückhalt mehr und war Attacken gegen sie nicht mehr gewappnet. Es existierte kein Sicherheitsnetz.

Der Angriff begann. Nicki hatte wirklich ein süßes Lächeln auf den Lippen, während ihre Augen stets versuchten, jeder von Jules Bewegungen zu folgen. Ihr freier Daumen an der umfassten Hand strich über seinen Handrücken, sie war ihm ergeben. Aber Jules ging nicht darauf ein. Bis sie ihn mit Nachdruck zu sich heran zog, inmitten seiner ehemaligen Schulkameraden, auf diesem gebohnerten Parkettboden, und ihr Kinn zu ihm hochreckte. Zumindest entlockte die schlanke und attraktive Frau mit den langen brünetten Haaren und den dunklen Augenbrauen Jules ein leichtes Lächeln. Sie ergriff seinen Kopf mit beiden zärtlichen Händen, die Nägel durchforsteten sein Haar, und sie presste ihre Lippen auf die seinigen. Schließlich erwiderte er ihren Annäherungsversuch.

»Einsatzleitung an alle. Einsatz beginnt.«

Jules verspürte einen gehärteten Schlag gegen seinen Hinterkopf, gegen die geballte Attacke aus einem wirklich wundervollen Kuss und einem festen Schlag hatte er nichts mehr entgegenzusetzen.

»Sie glauben wohl, Sie könnten sich mit Ihrer Organisation im Rücken auf die faule Haut legen. Aber Sie haben sich getäuscht«

Jules grinste schwach, sein Wille war nicht gebrochen: »Ich bin nicht faul, ich habe lediglich einen überhöhten Freizeitbedarf«, ein Schlag stoppte weitere Bemerkungen von ihm und ließ ihn nach Atem schnappen. Jules saß angebunden auf einem der bequemen antiken Stühle des Ballsaales, umstellt von bewaffneten Männern in schwarzer Kampfuniform, welche denen des Special Protection Corps des Militärs ähnelten, aber ein etwas anderes Schnittmuster besaßen, wie ein Profi gleich erkannte. Schwarze Kapuzen über das Gesicht gezogen, waren ihre Persönlichkeiten nicht zu erkennen. Die Aktion war schnell verlaufen, in nicht zu reagierender Zeit war der Saal gefüllt mit diesem Angriffskommando, woher sie gekommen waren, konnte niemand sagen. Da sie direkt Jules als Ziel aufgenommen hatten, konnte seine Leibgarde nicht rechtzeitig handeln, sie hätten ihn in Gefahr gebracht. Jules wurde bewusstlos geschlagen, seine Leibwachen entwaffnet, und er auf einen Stuhl geschnallt und wieder geweckt.

»Was Sie da tun ist nicht rechtens. Zu welcher Organisation gehören Sie?«

Die Person vor ihm war eindeutig weiblich, es war keine Stimme die Jules erkannt hatte, darum versuchte er jetzt mit ihr zu sprechen, um Informationen zu erlangen. Er wusste, dass dies momentan nicht günstig für ihn aussah. Er ergatterte sich einen weiteren Schlag in sein Gesicht: »Sie fragen mich hier gar nichts. Ich frage. Und meine Fragen dulden keine Verweigerung der Antwort. Ich verlange den Aufenthaltsort Ihres Partners. Diese Frage stelle ich nicht erneut. Aber Sie besitzen mein Versprechen, dass wir an diesem Abend und an diesem Ort, die Antwort von Ihnen hören.«

Die Stimmung im Saal hatte sich mittlerweile wieder beruhigt, die anwesenden zivilen Gäste hatten sich an die aufgereihten Tische setzen müssen und beobachteten still das Geschehen. Es war Taktik, Jules direkt in diesem Saal zu verhören, gerade die Anwesenheit dieser ihm bekannten und verhassten Menschen bei seiner Niederlage würde ihn niederstrecken. Zumindest war sein psychologisches Profil so ausgearbeitet, und es war nicht falsch. Gerade vor diesen Menschen, denen er einfach imponieren musste, erniedrigt zu werden, verletzte ihn innerlich. Sie trat von ihm, und ein anderer Kämpfer kam herüber, eine Schlagwelle gegen ihn ablassend. Danach stellte sie ihm wieder eine Frage: »Was machen Sie hier, Jules? Geben Sie nach.«

Jules Gesicht verzog sich zu einer grinsenden Fratze, als er zur Erwiderung ansetzte. Seine Wangen glänzten bereits bläulich.: »Ich warte auf die Welle.«

»Was?«

»Ich warte auf die Welle«, sie schlug ihm mit der Handrückseite gegen die Stirn, wissend, dass die ihm gespritzten Drogen bald wirken würden, doch er ließ sich nicht verstummen.

»Passen Sie auf meine Dame. Meine Uhr hat mehr an Wert als Sie, was nicht weiter schwierig ist, da selbst wertlosere Gegenstände mehr Wert besäßen als Sie, denn ein Gegenstand erfüllt immer eine Aufgabe, und sei es Menschen zu erfreuen. Passen Sie gut auf.«

Es war offensichtlich eine Drohung, doch wirkte die Drohung aus dem Munde eines gefesselten und zu quälen vorbereiteten Mannes nicht sonderlich furcht erregend: »Kümmert Euch um ihn.«

Man klebte ein passendes Pflaster über seinen Mund, vielleicht war es nur ein Klebestreifen, unwichtig. Zumindest war sein Mund damit fest geschlossen, und seine Schreie, falls er welche ausstieß, verhallten ruhelos in seinem Innersten. Der Schmerz war heute seiner. Der Mann schlug ihn weiterhin, sie hatten ihm das Oberteil ausgezogen, und der nach Meinung Jules dem Tod Geweihte prügelte auf ihn ein. Bald schillerte auch Jules Brust. Er war nicht mehr der junge Mann, welcher mit Marc das Kartell aufgebaut hatte, er war gealtert. Er besaß nicht mehr die Kraft von früher, nicht mehr die Widerstandsfähigkeit. Er spürte hautnah, wie ihn die Macht verließ. Es war ein Scheißgefühl.

»Frau Hemington, wir haben gerade einen verschlüsselten Funkspruch hereinbekommen. Die Aktion ist bislang erfolgreich verlaufen.«

»Perfekt. Jetzt warten wir darauf, dass die den zweiten Aktionsort herausbekommen. Sehr gut.«

Jack Junior Harder hatte den Angriff zu seinem Bedauern miterleben müssen, selbst er war nicht zu einer Reaktion fähig, die Jules nicht zusätzlich in Gefahr gebracht hätte. Jetzt sah er, wie man seinen Mentor folterte, Jack flossen die Qualen in sein Herz, und er war unaufhörlich angespannt. Man hatte alle Mitglieder der Leibgarde entwaffnet und zusammen getrieben, ihnen Handschellen hinter dem Rücken angelegt und beobachtete sie mit mehreren Kriegern. Jack hatte nur ein Ziel vor Augen, er musste seinen Herrn und Meister, seinen Mentor und Freund retten. Auf Jules prasselten längst keine Schläge mehr ein, sie waren augenblicklich damit beschäftigt ihm eine weitere Infusion in seine Armvene einzuflößen. Er überlegte unaufhörlich, während dieser Ruhepause, wen er hier vor sich hatte. Regierungseinheiten hatten keine legale Berechtigung für diese Aktion, feindliche Kriminelle die eine solche Aktion riskierten, fielen ihm momentan keine ein. Von Organisationen, welche momentan versuchten der German Economy Force Machtbereiche streitig zu machen, wusste er nicht, und er musste es ja wissen. Er verstand dies nicht. Jack überlegte unaufhörlich. Er dachte nicht darüber nach, wen er hier vor sich hatte, sondern lediglich, wie er sie töten konnte. Und längst hatte er die Stimme der Frau erkannt, welche mit Jules sprach, obwohl ihre Worte nicht sonderlich laut zu ihnen tönten. Lediglich Jules

Erwiderungen waren kraftvoll und gellend gewesen. Ja, Jack Harder kannte diese Stimme.

Verdammt, wer waren diese Leute? Dies war ein professionelles Team, dessen war sich Jules bewusst. Lediglich eine extrem große Organisation konnte sich solch ein gut ausgebildetes, aufeinander abgestimmtes und perfekt bewaffnetes Team leisten. Oder die Regierung. Die Regierung. Aber wie konnte die Regierung etwas unternehmen? Sie besaßen nichts, was eine legale Aktion gerechtfertigt hätte. Eine legale Aktion. Verdammte Scheiße. Jules überfiel ein Gedanke, der ihn nun wirklich in Panik geraten ließ. Vielleicht hatte er die Union unterschätzt. Vielleicht hatte er das erste Mal in seinem Leben den Fehler gemacht, einen Gegner zu unterschätzen. Dies konnte nicht gut ausgehen.

Jack war kein schlauer Mensch. Es dauerte bei ihm immer etwas länger, wenn er nachdachte. Er kannte diese Stimme. Er hatte sie lange nicht mehr gehört, aber die Stimme gewisser Personen vergaß man nie. Aber was sagte ihm das? Warum diese Stimme? Schwere Gedanken gingen trübe ihren Weg. Bis zur Konsequenz der Lösung in seinem Geiste.

»Hallo liebstes Schwesterherz. Begrüßt Du mich nicht mehr?«

Yade blickte von dem zu befragenden Jules hinüber an den Ort, an dem man die anderen Gefangenen hielt, und an dem ihr kleiner Bruder sich befand. In Schellen und auf dem Boden liegend, bewacht von zahlreichen Gewehrmündungen: »Halt's Maul.«

»Yade, so redet man nicht mit seinem Bruder. Jetzt mach mich endlich los, ich kriege aus dem Wichser schon heraus, wo sich Marc befindet.«

Yade blickte durch die schwarze Kapuze überlegend auf ihren Bruder. Seinen Part in diesem Geschichtsabschnitt kannte sie nicht. Schließlich rang sie sich zu einer Entscheidung durch: »Komm her!«

Jack mühte sich ab mit den gefesselten Händen aufzustehen und trat ihr entgegen, seit ihrem Befehl machten ihm die Mündungen Platz: »Na endlich. Wird Zeit, dass dieser Undercoverjob aufhört, ich habe echt die Schnauze voll. Mir geht einer ab dabei, ständig diese Schweine um mich herum zu haben. Ich will doch nur meine Ruhe. Bringen wir es endlich zu Ende. Jahre lang lasst Ihr mich hängen. Und meine Schwester ist dabei.«

»Beherrsche Dich, Jack!«, böse fuhren ihre Worte ihn an.

»Halt einfach Deinen Mund, Yade, und nerv mich nicht. Denkst Du, ich mache diesen Job ewig? Wie lange dachtet Ihr eigentlich, warte ich auf eine Reaktion von Euch? Man hört nichts, man sieht nichts, und ich versaure unter Lebensgefahr. Ich habe Euch alles gebracht. Und Ihr versaut es und lasst die wieder raus. Ihr Schweine. Und Du gehörst dazu. Damit habe ich nicht gerechnet. Meine Schwester. Meine Schwester gehört zu denen, die mich wie Vieh benutzen.«

»Du bist Vieh, Jack. Sei froh, dass die Menschheit wenigstens eine Aufgabe für Dich hatte. Du solltest wirklich dankbar sein, dass Dein verkorkstes Leben zumindest einen Sinn hatte.«

»Wie lange hättet Ihr mich noch bei denen gelassen?«

»Bis alles zu Ende gewesen wäre. Aber Du Idiot musstest Dich ja outen. Du verfluchter Idiot. Wenn das hier nicht hinhaut, haben wir keinen mehr in der Organisation. Warum habe ich nur einen dermaßen dummen Bruder? Keine Antwort, Jack, das war rhetorisch.«

Jacks Gesicht überflog ein Schatten von Unverständnis: »Ich liefere Euch die Beweise, und Ihr seit unfähig die beiden hinter Gitter zu bringen. Wer von uns ist dumm?«

Yades Gesicht versprach wütende Erregung: »Allesamt unsinnige Beweise. Dadurch haben wir alle Anklagepunkte verloren, und die beiden sind auf ewig freigesprochen. Du Idiot. Fast hätten wir unsere gesamte Gruppe einstampfen können. Zum Glück gibt es irgendwo ganz oben einen Gönner, der es gut mit uns meint, und jetzt weitere Aktionen erlaubt hat.«

»Mit welcher Begründung? Rechtlich habt Ihr doch nichts mehr.«

»Gefährdung der inneren Sicherheit der Europäischen Union und der Stabilität der Verteidigung. Das ist die Befugnis für solche Aktionen. Ihr seid als unionsweite Gefahr akzeptiert worden. Kein Gericht der Welt droht Euch mehr. C.O.P.Net und das Militär haben Euch als unionsfeindliches Ziel auf dem Radar. Jetzt seit Ihr direkt dran.«

»Wir? Pass auf was Du sagst, Yade. Ab jetzt gehöre ich nicht mehr dazu, egal was Ihr verlangt, mein Job ist beendet. Jetzt mach mich los, und ich pack mir die Sau. Es reicht mir wirklich. Ich habe einfach keine Lust mehr, ich will mein eigenes Leben. Ich bekomme alles für Dich aus ihm heraus. Hauptsache, ich kann danach verschwinden.«

Yade blickte mit einem plötzlich erwachten Anflug von Misstrauen auf ihren Bruder, allerdings konnte er ihre Gesichtsregungen ja nicht bemerken.

»Wir haben Dich zwischenzeitlich gerufen. Warum hast Du nicht auf das Implantat reagiert?«

Jack wollte jetzt am liebsten ertappt schlucken, aber er zwang sich zur Beherrschung jeder Körperfunktion und starrte mit unverhohlener Wut auf seine Schwester: »Weil ich mir ...«, seine Stimme war laut und wütend gepresst, als stände er kurz davor, einen Wutanfall zu erleiden und über sie herzufallen, »bei der Arbeit für Euch eine Kugel eingefangen habe, welche das Ding zerstört hat. Nicht nur eine Kugel, aber nur eine hat es erwischt. Die anderen trafen lediglich mich und bohrten sich in mein Fleisch, Entschuldigung, dass ich nicht alle Kugeln abfangen konnte, Schwesterherz.«

Sie schaute ihn einen weiteren Moment lang still an, danach schritt sie um ihn herum, erfasste seine Hände und schob die Ärmel seines Jacketts und Hemdes hoch. Sie bemerkte die vernarbte Wunde an der Stelle seines früheren Implantats, welche nicht vollständig verheilt war: »Haben die das Implantat bemerkt?«

»Bin ich blöd, denkst Du ich wollte umgebracht werden? Weißt Du wie qualvoll es ist, sich selbst eine Kugel mit einer dünnen Zange herauszuziehen, und direkt im Anschluss solch ein Implantat? Dafür hasse ich Euch!«

Sie öffnete ohne ein weiteres Wort zu verlieren die Fesseln, Jack Harder trat von seiner Schwester weg, nicht ohne sich einmal zu ihr zu drehen und ihr erbost in die Augen zu schauen, bevor er sich zu Jules begab.

»Wie kannst Du das nur tun, Jack? Du, ein Verräter. Ich habe Dir vertraut«, er hatte dem verletzten und erschöpften Jules die Mundbarriere abgenommen. Farblose Augen erwiderten ohne Rückhalt seinen Blick.

»Schön für Dich. Ich kann niemandem vertrauen, nicht einmal meiner Schwester. Und ich habe keinen Bock mehr auf dieses Leben. Ich werde das heute beenden und habe danach meine Ruhe. Ich will doch nur meine Ruhe, nicht haltlos genervt werden. Lasst mich doch einfach in Ruhe. Du, gibt mir den Schlagring!«

Jack hatte sich im letzten Satz an den vorherigen Schläger gewandt, der in der Nähe verharrt hatte. Er setzte sich langsam in Bewegung, Jack hatte es nicht mitbekommen, aber Yade hatte dem Mann bestätigend zugenickt. Er hielt Jack mit der Hand den Schlagring entgegen, aber daran war Harder Junior nicht wirklich interessiert. Jacks stand der Wille nach der anderen Sache, welche der Mann umgehängt trug, das kompakte Schnellfeuergewehr, welches an seiner Seite baumelte. Die hatten Jack zu dem gemacht, der er war, mal schauen, wie viel sie ihm beigebracht hatten. Er packte sich den Mann an der Kapuze, zog ihn heran, schwang gleichzeitig sich und seinen Körper herum, ergriff dabei den Abzug der Waffe und zog diesen durch. Die Kugeln flogen unbeherrscht ihren Weg, zielen konnte Jack nicht, aber es reichte, er traf die stehenden Kämpfer, und nicht seine Männer der liegenden Leibgarde. Nur zwei Personen schafften es Gegenmaßnahmen einzuleiten. Eine der Wachen, welche Jack zuletzt erwischte, konnte vorher noch einen Schuss abgeben, da er sich rechtzeitig in Jacks Richtung drehte, bevor er getötet zu Boden ging, und seine Lieblingsschwester Yade. Ein Schuss traf den Mann in Jacks fester Umklammerung, der andere streifte Jack und traf Jules. Dass Magazin war geleert, aber Jack griff bereits zu der vollautomatischen Pistole, welche sein erfasstes Bündel am Gürtel trug, stieß ihn von sich, und schoss präzise in seinen Hinterkopf. Der Mann verlor augenblicklich sein Gehirn. Jack hob den Arm zu einem weiteren gezielten Schuss, er traf seine Schwester, direkt nachdem ihn ein weiterer Streifschuss von ihr in der Bewegung in das Bein traf. In die Brust hatte er geschossen. Ihre Lungen getroffen, wahrscheinlich. Er schritt auf sie zu, die anderen bereits vorhin getroffenen feindlichen Männer dabei nacheinander anvisierend, gezielte Kopfschüsse folgend. Bei ihr angelangt trat er ihre Waffe in die Ferne, erblickte ihre momentane Hilflosigkeit und ging zu den noch lebenden Kämpfern, allesamt durch die Schusswelle des Gewehres bereits verletzt. Die Männer der Leibgarde hatten sich auf sie gestürzt, um sie zumindest mit ihrem Gewicht am Boden zu halten und an der Benutzung einer Waffe zu hindern. Jack erreichte die Männer, und schritt die Reihe der Todgeweihten ab, um die Waffe teils ansetzend, teils von Höhe der Hüfte herab ohne Umschweife in die Stirn oder in den Hinterkopf zu schießen, je nachdem wie herum seine Opfer lagen. Er empfand dabei nichts, rein gar nichts. Zwischendurch bückte er sich einmal um eine neue Pistole von einem Getöteten aufzunehmen, da das Magazin der anderen geleert war. Es hatte lediglich Sekunden gedauert, bis alle diese Leben ausgelöscht waren. Jack schloss danach einem Mann der Garde die Schellen auf und überließ die anderen diesem. Er gab ihm ebenfalls die Pistole und ging mit leerem Kopf zurück zu seiner Schwester, sie hochziehend und davon schleifend. Seine Männer interessierten sich dafür nicht, sie befreiten sich gegenseitig und Jules, Jack wusste das. Er wusste ebenfalls, dass sich die Leibwachen um seinen Mentor kümmerten, ebenso wie er wusste, dass sie schnell von hier fliehen sollten, aber er musste eine Rechnung begleichen. Er zerrte seine versterbende Schwester in die dämmerige Garderobe des Galaabends, hier waren sie fern von fremden Blicken und legte ihren Oberkörper auf eine Ablagetheke: »Yade, ich hoffe Du weißt, was Ihr mir angetan habt.«

Sie brachte Worte ausschließlich gepresst heraus, mit dem sterbenden Klang und ohne Einsicht: »Du bist nichts wert, Jack, gar nichts.«

Seine Finger ergriffen grob ihre Haare, zogen ihre Kopf gewaltvoll nach hinten, und sein Oberkörper beugte sich über sie hinüber, seinen Mund von hinten an ihre Ohren gepreßt: »Ihr habt mich benutzt wie Vieh, wie ein Tier, Yade. Das war böse, Yade. Mich zu benutzen. Mich vergewaltigen zu lassen. Mir alles Böse anzutun. Alles ... mich ... das war ...«, er bemerkte allmählich, wie ihr langsames qualvolles Sterben ihn tief befriedigte und Erregungen in ihm auslöste, sein Blut umschloss und es zum Sieden brachte. Er hörte auf zu reden und nahm ihr leises Keuchen wahr, ihr verzweifeltes nach Luft schnappen, was immer schwerer für sie wurde, sie starb langsam. Ihr Keuchen. Das rhythmische und leicht stöhnende Geräusch salbte seinen Hass, während er ihren Kopf fest umklammert hielt. Sein befriedigter Hass benötigte keinen Sinnesanstoß, rücksichtslos nahm er die Schmerzen der todesnahen Schwester wahr. Während er sich labte, verstarb sie, die Luftzufuhr abgetrennt mit einem letzten lauten Keuchen, als er glückselig ihren Kopf auf die Tischplatte fielen ließ.

»Keine Funksprüche mehr. Eigentlich müssten die sich gleich melden«, meinte ein Mann in Kampfmontur. Denise Hemington nickte ihrem Bediensteten in dem Kommandobus zu und wartete weiter ab. Die vier schweren Limousinen durchbrachen das dünne Gitter, welches den Eingang der Tiefgarage verschlossen hatte und rasten die Kurve hinauf, auf den Vorplatz mit hoher Geschwindigkeit schießend, um weiter zur Hauptstraße durchzubrechen: »Die wollen fliehen!«

Denise Hemington blickte erschrocken zu den Monitoren hoch und erblickte die Szene, welche den anderen Anwesenden im Bus bereits den Kreislauf angekurbelt hatte. Sie sprang aus dem Bus, nachdem sie die Tür aufgerissen hatte, und lief zu einem der Einsatzwagen, hineinspringend, der Fahrer reagierte sofort. Bei allen Einsatzwagen sprangen die Motoren dröhnend an, die Jagd auf die Limousinen begann.

Jack schaute mit unverhohlenem Unwohlsein auf den angeschossenen Jules. Der Schuss hatte ihn schwer getroffen, Jules war mittlerweile in Bewusstlosigkeit gefallen, und Jacks Geist war von Sorgen umgeben. Die Limousinen waren schusssicher, unterwegs waren sie somit fast nicht zu stoppen. Die Fahrer waren perfekt ausgebildet, obwohl Jack gerne selbst das Steuer übernommen hätte. Aber er war zerrissen, schließlich musste er sich um den verletzten Jules kümmern und beäugte sorgenvoll wie eine andere Leibwache den Führer der GEF provisorisch verarztete, quasi erste Hilfe anlegte. Die Limousinen nahmen keine Rücksicht. Wie Schlachtschiffe im

Straßenverkehr ignorierten sie die Regeln des zivilen Lebens und rammten andere Fahrzeuge, donnerten ihren Weg entlang, und schoben sich ihren Platz, nahezu ohne an Geschwindigkeit zu verlieren, frei. Jack wandte seinen Blick von Jules und begab sich an die Kommunikationseinheit. Den Befehl an die Fahrer hatte er bereits gegeben. Die Flut an Fahrzeugen, welche die Beute jagten, mehrte sich. Die Lichter polizeilicher Fahrzeuge leuchteten und räumten den Weg in Zusammenarbeit mit den Sirenen zumindest ein bisschen frei für die Limousinen. Dies kam Jack ganz recht, zumindest einmal ein Faktor, der für ihn spielte. Allerdings rechnete Jack bereits mit dem Schlimmsten für ihn, nämlich Jules zu verlieren.

Und niemand wusste, wie Jack Junior Harder dann reagieren würde. Die Fahrer schafften es, Jacks Befehl auszuführen. Jacks Wagen war an zweiter Stelle gefahren, der letzte Wagen stellte sich plötzlich quer und bot ein nicht zu unterschätzendes Hindernis, was ihrem verletzten Führer einen weiteren kleinen Vorsprung ermöglichte. Ein paar der vorbei rasenden Einsatzwagen bekamen Einschusslöcher in der Rückseite, die Leibwachen in dem gestoppten Wagen hatten die Fenster geöffnet und herausgeschossen. Aber die Spur verwischen konnten sie nicht, über ihnen donnerte ein ursprünglich zur Verkehrsüberwachung gedachter Hubschrauber hinweg. Sie erreichten das anzusteuernde Hospital und machten keine Anstalten abzubremsen, sondern crashten mit den Wagen direkt in die Eingangshalle. Die Leibwachen des dritten Wagens verschanzten sich strategisch und die Insassen der ersten beiden Wagen flohen mit dem zu tragenden Jules weiter ins Krankenhaus, in Richtung einer Station, in der man Jules helfen konnte: »Behandeln Sie ihn! Keine Diskussion, behandeln Sie ihn zügig! Sie besitzen nicht viel Zeit.«

Die bildhübsche Frau namens Denise Hemington trat an die Krankenbahre und unter den aufmerksamen aber müden Augen eines Mitgliedes der Leibgarde, legte sie ihre Hand auf den Rücken des schlafenden Mannes unter ihr, dessen Anzugshose an mehreren Stellen mit blutigen Flecken und Löchern aufwartete, und der oben herum nur mit einem ehemals weißen T-Shirt bekleidet war, welches einiges an Schweiß aufgefangen hatte. Sie massierte ihn quasi wach, und er murmelte im endenden Schlaf unverständliche Wörter. Schließlich öffnete er die Augen und erblickte die Frau aus seinen Alpträumen: »Ruhig, Jack. Ich bin hier um zu verhandeln.«

Er schloss die Augen erneut, und genoss ihre Berührung, die zärtlichen Streicheleinheiten, welche sie wohl dosierte: »Dieser Kampf ist verloren. Wenn Du Jules retten willst, so kannst Du lediglich sein Leben retten. Und dies nur, wenn wir uns friedlich einigen. Du und der Rest der Leibgarde legen alle Waffen nieder. Ihr ergebt Euch und wir übernehmen hier die Kontrolle. Jules wird vor ein legales Gericht gestellt und muss sich verantworten. Eure Leute werde ich ignorieren, ich biete Ihnen die Freiheit an. Um Dich kümmere ich mich persönlich.«

Sie bewegte die zweite Hand auf ihn zu und fuhr mit einem Daumen über seine Lippen: »Ich werde mich gut um Dich kümmern. Wenn Du nicht auf mein Angebot eingehst, wird Jules hier in diesem Krankenhaus sterben. Willst Du das?«, er antwortete nicht, sondern genoss ihre Berührung. Sie massierte ihn jetzt mit beiden gut geformten Händen, es tat gut und linderte zwar nicht die erlittenen Schmerzen, aber es lenkte davon ab. Nach einigen Minuten stoppte sie und trat wenige Meter von der Bahre weg, auf der sich Jack ausgeruht hatte. Er seufzte bedauernd, dass sie nicht weitermachte: »Jack, wir werden das in wenigen Minuten weiter ausdehnen können. Du musst Dich nur entscheiden, und den Männern erlauben sich zu ergeben. Solange ich hier bei Dir bin, droht keine Gefahr. Ihr steht momentan unter meinem Schutz. Aber wenn Du Dich nicht unter mein Kommando stellst, wird mein Team Euch abschlachten. Ihr seid hier in der Falle. Nur mein Wort kann Euch noch das Leben retten.«

Jack setzte sich auf und hielt einen Augenblick inne, bevor er die Bahre verließ und auf sie zu trat, sie sanft umarmend. Er drücke seinen Kopf an ihre Wange, und sie erwiderte die gefühlvolle Geste. Schließlich machte er den letzten Schritt in dieser Verhandlung: »Geh jetzt Denise. Alle Männer, welche sich ergeben wollen, werden innerhalb von fünf Minuten nach Dir unten ohne Waffen eintreffen. Alle anderen und ich werden die Stellung hier oben mit unserem Leben verteidigen und uns nur stoppen lassen, in dem man unser Blut vergießt.«

Sekundenlang starrte sie ihn zutiefst entsetzt sprachlos an: »Das ist die falsche Entscheidung. Komm mit mir Jack, ich will Dich hier nicht sterben sehen.«

»Ich bin Dir egal. Und mein Tod ist mir egal. Aber meine Treue zu Jules ist unsterblich, und er würde sich nicht ergeben. Ich werde für ihn kämpfen. Geh jetzt. In fünf Minuten sind meine Männer unten.«

Er stieß die Frau mit den eindrucksvollen braunen Augen fort von sich. Jack Harder hatte seine Entscheidung getroffen. Sein Leben gehörte dem einzigen Menschen auf dieser Welt der ihm jemals Vertrauen geschenkt hatte, und mit dem ihm seit daher ein Band der loyalen Freundschaft verband. Jules. Der einzige Mensch, der Jack ohne Bedingungen vertraute. Die Frau versuchte ihn an sich zu pressen, aber er stieß sie fort, schaffte es ein breites Grinsen aufzusetzen und glückselig den Kopf zu schütteln, sich über seine eigene innere Stärke freuend. Sie wollte erneut etwas sagen, ihn umstimmen, aber er schüttelte nur verneinend den Kopf und deutete zur Tür. Wutentbrannt ging sie davon. Ohne sich ein letztes Mal umzusehen, musste sie unbedingt einige beendende Worte von sich werfen: »Das war Euer Todesurteil. Du hast es besiegelt, Jack, Du. Und Du wirst sterben.«

Sein Lächeln daraufhin bemerkte sie nicht mehr. Was gab es in dieser Welt besseres als Sterben? Und dazu noch dank eines selbst gewählten Grundes den man als richtig und gut ansah. Es gab nichts Besseres auf einer Welt, in der das Leben eine unheilbare sexuell übertragbare Krankheit ist, welche ohnehin in hundert Prozent aller Fälle mit dem Tode endet. Nichts Besseres. Außer vielleicht etwas später sterben und mehr gute Gründe zu sammeln.

Sie war längst auf dem Weg nach unten, als Jack Harder den Männern seines Teams, Jules letzter Garde, erlaubte die Waffen zu senken und sich in die Freiheit nach unten zu begeben. Die Männer wollten nicht, somit gab Jack ihnen den Befehl. Während sie sich leicht entmutigt auf den schweren Weg machten, ging Jack zu seinem Herrn, welcher in einem nahen Krankenzimmer lag, die Verletzungen zwar versorgt, aber dem Tod nahe. Jack blickte ihn an, musterte den halb zerstörten Körper für den er verantwortlich war, aufmerksam, rechnete im Geiste Jules Chancen durch, die kommenden Momente zu überleben. Aber Jack musste dies riskieren, Jules würde ohnehin sterben, auch wenn er ihn übergeben hätte. Dann wahrscheinlich erst recht. Jack strich kurz mit der Hand über den geschundenen Leib seines Schützlings, bevor er seine großkalibrige automatische Schusswaffe zog, um sie zügig grob zu warten und das Magazin zu füllen. Ebenfalls die geringeren Pistolen wurden frisch von ihm aufgefüllt, bevor er sich bereit fühlte. Es wäre leichter gewesen die Leibgarde hier zu halten, aber es wäre nicht fair gewesen. Sie wären auf keinen Fall hier herausgekommen, dazu gab es keine Gelegenheit. Jacks Zeit lief ab.

Der Hubschrauber donnerte auf das Dach zu, die beiden anderen, welche eben noch mit ihm eine Dreiecksformation gebildet hatten, lösten sich in ihrer Rolle als Flügelmann um ihre tödlichen Ausmaßen in vollem Umfang zu verbreiten. Sie nahmen den Kampf gegen alles auf, was den Luftraum für Recht und Ordnung beherrschen wollte. Für die ungeahnt schweren Kampfhubschrauber aus den Beständen der German Economy Force waren die kleinen Helikopter des C.O.P.Net Teams leichte Beute. Der Hubschrauber mit der Formationsführerrolle senkte sich somit ungehindert am Dach angelangt ab, drei Männer komplett in schwarz gekleidet sprangen heraus, zwei davon mit angelegten Maschinenpistolen, mit denen angelegt beobachteten sie aufmerksam die windige Umgebung. Der dritte Mann war der andere Leiter der German Economy Force. Jack Harder schleppte sein Bündel vorwärts, die beiden Wachen bemerkten die sich anbahnenden Schatten vom Treppenschacht und rannten mutig los, dort angelangt unablässig Salven hinunter feuernd, wie trainiert dabei geschickt abwechselnd, so dass nie beide Magazine gleichzeitig entleert waren. Jack und Marc brachten Jules in den aufgesetzten Hubschrauber, zwei weitere Männer kümmerten sich sofort um ihn. Der Innenraum dieses Hubschraubers war riesig, nahezu luxuriös, man bemerkte allerdings, dass er notdürftig und in Eile mit medizinischen Geräten präpariert worden war. Jack ließ sich erschöpft auf den kalten Metallboden fallen, er wusste seinen Herren in Sicherheit, zumindest Sicherheit im Vergleich zur gerade vergangenen Zeit. Draußen peitschten unaufhörlich Salven, während der Hubschrauber begann wieder abzuheben. Zwei handliche Granaten flogen auf gekrümmten Bahnen in den Treppenschacht, ein zerstörerisches Chaos hinterlassend, bevor die beiden Schützen vom Dach in den ein wenig in der Luft schwebenden Hubschrauber sprangen und die Tür während des Abfluges zuschoben und verriegelten. Unter dem Begleitschutz der beiden schweren Kampfflieger flüchteten die beiden Leiter der German Economy Force vor der bislang schwersten Attacke auf ihre Organisation.

Schwer atmend richtete sich Jack auf: »Was, wenn die uns in der Luft ...«

Marc legte beruhigend eine Hand auf die Schulter des überhitzten Mannes: »Ruhig, Panik benötigen wir hier nicht. Der Kampf war dort unten, dass haben wir hinter uns gelassen. C.O.P.Nets Einsatz ist damit zwar misslungen aber nur für heute erst einmal beendet. Hier im Luftraum greift uns niemand an, mein Flieger hat offizielle Erlaubnis den Luftraum zu durchkreuzen, und wir sind schneller über neutralem Boden, als die Flieger uns folgen können. Wir sind gleich in Sicherheit, ganz ruhig, wir haben wieder alles unter Kontrolle. Und diesmal sind wir besser über unsere Gegner informiert, schätze ich.«

»Das war sehr gefährlich von Ihnen mitzukommen um Jules dort rauszuholen. Sie sollten sich nicht an einem Ort aufhalten!«

»Wir haben das gemeinsam begonnen, Jules und ich, wir werden es ebenfalls gemeinsam beenden. Aber es ist ja nicht zu Ende gegangen. Außerdem musste ich ja auch hier weg, wenn die schon Jules angreifen. Ich schätze, europäischer Boden ist erst einmal tabu. Macht ja nichts, ich wollte ohnehin zurück auf meine Hazienda, lange lasse ich meine Familie nicht gern allein. Jules kann sich dort ausruhen.«

Jules war schwer angeschlagen und atmete unregelmäßig. In dunklen Gedanken versunken, ein nebliger Schleier, welcher sich um ihn dicht gesenkt hatte, hüllte ihn ein, während sich die beiden jetzt als Ärzte erkennbaren Männer um seinen gesundheitlichen Zustand kümmerten. Jules befand sich in einer Lage der Dämmerung. Die Dunkelheit senkte sich unaufhörlich weiter über ihn, fing ihn mit ihren Krallen, um sich seiner zu bemächtigen. Aber da war nichts mehr, was sie unter ihre Macht stellen konnte. Stattdessen verband sich seine innere Schwärze untrennbar mit dem neuen Ankömmling, seine ihm eigene Dunkelheit drang an die Oberfläche, die Dämmerung nahm ihren Lauf. Und niemand wusste, was der neue Zyklus bringen würde.

GEGENMASSNAHMEN

»Diese Union hat mich provoziert. Sie haben meine Ehre in Frage gestellt. Sie haben die Autorität meiner Freunde verletzt. Meine Reizschwelle ist damit überschritten. Die German Economy Force wird auf mein Geheiß hin in Aktion treten. Wir werden dieses Land, diese Union, in die Knie zwingen. Ab heute werde ich auf keinerlei Verhandlungen mehr eingehen, und ich möchte deutlich machen, dass ich mir der Konsequenz der Vernichtung von Leben voll bewusst bin. Und wenn ich damit diese Welt in den letzten Kampf gegen das Leben stoße, bin ich bereit dies in Kauf zu nehmen. Ab heute erkläre ich der Europäischen Union und jedem Verbündeten dieser Union den Krieg als autarke Organisation, welche ich keinem staatlichen Rechtsbereich untergeordnet sehe. Die systematische Destruktion dieser uns als aggressiver Feind gegenüber getretenen Allianz wird ab sofort beginnen. Wer auch immer meine Macht und die Ausübung der Gewalt unterschätzt hat, wird geknechtet werden, und sein Leben erkläre ich bereits jetzt für verwirkt. Momentan sehe ich keine Möglichkeit mehr für einen währenden Frieden. Meine Stellungnahme ist damit beendet.«

Jules schaltete die computerisierte handliche Anzeigetafel ab, welche er für die knappe Rede nicht benötigt hatte, drehte sich auf dem Absatz seiner teuren Lederschuhe um und ging von seinen treuen Untergebenen umringt davon, weiterhin von den Kameras gefilmt. Alle Männer seiner Gruppe waren mit ernsten Gesichtern befallen, doch niemand von ihnen stellt seine Aussage in Frage. Ein Mann folgte zuerst nicht. Er blickte von seinem hintergründigen Standort steif in die Kamera, ein aufmerksamer Beobachter vor den Sichtschirmen in aller Welt konnte das Zucken seiner Miene deutlich bemerken, die Angespanntheit seiner Muskeln, nicht nur die des Gesichtes, und die dunklen Augenränder, welche ihn zeichneten. Der primäre Mann von Jules loyaler Leibgarde war tief in Gedanken gefangen, er erinnerte sich an die Worte Andrew Ravenows: »Er wird diese Welt in einen Krieg stürzen. In den Untergang. Niemand kann ihn daran hindern. Er wird weder auf mich, noch auf jemand anderen hören, außer auf eine Person. Marc könnte ihn eventuell stoppen. Andernfalls wird er jeden Menschen opfern, für ihn bedeuten diese Leben nichts. Auch sein eigenes«, diese Worte hallten in Jack Harder nach.

»Haben Sie den Gesichtsausdruck des Jungen gesehen?«

»Ich schätze, wir denken dasselbe, Frank. Er ist unsicher.«

»Richtig, Denise.«

»Das macht ihn zum perfekten Angriffspunkt. Wir können diesen Untergrundkrieg verhindern, und die German Economy Force endgültig aushebeln. Perfekt.«

»Und wenn dies nicht gelingt?«

»Er gehört immer noch mir. Es wird gelingen. Und ich habe diese Organisation endgültig besiegt«, in ihren Augen brannte Feuer.

»Ich möchte mit Jules sprechen.«

Jack nickte. Aus seinen Augen sprang dabei ein Funken Erleichterung. Marc war endlich da. Endlich kehrte die Stimme der Vernunft ein. Schweigsam führte Jack Marc in den Kaminraum, in dem Jules gegenüber den lodernden Flammen saß und mit ewig wiederkehrenden Bewegungen den Schäferhund an der Seite seines Sessels am Kopf streichelte. Marc trat still ein und setzte sich auf zweiten freien Sessel daneben, Jack verließ den Raum wieder und schloss die Tür von außen lautlos, um sich davor zu postieren.

»Jules, wir begehen einen Fehler.«

»Du meinst, dass ich einen Fehler begehe.«

»Wir beide sind diese Organisation. Ohne uns ist nichts. Mit uns ist alles. Wir zwei sind es. Wenn Du einen Fehler begehst, begehen wir ihn gemeinsam. Und dies ist ein Fehler.«

»Soll ich hinnehmen, dass die Union uns attackiert und in die Enge drängt?«, Marc und Jules schauten einander nicht an, sondern blickten in die verzehrenden Flammen. Der Hund wimmerte leise, verstummte Sekunden später allerdings wieder. Die beiden Freunde benötigten keinen Augenkontakt mehr, um sich in die Seele zu sehen: »Es gibt andere Möglichkeiten. Wir ziehen uns zurück. Wir geben dem Feind das, was er will, und erhalten unerkannt den Vorteil des wahren Gewinners. Es können doch alle denken, dass wir verloren haben. Hauptsache wir wissen, welchen Gewinn wir errungen haben.«

»Das ist keine Alternative, Marc. Dies ist nicht akzeptabel!«

»Jules, wir brauchen keinen Krieg.«

»Die Menschen brauchen einen Krieg, um den Sinn des Lebens wieder zu spüren. Sie müssen aus ihrem Dornröschenschlaf herausgerissen werden, um ihre eigene Seele wieder zu spüren.«

»Jules, bitte denke logisch darüber nach.«

»Die Schwärze ist eingekehrt auf dieser Welt. Der Auslöser ist bereits betätigt, meine Befehle sind verteilt.«

Marc wandte seinen Kopf und blickte auf seinen Freund, dessen düstere Stimmung den Raum einnahm. Er schüttelte den Kopf und stand auf, um den Raum zu verlassen und Jules mit seinem Schäferhund zurückzulassen. Jack erblickte den heraustretenden Mann, auf den er seine gerade platzenden Hoffnungen gesetzt hatte. Marc trat zu dem jüngeren Mann und legte freundschaftlich seine Hand auf dessen Schulter. Jack verstand diese Geste, denn er sah die Trauer in den vertrauten Augen: »Weißt Du, Jack, Jules ist kein schlechter Mensch. Er hat viel für diese Welt getan, doch sie nichts für ihn. Jules hat das Problem, dass er schnell Einzelheiten verglobalisiert. Wenn ihn eine Frau sitzen lässt, hasst er alle Frauen. Was er übrigens auch tut, aber dass weißt Du sicherlich bereits. Und jetzt hat jemand uns direkt angegriffen, unsere Organisation und damit ihn, seine Familie. Und wenn ihn ein Mensch angreift, greifen ihn quasi alle an. Nichts kann diesen Krieg mehr aufhalten, und für uns alle kommt der Moment der Entscheidung.«

Jack Harder blickte mit einem Ausdruck der Verwirrung auf den Mann, den er lange Zeit als Sicherheitspersonal der German Economy Force bewacht hatte. Marc bemerkte, dass sein Gegenüber, Jules treuester Gefährte, sogar im Vergleich zu dem Hund, ihn nicht verstand, und er ließ eine Erläuterung folgen: »Wir müssen uns entscheiden, welche Seite in diesem Krieg unsere Unterstützung erhält.«

Jacks Stirn runzelte sich, und ihn schien dieser Satz von Marc emotional sehr aufzuregen. Aber er äußerte sich nicht.

»Beruhige Dich. Für mich kommt nur in Frage Jules zu unterstützen. Aber jeder von Euch sollte sich über die Folgen im Klaren sein. In diesem Krieg wird alles vernichtet werden, denn man darf unsere Stärke nicht unterschätzen. Niemand weiß bislang, welche Stärken Jules und ich gesammelt haben. Entscheidet Euch diese Welt zu erhalten, oder meinen und Jules Weg zu gehen. Ich meine nicht nur Dich, Jack, ich meine alle unserer treuen Gefährten, die jetzt vor der Wahl ihres Lebens stehen. Ich werde Euch nun verlassen, Jules und ich dürfen uns lange Zeit nicht mehr am selben Ort aufhalten. Dies wird die Welt auf immer verändern.«

Jack konnte nicht gerade von sich behaupten, dass in diese Worte beruhigt hatten. Sie hatten Gedanken in ihm aufgewühlt, welche sich vorher seit den letzten Tagen unterbewusst bei ihm breit gemacht hatten. Aber von nun an attackierten diese Geistesblitze in Jack Harders Kopf alles was ihm lieb war, und vieles davon gab es nicht. Außerdem hatte er noch Jules Auftrag zu befolgen, seine Eltern auch gegen ihren Willen aus Europa zu evakuieren.

Eine Frau mit langen blonden Haaren, zu einem perfekt sitzenden Zopf zusammen gebunden, schloss die Tür des militärischen Transporters und nickte dem Fahrer zu. Ein Captain der Europian Defence Army trat neben sie, der Mann im besten Alter strich sich eitel über die ehrenvolle Uniform, während sie den Sitz ihrer Haare überprüfte: »Wollen Sie mir noch immer nicht sagen, warum wir hier sind? Ist dieser Auftrag dermaßen geheim, Colonel?«

Die angesprochene Frau lächelte, ein wenig Überheblichkeit stach dabei aus ihrem Blick: »Neugierig, Captain? Vielleicht haben Sie dafür den falschen Beruf gewählt.«

»Seit wann ist Soldat sein ein Beruf? Das ist eine Lebenseinstellung.«

»Sehr gut. Ich hoffe Sie haben ausreichend Überzeugungskraft, Ihre Einstellung ist zumindest richtig.«

»Richtig wofür? Rekrutieren wir jetzt den Stab der German Economy Force?«

Sie grinste über seine Aufmüpfigkeit: »Nein. Wir aktivieren eine Waffe.«

Der alt gewordene Mann saß hinter dem kargen Schreibtisch, er wirkte müde und abgespannt. Sein Untergebener trat ein: »Thomas, gibt es positive Neuigkeiten?«

»Nein, Sir. Leider nicht. Ich wollte Sie lediglich über den Stand der Dinge informieren, Sir.«

»Tun Sie das, Thomas.«

»Nach der offiziellen Kampferklärung des Leiters der Sicherheit der German Economy Force laufen alle offiziellen Kommunikationsleitungen heiß. Die Europian Defence Army ist in Alarmbereitschaft, da sie terroristische Anschläge erwarten. Außerdem wurde ein Spezialeinsatzteam einberufen, dazu komme ich allerdings später. Zuerst ist vielleicht der Standpunkt der C.O.P.Net Abteilung interessant, welcher Sie den Weg zur fehlgeschlagenen Attacke gegen die GEF geebnet haben.«

»Höre ich da einen kleinen Vorwurf heraus, Thomas?«

Heinrich von Schattenberg blickte auf seinen Adjutanten Thomas Kiem, der es sich bislang nie erlaubt hatte, eine bewertende Äußerung abzugeben. Schließlich befand sich Kiem im Hauptquartier der Europian Secret Division, dem europäischen unbekannten Geheimdienst, und vor ihm saß dessen Lenker. Der mächtigste Mann Europas, zumindest war dies lange Zeit so gewesen. Aber heute merkte man von Schattenberg einen deutlichen Machtverlust an, er schien nicht mehr so stark Einfluss auf die Geschehnisse dieser Welt zu haben, wie seine Vorgänger. Thomas wusste insgeheim, dass dieser Mann diesen Krieg nicht mehr verhindern konnte. Zu sehr war Schattenberg von seinem eigenen Charakter gefangen gegen Machtgier und Unrecht anzugehen und hatte dabei vergessen die Balance der Welt zu sichern. Ihre Aufgabe war der Schutz Europas, und nicht kriminelle Handlungen zu verurteilen. Seine Vorgänger hatten das immer beherzigt. Er hatte die Waage an einer Seite zu stark nach unten gedrückt und wunderte sich, dass alles hinunterfiel. Thomas antwortete nicht auf die Frage, Heinrich von Schattenberg tat dies selbst.

»Die German Economy Force hat versucht alle Macht an sich zu reißen. Ich musste gegen sie vorgehen und konnte nicht dulden, dass sie einen Pakt mit uns haben und immer ungeschoren davon kommen. Aus diesem Grund habe ich die Verbindungen abgebrochen und C.O.P.Net somit die Möglichkeit gegeben zu intervenieren. Was war daran falsch? Antworten Sie ruhig, Thomas.«

Thomas ließ sich einen Augenblick Zeit zu überlegen, bevor er seine Meinung äußerte: »Sie haben unseren Jungs damit die einzige Möglichkeit genommen die GEF unter Kontrolle zu behalten und über ihre Aktion Bescheid zu wissen. Und sie für unsere Zwecke einzusetzen. Sie war quasi ein Arm unseres Dienstes.«

»Und ich habe die Verbindung gekappt, über welche die GEF über alle Maßnahmen, welche gegen sie getroffen werden, informiert wurde.«

»Diese Verbindung war wichtig für uns. Sie hat uns geholfen, wenn ich Ihnen widersprechen darf. Wir hätten die Möglichkeit gehabt, dies alles zu verhindern. Und wir hatten auch Vorteile, die GEF hat vieles in Europa stabilisiert, vor allem das gesamte Wirtschaftssystem.«

Von Schattenberg seufzte laut: »Wir sind jetzt in dieser Lage und müssen da wieder raus. Informieren Sie mich über alle Maßnahmen, egal wer sie trifft, welche die GEF betreffen.«

»Gut. Also, wie bereits gesagt befindet sich die Europian Defence Army in Alarmbereitschaft, und sie bildet ein Spezialeinsatzteam, welches momentan für den Auftrag ausgebildet wird, den Führungsstab der GEF zu liquidieren. Der endgültige Einsatzbefehl ist allerdings noch nicht ausgesprochen worden. Dieser Einsatz ist natürlich geheim. Denise Hemington, Leiterin der C.O.P.Net Sonderkommission hat nach Angaben unserer Informanten ihr Augenmerk wieder auf den eingeschleusten Kriminellen gelegt, der sich von ihr abgenabelt hatte und loyal zur GEF steht. Allerdings glaubt sie, dass die momentanen Umstände ihn umstimmen könnten. Des Weiteren ist ein Gesandter der WSO eingetroffen, der mit Ihnen besprechen will, wie man gemeinsam vorgehen kann.«

»Ich danke Ihnen, Thomas. Das Mitglied der World Security Organisation werde ich sofort empfangen, außerdem wünsche ich ein neues Psychogram von diesem Leiter der Sicherheit der GEF, diesem Jules. Und die zuständigen Analysten, sollen sich untereinander verständigen. Ich will schnellstens erfahren, welche der Gegenmaßnahmen Erfolg versprechen, oder ob wir eigene Aktionen planen sollten. Es herrscht Krisenstimmung, Thomas, wollen wir mal sehen, ob wir dies nicht in den in den Griff bekommen können.«

Thomas nickte ernst und wollte gehen. Von Schattenberg fügte noch etwas hinzu, als wenn er sich selbst Bestätigung geben wollte: »Die GEF ist eine geheime Organisation fern jeglicher Steuerung und Kontrolle durch Regierung und öffentliche Institutionen, sie hält Kontakte in sämtliche Bereiche der Europäischen Union, mischt sich in Wirtschaft und Politik ein, manipuliert alles und versucht Europa heimlich zu lenken!«

Kiem lächelte ungesehen mit dem Rücken zu von Schattenberg. Es war ein trauriges Lächeln voller Sorge um die Zukunft. Er kannte noch eine Organisation außer der GEF, auf welche die Beschreibung zutraf. Und gerade aus diesem Grund hatte er die Symbiose dieser Organisationen immer befürwortet.

Andrew Ravenow nickte Jack Harder im Vorbeigehen zu, bevor er sich zu Jules an den Esstisch setzte. Sie befanden sich in Jules neuem Domizil, der riesigen Villa, umstellt mit zahlreichen eigenen Wachen auf dem Gelände, und außerhalb des Geländes mit Polizisten, welche jedoch nicht einzudringen versuchten, dass schien aber bevorzustehen. Momentan wurden sie einfach nur belagert, auch von Vertretern der Medienwelt.

»Einen wunderschönen guten Morgen, Andrew. Schön Dich zu sehen.«

»Lassen wir das übertrieben freundliche Geplapper, Jules. Du weißt warum ich hier bin.«

Jack blickte besorgt zu dem Esstisch, ihm gefiel die Stimmung zwischen den beiden nicht. Seitdem Jules den Krieg ausgerufen hatte, und zum Teil schon seit der ereignisreichen Zeit davor, hatte er tiefe Sorgenfalten in der Stirn und in ihm herrschte unaufhörlich der Alarmzustand. Er setzte sich nicht mehr zu Jules an den Tisch, wenn er etwas aß oder trank, dann nur im Stehen daneben, er wachte über Jules. Er ahnte Fürchterliches, und er hatte letztens erst viel Glück gehabt, seinen Schutzauftrag nicht vermasselt zu haben. Irgendwie spürte er, dass er Jules letzter Schutzwall war, wenn dies gegen Ende gehen würde. Jules wirkte ihm heute zu ernst, er wusste nicht, wie er darauf reagieren sollte. Er achtete beide, Ravenow war für ihn oft ein Mentor gewesen, doch Jules gegenüber stand er in der Pflicht der uneingeschränkten Loyalität.

»Ich kann es mir denken, Andrew.«

»Ich möchte Dich ein letztes Mal zur Änderung Deiner Entscheidung aufrufen. Du führst diese Welt in den Untergang. Gib den Krieg auf. Wir ziehen uns zurück, und Du und Marc beherrschen diese Welt von mir aus vom Untergrund.«

»Nein, ich habe einen Krieg zu führen. Mit voller Konsequenz.«

Jack wurde nervös, er hatte die Unterhaltung aufmerksam verfolgt. Die beiden Männer am Tisch blickten sich durch die Augen tief in die Seelen: »Gut, Jules. So sei es, Amen.«

Jack spürte einen Anflug von Gefahr, und er war Jules Leibwache. Seine Hand tastete zu einer seiner Schusswaffen, als Ravenow wieder zu sprechen begann: »Deine Entscheidung steht fest, Du führst einen Krieg. In einem Krieg vernichtet man seine Feinde ohne Rücksicht auf Verluste. Nenn mir ein Ziel.«

Jules lachte erfreut, Andrew erwiderte es nicht, er lächelte nicht einmal, aber er hatte deutlich gemacht, dass er, der Einzelgänger, in diesem Krieg auf der Seite der German Economy Force stand. Auch ohne ein Lächeln akzeptierte Jules seine Entscheidung, er wusste, wie wertvoll Ravenow war. Jack entspannte sich.

»Ich danke Dir, Andrew. Du willst also ein Ziel«, Andrew nickte als Antwort.

»Dafür ist es zu früh. Ich muss alles über die geplanten Gegenmaßnahmen erfahren, wie gut sind Deine Verbindungen zum Dienst?«

»Dazu später. Wie denkt Marc über die Situation?«

»Er hat einen Sohn, dem jetzt sein Leben gehört. Ich habe mich mit ihm geeinigt, dass er sich mit seiner Familie auf seine Hazienda zurückzieht, und ich alle Aufgaben der German Economy Force übernehme, die es zu tätigen gilt. Er hält sich aus diesem Krieg heraus, und egal was passiert, er bleibt in Sicherheit.«

»Sehr gut. Das klingt vernünftig. Zu meinen Verbindungen zum Dienst. Ich habe dort ein paar Leute, die mir etwas schuldig sind.«

»Gut, es wäre mir sehr wichtig, wenn Du mich mit Informationen versorgst.«

»Ich werde sehen, was ich tun kann. Wie gedenkst Du diesen Kampf zu führen? Terroranschläge?«

»Siehst Du, dies ist eine Sache, in der man uns unterschätzt. Die glauben, wir wären eine Untergrundorganisation und werden Terroranschläge verüben. Aber ich besitze durchaus Truppen unter meinem Kommando.«

»Truppen?«

»Ja, Andrew. Eine meiner geheimen Trumpfkarten. Ich habe ehemalige Soldaten vieler Armeen rekrutiert. Sie sind jederzeit bereit für mich zu kämpfen, und sie sind untereinander über zahlreiche persönliche Kontakte zu schlagkräftigen Truppen organisiert. Diese Soldaten leben unter der Bevölkerung, zumindest bislang, jetzt sind sie mobilisiert und bewegen sich zu den befohlenen Treffpunkten in geheimen Camps. Des Weiteren habe ich eine ständige Reserve in Afrika stationiert, dort haben wir auch Ausbildungscamps und den Materialpark.«

»Aber wie willst Du gegen die gewaltige Übermacht der Europäischen Union gewinnen? Wahrscheinlich kommen dazu Kampfbereitschaften von Verbündeten«, Jack hörte verwirrt zu. Die redeten tatsächlich offen über einen Krieg gegen das vereinte Europa: »Der Vorteil, welchen wir haben, ist entscheidend. Wir können alles in der Union angreifen, die Front für uns ist breit aufgefächert. Die haben kein Land, welches sie angreifen können, kein konkretes Ziel. Die werden versuchen Attacken abzuwehren und Rückschläge auszuführen, aber sie haben keine Möglichkeiten Attacken auszuführen, wenn wir denen nicht die Möglichkeit geben. Aber eigentlich habe ich nicht daran gedacht, wirklich Truppen einzusetzen. Ich strebe den endgültigen Schlag an, welcher die Union in die Knie zwingt.«

»Was meinst Du mit endgültigen Schlag, Jules?«, Andrew Ravenow schaute ein wenig misstrauisch über den Esstisch hinweg mit schräg gestelltem Kopf zu Jules.

»Du weißt es, Andrew. Diesen Menschen hier geht es zu gut, selbst der Krieg gegen die Vereinigten Staaten von Amerika hat das nicht geändert. Sie sind selbstsinnig und entfremdet voneinander. Diese Land ist zu hoch gestiegen, jetzt muss es tief fallen.«

»Ich verstehe. Du meinst es wirklich ernst, Jules. Mir ist klar, was Du vorhast. Ich werde Dir jetzt alle Informationen besorgen.«

»In der Zeit werde ich meine Zelte abbrechen und verschwinden. Es wird nicht lange dauern, bis die einen gezielten Schlag gegen mich ausführen, momentan tun sie es nur nicht, weil sie hoffen, dass ich mich überschätze und zur Vernunft komme. Die wollen nichts übereilen und die Situation erst analysieren.«

»Gut. Wie finde ich Euch?«

»Wie früher. Kontaktiere mich im Netz. Das ist sicherer als uns zu treffen. Und pass auf Dich auf, es wird kritisch.«

Die beiden Männer gaben sich einen festen Händedruck, danach erhob sich Ravenow und verließ den Raum. Jack Harder folgte ihm, um ihn nach draußen zu geleiten. Am Ende des Flures sprach er ihn an: »Andrew!«

Ravenow drehte sich um und erblickte die traurigen Augen Harders.

»Andrew, was meint Jules mit dem endgültigen Schlag?«

Ravenow senkte den Kopf und schaute schräg von unten empor: »Kannst Du Dir das nicht denken? Er will Kontrolle über die Atomwaffen bekommen und die Union in einem einzigen Schlag vernichten. Dieser Krieg wird nicht lange andauern.«

Als Ravenow fort ging hinterließ er einen zweifelnden jungen Mann, der in sich gekehrt zu seinem Herrn zurückging.

Der weibliche Colonel betätigte selbständig den Türsummer und beide Soldaten warteten auf eine Reaktion vom Inneren der Wohnung: »Eine Waffe. So so, Colonel. Welcher Soldat ist es denn?«

Die Frau Colonel grinste belustigt, und beide warteten weiter still, während sie unaufhörlich den Summer betätigte. Schließlich öffnete sich widerwillig die Tür: »Guten Morgen, Kamerad. Beim nächsten Mal sind Sie gefälligst schneller, verstanden?«

Der Unterton war scharf, der Colonel hatte blitzschnell alle Gefühle von belustigt auf gereizt umgestellt. Der Mann, welcher die Tür schließlich geöffnet hatte, blickte keineswegs erfreut. Seine Augenlider schlossen sich für einen Moment, die missmutige Miene unterstreichend. Er trug eine Boxershorts, und der durchtrainierte Körper des jungen Mannes war sichtbar. Allerdings zeigte der lange Urlaub, in dem er sich befand, seine Spuren, kleinste Fettpölsterchen.

»Ich fragte, ob Sie mich verstanden haben?«, Ihre Stimme hatte noch einen Biss an Schärfe gewonnen. Er erwiderte: »Ich bin im Urlaub.«

Seine Antwort war nicht trotzig, sondern der verbale Ausdruck seiner schlechten Laune bei einem kleinen privaten Fest mit zwei Freundinnen zwischen denen es keine Tabus gab, gestört worden zu sein.

»Sie waren im Urlaub. Sie sind ab sofort wieder aktiv. Wir haben eine Krise. Waschen Sie sich, ziehen Sie sich eine Uniform an und vor allem beeilen Sie sich. Sie haben dreizehn Minuten Zeit. Ab jetzt. Befehle ausführen.«

Der Mann in kompletter Kampfuniform, schwarz glänzend mit silbernen Abzeichen, welche sich penibel geordnet an der linken Brusthälfte hängend aufgereiht befanden, trat vor sein ebenfalls rasch aktiviertes Team und schaute ernst. Sein Tonfall war klar und die Geschwindigkeit der Worte zügig: »Guten Morgen, Teammitglieder. Falls jemand über die beendete Freizeit vergessen hatte, wer vor Euch steht, ich bin Active Commander Oliver Hanston, Leiter der Kampfbereitschaft Europa. Wir haben nur wenig Zeit bis zum Einsatz, genaue Datenweitergabe an Sie erfolgt allerdings noch nicht. Da wir ein knappes Limit besitzen, wird nur auf meinen Befehl hin geschlafen oder geruht. Wir verbringen die nächsten Stunden mit dem Intensivtraining um Ihnen den erlebten Ausgang aus den Augen und dem Gedächtnis zu wischen. Ich höre kein Lachen mehr und sehe kein Grinsen, sondern erwarte absolute Professionalität.«

Er nahm mit der Hand sein schwarzes Barett vom Kopf, ein Grinsen überflog sein jugendlich wirkendes charmantes Gesicht, dabei war er gar nicht mehr so jung, und er blickte in die Augenpaare der Männer und Frauen, welche er seit Jahren zu einem nahezu perfekt operierenden Team schmiedete. Er spürte, dass es bald, sehr bald Zeit werden würde, zu sehen, ob ihr Grad an Professionalität ausreichen würde.

Jules erwiderte keinen Blick, zog sich zurück, er lehnte jeden Kontakt ab. Unabdingbar in das Schicksal der Welt gefangen, wusste er, nein, er trug das Wissen über die letzte Konsequenz. Längst hatte er sich damit abgefunden, dass der Weg bald zu Ende gelaufen war, er hatte alle seine Befehle erteilt, welche seine Untergebenen als Freundschaftsdienst ansahen. Loyalität, Ergebenheit und Kameradschaft flossen zusammen zu Freundschaft, welche sie ihm entgegenbrachten. Seine einzigen Freunde. Recht viele. Er bemerkte sie längst nicht mehr. Sein bester Freund fern von sich. Ein Mensch mit dem er soviel geteilt hatte, so wahnsinnig viel. Mit dem ihn gemeinsame Gefühle unsterblich verbanden, doch die Unsterblichkeit existiert nicht im Leben, sie endet mit dem Tod. Es klopfte sanft und leise, gedämpfte Schallwellen strichen emotionsvoll an sein Gehör. Sein treuester Diener trat ein. Jack Harder trat in den mit samtenen weichen Läufern ausgelegten Raum und wartete mit dem Erheben der Stimme zu einem Flüstern ab, bis sein Herr, ohne sich von der großen Fensterfront abzuwenden, ihm ein Nicken als Aufmerksamkeit schenkte: »Ravenow ist erneut anwesend.«

Überrascht, und dies konnte keine angenehme Überraschung sein, verkrampfte sich Jules. Seine Nerven übermittelten ein völliges Wirrwarr von Daten, die sich Gefühle nannten, seine kurzen Fingernägel drückten sich mit roher Gewalt in die Armlehne, dass Fleisch wurde zurückgepresst.

»Tag, Jules. Leider ist es kein guter Tag.«

»... Bitte lass uns allein, Jack.«

Ein knapper Moment von Missfallen: »Ja, mein Herr.«

Ein kurzer Anflug von Lächeln über diese Ergebenheit huschte über Jules Gesicht. Jack Harder ging, seinen erwählten Schützling mit Andrew Ravenow alleine zurücklassend.

»Sprich, Andrew.«

»Es tut mir leid, Jules. Wahrlich und aufrichtig. Meine Kontakte zum Dienst funktionieren wieder auf besten Bahnen, da sie sich durch die Kooperation mit mir vorstellen, Dich schlagen zu können. Dadurch habe ich die schlechtesten Nachrichten für Dich zu überbringen.«

»Rede schon, es wird ohnehin zu Ende gehen.«

»Es wird schwer werden für Dich.«

»Weißt Du, Andrew, dass schwerste Gewicht auf der Welt liegt der Wahrheit inne. Vor allem, weil ein Mensch, welcher sie hört, stets in sich weiß, dass diese Wahrheit bereits in ihm verborgen lag.«

»Dein Partner hat sich dem Dienst angeboten.«

Andrew wusste über die Konsistenz seines Satzes, dem hinzuzufügen war nichts. Er verließ auf der Stelle langsam den Raum, Jules zurücklassend, allein. Die Wahrheit überkam ihn, aber nicht von außen, sie kam aus Jules Innersten an die Oberfläche. Die

Wahrheit. Mit ihrem Gewicht presste sie ihn zu Boden, aber er richtete sich auf. Kein Schmerz, kein Versagen seines Willens. Er begab sich an die Konsequenz.

Ich habe ein Imperium geschaffen. Ein gigantisches Netz der Macht, quasi eine eigene Welt, besser für alle, die bereit sind darin zu leben. Aber völliges Desinteresse dröhnt mir entgegen. Man ignoriert meine Schöpfung, schenkt ihr keinen Gedanken, und noch schlimmer, man versucht alles, sie zu vernichten. Grausame Schmerzen obliegen meiner selbst, zerstörerische Kräfte, welche man meinem Imperium entgegenbringt, äußern sich ebenfalls in mir. Ich bin nicht der Quell der Macht, ich bin die Macht in meiner Welt, die ich zu jedermanns Welt machen werde. Ich lasse mich nicht hindern, nein. Ich bin die Macht. Über alles. Glorreiche Dinge werde ich vollbringen, das Geschick der Schöpfung lenken. Denn zu spät ist es mich aufzuhalten, der ich in die Rolle des menschlichen Satans gedrängt wurde. Alles ist vorbei. Dank meiner Macht wird diese Welt in die Wogen meiner Welt eingehen.

»Jules stand schon immer auf metapherreiche Reden.«

»Du glaubst, er meint das nicht im Ernst?«

»Oh doch, Jack, er meint das ernst. Zu stark hat er sich in seine Rolle des bösen Jungen hineindrängen lassen. Er meint das todernst.«

»Seine Rolle? Er hat doch ein illegales Verbrecherkartell geschaffen. Das ist keine Rolle, das ist Realität.«

»Aber haben wir, hat das Kartell jemals etwas Böses getan? Wir haben andere Syndikate bekämpft, ihre Mitglieder getötet, aber doch niemals Unschuldige. Wir haben uns ausgebreitet und dabei zahlreichen Menschen Arbeit und Wohlstand gebracht. Wegen uns müssen viele Familien nicht mehr darauf achten, ob sie ihren Kindern das gewünschte Weihnachtsgeschenk kaufen können, sondern lediglich, ob es pädagogisch wertvoll ist. Wir haben der Menschheit die Zukunft gebracht. Jules und Marc haben den Aufschwung der Europäischen Union vorangetrieben. Jules lässt keine Kinder für sich arbeiten, er beschäftigt keine Einwohner der dritten armen Welt für einen Hungerlohn. Im Gegenteil, Jules hat weltweit Kinderstätten errichtet, Schulen ebenso, okay, ich gebe zu, nicht ganz uneigennützig. Die Kinder wissen, wem sie ihre Zukunft zu verdanken haben. Ohne Jules allerdings hätten sie keine Zukunft. Das war Jules einzige Bedingung, die Kinder sollen ihn kennen, und von seiner Familie, der GEF erfahren. Mehr nicht, nicht einmal Publicity, die breite Öffentlichkeit weiß nichts von seinen gesponserten Institutionen. Wir besitzen viele Fabriken und Firmen, ebenfalls weltweit, und Menschen, die früher an Hunger und Schnupfen starben, keine Europäer, arbeiten für einen weit übertariflichen Lohn. Die Menschheit hat Jules viel zu verdanken, denn er hat niemals ausschließlich auf Geld geachtet, er hat es stet unter den Arbeitern verteilt. Einzig seinen Einfluss hat er nicht abgegeben, das was er Macht nennt. Er ist das Oberhaupt der Familie. Und ich finde, er hat diese Rolle verdient. Du weißt nicht, welche Anhänger Jules besitzt, und wie viele dies sind. Er wird die anderen für ihren Hochmut stürzen.«

»Aber ist das denn rechtens, ihnen seinen Willen aufzuzwingen?«

»Das hat er nie getan. Er hat nichts verlangt, aber vieles gebracht. Europa drohte beim Erwachsenwerden im Kampf zwischen vielen in und ausländischen

Organisationen unterzugehen, wir haben das verhindert. Dabei hat uns die Regierung sogar insgeheim unterstützt, um dies neuerdings zu vergessen. Jetzt töten und verhaften sie unsere Mitglieder und greifen Jules persönlich an. Ich stehe voll und ganz hinter ihm, er wird die Union für ihren Hochmut strafen. Das ist rechtens, wie ich finde, denn er verteidigt sich nur. Ich glaube zwar dennoch, er macht in der Wahl seiner Mittel einen Fehler, dennoch ist ihm meine Treue gewiß.«

Jules verließ sein Zimmer und unterbrach das Gespräch zwischen Harder und Andrew Ravenow. Ravenow verließ das Anwesen ohne Worte zu verlieren, welche jetzt ohnehin nicht mehr nötig waren. Er war sich über die Zukunft deutlich im Klaren.

»Jack, wir werden von hier fliehen.«

»Ja, Sir, ich leite die Evakuierung ein.«

»Nein. Das meine ich nicht. Wir verlegen nicht mit allen. Wir beide werden von hier fliehen.«

»Sir?«

Jules lächelte den manchmal etwas begriffsstutzigen jungen Mann an: »Draußen ist alles belagert. Wir können nicht alle verschwinden. Wir beide. Es gibt einen Gang zur Tiefgarage im Norden. Circa neunhundert Meter lang, der Gang. Wir gehen ihn entlang und verschwinden. Ich habe Befehle für die anderen verteilt.«

»Wenn man uns bemerkt. Irgendwo anhält?«

»Wir fahren nicht weit.«

Sie standen vor der großen Stahltür, welche in die Tiefgarage führte, von der Jules Jack erzählt hatte. Das abgesicherte Anwesen lag somit weit in beider Vergangenheit: »So, Jack. Jetzt habe ich einen Auftrag für Dich, welcher mir viel bedeutet.«

»Ich bin Ihr Leibwächter, niemand sonst ist mehr übrig Sie zu beschützen«, erwiderte Harder. Jules lächelte: »Meiner Unversehrtheit wird sicherlich uneingeschränkt weiterhin existieren. Aber mein Wunsch wird sich ohne Dein zutun nicht erfüllen. Ich werde alleine zurechtkommen, sorge Dich nicht. Wir treffen uns wieder. Du kannst meine Bitte natürlich ablehnen, Jack. Es ist sowieso der Zeitpunkt gekommen, an dem ich einmal mehr Deine Freiheit betonen möchte. Du kannst fortgehen und Dich Deinem eigenen Schicksal widmen.«

»Jules, Sie wissen, dass dies außer Frage steht. Was ist das für eine Wunsch?«

»Vernichte den Geist, den Körper und die Seele des zu Tode bestimmten Mannes, der Verrat an mir begangen hat. Geh hin und richte ihn.«

Jack Harder Junior nickte kurz angebunden: »Und dann?«

Jules musste lachen und benötigte einen Augenblick um sich wieder zur Ruhe zu zwingen, denn Jack würde den Grund seiner Belustigung nicht verstehen, Jules war beeindruckt von Jacks unkomplizierter Art mit diesem Mordauftrag umzugehen. Er schien die Größe Jules Wunsches nicht zu erkennen, aber er war ein verlässlicher Freund: »Danach möchte ich, dass Du mit Ravenow Kontakt aufnimmst. Er wird bis dahin meinen Aufenthaltsort kennen, und Dich hinführen. Vertraue ihm.«

»Wo treffe ich Ravenow?«

»Er wird Dich treffen. Ich gebe Dir eine Karte, mit der Du nach dem Auftrag in einem Hotel eincheckst und zahlst. So wird Ravenow Dich finden. Es ist Zeit getrennte Wege zu gehen. Sieh Dich vor, Jack, ich benötige einen so perfekten Freund wie Dich«, beide verband der letzte Blick mit den Augen.

Jules war jetzt an dem Zeitpunkt in seinem Leben angelangt, in dem sich das Ende des Bandes seines Lebens wieder mit dem Anfang verknotete, die Einsamkeit. Er war völlig alleine, keine Leibwächter, keine Bediensteten, nicht in einen Anzug und teuren Mantel gekleidet, sondern in einer hellblauen Jeans, einem modernen Sweater, und einer Windjacke. Er trug eine Sonnenbrille mit braunen Gläsern, die Haare jugendlich in alle Richtungen gestreut, fast hätte man ihm sein Alter nicht angesehen. Aber es war vorhanden. Er saß in dem öffentlichen Verkehrsmittel, beäugte die Menschen um sich herum durch die getönten Gläser und fühlte sich allein und ausgezehrt. Es war genau wie früher. Er als Einzelgänger. Verlorene Macht. Ein Traum. Verschwunden. Jules fühlte sich ausgekotzt. Er schaute sinnierend rückwirkend auf sein Leben, während in unregelmäßigen Abständen ein Tonsignal Haltepunkte verkündete, und Bürger der Europäischen Union zu- und ausstiegen. Die Herkunft aus dem normalen Leben, der steile Aufstieg der Macht, und heute: nichts in Händen. Vielleicht war er den falschen Weg gegangen. Selbst wenn, wer den Weg betritt, kommt bis zum Ziel – mindestens.

DIE AKTION

Die kleinen dünnen, aber nicht zu unterschätzenden Regentropfen schlugen wieder und wieder auf seinen wasserfesten Militärparka ein, allerdings schenkte er ihnen keine Beachtung. Er beäugte nahezu misstrauisch das spartanisch beleuchte Display seiner digitalen Einsatzuhr, als würde er erwarten, dass die Ziffern über den bestimmten Zeitpunkt hinausgehen würden, ohne ihn anzuzeigen, was natürlich nicht möglich war. Die Nacht um ihn herum war fast unnatürlich leise, als hielte sie aus Solidarität zu ihm den Atem an, seine Einbildung gaukelte ihm stets vor einem Einsatz, wenn die eigene Nervosität den höchsten Punkt erreicht hatte, solche Trugschlüsse vor. Wenn allerdings der rechte Zeitpunkt erst einmal erreicht wurde, so war keine Nervosität mehr vorhanden, und er agierte rein effektiv, logisch und in trainierter Weise vorprogrammiert, wie in der Ausbildung vor Jahren bereits tausendfach geübt.

Das Anwesen war bislang weder umstellt noch gestürmt worden, lediglich einige Posten der Polizei waren davor postiert gewesen, zur Beobachtung, man hatte jeden passieren lassen. Zusätzlich gab es einen versteckter Posten der Armee und einen des unsichtbaren, unbekannten, allgegenwärtigen Dienstes. Den Beobachtungsposten der Armee hatte man in dieser regnerischen Nacht abgezogen, von der Existenz des Postens des Dienstes wusste er nicht. Aber dieser Posten würde sich nicht einmischen.

Es hatte längere Zeit benötigt, bis die Verantwortlichen die erforderliche Genehmigung für die Aktion erteilt hatten, es herrschte zuviel Unsicherheit über die möglichen Folgen. Trotzdem war der Befehl zur Ausführung eingetroffen. Oliver Hanston war Active Commander, nicht der höchste Active-Dienstrang in der Europian Defence Army, aber seine zahlreichen Erfolge qualifizierten ihn zur Führung der Kampfbereitschaft Europa. Die Kampfbereitschaft ist eine stets mobil gehaltene Truppe der Europäischen Armee, die für schnell ausgeführte Einzeleinsätze gegründet war. Oliver Hanston hatte bereits jede Art von Auftrag ausgeführt, welche Waffengewalt vorsah. Ja, auch Terroranschläge gegen feindliche Regierungen gehörten für seine Truppe zur Tagesordnung, wenngleich dies nicht ans Tageslicht drang. Oliver Hanston war somit Geheimnisträger in der Armee und durfte mit niemandem über seine Funktion in der Europian Defence Army sprechen. Seine Vorgesetzten hielten ihn für qualifiziert, seine Untergebenen wussten, dass er qualifiziert war. Einsätze erledigte sein Trupp immer präzise und korrekt. Es gab allerdings zwei Dinge, die weder seine Untergebenen noch seine Vorgesetzten von ihm wussten. Das erste war, dass Oliver Hanston Mitglied der WSO war. Er war ein Agent der World Security Organisation, des allumfassenden Geheimdienstes, der noch größer und geheimer war als die Europian Secret Division. Nur die direkten Mitglieder und die Führer anderer unbekannter Geheimdienste wie von Schattenberg von der ESD wusste von der Existenz der WSO. Hanston versorgte die WSO mit Informationen über seine Aufträge und verschaffte ihr manchmal die Möglichkeit, die Durchführung eines Auftrages mitzugestalten. Heute war er nicht nur als Soldat anwesend, sondern auch als Agent der WSO, die ebenfalls eine weitere Eskalation des Konfliktes zu vermeiden suchte. Das zweite Geheimnis über seine Person wusste nicht einmal die WSO. Es wusste niemand, nur er selbst. Das war es auch, warum er vermutete, dass ihm dieser Auftrag besonders gut gefallen würde. Normalerweise galt es in einem Einsatz eine Zielperson zu liquidieren, vielleicht auch zwei, und möglichst weiteres Aufsehen nicht zu erregen. Selbst Bombenattentate wurde chirurgisch ausgeführt, keine Person zuviel ausgeschaltet. Heute war es anders. Er und sein Trupp hatten die Anweisungen erhalten, das Anwesen des Führers der German Economy Force zu stürmen, und den Leiter unter Gewahrsam zu nehmen. Die Prioritäten des Auftrages lauteten die Zielperson lebend zu fangen und den Einsatzort zu verlassen. Erst sah es nach einem Auftrag aus, wie er ihn nicht sonderlich erregt hätte. Aber es stellte sich bei der Analyse heraus, dass das Anwesen wirklich gut gesichert war, und sich nicht die Möglichkeit bot, eine heimliche Entführung durchzuführen. Sie mussten das Gebäude stürmen, und Hanstons Erregung war bei dieser Erkenntnis angestiegen. Er war Todesgeil. Er spürte die Aura des Todes, und sie erregte ihn. Er sah Menschen gerne verenden, mochte den Anblick von verstümmelten Leichen und weidete sich daran, wann immer er konnte. Er war ein perverses Arschloch, das sich für seine persönliche Befriedigung nichts so stark ersehnte wie einen Krieg und hätte dies jemand außer ihm gewusst, wäre er vermutlich die längste Zeit seines Lebens Soldat gewesen. Aber er hatte dies nie nach außen dringen lassen und beherrschte sich. Aber heute war es ein Fest für seine Sinne. Ein Grinsen entstand unter seiner schwarzen Maske. Er würde diesen Abend lieben. So oder so konnte er heute nur gewinnen. Entweder durch ein erfolgreiches Schlachtfest an diesem Ort, oder bei Versagen durch den bereits angekündigten Krieg des Terrors. Der ersehnte Ziffernstand war erreicht. Die morbide Lust des Todes konnte ihrem Frust frönen, der Nekrophile genoss den Augenblick. Der Polizeibeamte auf dem Fahrersitz des Einsatzwagens schob sich gerade den

Burger für einen weiteren Bissen in den Mund, als die Türen des Wagens aufgerissen wurden, dunkle Gestalten die Polizisten festhielten und ihnen dünne Injektionsnadeln in den Hals schoben. Gleiches geschah zum selben Zeitpunkt mit den Beamten im anderen Fahrzeug. Sie würden den Auftakt des Endes süß träumend verschlafen.

Das Spiel begann. Das Leben und Sterben.

Perfekt nach Plan begangen an der Nordseite des Gebäudes Hanstons Soldaten mit ihrem Part. Die Hecktüren der geparkten Transporter öffneten sich und riesige eingebaute Flutlichter beleuchteten die rückwärtige Szene des Anwesens. Ein erster Aufschrei einer Wache ertönte direkt danach, dann zügig ein Schuss, dem etliche andere folgten. Richtsprengsätze, im Dunkln in der Nähe der Mauer angebracht, bersteten erste Löcher in die stabile Mauer, welche aus einem Stahl- und Steingemisch bestand. Aus sicherer Entfernung hinter ihrer mobilen Deckung verborgen, schossen die Soldaten der EU-Kampfbereitschaft Granaten über die Mauer auf das beleuchtete Gelände, Hundegebell mischte sich unter die Klänge des Krieges, die Krieger der German Economy Force, welche das Anwesen bewachten, gingen in die Defensive. Alle Ruhenden waren aktiviert, und die einzelnen Mitglieder der Leibgarde sicherten das innere Gelände von ihren Stellungen aus. Der Tod kniete gierig an ihrer Seite, und sie waren sich dessen bewusst.

Jules hatte ihnen einen wichtigen Befehl erteilt. Dieser Befehl lautete: keinen Widerstand leisten und sich ohne Gegenwehr verhaften lassen, wie bereits früher, als man sie vor Gericht stellte. Aber allen Anwesenden war durchaus bewusst, dass dieser Befehl nichts mit der gebotenen Situation zu tun hatte. Sie wurden nicht verhaftet, sie wurden angegriffen, mit dem Ziel ihre Leben zu vernichten. Sie verteidigten nicht das Anwesen mit Waffen, sondern ihre Kraft zu leben. Dabei prallte die unerwartete Angriffswelle gnadenlos über sie ein. Die Konzentration der Wachen schwappte automatisch zur Nordseite, Motorengeräusche überall: »Hier spricht North. Eine starke Angriffsflut. Wir versuchen den Nordflügel zu halten. Haben es mit schwerer Artillerie zu tun. Scheiße, wer kann sollte abhauen.«

»Hier South. Alles still, auch die Beobachter. Zu still. Erwarte eine rückwärtige Attacke.«

»Hier North. Halte Stellung. Ich versuche meine Leute zu Euch runterzuschicken. Wahrscheinlich ist die Nordattacke nur Ablenkung.«

»Hier Control. North, Truppen halbieren, jeder zweite Mann nach Süden, der Rest in die Bunkerfelder. Unsere Geschütze übernehmen die Deckung. South, innere Stellungen verstärken. Wir aktivieren gesamtes äußeres Minenfeld. Kommunikation einschränken.«

»North, verstanden.«

»South, verstanden.«

Hanston blickte weiterhin auf sein Ziffernblatt. Hier im Süden war es nahezu religiös still, am Berührungspunkt des dunklen Himmels mit dem Horizont Richtung Norden hatte sich ein fackelnder Schein gebildet, das ferne leuchten des Mündungsfeuers schwerer Geschütze. Und eine seltsam isoliert klingende Geräuschkulisse. Es war der

Gesang der Gewalt und des Blutes. Das Lied des Krieges. Hanstons Körper war von einer erregten Gänsehaut überzogen, er fuhr sich gierig mit der Zunge über die trockenen Lippen. Einen Kommunikationsverkehr zwischen seinen Männern gab es zwar, er wurde laut seinem Befehl aber nicht genutzt. Alles hing von den Ziffern ab, welche durch die Nacht schienen.

Der Befehlshaber, welchen Hanston für den Nordtrupp ausgewählt hatte, schrie seine Männer an die zweite Phase zu starten. Dies galt denjenigen, welche im Eifer des Gefechtes die Ziffern nicht beobachten konnten. Die Lichtmaschinen schalteten ab, und die schwarze Garde rannte los, im Lauf ihre Salve verschießend, die Magazine schnell wechselnd, einfach sinnlos vorwärts schießend, über die zerstörte Mauern hinweg, den Stacheldraht überspringend, in Richtung der vereinzelt aufblitzenden gegnerischen Mündungsfeuer. Während sie liefen, donnerten drei Helikopter über ihre Köpfe hinweg, zahllose Sprengkörper in einem Bogen auf das zu stürmende Gelände werfend. Das Minenfeld wurde ausgelöst, eine Kettenreaktion nahm ihren Lauf, während die fliegende Kriegsmaschinerie ihre Bahn in der Luft zog, nahm die Sprengung der Minen durcheinander ausgelöst ihren Gang nach Süden, die Explosionen begleiteten die Helikopter quasi von unten. Als die Helikopter sich über dem Gebäude befanden, wurde der Himmel von Blitzen gesäumt. Zuckende Strahlen erfassten die Lüfte, griffen nach den Hubschraubern, zahlreiche Feuerstöße kamen vom Dach.

»Flugabwehr«, murmelte Hanstons in seinen schwarzen Gesichtsüberzug, als er sah, wie seine Helikopter beschossen wurden, und die Maschinen am Himmel zu taumeln schienen. Der Lärm der Geschütze war ohrenbetäubend. Fast hätte Hanston übersehen, dass die Ziffern seinen Zielpunkt erreichten. Schwarze Flecken im Gelände der Südseite lösten sich vom Boden und rannten los, wie kurz zuvor die Soldaten an der Nordseite. Hanston ebenfalls. Er führte jetzt seinen ausgesuchten Südtrupp in die Schlacht. Sie feuerten wahllos auf das doppelte Gittertor, warfen im Lauf Handgranaten über die entfernte Mauer und auf das Tor, aus den Augenwinkeln bemerkte Hanston, das zwei seiner Helikopter nicht nur scheinbar taumelten, sondern trudelnd im Flug seitwärts zogen, und jeweils auf das freie Gelände der West und Ostseite niederstürzten. Die beiden knapp nacheinander entstehenden gewaltigen Explosionen bestätigten Hanstons Gedanken, dass diese Männer tot waren. Der letzte Helikopter überquerte schwer angeschlagen das Gebäude, feuerte die zweite Welle Sprengkörper und zog in einem engen Bogen Richtung Boden, knapp über Hanstons Trupp hinweg, um den Geschützen durch Bodennähe zu entgehen. Die Sprengkörper und die geworfenen Handgranaten taten ihr übriges, um die Reste des südlichen Minenfeldes zu vernichten, ebenso einen Großteil der Stellungen in Mauernähe. Hanston Männer im Süden erreichten die Mauern und machten sich daran sie zu erklimmen, als im Norden die ersten bereits fast durch die Überreste des Minenfeldes gekommen waren. Hambach blickte auf seinen Vordermann, der sich zur Deckung niedergeworfen hatte, und die letzten Wachen, welche sich in zwei getrennten Stellungen befanden, aufs Korn nahm, als er selbst im Lauf auf eine noch nicht aktivierte Mine trat. Als die entsprechenden Sinne ihm dies meldeten, hatten die

Muskeln den Fuß bereits wieder herunter genommen, und die Mine wurde ausgelöst. Der entstellte Körper Hambachs landete in Stücken um seinen ihn ignorierenden Vordermann.

Als Hanston über die Mauern gekommen war, rannten bereits weitere seiner Männer auf die Festung zu, welche sie zu stürmen hatten. In Nähe der inneren Mauer knieten zwei Männer mit Panzerfäusten und legten auf die Geschütze am Dach an, welche sich nach der Vernichtung der Hubschrauber und der Flucht des dritten auf die Soldaten am Boden ausrichteten. Die meisten von Hanstons Männern waren allerdings bereits zu weit vorgedrungen und hatten den Wirkungsradius unterschritten. Die Geschosse flogen zum Dach hinauf und verteilten ihre Wirkung. Hanston lächelte. Er liebte diesen Tag: »Commander an Bravo. Geschütze deaktiviert. Zweiter Nahangriffsflug.«

»Bravo bestätigt.«

Hanston benutzte zum ersten Mal in diesem Einsatz seine Kommunikationseinheit und folgte seinen Männern. Der Sprechverkehr war freigegeben. Die Besatzung des letzten Helikopters hatte seinen Befehl aufgenommen, bestätigt und gedreht. Die stählerne Maschine donnerte zurück.

»Charly an Commander. Nordstellungen ausgehoben, Geschütze deaktiviert. Areal gesäubert.«

»Commander an Charly. Stellungen übernehmen und sichern.«

Während seiner Befehlsübergabe hatte der Hubschrauber zu ihm aufgeschlossen, er hielt im Flug inne und schwebte über dem Gelände, seine Besatzung blickte auf die Bildschirme im Inneren, in denen sie das Gelände aus Sicht modernster Kriegstechnologie betrachten konnte, für sie wirkte es taghell, und sie konnten jeden Feind einzeln ausmachen. Die mordlüsternen sterilen Waffen wurden vom Waffenoffizier ausgerichtet, der Pilot hielt die Maschine gerade, und die Erfindungen des erobernden menschlichen Geistes taten ihren Dienst. Ihre Geschosse durchbohrten die deckungschenkenden Maßnahmen, durchdrangen alle Hindernisse und bohrten sich in menschliche Leiber, Fleischreste aus Blut und zermürbten Knochen hinterlassend, keine Tränen für die Toten. Diese perfekte Maschine des menschlichen Tötungsdranges ebnete den Weg für die heranstürmenden Soldaten. Sie überquerten das tote und wehrlose Feld.

Hanstons Schritt hatte sich verlangsamt. Er blickte nahezu lüstern durch seinen Gesichtsschutz auf die deaktivierten Leiber, sah den Tod um ihn herum schwebend, ein Gefühl innerster Wärme breitete sich in ihm aus. Er fühlte sich einfach nur wohl an diesem Ort. Dieser Einsatz war perfekt.

»Sir, der äußere Ring ist gesichert. Das Einsatzkommando dringt ins Gebäude ein.«

»Danke, Thomas. Wir werden sehen, wie dies läuft.«

Francoise Leconte, der Gesandte der WSO blickte skeptisch hinter von Schattenbergs Bediensteten her, als dieser den Raum verließ und die Tür hinter sich schloss: »Herr von Schattenberg, ich weise Sie nochmals darauf hin, dass ich den Entscheidungen der Europian Secret Division nicht mehr traue. Wenn etwas schief läuft, übernehmen ab sofort meine Active Corps die uneingeschränkte Führung.«

Heinrich von Schattenberg schluckte nicht, sein Gegenüber machte ihn nicht nervös, dafür war er zu stark von sich selbst überzeugt: »Herr Leconte, ich verstehe nicht, wie Sie als durchaus mächtiger Mann eine illegale Organisation wie die German Economy Force dulden können. Es war an der Zeit, dass ich diese niemals genehmigte Schonzeit beendete.«

Lecontes Augen visierten ihr Ziel säuerlich an: »Herr von Schattenberg, Ihre Vorgänger waren allesamt nicht perfekt, aber im Unterschied zu Ihnen, waren sie nicht von sich absolut eingenommen. Sicherlich gilt es illegale Verbrecherorganisationen zu zerschlagen, aber das ist nicht Aufgabe der WSO. Wir stehen für Stabilität in dieser Welt, wir verhindern Kriege. Ebenso ist es nicht Aufgabe der Europian Secret Division. Sie sollen das Vereinte Europa schützen und die innere Stabilität wahren. Bislang klappte dies nahezu perfekt. Aber Sie haben jetzt eine Situation provoziert, welche im höchsten Grade für die Weltstabilität gefährdend ist.«

»Ich beuge mich Ihnen nicht. Wenn ich der Meinung bin endlich etwas gegen ein illegales Kartell zu unternehmen, welches die innere Struktur des Vereinten Europas unterwandert, dann lasse ich mich nicht von Ihnen davon abhalten.«

»Sie verstehen mich nicht, Herr von Schattenberg. Und Sie haben daher keinen Respekt vor mir. Diese ganze Aktion war nicht ausgereift und nicht gut genug geplant. Sie dachten, Sie hätten alles unter Kontrolle. Hätten Sie mich zumindest vorher kontaktiert, so wären wir gemeinsam gegen die GEF vorgegangen.«

»Vielleicht haben Sie Recht, Herr Leconte. Konzentrieren wir uns gemeinsam auf die jetzige Situation«, lenkte Schattenberg ein.

»Ich denke, ich besitze Neuigkeiten über die Ausmaße der Machtbasis der GEF. Haben Sie gewusst, dass Jules eigene Militärbasen in Südafrika kontrolliert?«

Heinrich von Schattenberg schaute überrascht.

»Nicht nur das. Innerhalb dieser Basen sind ausreichend Flugzeuge mit taktischen Waffen stationiert, um ein kleineres Land in einem Schlag zu vernichten.«

»Taktische Waffen?«

»Sie haben mich richtig verstanden. Die GEF ist keine reine kriminelle Organisation. Jules hat sich eine Armee gezüchtet.«

»Ich, ähem ...«

Francoise Leconte grinste breit, aber es war ein sarkastischer Gesichtsausdruck: »Jules hat die alleinige Befehlsgewalt über seine Truppen.«

»Jules ist nicht der alleinige Führer der GEF.«

»Das ist korrekt, Herr von Schattenberg. Aber ...«

»Und wir haben den zweiten Führer der GEF bereits.«

Jetzt war die Überraschung auf Francoise Leconte Seite. Aber er wirkte auf Schattenberg nicht angenehm überrascht: »Sie sind überrascht?«

»Sie haben Marc in Gewahrsam genommen?«

»So würde ich dies nicht bezeichnen. Wir haben quasi gegenseitigen Kontakt aufgenommen.«

»Kontakt?«

»Ja. Er ist auf unsere Seite. Er hat Verrat an Jules begangen.«

Leconte schaute betroffen: »Das bessert die Situation nicht unbedingt. Jules ist ein Fanatiker was seine Organisation anbelangt. Wenn er bemerkt, dass er verraten wurde, verschlimmert dies die Situation wahrscheinlich. Außerdem hat Marc lediglich Kontrolle über die Geschäfte der GEF, nicht über die paramilitärischen Teile der Organisation.«

»Herr Leconte, sehen Sie die Situation nicht zu pessimistisch. Die Armee wird Jules gefangen nehmen, Marc übernimmt unter unserem überwachenden Auge die Kontrolle über die GEF und die Situation wird sich beruhigen.«

»Charly an Commander. Stellungen gesichert."

«Foxtrott an Commander. Wir sind im Inneren. Leichter Widerstand gebrochen. Parterre gesichert. Arbeiten uns aufwärts.«

»Commander an Foxtrott. Zielperson finden.«

»Foxtrott bestätigt.«

»Bravo an Commander. Erwarten Befehle.«

»Commander an Bravo. Zweiter Angriffsflug auf Dach, Kontrolle sichern.«

»Bravo bestätigt.«

»Commander an Gamma. Im Inneren Kreis ausschwärmen und eventuelle Überlebende aufsuchen. Eigene Überlebende sichern, Kampfunfähigkeit bei Feinden überprüfen. Auf Minen achten.«

»Gamma bestätigt.«

Hanston blieb einfach stehen, auf dem kriegsbedingt zerstörten Gelände. Er schaute hinauf in den Himmel, den Mond suchend, dann schloss er die Augen und saugte die Luft durch seine Nüstern ein. Der düstere Geruch von verbranntem Fleisch. Eine wundervolle Welt, diese Welt des Krieges. Seine Ohren entspannten sich allmählich, lediglich vereinzelte Schüsse aus dem Innern des Gebäudes drangen an die gemarterten Muscheln. Plötzlich donnerte es wieder los. Nicht aus der Nähe, aber der Krach von schweren Geschützen war laut zu vernehmen: »Scheiße. Commander an Charly. Status!"

Keine Rückmeldung: »Commander an Charly. Status!"

Immer noch nichts. Hanston blieb beherrscht: »Commander an Gamma. Vorgang abbrechen. Unterstützen Sie Charly.«

»Gamma bestätigt.«

»Commander an Bravo. Nordgelände säubern."

»Bravo bestätigt.«

Im Nordgelände hatten sich große Platten aus dem Rasen geöffnet, und die restlichen Überbleibsel von Jules Leibgarde waren daraus gekommen, um die europäischen Soldaten, einen nach dem anderen hinterrücks zu töten. Der Hinterhalt hatte perfekt funktioniert, und das Charly-Team war nahezu vollständig zu Boden gesackt. Aus den Flügeln drang allerdings zügig das Gamma-Team herbei, und von oben wurde der Leibgarde von dem stählernen Vogel der Rest gegeben. Sie wurden eliminiert, nicht unbedingt durch den schönsten Weg das Leben zu verlieren: »Gamma an Commander. Nordgelände gesichert. Charly-Team aufgelöst.«

»Commander bestätigt.«

»Bravo an Commander. Nordgelände gesäubert.«

»Commander bestätigt. Commander an Foxtrott. Status?«

»Achtzig Prozent überprüft. Geringer Widerstand.«

Hanston war nicht zufrieden, gewiss nicht. Wie sehr er auch den Tod mochte und sah, um so weniger gefiel es ihm zu wissen, dass er eigene Leute verloren hatte, und er seinen Vorgesetzten ein komplett vernichtetes Team zu melden hatte. Es gefiel im gar nicht. Außerdem dauerte diese Aktion entschieden zu lange. Seine Leute suchten das gesamte Gebäude ab. Dabei halfen ihnen längst etablierte Techniken zum Aufspüren menschlicher Aktivität, wie Wärmescanner, Infarotlicht und Luftfilter, die Gerüche analysierten und vor denen sich niemand verstecken konnte. Sein Foxtrott-Team würde jede Person im Innern überprüfen. Das Zielobjekt hatte keine Chance sich zu verstecken. Aber Oliver Hanston befürchtete etwas anderes. Seine lange Zeit als aktiver Einsatzleiter hatte seine Sinne geschärft und seinen Instinkt in eine andere Ebene erhoben. Und sein Instinkt sagt ihm längst das, was man ihm nun über die Kommunikationseinrichtung mitteilte.

»Foxtrott an Commander. Hundert Prozent überprüft. Zielobjekt nicht vorhanden.«

»Commander an Alle. Abbruch!«

Weit entfernt im Arbeitszimmer von Heinrich von Schattenberg in einer Basis der Europian Secret Division fing Francoise Leconte lauthals und ohne Beherrschung an zu fluchen. Thomas Kiem, von Schattenbergs Gehilfe, hatte ihnen gerade die schlechte Neuigkeit überbracht, nicht ohne seinen Vorgesetzten dabei vorwurfsvoll anzusehen. Und Heinrich von Schattenberg realisierte allmählich, was er angerichtet, und dass er die Kontrolle verloren hatte.

FORMELLE KRIEGSERKLÄRUNG

»Herr von Schattenberg, ich muss nun gehen. Ich habe noch ein Treffen zu absolvieren. Danach hoffe ich Sie wieder hier anzutreffen.«

Heinrich von Schattenberg starrte auf den Mann, welcher aufgestanden war, um den Raum und die Zentrale der Europian Secret Division zu verlassen. Er schaute ihm nicht in die Augen, nein er starrte verschwommen in seine Richtung. Auf den Mann, der von Anfang an Recht gehabt hatte. Mit dem Wissen in seinem Innern, dass er, Heinrich von Schattenberg sich selbst überschätzt, und den Countdown zum Weltende ausgelöst hatte.

»Sie werden doch hier sein?«

Er antwortete nicht, sein Mund war trocken, seine Kehle verstummt. Francoise Leconte zog sich seinen Mantel über und musterte den Führer der ESD nachdenklich. Leconte war ein mächtiger Mensch. Und er war intelligent. Offiziell war er nie geboren worden, seiner Mutter hatte man von einer Fehlgeburt berichtet, und ihr ein totes Baby gezeigt. Lange Zeit hatte er gezweifelt, ob man dies seinen Eltern und ihm hatte antun dürfen, doch er hatte die Schulungen und Ausbildungen der WSO über sich ergehen lassen. Teils mit dem Gedanken spielend alles hinzuwerfen und zu entfliehen in die Realität, in der ein Baby entführt worden war, in der er nicht tot geboren war, in der er Eltern und einen echten Namen besaß. Aber rückblickend hatte er heute alles verstanden. Und die Bürde verstanden, welche ihm oblag. Man hatte es nicht aus Böswilligkeit getan, sondern weil es Menschen geben musste, die im Hintergrund Verantwortung zeigten und über die Menschheit wachten. Er war ein Auserwählter, und wenn es ihn nicht geben würde, dann hätte die Menschheit am heutigen Tag keine Hoffnung mehr auf ihr Recht nach Frieden. Niemals zuvor war das Gefühl von Verständnis für seine eigene Herkunft und sein Leben so deutlich wie an diesem Tag. Seiner Mutter war ein Kind genommen, der Welt war Hoffnung geschenkt worden. Und es lag jetzt an ihm, diese Hoffnung in die Realität zu bringen, welche ihm ein Leben lang verwehrt bleiben würde. Die Realität des Lebens. Er verließ Heinrich von Schattenberg. Wissend.

»DeForrest, wir haben einen Auftrag für Dich. Die Akte ist gerade für Dich hereingekommen«, Ermittler Chris DeForrest schnappte die ihm zugeworfene Akte lässig und legte sie vor sich auf seinen Schreibtisch. Vor dem Studieren der Eingangsakte seines neuen Falles wollte er seinen Kaffee genießen, er befürchtete dafür bald keine Zeit mehr zu haben. Wenn er einen Fall annahm, bedeutete das eine Wochen füllende Beschäftigung. Er nippte gierig an der Tasse. DeForrest war lange nicht mehr so jung, wie er es sich wünschte. Obwohl sein reiferes Alter, Mitte vierzig, seinen Erfolg bei der weiblichen Bevölkerung dieses Planeten keinesfalls einen Abbruch getan hatte. Seine Haut wirkte jugendlich und die wenigen Grübchen, welche entstanden waren, unterstützten seine Attraktivität vielmehr. Für ihn galt dieses Gesetz, dass Männer im Alter wirklich an Reife gewonnen. Er sagte sich dies seit seinem dreißigstem Geburtstag, der ihn grausam getroffen hatte. Sein Freundeskreis war gefüllt mit Verheirateten, glücklich oder auch nicht, aber er war der außen stehende Sologänger. Irgendwie glaubte er den Anschluss verpasst zu haben. Er hatte den letzten Schluck aus der Tasse genommen und stellte sie fort, der angenehme Geruch des getrunkenen Kaffees wirkte noch im Raum. DeForrest nahm den gelben Ordner in die Hand, in breiten schwarzen Lettern prangte darauf die Bezeichnung:

C.O.P.Net – Zielfahndung Crime Code 7a0.

Chris lächelte, dies musste darauf stehen, sonst hätte er die Akte nicht bekommen. Des Weiteren befand sich auf der Deckseite eine Art Seriennummer dieser Akte, damit der Fall eineindeutig abgelegt werden konnte. Dafür interessierte sich DeForrest allerdings nicht, für ihn vergingen Nummern wie die Zeit, wichtig war lediglich der Inhalt dieser Akte. Chris DeForrest schlug die Akte auf und las aufmerksam jedes darin befindliche Blatt Papier. Auch in dieser fortgeschrittenen Zeit kam man manchmal nicht davon ab, Ausdrucke anzufertigen. Natürlich kein normales Papier, sondern biegsames elektronisches, wie allgemein üblich. Man bemerkte allerdings keinen Unterschied. Wie auch, man kannte normales Papier schließlich nicht mehr. Er ließ sich nicht anmerken, dass er sich von Seite zu Seite, welche er las, immer unwohler fühlte, ein mulmiges Gefühl breitete sich aus, und er erwischte sich dabei, wie er aus den Augenwinkeln schielte, um eventuelle Beobachter zu entdecken.

Die Akte enthielt ein Deckblatt, welches ihn gleich zu Beginn darüber aufklärte, dass diese Akte keine Öffentlichkeitsfreigabe besaß, und ausschließlich zwei Personen über den Inhalt der Akte informiert werden durften. Einer der Namen war Chris DeForrest, der andere war dick durchgestrichen und somit unleserlich. Im weiteren Verlauf widmete sich diese Akte einem Mann, dessen realer Name DeForrest nicht bekannt war, aber das erwähnte Pseudonym war dem C.O.P.Net Ermittler durchaus geläufig. Er fand einen ausführlichen Lebenslauf, zahlreiche Berichte von Observierungen lagen bei, viele Details aus dem Leben der Zielperson wurden genannt. Ein psychologisches Gutachten, dieses länger als DeForrest dies normalerweise kannte, gehörte zur Zielfahndungsakte, wie üblich. Und schließlich Unterlagen über die jahrelangen Aktivitäten der German Economy Force, die Herkunftsangaben geschwärzt. DeForrest war sich sicher, hier keine authentische C.O.P.Net Akte in Händen zu halten. Eher einen Freifahrtschein in den Tod, wenn er nicht aufpasste, wie er diese Informationen verwendete.

Er verbrachte die Stunden bis zum Dienstschluss in der Einsamkeit seiner Kammer am Schreibtisch hockend und die Akte durchstöbernd. Als er sich schließlich erhob, um den heutigen Arbeitstag endlich zu beenden, fühlte er sich immer noch nicht besser und stellte fest, dass er eine Stunde überzogen hatte. Er zog sich die wärmende braune Lederjacke über, und verließ seinen Arbeitsplatz in der C.O.P.Net Zentrale in Bern. Auf dem Weg zu seinem Wagen trat ihn ein schwarz gekleideter Mann in den Weg, der Anzug wirkte wie eine Uniform.

»Guten Tag, Herr DeForrest. Ich bin Commander Hanston, EDA. Ich muss Sie bitten, mir einen Teil Ihrer kostbaren Zeit zu opfern.«

»Ist Ihr Name der durchgestrichene?«, mit den aufgeweckten Augen eines Ermittlers blickte Chris den Soldaten an. Er schien jede seiner Gesten zu analysieren, um geschickt ein Profil anzulegen. Hanston lächelte freudlos: »Vielleicht. Mein Name wird oft durchgestrichen, wahrscheinlich sogar auf meinen Grabstein. Später. Nicht jetzt. Aber damit dies noch etwas dauert, müssen wir jetzt handeln. Sind Sie dabei?«

»Er ist Ihnen entwischt?«

»Sagen wir, die Verantwortlichen haben sich zu spät entschieden. Ich muss das entstandene Problem lösen. Sie gehören zu den besten C.O.P.Net Zielfahndern. Sind Sie in der Lage die Zielperson einzufangen?«

»Welche Mittel stehen mir zur Verfügung?«

»Alle. Ich schätze die würden Ihnen sogar Wahrsager zur Seite stellen, wenn Sie dies verlangen.«

»Damit hat mein Job nichts zu tun, Commander. Ich mache das lieber auf die altmodische Art.«

»Was ich befürworte, DeForrest. Sie haben keinen Anhang, dass hat Sie für uns qualifiziert. Gehen wir also, Sie sind beurlaubt.«

Der Präsident des Vereinten Europas hatte bereits den gesamten Abend lang ein flaues Gefühl im Magen. Es war, als würde etwas Böses unter jedem Tisch, hinter jeder Ecke auf ihn lauern. Eine Bedienstete trat ein. Ohne Anzuklopfen und zutiefst erregt.

»Treten Sie ein.«

Die Frau bemerkte die sarkastische Anspielung des Präsidenten nicht, sie war völlig aufgebracht: »Herr Präsident, eine Nachricht über den diplomatischen Corps von unserer Botschaft aus Timjarwe ist eingetroffen.«

Sie war nicht einmal sicher, ob sie den Namen richtig ausgesprochen hatte.

»Timjarwe?«

Sie nickte hastig mit roten Wangen: »Ein Kleinstaat in Südafrika. Dieser Staat hat alle unsere Diplomaten ... na ja, eigentlich war es nur einer ... des Landes verwiesen und eine formelle Kriegserklärung gesandt.«

Der Präsident schaute von seinem Schreibtisch auf, wo er gerade mit seinen Händen an einer Art von Fernbedienung herumgespielt hatte. Sein Gesicht zeigte verwirrte Verblüffung.

»Was bitte? Ein südafrikanischer Kleinstaat erklärt uns den Krieg?«, er lächelte bei diesen Fragen so, als würde er sich über die Frau lustig machen.

»Timjarwe haben sich bis zum Eintreffen der formellen Erklärung vier weitere Staaten angeschlossen. Das diplomatische Corps rechnet noch in dieser Nacht mit weiteren.«

»Wollen Sie mich verarschen«, schrie der Präsident der Europäischen Union. Er musste akzeptieren, dass dies kein Scherz war, weder ein schlechter noch ein guter. Er ließ die Mitglieder des Europäischen Rates, die Prime Commander der Armee und Europian Command benachrichtigen. Dies würde eine lange Nacht werden, obwohl er noch nicht verstand. Wieso erklärten Kleinstaaten einem Vereinten Europa den Krieg? Warum in seiner Amtszeit?

Jack Harder Junior, wartete, bis der Herr des Hauses ihn empfing. Er beobachtete die nervösen Leibwachen, welche ihn misstrauisch beäugten. Sie alle trugen schwarze Anzügen, eng gebundene Langbinder und, dass wusste Jack, semiautomatische Pistolen unter dem Jackett. Die Kleidung war viel zu heiß für dieses südamerikanische Land. Es waren Europäer, die Hitze musste ihnen schwer zu schaffen machen. Es surrte zwar die Klimaanlage, aber sie war nicht sonderlich niedrig eingestellt, zumindest nicht nach Jacks Geschmack. Aber er wirkte cool. Im Gegensatz zu den Leibwachen, bei denen nach und nach mehr Schweißtropfen auf der Stirn glänzten. Der Butler des Hauses war verschwunden, um den Hausherren zu verständigen, dass Besuch für ihn eingetroffen war. Es konnte nicht sonderlich lange dauern. Er musterte jeden der versteckt bewaffneten Männer eingehend, dies machte sie noch nervöser. Sie wussten, wer er war. Ein offiziell Verbündeter. Warum nur so angespannt?

Jack lächelte sie freundlich an, eine Geste, welche er von Ravenow gelernt hatte. Es beruhigte die Gemüter. Ravenow öffnete so die Pforten des Todes für seine Opfer. Er nahm ihnen die Furcht und legte ihr Misstrauen: »Ich komme direkt von Jules. Es steht schlecht bei uns drüben im guten alten neuen Europa.«

Bei einem der Männer zuckte der linke Mundwinkel, als Jack Harder seine trockene Stimme erhob. Auch der Inhalt des Satzes schien hier niemand zu gefallen, geschweige denn zu überraschen: »Jules hat mich hierhin geschickt. Ich soll etwas für ihn erledigen.«

Ein anderer Typ schluckte den in seinem Mund angesammelten Speichel herunter: »Ich soll ein Urteil fällen.«

Eine Leibwache öffnete in einer langsamen Geste den obersten geschlossenen Knopf seines Jacketts: »Jules ist sich sicher, dass ich es perfekt ausführen werde. Zur Not auch mit großen Verlusten innerhalb der GEF.«

Die Stimmung kochte. Das Geräusch einer fallenden Nadel würde ein Blutbad auslösen: »Aber ich will hier keine Verluste. Ich muss ein einziges Urteil fällen, dass Euch an diesem Ort arbeitslos macht. Ihr habt auf Jules geschworen. Auf die Einheit der German Economy Force. Wir brauchen Eure Hilfe. Ich habe nur ein Urteil zu vollstrecken,« betonte er die Anzahl. Jack Harder hatte keine Angst. Vor keinem Anwesenden. Er war unsterblich. Quasi. Hier und heute würde er nicht sterben. Das spürte er. Deshalb redete er offen. Die konnten ihm nichts tun. Sie würden sich richtig entscheiden, oder in dieser Eingangshalle liegen bleiben, bis man sie wegtragen würde.

Marc betrat die Eingangshalle, nickte seinen Leibwachen herrschend und machtvoll zu und trat vor den jungen Menschen, den Jules wie einen Sohn liebte. Marc wusste das. Spöttisch schwenkten seine Augen zu dem Jungen ohne Kindheit, der nicht erwachsen war, und er setzte einen gönnerhaften Blick auf: »Wie kann ich Dir helfen, Jack? Ich habe mich doch mit Jules geeinigt, nicht in diesen Krieg verwickelt zu werden.«

»Deshalb bin ich hier. Nicht verwickelt zu werden, heißt auch Jules nicht zu verraten.«

Marc grinste höhnisch: »Oh, wieder als Jules Vollstrecker unterwegs. Jules überschätzt sich selbst. Er kann sich nicht mit jedem anlegen. Ich rette nur, was zu retten ist.«

»Jules unterschätzt niemanden. Und überschätzt sich selbst genauso wenig. Er nimmt nicht mehr, als er bereit ist zu geben. Aber er wurde verraten. Ihr habt ihn unterschätzt.«

Ein boshaftes beißendes Lachen erfüllte den Raum und mischte sich in die seltsame Stimmung, die von Marc nicht beachtet an seiner Stelle herrschte.

»Ihr seid entthront und gerichtet. Das Urteil wird vollstreckt.«

Marc klatschte provozierend mit den Händen. Er wollte zu einer Rede ansetzen. Sein angebrochener Gesprächsfetzen verhallte ungehört im Weite des Raumes. Jack hatte ihn mit einem mächtigen Faustschlag niedergeworfen, Marcs Lippe blutete und besudelte sein teures Hawaii-Hemd. Jack hatte eine automatische Feuerwaffe in der Hand, einfach so, niemand hatte sehen können, dass er sie gezogen hatte. Aus den Augenwinkeln bemerkte er, dass eine Leibwache in sein Jackett greifen wollte. Sein Arm schwenkte aus und durchlöcherte sein Opfer, zerfetzte seinen Brustkorb, und die Innereien spritzen eindrucksvoll umher. Harder hatte dafür nur seinen Arm geschwenkt. Sonst blieb sein Körper auf Marc ausgerichtet. Eine Leibwache auf der anderen Seite nutzte die Gunst der Stunde und griff ebenfalls ins Jackett. Eigentlich waren es zwei Leibwachen, aber nur eine davon blickte dabei in Jacks Richtung, wie dieser durchaus bemerkte. Während Jacks die Richtung wechselte, legte die eine Leibwache die Semiautomatik auf ihn an, und die andere bewegte ihren Lauf zu Jacks potentieller Bedrohung. Noch während sich aus Jacks Lauf die ersten Schüsse lösten, erreichte eine Kugel bereits ihr Ziel. Sie trat in den Kopf ein und schenkte dem Hirn den Exitus. Der Leichnam sackte, als Jacks Kugeln ebenfalls eintraten und den Kadaver zurückwarfen. Jack ließ die Klänge der Schüsse kurz verhallen und Ruhe einkehren. Die übrigen Männer waren Jules treue Anhänger. So musste es sein. Die ehemalige Leibwache Marcs, welche gerade ihren Nachbarn hingerichtet hatte, sicherte ihre Waffe wieder und nickte Jack zu. Jack wandte sich mit einem Lächeln wieder seinem Opfer zu, während seine Rückendeckung das Kommando übernahm.

»Ruft die anderen. Alle sollen Ruhe bewahren und sich ausrüsten. Wir werden vielleicht bald abrücken, um unsere Brüder in Europa im Kampf zu unterstützen. Die neutrale Haltung ist beendet. Los, gebt Entwarnung und sichert die Ruhe im Gebäude«, die ehemaligen Leibwachen kamen den Befehlen nach und eilten eifrig davon, um die anderen im Gebäude stationierten und über die Schüsse beunruhigten Kämpfer aufzuklären. Derzeit wechselte Jack Harder das Magazin seiner Automatik. Marcs Augen windeten sich vor Angst. Er war zwischen Wut und Tränen gefangen: »Gehorcht mir! Ich bin Euer Führer! Tötet ihn! Tötet ihn!«

Er wurde ignoriert. Bloß Jack Harder widmete sich ihm. Er legte die Waffe an und schoss. Er zertrümmerte einzelne Gliedmaßen, die breiige Masse aus Fleisch und Knochen, gemischt mit Blut machte sich breit. Der Gestand von verbranntem Fleisch tat ein Übriges zur Atmosphäre des schreienden sterbenden Opfers bei. Harder zermahlte Extremitäten, und sein Opfer starb an den Schmerzen. Erkennend, dass er einen Freund verraten und noch dazu unterschätzt hatte.

Ja, sie erkannten die Realität. Immer mehr, Stück für Stück in den letzten Tagen. Heute war das Puzzlespiel, welches ein Bild der Zukunft versteckte, nahezu komplett gelüftet. Zumindest war es bereits erkennbar.

»Die Zielfahndung macht Fortschritte. Ich schätze, all zu lange kann sich Jules nicht mehr verstecken«, Francoise Leconte versuchte den Keim der Hoffnung, welchen er für die Welt darzustellen glaubte, in Heinrich von Schattenberg wachsen zu lassen. Seit der Erkenntnis den Fehler begangen zu haben, war Schattenberg tatsächlich ein Schatten. Er war ausgelaugt und machte keine Anstalten mehr, Befehle zu erteilen. Mit tonloser Stimme gab er ein Kommentar zu Lecontes Bemerkung ab: »Wir haben innerhalb der vergangenen Tage jetzt insgesamt sechzehn Kriegserklärungen erhalten. Alle aus winzigen südafrikanischen Staaten. Wahrscheinlich gibt es in jedem dieser Staaten von Jules kontrollierte Abschussbasen für taktische Waffen. Wir wissen nicht, wann er zuschlägt. Worauf er wartet. Es kann jederzeit passieren.«

»Von Schattenberg, wir besitzen immer noch ein Abwehrnetz für taktische Waffen. Einsatzteams sind in jedem der Länder stationiert und warten auf ein Kommando. Unsere Experten analysieren Satellitenscans und sämtliche Berichte über die Länder.

Wir werden die Stellungen ausheben, bevor die German Economy Force zum Angriff ausholen kann.«

»Aber Marc ist tot. Wir haben keinen Joker mehr. Keinen.«

»Jules auch nicht. Er ist auf der Flucht, und wir sind dicht hinter ihm.«

»Ja, die EDA mit ihrem Team.«

»Ich kontrolliere dieses Team, Heinrich.«

Von Schattenberg blickte auf.

»Der Commander des Teams ist einer meiner Agenten. Entschuldigen Sie mein Lächeln, Heinrich, aber was haben Sie erwartet. Ich habe meine Agenten überall. Auch in Ihrer Armee. Auf jeden Fall hat dieses Team seine Spur aufgenommen. Sie werden ihn kriegen. Sie überwachen seine eventuellen Kontakte. Sie haben alle Kartennummern, welche er benutzen könnte. Sie haben sein Profil und einen detaillierten Hintergrund. Die wissen welche Orte in Betracht kommen.«

»Er ist nicht dumm.«

»Der angeheuerte Zielfahndungsspezialist auch nicht. Für diese Menschen ist es Beruf zu jagen. Das Surveillance Corps der WSO hat einige Telekommunikationsgespräche herausgefiltert, die eindeutig von Jules geführt wurden. Die jeweiligen Gegenüber haben nie gesprochen und konnten nicht ermittelt werden, da die Gegenstelle öffentliche Apparate waren. Aber dies half eine Anfangsspur aufzunehmen. Was ist eigentlich mit dieser Ermittlerin?«

Heinrich von Schattenberg nickte langsam: »Wir haben sie abgezogen, wie Sie es verlangten. Sie hat keine Möglichkeit mehr zu intervenieren. Sie wurde suspendiert und wird von Polizeibeamten bewacht. Sie ist quasi kaltgestellt.«

VI. Erwachen

DER KODEX

Leben ist das Maß aller Dinge.

Die Ehre das Leben zu schützen
sei meine Freude und Pflicht

Niemals unterwirft sich die Ehre,
auch wenn ein Kampf so vermeidlich ist.
Doch nur wer bereit ist zu töten,
darf sinken im eigenen Blut.

So bewahrt die Ehre durch Taten,
damit sie in Euch lebt.

VERANTWORTUNG

Der Junge verharrte gedankenverloren unter dem mosaikbesetzten Fenster, welches das christliche Motiv des Drachentöters zeigte, wie er seine Lanze in den Körper des Unwesens stieß. Das Fenster war in zwei Meter Höhe in dem kleinen Erker des langen Ganges angebracht, wachend über eine Ritterrüstung, die als eine eiserne Statue den Gang bewachte. Es schien als würde ein tapferer Ritter den Flur vor Feinden sichern, stets bereit das mächtige Schwert aus der Scheide zu ziehen. Der Junge, er mochte knappe sechzehn, vielleicht auch siebzehn Jahre sein, las mit murmelnden Lauten die Worte vor, die er eigentlich nicht ablesen musste. Längst hatten sie sich in seinen Geist gebrannt und waren auf Abruf verfügbar. Und längst gab es diesen Jungen nicht mehr. Er war erwachsen, sofern man keine Definition dieses Wortes nachliefern muss. Doch auch heute noch waren ihm die Worte des Kodex bewusst. Er hatte die Bitterkeit der Welt erfahren müssen. Auch wenn in seinem Schlaf immer noch mit kindlicher Stimme die Worte des Kodex ertönten, war er dennoch erwacht.

Sein Name war Case Lennard. Eine traumhafte Hochzeit mit Sophie war vergangen, glücklich waren beide durch das ritualisierte Band der Liebe stärker als je zuvor vereint. Glücklich? Case hatte seine Unbekümmertheit und Munterkeit verloren, er lächelte seltener, und wenn er dies tat, so versteckte sich in den Augen seines Gesichtes die befallene Traurigkeit, die ihm nicht abgenommen werden konnte. Er ließ diese schwere Melancholie nicht aus sich heraus, selbst Sophie gelang es nicht sein Leben in dieser Hinsicht von den Qualen zu erleichtern, anders als früher in vergangenen Tagen. Case war gefangen von der Geschichte seines Lebens, sie öffnete sich nicht um seine Zukunft freizugeben, sie sperrte ihn ein, hinderte ihn friedvoll zu schlafen und zwang ihn angesichts beängstigender Träume immer wieder zu erwachen. Sophie, von Beruf Psychologin, versagte bei ihrem geliebten Ehemann. Er liebte sie natürlich, küsste sie zärtlich, trug den Ehering mit absoluter Konsequenz, aber ihm fehlte die Heiterkeit. Sophie spürte, dass er in eine endlose Straße ohne Ziel geraten war.

»Nichts kann seine Laune bessern. Ich verstehe ihn, ich teile seine Schmerzen und zeige deutlich Verständnis, aber sein Zustand bessert sich nicht. Ich fürchte, er ...«

»Sprich es nicht aus, Sophie. Ich kenne Case, ich weiß wovon Du sprichst.«

»Stone, hilf mir! Bitte!«

Stones Lippen verzogen sich zu einem halben Lächeln. Das Lächeln eines Menschen, welcher die unerfüllbare Bitte eines Kindes vernahm, Sophie hatte seinen Ausdruck verstanden, es schmerzte.

»Weißt Du, Sophie, Case ist etwas Besonderes. Ich meine, schau mich an. Ich bin ein Mensch, wie Du zigtausend andere findest, ohne weit laufen zu müssen. Ich bin ein ekelhafter Chauvi, habe keine feste Beziehung und stehe auf One-Night-Stands. Mehr habe ich nie zuwege gebracht. Case hingegen ist anders. Er ist eine der wenigen Perlen versteckt in den Muschelbergen der langatmigen Küstenstrände. Scheiße, nicht einmal gute Metapher fallen mir ein. Deshalb haben wir ihn als Anführer akzeptiert. Er hatte das sagen, auch wenn er dies nie zugegeben hätte. Insgeheim weiß er das, und er kann nicht lassen für das Geschehene die Verantwortung zu übernehmen. Sein Zustand ist schlimmer als derzeit bei dem realen Tod unserer Freunde.«

»Case ist hilflos. Und ich ebenso. Ihr arbeitet nicht mehr, Ihr vergeudet Eure Zeit, stundenlang sitzt Case zu Hause und starrt die Wände an, regungslos«, ereiferte sich Sophie, die keinen Ausweg kannte.

»Und ich fahre ziellos herum, stets auf der Suche nach etwas, dass ich nicht kenne. Früher war es einfacher. Vier Freunde mit glorreichem Erfolg, welche ihr Hobby zum Beruf gemacht haben. Ein endloses Katapult zum Glück, steil nach oben die Abschussbahn. Alles ist zerstört. Aus der Traum vom Glück. Erschreckendes Erwachen.«

»Niemand kann das Vergangene mehr rückgängig machen. Es ist geschehen. Ihr müsst Euch neue Perspektiven suchen.«

»Leichter gesagt als getan. Weißt Du, Sophie, ich will ehrlich zu Dir sein, mir gegenüber bin ich mittlerweile ehrlich. Ich greife häufiger zur Flasche als früher. Ich meine, sonst bei einer Feier, nicht regelmäßig. Das hat sich geändert. Jetzt bin ich klar, aber nur, weil ich gestern mehr als krank war, und ich mir den Magen aus dem Leib gespieen habe. Das Zeug betäubt meine Gedanken.«

»Stone!«

»Mache Dir keine Sorgen um mich. Mein Leben ist nie sonderlich gut verlaufen, die Bezahlung für die Freiheit, in der ich lebe. Ich hatte viele kurze Affären, aber niemals einen Menschen, welcher mich liebte. Aber ich will hiermit kein Mitleid erregen, im Gegenteil. Ich komme schon klar, ich gehe meinen Weg. Kümmere Dich um Case«, meinte Stone lapidar.

»Was soll ich machen? Ich dachte die Hochzeit würde alles ändern. Er wollte sie auch. Aber nichts hat sich getan, es waren nur wenige bessere Tage. Seine einzige aktive Beschäftigung sind Dreaming Reality Sitzungen. Er trifft die Charaktere Eurer Fantasywelt.«

»Sheldon und Sids ehemalige Identitäten im Netz. Jetzt haben sie keinen Bezug mehr zur Realität, sind abgeschottet im Netz, jedes Mal wenn Case sie trifft, erinnert er sich an unsere Freunde, aber sie erkennen ihn nicht als Case, nur als Teil des Szenarios, welches für sie Realität ist. Ich weiß nicht, ob es für ihn besser ist, nicht mehr oder dennoch zu träumen. Einzudringen in die irreale Welt der Dreaming Reality«, sinnierte Stone. Den letzten Satz hatte er in einem Anflug von Seligkeit hinzugefügt.

»Stone! Bitte hilf mir!«

Tränen rannen über ihre Wangen.

»Ich weiß nicht wie.«

Case Lennard starrte auf die Wand. Er war lediglich mit einer Shorts bekleidet und saß merklich angespannt auf der Couch, die Augen verklärt auf etwas nicht vorhandenes Fernes lenkend. Niemand wusste, was er dachte, und er würde es niemandem sagen. Nicht einmal Sophie, mit welcher er fast jeden seiner Gedanken vormalig geteilt hatte. Er dachte an die Stimmen seiner Kindheit. Er war seit Lebzeiten von mittelalterlichen Phantasiewelten gefesselt. Er hatte Romane dieser Richtungen regelrecht verschlungen und im Geiste eigene Geschichten erdacht. Schließlich wurde er Nutzer der Dreaming Reality und erlebte diese Welten als Träumer. Seinen Charakter hatte dies stark beeinflusst, wie die Worte des Kodex, welche er als Kind auswendig gelernt hatte. Seine Freunde waren getötet worden, er hatte sie rächen wollen. Aber sich um entschieden, und eine friedliche Einigung mit den unbekannten realen Mächten getroffen. In Folge wurden die belebten Abbilder seine Freunde, welche er digital geschaffen hatte, endgültig vernichtet. Case war der Anführer, er war verantwortlich. Selbstzweifel und die Entehrung trieben ihn in die Lethargie. Das Phlegma nahm überhand, und er verlor jedes weitere Ziel aus den Augen, welches er sich zu suchen hatte.

Sophie kam nach Hause: »Hallo Schatz. Könntest Du mir in der Küche helfen? Ich habe einige Einkäufe erledigt, alles muss eingeräumt werden, und ich dachte, ich bereite uns ein zweisames Abendessen.«

Müde und ausgelaugt stand Case von dem Platz seines Sofas auf und folgte Sophie in die Küche, um wortlos ihrer Bitte Folge zu leisten. Sophie warf ihrem Ehemann sein T-Shirt zu, welches auf dem Weg zur Küche auf einem Stuhl hing. Der Türgong ertönte, und Sophie ging nach einem verzweifelten Seitenblick auf den teilnahmslosen Case los, den unerwarteten Gast zu begrüßen.

»Guten Abend, Frau Lennard. Mein Name ist Ted Danziger. Ich entschuldige mich für die späte Störung, aber ich muss dringend Ihren Ehemann Case Lennard sprechen, und bei meinen bisherigen Besuchen öffnete mir niemand.«

Sophie lächelte resigniert und wandte den Kopf Richtung Küche: »Case, ein Mann namens Ted Danziger möchte Dich sprechen.«

Pause. Dann: »Im Wohnzimmer«, Case Stimme antwortete ihr laut, man konnte keine Verblüffung über die Störung vernehmen. Sophie ließ den Besucher ins Wohnzimmer, Case näherte sich. Er setzte sich mit dem Besucher in die Wohnzimmersitzgruppe, und Sophie ging nach einem Achselzucken zurück in die Küche.

»Mel Danziger. Guten Abend.«

»Meine Frau nannte Ihren Namen bereits«, Case war schroff und abweisend, er schien diesen Mann nicht zu kennen.

»Ich habe einen guten Freund von Ihnen kennen gelernt, und er riet mir mit Ihnen persönlich zu sprechen. Er nennt sich Stone. Wir haben uns in einer Bar kennen gelernt. Ich komme zur Sache, ich bin Vorstandsberater eines großen Unternehmen, CyberNetTechnology. Wir stehen in letzter Zeit immer wieder vor dem Problem großer Datenverluste, und der Führungsrat unserer Firma hat entschlossen in die Sicherheit zu investieren. Ich wurde mit der Aufgabe betreut. Wir vermuten eine groß angelegte Industriespionage und halten eingeschleuste Informanten nicht für ausgeschlossen. Ich benötige perfekte Hacker, welche die Systemsicherheit unserer Netze überprüfen und eventuell verbessern. Außerdem möchte ich, dass diese Hacker die Eindringlinge überführen. Ich denke dabei nicht an die Untergrundkillerkommandos, ich will die Subjekte lediglich aus der Firma verweisen und nicht liquidieren. Mein Anliegen ist es, gute Hacker zu finden, die bei Bedarf aber auch innerhalb der Firma ermitteln und nicht ausschließlich im Netz. Ich war hocherfreut Stone kennen zu lernen, er schien mir vertrauenswürdig. Wir kamen mehr und mehr auf mein Problem zu sprechen, bei ihm besteht Interesse. Allerdings arbeitet er nach eigenen Angaben niemals ohne Sie, daher bin ich hier. Ohnehin sind mir zwei Partner lieber, als ein einzelner Hacker. Ich möchte Sie allerdings nicht überfallen, überlegen Sie es sich in Ruhe. Ich werde Ihnen meine Karte hier lassen, bei positiver Entscheidung melden Sie sich einfach, und wir werden sehen, ob Sie die richtigen für mein Problem sind. Wenn Sie keine Fragen mehr haben, wünsche ich Ihnen einen guten Abend.«

»Case, Du solltest Dir diesen Job zumindest einmal anschauen. Das ist eine Perspektive. Und Stone kann es sicher nicht allein.«

Er antwortete ihr nicht. Die Verweigerung von Kommunikation war das erste Anzeichen von einem persönlichen Bruch in der Beziehung. So fasste Sophie dies auf. Case war mehr als schweigsam. Es schien nahezu, als würde er ihr nicht zuhören.

Zwei Tage später standen Stone und sein langjähriger Freund Case Lennard vor dem Gelände der CyberNetTechnology. Zwischen ihnen herrschte ein merkwürdiges Band der untergehenden Freundschaft, sie verstanden sich noch immer blind, allerdings wussten beiden um die unheilbaren Schmerzen des anderen. Dieses Wissen verhinderte einen überflüssigen bohrenden Wortwechsel. Stone trug einen eleganten dunklen Anzug mit weißem Hemd, die perfekte Kleidung der oberen zehntausend, jedes Detail integriert, wie Krawattennadel, Weste unter dem Jackett und ein gefaltetes

Seidentuch in der Tasche. Case hingegen wirkte selbst äußerlich weitaus deprimierter. Er trug einen schwarzen Strickpullover, vereinzelter stachen kleinste Punkte weißer Wolle hervor, und eine ebenfalls schwarze Tuchjeans. Eine braune abgenutzte Cordjacke tat ein Übriges.

Zuerst begann der Job wirklich gut. Die Angestellten der Firma waren freundlich, zuvorkommend, und Case und Stone wurden unterstützt. Beide bekamen ein eigenes Büro zugeteilt und wurden mit sämtlichen primär augenfälligen Mitteln ausgestattet, technische Hardware und Befugnissen sowie Passwörtern für die Innereien der vernetzten Computer. Case war äußerlich zwar für die meisten nicht zu sprechen, er verhielt sich zurückgezogen und still, dennoch engagierte er sich stark für den Auftrag. Er hing tagelang an den Computern, wühlte sich durch schiere Unmengen an Informationen und entwickelte im Geiste den Plan für eine neue interne Firmendatenstruktur, welche mehr Sicherheit und Übersichtlichkeit bot. Case war in diesem Bereich ein absoluter Perfektionist. Er ordnete Daten stets nach einem eigenen Schema, optimierte wo er nur konnte, mehr und mehr, bis er letztendlich wirklich zufrieden war. Case vergaß bei aller Arbeit seine Emotionen, sie drangen für den Moment nicht mehr an die Oberfläche. Dennoch waren sie nicht verschwunden.

Für Sophie blieb keine Zeit in seinem Leben. Früh morgens begab er sich zu CyberNetTechnology, und erst spät abends, wenn er sich kaum mehr auf den Beinen halten konnte, kehrte er zurück. Sophie bedauerte dies, wusste jedoch, dass er bei der Firma am Besten aufgehoben war, wenngleich die Entfernung zu ihm wuchs. Stone war nach kürzester Zeit völlig in die Firma integriert. Für den smarten und gut aussehenden Mann war es ein Leichtes, Kontakte zu knüpfen und vor allem bei den weiblichen Mitgliedern der CyberNetTechnology gern gesehen zu werden. Er kümmerte sich weitaus weniger als Case um direkte Arbeit an Computern, viel mehr lief er die Abteilungen ab, testete die Sicherheit der Systeme vor Ort und führte informative Gespräche mit den Angestellten. Er war sehr beliebt. Im Gegensatz zu Case wurde Stone jeden Tag aufs Neue gebeten jemanden oder mehrere in die Kantine zu begleiten, oder eingeladen gemeinsam Kaffee zu trinken. Case fragte man nicht. Er entsprach einfach nicht der charismatischen sympathischen Begleitung, welche man sich wünschte. Er spürte diese Ablehnung anfangs nicht, aber allmählich bemerkte er es auch.

CyberNetTechnology war eine riesige Firma, welche Software für viele Wirtschaftsunternehmen entwickelte. Unzählige hochgradig spezialisierte Programmierer waren hier angestellt, welche teilweise dermaßen auf ihr Fachgebiet spezialisiert waren, dass sie von einfachen Dingen im digitalen Zeitalter keine Ahnung besaßen, teilweise faszinierte es Stone, wie diese Programmierer kaum wussten, wo man einen Computer einschaltete. In einer Firma, welche brisante und teure Software entwickelte war Datenschmuggel eine riesige nicht zu unterschätzende Gefahr. Wenn ein Softwareprodukt vor dem Verkauf bereits beim Kunden direkt oder auf Umwegen ankam, verlor CyberNetTechnology gigantische Kapitalsummen. Noch schlimmer, wenn es zur Konkurrenz von Kunden gelangte. Es bestand also nicht einfach die Gefahr einer Schwachstelle, potentiell konnte jedes Firmenmitglied bei einer gebotenen Gegenleistung schwach genug werden, um illegal Daten zu vertreiben. Und wenn ein Eimer ein Loch unterhalb des Wasserspiegels hat, läuft das Wasser nicht vielleicht heraus sondern bestimmt.

Trotz dieser Gefahren hatte es CyberNetTechnology bislang geschafft zu einem großen und reichen Konzern aufzusteigen. Auf dem großflächigen Parkgelände des Unternehmens mit einem kleinen See und einen weitläufigen Fluss befanden sich fünf Gebäude, aufgeteilt nach den Arten der dort entwickelten Software. In einem Gebäude, ein gigantisches Kuppelgewölbe, waren lediglich die Büros des Führungsstabes des Konzerns untergebracht. Das Büro der beiden Hacker befand sich in einem der restlichen Gebäude, in der kleinen Abteilung für innere Wartung und Service. Hier wurde das Computernetzwerk der Firma überwacht und betreut, und neuerdings die Sicherheit groß geschrieben. Schon vorher hatte man natürlich versucht den Datenschmuggel zu unterbinden, aber Case war der Beste hierbei. Er war jahrelang in jede noch so gesicherte Datenbank eingedrungen um Daten zu stehlen, er kannte jeden Trick und jede Möglichkeit. Und er wusste, dass es kein sicheres System gab.

Man musste ständig jede Sicherheitsvorkehrung verbessern, denn ein potentieller guter Hacker knackte ein System schneller, als man es sicherte. Stone schritt in seinem teuren Anzug die Gänge des Firmenkomplexes ab, von aufmerksamen Augen der Angestellten beobachtet. Von überall her wurde er freundlich gegrüßt, mittlerweile genoss er ein gehobenes Ansehen. Die Frauen machten ihm schöne Augen, dem hingegen betrachteten ihn die Männer mit Respekt, da er durch seine firmeninternen Bekanntschaften guten Kontakt zu Führungspersonen besaß. Stone schlief sich nach oben, um keine direktere Wortwahl zu benutzen. Stone betrat das Büro einer Chefsekretärin, welche, als sie ihn bemerkte, mit schillernden Augen die Akten, die sie ihn Händen hielt, fallen ließ, während Stone die Tür hinter sich schloss und einen Stuhl unter die Klinke stellte, um jeglicher Störung vorzubeugen. Danach trat er grinsend an die junge Frau heran, sie schlang unaufgefordert ein Bein um seine Hüfte, gleichzeitig begann er ihre Bluse aufzuknöpfen.

Er betrat den Space. Die beispielloseste Erfindung der neuen Welt. Vielleicht ebenso die sinnloseste, wenngleich sie sehr häufig genutzt wurde. Case tauchte in die geometrischen Datenstrukturen der Virtuellen Realität, des Cyberspaces ein. Er zog sich zurück, in den einzigen Ort der Freiheit, welcher ihm geblieben war. Den Ort der freien Gefühle. Sein Geist dehnte sich bei dem Abtauchen aus, völlig entfesselt. Was hatte Case noch vom Leben? Er war an seiner Schwachstelle tödlich getroffen, sehnte sich nach dem Tod, erwartete ihn wie einen Freund. Im Netz traf er seine Freunde, er vermisste sie, benötigte ihre Anwesenheit, auch wenn sie nur künstliche Abbilder waren, welche ihn nicht erkannten. Doch jedes Treffen prügelte den Schmerz weiter in seine Seele, er war gefangen ohne Ausweg.

Stone kam von seinem Treffen mit der Chefsekretärin zurück, eines von mehreren Treffen dieser Art pro Tag. Er fühlte sich gut in seiner Rolle, auch wenn es ihm keinen

Sinn schenkte. Abends würde er wieder in einer Bar sitzen und hochprozentiges in seinen Körper pumpen. Case hatte die virtuelle Realität verlassen, mit verschwitzter Stirn blickte er auf den Ankömmling. Stone nickte seinem Freund zu. Gespräche zwischen ihnen fanden seltener statt: »Hey, Stone, ich habe etwas gefunden.«

Stone schaute überrascht. Case hatte eine etwas tonlose Stimme, ein rauer Hinterklang, er schien erschöpft, so dass Stone nervös fragte: »Was?«

»Ich habe ein fremdes Computersystem gefunden, welche lediglich in kleinen Zeitfenstern mit diesem Netz verbunden ist.«

»Eine Datenbank, auf die Mitarbeiter zugreifen?«

»Nein«, Case hatte einen ernsten Ausdruck, »keine Datenbank. Das Zeitfenster ist nicht konstant, es wechselt ständig. Es entsteht auch nicht unbedingt täglich.«

»Also verbindet sich ein Rechnersystem in wechselnden Zeitabständen kurzfristig mit dem Firmennetzwerk. Verstehe ich das richtig?«

»Ja. Und dies wird nicht protokolliert.«

»Das bedeutet, innerhalb der Firma wird dieser Zugang irgendwie geduldet, so dass es im Protokoll nicht aufgeführt wird.«

»Genau, Stone. Und die bringen keine Daten. Zumindest habe ich nach der Verbindung keine neue Dateierstellungen oder Manipulationen festgestellt.«

»Was machen die dann?«

»Einen Datenabgleich. Die verändern nicht, ich schätze die holen sich Daten.«

»Also Hacker?«

»Wie wir. Mit Verbindungen innerhalb der Firma, jemand spielt da am Protokoll.«

»Und jetzt?«, wollte Stone wissen.

»Du überprüfst mir die Protokolle und findest heraus, wie die die manipulieren. Ich sorge für eine Überprüfung der Fremdverbindung, wenn die wieder eintreffen machen wir uns ans Werk. Niemand erfährt das fürs erste, solange wir nicht wissen, wer innerhalb der Firma dafür zuständig ist.«

»Okay, Case. Du bist der Boss«, Case schluckte bei der Bemerkung, und Stone verstummte. Sie machten sich an die Arbeit, stundenlang, Stone dachte nicht an eine Pause, er wusste, dass Case dies nicht dulden würde. Es dämmerte bereits: »So, Case, ich warte noch auf das Analyseergebnis.«

Case nickte wortlos. Er beobachtete mehrere Terminals mit unabdingbarer Ruhe, kühl und ruhig. Stone meinte: »Case, ich möchte mit Dir reden.«

Stones bester und eigentlich jetzt einziger Freund erwartete das Gespräch ohne sichtbare Reaktion.

»Case, weißt Du, ich habe ein echtes scheiß Leben. Ich werde eher den kalten Tod fühlen als wärmende Liebe. So ist mein Leben. Du hast viel mehr. Vergeude diese Liebe bitte nicht. Gib Sophie nicht auf, sie ist das wertvollste in Deinem Leben, auf Deiner Welt. Lass sie das spüren. Näher Dich ihr wieder. Du verschenkst den einzigen Sinn, welchen diese Welt bietet.«

Case blickte weiterhin auf die Terminals. Plötzlich öffnete er den Mund. Sein Terminal hatte einen stillen Alarm angezeigt, wie er es eingestellt hatte: »Angriff. Schnapp Dir die Ausrüstung, wir gehen beide rein.«

Beide setzten das Visier auf und zogen die Cybespacehandschuhe an. Sie betraten die Welt der digitalen Strukturen:»Stone, ich geh ins Fremdnetz. Mal schauen, was die uns an Daten zu bieten haben. Bleib hier und überwach die Eindringlinge.«

»Wenn die Verbindung gekappt wird, musst Du wieder draußen sein, sonst erfahren die von unserer Überwachung.«

»Bin ja nicht dumm. Ich tarne mich«, Case Strukturen lösten sich auf, und nur er bemerkte, wie er sich durch die Verzerrung in der Gitterstruktur bewegte.

»Ein netter Space hier.«

»Unsere Jungs ziehen sich eine Auswahl an Daten, sie haben scheinbar legale Schlüssel zu den Sicherungen.«

»Ich schnapp mir mal ein paar von deren Paketen«, Case saugte sich die Daten aus dem fremden Netz, er beeilte sich um möglichst viel ergattern zu können. Für den Augenblick hatte er ein Ziel, einen winzigen Sinn.

Die Rechnernetze der World Federation Against Hacker, welche weltweit die am besten gegen Übergriffe abgesicherten Computersysteme besaßen und somit das Maß der Dinge für sämtliche Schutzwälle im weltweiten offenen Netzwerk darstellten, waren seit ihrem dreizehnjährigen bestehen bereits 1223 mal erfolgreich von unerwünschten Eindringlingen besucht worden. Eine sehr stattliche Zahl von Hackerangriffen für das sicherste System der Welt.

Case war zweimal in dieses Netz eingedrungen. Jedes Mal lediglich aus Spaß. Sinn machte es nicht, bei der World Federation Against Hacker einzudringen. Es handelte sich bei der Organisation um einen Zusammenschluss von Interessensparteien, welche gegen Datendiebstahl und Datenmanipulation eintrat. Sie versorgte Unternehmen mit dem notwendigen Wissen Schutzmassnahmen gegen Hacker in ihren Netzwerken zu integrieren, setzte regelmäßig Kopfgeld auf bekannte Hacker aus, hatte vor Jahren die weltweite Verhärtung von Strafen gegen Hacker durchgesetzt und war insgesamt betrachtet das größte Feindbild eines jedes Eisbrechers. Aber wertvolle Daten besaßen sie nicht. Dennoch, jeder Jugendliche, der begeistert von Technologie war und selbst gern Hackerfähigkeiten besitzen wollte, träumte davon, einmal in die System der WFAH einzudringen und etwas Spektakuläres zu tun, über das die Medien berichten würden. Einige wenige Jugendliche waren gut genug ihren Traum zu leben. Von den 1223 erfolgreichen Angriffen (eine polynomiell größere Anzahl von Angriffen konnte abgewehrt werden) waren nur vier wirklich bösartig und 1219 waren Hacker mit zu viel Potential um es nicht ausleben zu können, die sich selbst und anderen etwas beweisen wollten. Diese 1219 Angriffe hatten also verhältnismäßig harmlose Auswirkungen. Case gehörte mit einem seiner Angriffe zu diesen 1219. Er war damals noch in der Schule gewesen, einen schlechten Tag gehabt, hatte sich mit einem Lehrer gestritten:»Wissen Sie warum ich besonders froh bin Sie als Lehrer zu haben? Weil man Manieren am besten von denen lernt die keine haben.«

Mit diesen Worten hatte Case unerlaubt den Unterricht verlassen und sich ein verfrühtes Wochenende gegönnt. Es war einfach ein schlechter Tag. Zuhause schloss er sich in sein Zimmer ein und verfiel in innerliches Schweigen. Er starrte auf seine

Sammlung von Fantasy-Bildern, welche seine Wände plakatierten und Kämpfer und Kriegerinnen darstellten. Er las wieder und wieder die Zeilen des Kodex, der ihn zu dieser Zeit stark beeinflusst hatte. Schließlich wagte er sich an sein Terminal und bewegte sich ziellos auf den weltweiten Datenströmen. Schließlich fand er einige Verweise zu der World Federation Against Hacker. Er las einige Texte darüber, schaute sich die freigegebenen öffentlichen Datenbereiche der WFAH an und irgendwie packte ihn der Ehrgeiz, als er einen Kanal gefunden hatte, in welchen er seine angestaute Wut kanalisieren konnte. Den Public Relations Datenkanal der WFAH mit Networking Media Europe, einer der führenden Medienkonzerne aus Cases Kindheit. Case saß damals ein Wochenende lang in seinem Zimmer, er aß nichts als die alten angegrauten Kekse, die ohnehin auf seinem Schreibtisch gestanden hatten, verweigerte jeden Kommunikationsversuch der Außenwelt und verweilte mit seinen ganzen Gedanken im Netz. Am Abend des Samstages hatte er einen ersten Erfolg, als er die Verschlüsselungsmethode des Datenkanals herausbekommen hatte. Dies spornte ihn weiter an. In dieser Nacht fand Case keinen Schlaf, wie zuvor in der Nacht vom Freitag.

Letztendlich wusste er endlich, wie die entschlüsselten Datenpakete signiert und welche Checksummen zu berechnen waren. Case war in der Lage die Datenpakete erfolgreich zu entschlüsseln, sie zu manipulieren und wieder zu verschlüsseln, ohne das festgestellt werden konnte, dass der Inhalt der Pakete verändert worden war. Damals verfasste er lustig gemeinte Texte, irgendwelche angeblichen geheimen Pläne der WFAH für neue Gesetzesentwürfe, welche Mails zwischen Privatpersonen aufgrund der weltweiten Sicherheitslage verbieten sollte. Am Sonntagabend war sein Erfolg gekrönt. Der Sender News First, ein Unternehmen der Networking Media Europe Muttergesellschaft berichtete über das Vorhaben der WFAH und sprach von Insiderinformationen. Zahlreiche andere Nachrichtenagenturen zogen nach. Bis Montagmorgen war es der Skandal überhaupt. Im Laufe des Montages klärte sich, dass die WFAH zum Opfer eines Hackerangriffes geworden war. Case verspürte damals Belustigung gepaart mit tiefer Befriedigung.

Sein zweiter Angriff fiel aus den 1219 harmlosen heraus. Dieser Angriff begann Jahre später und gehörte zu den vier Angriffen, welcher von der World Federation Against Hacker nicht als Scherz sondern als definitiv bösartig klassifiziert worden war. Dies bedeutete, das hier nicht Neugier oder Ehrgeiz Auslöser des Angriffes waren, sondern ein gezielter Plan. Case hatte damals einen Auftraggeber und im Gegensatz zu seinem ersten Angriff war er diesmal nicht allein. Damals war es die Gruppe der vier Freunde, welche fünf Tage lang die besten Schutzmassnahmen der Welt analysierte, ins tiefe Zentrum der internen Netze der Organisation vordrang und letztendlich Datensätze kopierte und an den eigenen Auftraggeber verschickte, auf welche nur die elitäre Führungsspitze der WFAH Zugriff besaß. Welche Daten es damals waren, wussten sie nicht. Sie versuchten zwar die Datenpakete zu entschlüsseln, aus reiner Neugier was sie da gestohlen hatten, aber sie schafften es nicht. Sid und Sheldon probierten es damals im Laufe der Zeit insgesamt zwei Jahre lang, aber sie hatten auch zuletzt keine Ahnung, was der Inhalt der Datenpakete war.

151

Sie konnten nicht wissen, dass der Inhalt des Paketes nicht entschlüsselt werden konnte, da er nicht verschlüsselt war. Es waren einfache und simple Datenpakete. Zufällige Strukturen generiert aus den Messungen der Anzahl von Zerfällen von radioaktiven Isotopen. Es ging damals nicht um den Inhalt der Datenpakete. Es ging nur um die Pakete an sich. Es ging darum die Pakete trotz aller Schutzmassnahmen zu ergattern. In zwei weiteren der vier bösartigen Angriffe wurden ähnliche Pakete von anderen gestohlen und an den jeweiligen Auftraggeber weitergeleitet. Der letzte der vier Angriffe geschah ohne einen Auftraggeber, als eine Hackergruppierung versuchte die Netze der WFAH endgültig zu vernichten, wobei lediglich gelang der WFAH einen Schaden in Millionenhöhe zuzufügen. Aber die drei Angriffe, bei denen für einen Auftraggeber Datenpakete kopiert werden sollten, hatten noch eine Gemeinsamkeit: den Auftraggeber. Jedes Mal war er unbekannt. Keiner der Angreifer wusste, für wen er die Pakete stahl.

Keiner ahnte, dass der einzige wahre Grund für die Gründung der World Federation Against Hacker mit ihrem provokativem öffentlichen Auftreten gegen Hacker diese Datenpakete waren. Natürlich hatte die Organisation Unternehmen die sie unterstützen und an den öffentlichen Sinn und Zweck der Organisation glaubten. Selbst die Organisation selber, inklusive aller daran beteiligten, glaubte daran. Doch eine geheime Gruppierung hatte die Gründung fokussiert, um eine Hasswelle der Hacker zu erzeugen und zu katalysieren. Und um geheime Datenpakete hinter dem sichersten Intrusion Counterattack Equipment der Welt zu verbergen, in der Hoffnung, dass Hacker aus Hass auf die WFAH diese Pakete fanden. Leider stellte man schnell fest, dass die Pakete zu gut geschützt waren, als dass Hacker sie aus Zufall fanden. Daher verteilte die geheime Gruppierung in regelmäßigen Abständen den Auftrag diese Pakete zu stehlen. Diese gesamte Aktion hatte zwei Ziele: ersten den Stand der aktuellen Netzsicherheitstechnik der geheimen Gruppierung aktiv zu testen und zweitens, die Hacker heraus zu filtern, welche die Fähigkeit besaßen, dieses Eis zu brechen. Die geheime Gruppierung hatte einen noch geheimeren Namen. Europian Secret Division. Und Case und seine Freunde hatten ihnen in jungen Jahren die versteckten Pakete ohne echten Inhalt aus der WFAH kopiert und damit bewiesen, dass sie unter Myriaden von Menschen zu der Handvoll gehörten, die in der Lage waren, diese Sicherheitsschutzwälle zu durchdringen. Sie hatten den Test der Europian Secret Division bestanden und damit einen der verborgensten Geheimdienste der Welt auf sich aufmerksam gemacht.

Letztlich hatte dies dazu geführt, dass der Dienst, wie sich die Europian Secret Division auch nannte, die vier Freunde später ausgewählt hatte, um die erforderlichen Daten gegen die German Economy Force zu ermitteln. Das alles wusste Case nicht. Er hatte das Eindringen in die Netze der World Federation Against Hacker niemals mit dem Tod seiner Freunde in Verbindung gebracht. Heute hatte er immer noch die Folgen zu tragen. Jetzt saß er mit seinem letzten lebenden Freund im Büro von CyberNetTechnology und versuchte zu verfolgen, wer sich Zugang zu der Firma verschaffte.

»Stone, wie sieht es aus?«

»Die gehen systematisch vor und machen einen sauberen Datenabgleich. Scheinbar holen die sich den aktuellen Stand aller Daten. Wobei sie nur in bestimmte Bereiche vordringen.«

»Sie mal nach, ob Du rausbekommen kannst, was das für Bereiche sind.«

»Klar, mach ich, Case. Wie sieht es bei Dir aus?«

»Ich habe nicht mal ein Empfangskomitee. Bin hier ganz allein. Scheint kein öffentlicher Zugang zu sein, sondern nur eine private Verbindung zu CyberNetTechnology. Und die scheinen nicht zu erwarten, dass jemand umgekehrt auf dem Weg zu ihnen kommt. Starte bitte einmal eine Rückverfolgung, Stone. Vielleicht kriegen wir die reale Adresse«, Stone aktivierte ein paar Prozesse, und die Programme begannen mit der Rückverfolgung der bestehenden Verbindung. Case und Stone sprachen es nicht aus, aber sie waren sich sicher, dass es auch hier keine direkte Verbindung gab. Gute Hacker drangen nicht direkt in Netze ein, sondern nutzen zahlreiche Umleitungsstationen, so dass eine Rückverfolgung erschwert wurde. Derjenige, welcher die Verbindung ermitteln wollte, bekam somit nur die Adresse der ersten Relaisstation heraus, und musste Leute vor Ort schicken, um von dort aus eine weitere Rückverfolgung vorzunehmen. Case und Stone hatten dazu stets Computer verteilt auf der Welt angemietet, welche sie nach Bedarf als Umleitungen benutzten, wenn sie selbst Verbindungen zu Netzwerken aufmachten um in diese einzudringen. Sie waren dabei immer übervorsichtig gewesen und hatten Umleitungsstationen selten mehrfach benutzt. Case befand sich in der Leere des fremden Netzes. Er bewegte den Datenhandschuh in der Realität und mit einer sanften Drehung gekoppelt mit einer Vorwärtsbewegung flog seine Cyberspacerepräsentation durch den digitalen Raum. Case genoss das Gefühl ein Teil des Netzes zu sein und die Leere um sich zu spüren. Für einen Augenblick war er glücklich, so ganz im Nichts, niemand dem er Verantwortung schuldete, nicht was ihm huldigte. Völlige Freiheit. Dieses Moment des Friedens hallte in seiner Seele und gab ihm Kraft. Case atmete tief ein und aus. Ein Lächeln umspielte seine Lippen in der realen Welt. Er öffnete seine Sinne und ließ die Leere auf sich einwirken. In weiter Ferne erblickte er geometrische Strukturen, erste Anzeichen von Datenstrukturen. Er bewegte sich. Seine Hände kommunizierten mit dem Datenhandschuh in seit Jahren trainierten winzigen Bewegungen, Funken seines Nervensystems. Seine Fähigkeiten den Handschuh als Interface zu benutzen wirkten selbst auf echte Cyberspacekoryphäen wie angeboren. Die Linien welche er erblickt hatte, setzen sich zu einem Gittersystem zusammen, sie bildeten relativ komplexe Strukturen, Case erkannte Pyramiden, approximierte Zylinder, Quader in unterschiedlichen Ausmaßen. Noch war Case unklar, was genau er suchte, daher bewegte er sich einfach näher auf die Objekte zu, ließ seine Sinne treiben und hoffte etwas zu finden, was ihm weiterhalf. Informationen. So wie es schon immer seine Aufgabe gewesen war. Suche und finde Informationen, liefere sie dem Auftraggeber. Case fühlte sich hier heimisch.

»Case, die sind hier noch fleißig dabei Daten zu grabben. Scheint so, als dauert das noch an.«

»Gut, ich sehe mich um«, Case schnappte sich ein paar der wenigen Datenpakete, welche sich in dem fremden Netz befanden. Belanglose Daten. Nichts Zusammenhängendes. Case vermutete, dass es sich um temporären Datenmüll handelte, welche noch gelöscht werden musste. Vorsichtshalber startete er einen Download-Daemon. Das Programm bewegte sich selbstständig in konzentrischen Linien von seinem Ursprungspunkt, dockte an vorhandene Datenpakete an, welche es auf seinem Weg fand und kopierte die Daten. Der Daemon operierte dabei völlig autonom. Wenn er nach einer von Case vorkonfigurierten Zeit, dem Timeout, nichts mehr auffand würde sich das Programm selbstständig beenden. Case würde die gesammelten Informationen später offline analysieren und auswerten. Jetzt war dafür nicht die Zeit. Er war auf der Suche nach mehr, nach irgendetwas, das verborgen schien. Das konnte nicht alles sein. Das hier war kein Netz, dafür war es viel zu klein. Entweder gab es hier etwas verstecktes, oder es handelte sich um einen reinen Verbindungsknoten. Case startete ein Dutzend Searchprozesse, die sternförmig losstürmten um den Cyberspace an seiner Stelle zu erkunden. Wenn Datenstrukturen in ihren Sensorbereich kamen, würden sie es Case sofort melden. Case selber erkundete ebenso, aber er fand von den wenigen Datenstrukturen abgesehen, welche der Daemon bereits bearbeitete, nur die Leere vor. Auch von den Searchprozessen kam kein Feedback. Hier befand sich anscheinend sonst nichts.

»So, ich habe Dir die Logdateien kopiert, da drin findest Du, auf welche Daten die zugegriffen haben. «

»Dank Dir, Stone«, Case hatte sich gerade von dem Cyberspacehandschuh und seiner Virtual-Reality-Brille befreit. Er hatte das fremde Netz verlassen, kurz bevor die Verbindung beendet wurde. Er hatte die Logdateien von Stone und die von seinen Prozessen gesammelten Daten als einzige Spuren. Irgendwie hatte er den Eindruck, dass dies nicht sonderlich viel war. Aber Case kam der Gedanke, dass seine größte Entdeckung das Fehlen der vielen Strukturen war, die man in echten Netzen vorfand.

»Was denkst Du, Case?«

»Ich habe kaum was gefunden. Da waren nur Leere und ein paar Daten. Inwieweit die relevant sind weiß ich noch nicht, aber ich werde sie nachher analysieren.«

»Und wenn wir dadurch keine Informationen finden?«

Case zuckte die Schultern: »Vielleicht ist das gar nicht so wichtig. Erstmal wissen wir nun, welche Pakete von denen abgeglichen werden. Sobald sie wieder eindringen, prüfen wir, ob es immer dieselben sind. Da machen wir weiter. Ich möchte, dass Du alles über diese Daten raus findest. Schau Dir die Daten an, was drinsteht, sind es Firmenunterlagen oder Programme die hier entwickelt werden? Also, kurz gesagt, was ist der Inhalt der Daten? Zu welchem Projekt gehören sie. Ich brauche eine Liste aller Personen, die in CyberNetTechnology Zugang zu den Daten haben. Und ob eventuell Verträge mit anderen Unternehmen bezüglich dieser Daten existieren.«

Case hatte Jagdfieber gepackt. Stone grinste ihn an. Für einen Moment hatte er den besten Freund seit Jugendzeit vor sich. Stone nickte, woraufhin Case zum nächsten Thema sprang: »Wie sah die Rückverfolgung aus?«

»Ich habe die Anschlussnummer. Findest Du ebenfalls bei den Logdateien.«

Ein Funkeln glühte in Case Augen auf: »Ich kümmere mich darum. Sieh Du zu, was es mit den abgeglichenen Daten auf sich hat. OK, Stone?«

»In Progress, please wait.«

Stone grinste immer breiter. Case verstaute seine Cyberspaceausrüstung neben dem entsprechenden Terminal und setzte sich an seinen anderen Schreibtisch. Stone schaute ihn an. Sein Grinsen verklang, aber nicht weil er unglücklich wurde. Er überlegte lediglich für einen Augenblick angestrengt. Dann zuckten seine Augenbrauen kurz, als er einen Entschluss gefasst hatte. Die Gelegenheit war günstig und die Sache war es wert: »Case.«

Case rückte seinen Stuhl zurecht, legte die rechte Hand bereits auf das Eingabeinterface seines Terminals und schaute zu Stone hinüber. Case hatte immer noch den Anflug von Freude in seinem Gesicht.

»Weißt Du Case, draußen ist ein schöner Tag«, Stone blickte Case aufmunternd in die Augen. Und da lag noch etwas in der Luft zwischen ihnen, Case war es, als wenn Stone ihn zu etwas bewegen wollte, ohne es direkt zu sagen. Case wiederholte den letzten Teil von Stones Satz, ein psychologischer Trick, den er von seiner Privatpsychologin Sofie gelernt hatte, und der das Gegenüber nahezu unweigerlich und unbemerkt zwang mehr zum Thema zu äußern. Case formulierte es wie eine Frage: »Ein schöner Tag?«

Stone ging automatisch darauf ein: »Ja, ein viel zu toller Tag zum Arbeiten.«

»Zum Arbeiten?«

Stone schluckte. Vielleicht war es doch keine so gute Idee gewesen, die ihn überkommen hatte. Aber egal, Case war sein Freund und es war an der Zeit etwas Gutes zu tun: »Ja, genau. Es ist Vergeudung heute zu arbeiten.«

Stone zwinkerte. Case begann seine Intention zu verstehen.

»Soso, es wäre also eine Vergeudung.«

Stone hörte den leisen sanften Ton in Case Stimme, den positiven Klang, welcher ihn ermutigte weiter zu reden: »Genau Case. Es reicht doch wenn einer arbeitet. Und ich muss heute wirklich mal etwas tun. Ich hab auch gleich noch was Geschäftliches mit einer Dame im Nebentrakt zu klären. Ich hänge hier also fest. Aber Du…«

Stone ließ den Satz im leeren Raum hängen. Leerer Raum. Case erinnerte sich an das Gefühl der Freiheit, welches er im leeren Cyberspace empfunden hatte. Keine Verantwortung die zu tragen war. Glück. Er grinste.

»… aber ich könnte heute mal frei machen.«

Stone nickte erleichtert. Ja, Case, genau dass meinte ich, dachte er.

»Weißt Du was, Stone. Ich werde mir mal ein paar Stunden weniger Arbeit gönnen«, gab er Stone Recht.

Case erhob sich und schnappte mit der linken Hand seine altgetragene Jacke, welche auf einem Stuhl knapp vor dem herunter fallen hing. Er war auf Stones Spiel eingegangen und hatte den nicht geäußerten Vorschlag als eigenes Vorhaben übernommen: »Ich werd dann mal. Wir sehen uns morgen.«

»Bis dahin weiß ich vielleicht auch mehr. Fahr nach Hause.«

Die zwei nickten sich zu, eine Geste die mehr Gefühl ausdrückte, als je ein Mensch in Worte fassen könnte. Dabei waren es ernste tiefe Augen, welche sich anblickten und für einen langen Moment, der keineswegs peinlich wirkte, festhielten.

EIN FREMDER

Sie trat aus der Glastür zur Hauptstrasse hinaus, nachdem sie die drei Treppen von oben nach unten hinter sich gelassen hatte. Ihre Praxis war für den Augenblick frei von Klienten, nur ihre Bürogehilfin würde noch den Tagesabschluss erledigen. Ihren Gedanken nachhängend, welche in letzter Zeit nicht die glücklichsten waren, spürte sie die frische warme Luft, die sie umfing. Eine freundliche Stimme ließ sie die Gedanken an die Planung eines weiteren einsamen Abends vergessen: »Welches Risiko muss ich eingehen, wenn ich Sie näher kennen lernen möchte?«

Sofie dreht sich um und musterte den Mann im guten Alter vor sich. Er wirkte schmächtig, aber nicht schwach, er hatte ein attraktives Gesicht mit kantigen männlichen Zügen und toll leuchtenden Augen. Seine Kleidung wirkte locker und war eher auf Bequemlichkeit denn auf Betörung ausgelegt. Dennoch gefiel ihr gerade diese Lässigkeit: »Sie müssen kein Risiko eingehen, denn ich habe den Abend bereits verplant.«

»Oh«, ein gespielt trauriger Gesichtsausdruck durch den ein gewinnendes Lächeln hindurch scheint. Er hatte noch nicht aufgegeben: »Und welches Risiko muss ich eingehen, wenn ich Sie dabei begleite?«

Sie grinste schelmisch: »Ich muss noch trainieren. Da fängt man sich schnell ein paar Schläge ein, wenn man nicht aufpasst einen Knochenbruch. Und man verliert viel Schweiß.«

Der attraktive Mann blickte ihr noch tiefer als zuvor in die Augen.

»Sie könnten Ihre Abendplanung auch noch einmal ändern«, er lächelte gespielt zaghaft und fügte dem Ton nach Scheu hinzu, »Schweiß verlieren können Sie auch auf andere Art.«

Sie trat einen Schritt näher auf ihn zu und musterte ihn intensiv.

»Erst einmal würde ich gern meinen Appetit stillen.«

Ihr Gegenüber beugte sich nah zu ihr, sie konnte seinen angenehmen Geruch wahrnehmen, und sie schloss die Augen. Beide fielen in einen leidenschaftlichen Kuss, der eine Ewigkeit anzudauern schien. Letztlich fasste er ihren Arm, lächelte breit und bot ihr an, sie zu einem Picknick in den Park zu geleiten.

»Hi.«

»Rehi.«

Die hübsche Frau hatte ebenfalls zu lange in dieser technisierten Branche gearbeitet. Re war das Wort für Wiederholung, und da die zwei sich bereits vorher am Tag gesehen hatten, benutzte sie diese Form. Ihre vollen Lippen verhießen ihm sanfte Freuden als sie ihn direkt und ohne Umschweife ansprach: »Lass mich dich kurz aufwärmen, leg dich hin.«

Danach fügte sie noch ein gehauchtes »Bitte« hinzu, wobei sie ihn so erregend anblickte, dass sein Blut pulsierte. Er sah die Schönheit vor sich zärtlich an und legte sich hin auf ihren abgeräumten Bürotisch. Stone öffnete die Augen, doch die Bilder waren noch immer in seinem Kopf. Ein anzügliches Grinsen umgab ihn. Er lachte leise. Stone saß noch immer in ihrem CyberNetTechnology-Büro und analysierte die Daten. Er hatte einen textbasierten Chat offen, in dem er während seiner Arbeit zeitweise mit anderen redete. Chattete um genau zu sein. Ein Chat besteht daraus, Sätze zu schreiben und auf die Antworten der anderen zu reagieren. Gerade eben hatte Stone sich zu einem Chat mit einer Freundin überreden lassen. Genauer gesagt diesmal kein einfacher Chat, der daraus besteht über irgendwelche Dinge zu plauschen. Sie betrieben CS. Chatsex. Sich gegenseitig durch Worte stimulieren. Die reine Phantasie, gepresst in die aneinander gereihten Buchstaben des Alphabetes. Buchstaben ergeben Wörter, Wörter ergeben Sätze, mit Sätzen kann man kommunizieren. Und stimulieren. Man schreibt, was man mit dem anderen tun möchte und der andere teilt die Phantasien. Sie hatten gerade mit dem CS begonnen. Es gab zwei Möglichkeiten etwas im Chat zu schreiben. Entweder als wörtliche Rede, also dass, was man sagen möchte. Dies führt dazu, dass der Chatname des Schreibenden vorangestellt ist. Oder man kann es als Satz formulieren, der einfach so erscheint. Die Sätze erschienen in einem blassen Blau auf dem weißen Hintergrund. Doch sie entsprachen zwei nackten Körpern, die bereit dazu waren, einander zu befriedigen. Stone benutzte im Chat den Namen seines Dreaming Reality Charakters.

(jaana) so ist brav *lol*
jaana küsst die innenseiten von jeszuas schenkeln
(jaana) von unten nach oben
jeszua genießt ihre berührungen
(jaana) meine hände wandern näher zu deinem steil aufgerichteten penis
jeszuas körper durchfährt ein zittern
(jaana) massieren ihn härter
(jaana) meine lippen kommen immer näher und näher
jeszua legt den kopf in den nacken vor erwartung
jaana umfasst dein glied mit einer hand, und ihre lippen umschließen die eichel
(jaana) ich sauge und spiel mit meiner zunge an deiner eichel
(jeszua) ja, das ist wundervoll
(jaana) langsam fahre ich runter und wieder rauf, runter und rauf
(jeszua) ja, bitte
jaana ärgert jeszua und wird nur ganz langsam schneller *sanftgrins*
jaana genießt es jeszuas erregung zu sehen
jeszuas unterleib zuckt und bäumt sich ein wenig auf
(jaana) runter und rauf
(jaana) meine zweite hand massiert sanft deine hoden
jeszua beginnt leise aufzustöhnen
jaana wird schneller und ihre lippen umschließen ganz fest deinen penis

jeszua stöhnt häufiger
jaana macht ihre hände frei und fährt damit über deinen oberkörper
(jaana) schneller und schneller
(jeszua) jaaa, bittte nicht aufhören
jaana fühlt wie prall jeszuas penis geworden ist
(jaana) rauf runter schneller und schneller
(jaana) meine hand kommt wieder hinzu. ja, das ist sie
jeszua stöhnt nun wieder lauter
(jaana) und umschließt den unteren teil des glieds und geht mit
(jaana) rauf runter
(jaana) runter rauf
(jaana) das macht geil, ich seh's in deine augen, du kannst dich kaum noch halten
jeszuas erregung füllt ihn wieder aus und sein glied zuckt
(jeszua) ja, ich bin gleich soweit
seine augen blicken sie gierig und erregt an, sein körper bebt
(jaana) ich halte inne und sauge heftig an deiner eichel
(jeszua) oohhhh
(jaana) meine hand massiert deinen sack wieder, härter als zuvor
jeszua wird das nicht mehr lange aushalten
(jaana) beginne wieder sanft, rauf runter, langsam
(jaana) schneller werdend
(jeszua) ja *stöhnt*
(jaana) na wie lange kannst du noch? rauf und runter, schneller und schneller
(jeszua) oh, das ist so geil
(jaana) meine lippen gehen weg und nur noch meine hand verwöhnt dich
(jeszua) nicht aufhören, bitte
jeszua ist kurz davor zu kommen
jaana will dich im mund spüren und nimmt dich wieder mit den lippen
(jaana) meine kopf geht schneller als je zuvor rauf und runter
(jeszua) *stöhntlautauf*
jaana kratzt über deinen bauch, dass es leichte striemen gibt
(jeszua) ich bin gleich soweit
jaana spürt das zucken von seinem penis
jeszua wird gleich explodieren
jaana liebt jeszua in ihrem mund, und wartet freudig
jaana berührt nochmal flüchtig jeszuas hoden
jeszua schreit laut auf, sein körper bäumt sich zuckend hoch und sein glied spritzt
jeszua bebt am ganzen körper und stöhnt
jaana schmeckt jeszua in ihrem mund
jeszua zieht jaana zu sich, umamt sie, sie spürt das beben seines körpers
(jaana) komme zu dir hoch und gebe dir einen sanften kuss
jeszua küsst jaana ebenso sanft und hält sie fest. sein körper zuckt unablässig
jaana liegt auf dir und genießt es, dein zucken zu fühlen

jeszua schmiegt sich an sie, sein atem ist heftig und sein körper angespannt
jaana schaut jeszua tief in die augen
jeszua erwidert den blick fasziniert und presst seinen körper an sie, umklammert sie
jaana genießt den augenblick besonders
(jaana) wir sind uns so nah
jeszua küsst sie ihre wärme genießend erneut, ihre lippen berühren sich
(jaana) komm hoch zu mir, wenn du mich haben willst

Stone schaute nachdenklich auf den letzten Satz. Seine Hände lassen von der Tastatur ab. Nach zwei Sekunden des Verweilens sperrte er den Zugang auf seinen Computer und erhob sich.

»Was denkst Du gerade?«

»Nop.«

Sie lagen gemeinsam auf der bequemen Decke im Grün des Parks. Seine weiche Haut an den Wagen, den Händen und den Stellen des Armes, die nicht vom Shirt bedeckt waren, verwöhnte ihre Sinne. Der Picknickkorb am Rand der Decke wurde von der Sonne beschienen, und zwitschernde Vögel rundeten dieses Paradies ab. Sofie war hier oft in der Mittagspause spazieren gegangen, aber so schön wie heute war ihr der Park nie erschienen. Und seine Berührung so angenehm und lang ersehnt.

Nop. Auch jetzt war er unverkennbar. Ein tiefer innerer Aufschrei aus Freude hallte in ihrem Herzen. Der neue Job, der alte treue Freund, die Aufputschmittel, welche sie heimlich jeden Tag in Getränke gemischt hatte. Gerade bei letzterem hatte sie lange gezögert, das Vertrauen, welches er ihr immer geschenkt hatte so zu hintergehen. Aber er war nicht mehr der alte. Und sie wollte alles tun um ihm zu helfen. Freiwillig hätte er nie Medikamente zu sich genommen, er hasste Medikamente. Zu lange hatten ihm in seiner Jugend Ärzte Heilmittel aufzwingen wollen, um damals seine Gefühle unter Kontrolle zu bringen. Sie kannte diese Medikamente die sie ebenso ihren Patienten nahe legte. Nop. Das Kürzel für »No Operation«. Eine sehr alte Anweisung für Computer, die aussagte nichts zu tun. Tatsächlich ein echter Maschinensprachebefehl der früher bei Computer benötigt wurde, welche Befehle, die eigentlich der Reihe nach abgearbeitet werden sollten, immer als Paar einlasen und diese zwei Befehle dann zur Geschwindigkeitssteigerung parallel verarbeiteten. Meist funktionierte dies, aber es gab Situationen, in denen der zweite Befehl zwangsweise erst ausgeführt werden durfte, nachdem der erste beendet war. Man stelle sich die Befehle »öffne Tür« und »gehe durch Tür« und »sage Hallo« vor. Hier muss man die Reihenfolge zumindest bei den ersten beiden einbehalten, sie können nicht parallel ausgeführt werden. Dazu würde man dem Computer die Befehle folgendermaßen mitteilen:

Öffne Tür
Nop
Gehe durch Tür
Sage Hallo

Der Computer liest nun immer zwei Befehle ein und bearbeitet sie parallel. Das heißt er führt zuerst Befehl eins und zwei gleichzeitig aus. In diesem Fall öffnet er die Tür und macht zeitgleich nichts Weiteres. Danach führt er Befehle drei und vier aus. Er geht also durch die Tür und sagt währenddessen hallo. Sogar ein Computer der nicht parallel Befehle verarbeitet kann das Programm ausführen. Er bearbeitet die Befehle dann einzeln nacheinander, was auch zu dem richtigen Ergebnis führt.

Case war ein Teil dieser Computerwelt. Er war in ihr aufgewachsen und liebte jedes kleinste Detail, so dass sich ihre Sprache auch in seinen Sprachgebrauch eingeschlichen hatte. Nop war seine Art ihr zu beschreiben, dass er gerade nichts dachte. Ein echter Insider, einer von den zahlreichen, die Sofie von ihm kannte, und die sie lieb gewonnen hatte. Sie lag mit ihm hier auf der Decke, nachdem er sie auf originelle Weise vor ihrem Büro abgefangen hatte. Der unbekannte Fremde. Sie musste Lachen, als sie noch mal daran dachte, wie süß er gerade vor ihr gestanden hatte. Sie hatte sich aufs Neue in ihn verliebt. Die Drogen würde sie absetzen.

»Hi Stone, wie läuft's?«

Ein neuer Tag war angebrochen. Und bereits mitten im Gange. Ausnahmsweise war Stone im Büro vor Case anwesend. Korrekterweise muss man hinzufügen, dass Stone nicht eher gekommen war, sondern Case deutlich später als sonst. Die beiden Freunde lächelten sich breit an und Stone sah das Leuchten bei Case, welches er so lange nicht vernommen hatte: »Wahrscheinlich nicht so gut wie bei Dir, aber auch nicht schlecht. Hatte gestern noch ein unplanmäßiges Date.«

Case stellte den Kopf in gespielter Missbilligung schief.

»Es blieb doch hoffentlich bei einem Essen.«

»Gegessen haben wir nicht.«

»Aber zumindest ist es die gleiche Frau…«

»Case! Ich muss doch jeder eine Chance geben, alles andere wäre den Frauen gegenüber doch unfair«, unterbrach Stone seinen Freund in vorwurfsvollem Ton, der nicht ernst gemeint war.

»Ts ts ts. Du machst Dich noch unglücklich.«

»Hey, ich würde niemals die Dreistigkeit besitzen, zu glauben, ich könnte mir die Frau meines Lebens selbst aussuchen. Das wäre göttlicher Frevel. Nein, ich muss akzeptieren, wer zu mir gebracht wird, und wenn es täglich eine andere ist, so muss ich dieses Leid ertragen.«

Die zwei lachten gemeinsam. Es war erleichternd. Stone fügte hinzu: »Früher habe ich immer gedacht, für die paar Minuten die ich ihn rein stecke soll ich mir eine eigene besorgen?«

Case ging zu dem nahen Kühlschrank, der in ihrem Büro stand und nahm sich ein Getränk heraus. Er ging wieder zu seinem Platz und stieß Stone im Vorübergehen freundschaftlich auf die linke Schulter. Stone atmete tief und fiel kurz in Schweigen. Er schloss die Augen und wie so oft, wenn er die Augen schloss und nichts seine Phantasie ablenkte, sah er sein Leben vorbeiziehen: »Jeden Tag Eintopf, für den Rest des Lebens. Weißt Du, Case, das Leben ist eine Krankheit die sexuell übertragen wird und in hundert Prozent aller Fälle mit dem Tod endet. Ich habe mich halt daran gewöhnt leben zu müssen. Und wenn man sich erstmal daran gewöhnt hat, ist das gar nicht so schlimm. Zumindest bekomme ich jeden Tag ein anderes abwechslungsreiches Menü.«

Case sah nicht zu seinem Freund. Er presste die Lippen aufeinander. Er hatte nicht den Hauch einer Ahnung, wie er seinem Freund helfen konnte. In weiter Entfernung sah er wieder das Gefühl von Hilflosigkeit vor ihm schweben, welches näher kam. Stone unterbrach ihn: »Case, schon OK. Es hat nichts mit uns zu tun, nur mit mir. Ich hab mein Leben ganz schön versäumt. Nicht den Spaß, damit geht's aufwärts. Ich meine das Private, was wirklich zählt. Ich glaube, ich könnte es noch ändern. Weißt Du, ich habe die Unabhängigkeit immer so sehr geliebt, wie Du Sofie. Ich wollte mich nie von Ihr trennen, wie Du von Deiner Frau. Aber vielleicht muss ich dass auch gar nicht. Vielleicht gibt es ein schönes Leben, in dem die Unabhängigkeit nicht untergeht, sondern ein Bestandteil ist.«

Case schaute seinen Freund an und zog es vor ihn nicht zu unterbrechen. Aufmerksam hörte er ihm zu, und vielleicht war bloß dies seine Pflicht als Freund und die einzige Verantwortung, die er zu tragen hatte.

»Mein Date von gestern. Sie gefällt mir sehr gut. Ich kenn sie ja noch nicht lange, schließlich sind wir auch noch nicht lange hier. Aber ich mag sie. Vielleicht werde ich öfter mit ihr daten. Vielleicht gehen wir einfach mal schick aus. Und reden dann miteinander. Ich höre gern, was sie zu sagen hat. Vielleicht wird es keine Liebe. Aber es könnte ein Anfang sein. Wie ein neuer Tag nach einer langen Nacht.«

Case schaute zu Stone. Er liebte seinen Freund, der immer ein echter Bruder im Geiste für ihn gewesen war. Er liebte Sofie. Und er verstand was Stone meinte und in Worte zu verpacken versuchte. Ein neuer Tag nach einer langen Nacht. Erwachen.

FRONTNACHRICHTENEINHEIT

Die Daten des Fremdnetzes enthielten lediglich eine Art sinnvolle Information, die Zeiten, an denen eine Verbindung zu CyberNetTechnology erfolgten. Mehr nicht. Case hatte die Daten auf Verschlüsselung geprüft, zahlreiche Algorithmen zur Analyse über sie laufen lassen, aber mehr war wirklich nicht enthalten. Zumindest hatte Case jetzt genaue Angaben, wann immer der Datenabgleich erfolgte. Es befand sich maximal eine Zeitspanne von anderthalb Tagen zwischen zwei Verbindungen. Da wollte wirklich jemand immer auf tagesaktuellem Stand bleiben. Case verglich anhand dieser Daten sämtliche Protokolldateien von CyberNetTechnology. Nirgends war die Verbindung vermerkt. Definitiv wurden diese Dateien manipuliert. Er hatte Stone erneut darauf angesprochen, der dazu bislang nichts herausgefunden hatte, aber weiter forschen würde. Parallel zu seinen Analysen, hatte sich Case bemüht eine Adresse zu der Verbindungsnummer zu bekommen, welche Stone ihm gegeben hatte.

Ocean Shellar fand sich in der Phantasiewelt Whyne. Genauer stand er in einer Seitenstrasse der Hauptstadt Perl des Königreiches der Bogeninsel. Er genoss den

Geruch des Salzwassers, welches die auf einer kleinen Insel gelegenen Stadt umgab und den sanft wehenden Wind, der die Hitze der Sonnenstrahlen angenehm milderte. Er hörte das freudig klingende Geschrei der gefiederten Freunde vom Hafen, und gelegentlich einen Aufschrei eines Hafenarbeiters. Am Ende der Seitenstrasse, wo sie senkrecht auf eine andere Strasse mündete, marschierten drei Soldaten entlang, in der leichten Uniform der königlichen Armee gekleidet, die hauptsächlich aus Leder bestand. Case schritt durch die sandige Strasse, seine Lederstiefel ließen ihn die Gesteine, welche den Belag der Strasse bildeten, genauestens spüren. Ocean liebte diese Stadt schon bevor er sie zum ersten Mal betreten hatte. Er hatte sie bereits geliebt, als er von ihr nur gehört hatte, in Erzählungen von Fremden. Er hatte sie noch stärker geliebt, als er die Karten des Königreiches studiert und sich bis ins Detail den Standort jedes Hauses von Perl eingeprägt hatte. Aber richtig mit seinem Herzen hatte sich die Stadt verwurzelt, als er sie das erste Mal betreten hatte. Er hatte damals diesem Königreich die treue geschworen. Hier hatte er Nia kennen gelernt und seine anderen Freunde, wie Vaylin, Jeszua, die zu seinem Leben gehörten. In dieser Welt, wie in der anderen. Nicht nur Ocean hatte Nia geheiratet, was ihn allerdings damals eine einjährige Abenteuerreise in der Welt Whyne fern vom Königreich gekostet hatte, um zu beweisen, dass er mutig und erwachsen war, nein, auch der reale Mensch hinter diesem Helden, Case hatte seine Liebe geheiratet, die Sofie, welche den Charakter Nia auf Whyne lebte. Ja, in dieser Fantasywelt hatten sie sich kennen gelernt, und Ocean Shellar war damals ein Held auf Whyne geworden. Fast überall in den zivilisierten Ländern Whynes, kannte man die Geschichte des jungen Elfen Ocean Shellar. Die Geschichte Ocean Shellars. Doch diese Geschichte wird an einer anderen Stelle erzählt, längst ist sie niedergeschrieben.

Ocean Shellar hatte damals Perl mit kindlichem Gemüt betreten, Nia mit einer Gruppe von königlichen Soldaten, unter dem Kommando von Case heutigem Freund Stone, getroffen und sich in Nia verguckt, was nicht auf Gegenliebe stieß. Er bekam Streit mit den Soldaten, wurde aus der Taverne verwiesen und flüchtete aus Perl, aus dem Königreich über das Meer in die Welt. Er durchlebte ein Jahr voller Gefahren, kämpfte vielerorts auf der Seite der Freiheit und kehrte nach einem Jahr nach Whyne zurück. Es war damals Case erste Erfahrung mit der Dreaming Reality und dem Fantasyszenario Whyne. Er hatte jeden Tag gespielt, nahezu tatsächlich ein Jahr lang das Lebens von Ocean Shellar erlebt, und die Dreaming Reality nur zu den Pflichtveranstaltungen der Schule verlassen. Fast hätte er das Schuljahr wiederholen müssen. Aber diese Art der Nichtrealität war das schönste, was er je erlebt hatte. Ein Jahr im Leben des Elfen Ocean Shellars. Als Shellar nach Perl zurückkehrte, kannte man dort bereits die Geschichten seiner Abenteuer, von den vielen Reisenden die in Perl einkehrten. Und er kehrte als Held zurück. Nia und er kamen letztlich in der Dreaming Reality zusammen, Jahre später lernten sie sich auch real kennen, längst endlos verliebt und unter der Heirat geeint auf Whyne in der Verkörperung ihre Charaktere. Und in der echten Welt spiegelten sich ihre Gefühle wieder. Es ist ein unbeschreibliches Gefühl, jemanden zum ersten Mal wirklich zu sehen, den Du bereits aus deinen Gedanken und deiner Phantasie und deinen Erlebnissen in der Netzwelt kennst und mit dem du bereits so tief verbunden bist. Er musste nur ihre Augen ansehen und war in Liebe, wie er als Ocean in Liebe zu Nia stand. Sie hatten in der Dreaming Reality bereits alles geteilt, was ein Paar miteinander teilen kann, darüber hinaus lebensgefährliche Abenteuer bestanden und Glück und Freude gespürt. Nun mussten sie dies in der realen Welt nachziehen.

Jetzt stand Case wieder in der Form seines Dreaming Reality Charakters Ocean Shellars in Perl und befand sich auf dem Weg zu dem königlichen Palast von Perl. Denn auf diesem Weg befand sich die Universität der Forschung und Magie zu Perl, in welcher er gedachte einen besonderen Elfen zu treffen. Die Wachen der königlichen Garde grüßten den ihnen bekannten Elf, als dieser in die Akademie eintrat. Sie waren nicht dazu da, den Eingang zu bewachen, sondern waren vor der Universität postiert um Präsenz zu zeigen und einzuschreiten, wenn ihre Hilfe innerhalb der Akademie benötigt wurde. Dies war erst zweimal der Fall. Einmal als ein Magierneuling seinen Meister bedrohte, und diese ihn mit mächtiger Magie übel zurichtete, so dass die Wachen den jungen Aufmüpfigen davon zu den Heilern tragen mussten, und als ein Magieexperiment fehlgeschlagen war, und ein machtvoller Dämon freigesetzt wurde. Seit letzterer Geschichte war es der Alptraum eines jeden jungen Soldaten, vor der Akademie Dienst zu haben, wenn wieder ein dunkler Versuch durchgeführt wurde. Die Wachen damals hatten zum Glück lediglich die mächtigen Magier der Akademie im Kampf zu unterstützen, die den Dämon nach Stunden vernichteten.

Shellar durchschritt die hohe Eingangshalle der Universität und hörte das Gemurmel des Wissens. Vor langer Zeit hatte der dritte Magnifizenz der Universität die Akademie drei Wochen lang geschlossen und mit seinen zwei mächtigsten Vertretern eine Magie gewirkt, welche der Universität auf ewig innewohnte. Jedweder Satz von Wissen, welcher jemals in den Arkaden der Akademie geäußert wurde, begann als Echo von den Mauern zurückgeworfen zu werden und verankerte sich in den Steinen. Auf ewig konnte man einen solchen Satz in den Räumlichkeiten der Universität vernehmen. Diese Sätze bildeten das Gemurmel des Wissens. Alle Weisheiten, welche jemals hier laut ausgesprochen wurden, reihten sich auf ewig in das Gemurmel ein, mittlerweile war das Gemurmel daher überfüllt von Wörtern, von denen man meist nur Wortfetzen aktiv verstand. Aber jeder der längere Zeit durch die Akademie wanderte, konnte bestätigen, dass man zwar nicht direkt hören konnte, was einem das Gemurmel zu sagen hatte, aber dennoch auf Dauer unterbewusst mit Wissen gefüllt wurde, von dem man nicht wusste, wo man es einmal vernommen hatte. Somit hatte der berühmte Magnifizenz Lorthutas Illinior Te'Ariathmas dafür gesorgt, dass für die Erlangung der hier bekannten Erkenntnisse bloße Anwesenheit ausreichte, und man sich auf die Erweiterung neuer Kenntnisse für die Akademie konzentrieren konnte.

Ocean Shellar ließ das melodische Gemurmel in sich Eindringen, wie eine Woge von wissender Seligkeit, welche ihn umfloss. Dieser Ort des Wunders in Whyne war den Programmierern wahrhaft gelungen. Shellar wandte sich an einen der geschäftig herumlaufenden Magier in einer samtenen purpurnen Robe und beugte sich ein Stück weit ehrerbietig vor ihn: »Werter Magister, würdet Ihr die Freundlichkeit besitzen, einem Unwissenden zu erklären, wo Mentor Jhalazzar aufzufinden ist?«

Der purpurne Umgang raschelte in einer auslehnenden Armbewegung und Ocean Shellar verschwand. Der Magier schüttelte den Kopf. Warum konnte sich ein Sterblicher niemals normal in Gegenwart eines Erzmagiers artikulieren. Ocean Shellar wurde für den Moment die Sinne vernebelt, daraufhin befand er sich in einem langen leisen Gang, das Gemurmel des Wissens war nicht mehr zu vernehmen. Er stand auf einem riesigen Läufer, der der gesamten Flur des Gewölbes bedeckte, vor einer schweren, eisenbeschlagenen Holztür. Dies geschah, wenn man einen Magier nach dem Weg fragte, dachte er belustigt. Shellar klopfte an der Holztür, er musste schwer darauf schlagen, um durch die dicken Panelen ein Geräusch zu verursachen. Eine wogende Stimme erlaubte den Einlass, und die Tür schwang von selbst auf. Shellar trat ein, in dem dämmrigen Licht konnte er nicht viel sehen, außer einer schwarzen Gestalt in der Zimmermitte, welche scheinbar mit dem Rücken zu ihm stand und sich nun umdrehte.

Die Kapuze des Umhangs gab von vorn das Gesicht des Trägers frei, obgleich des dunklen Raumes, schien es von sich aus zu leuchten, so hell war es zu sehen. Traumhafte Gesichtszüge ohne Makel, glanzvoll umrandet von einem goldenen Schein der ansehnlichen Haarpracht. Eine Handbewegung innerhalb des schwarzen Umhangs, und drei Kerzen begannen dem Raum mit kleinen Flammen zu beleuchten. Dabei schien das Licht von einem Verstand gelenkt zu werden, denn die Geheimnisse des Raumes wurden nicht erhellt. Shellar erblickte lediglich den Boden des Raumes, überall wo er schon im Dunklen wahrgenommen hatte, dass sich dort Regale, ein Schreibtisch und Instrumente befanden, fand kein Lichtstrahl seinen Weg. Shellar kniete ob der Macht, die ihn dieserorts umgab, ergeben nieder und warte bis man ihm gebot, das Wort und sich zu erheben. Es erklang direkt in seinem Kopf: »Stehet und sprechet.«

Er stand auf, schaute in das Gesicht, welches aus dem schönsten aller Träume zu stammen schien und verlor sich. Es dauerte, bis er sich gefasst hatte. Er besaß das Gefühl, dass er diesem Gesicht alles sagen musste, dass er verpflichtet war, jeder Weisung, welche den göttlich geschwungenen Lippen entwich, zu folgen. Erneut bemerkte er, dass er seine Fassung verlor und zwang sich unter wildester Willensanstrengung kühl zu bleiben: »Verehrte Magisterin Jhalazzar, ich erbitte Euch um Antwort auf eine bedeutsame Frage, welche sich mir bei meinem letzten Erwachen stellte. Es ist ein Ort den ich suche, nicht hier, sondern fern der Welt Whyne.«

»So gebt mir ein Abbild des Ortes, und ich werde mir Euer Ersuchen bedenken«, erklang ihre Stimme wie ein gottesnaher Gesang in seinem Kopf. Shellar nickte und mit einem Gedankencode übermittelte er die verlangten Daten an den Zielcomputer des Träumers, der vor ihm stand. Geduldig wartete er, jede Facette der leuchtenden Haut des Gesichtes aufnehmend, sich wünschend, dass es sich in seine Netzhaut einbrannte, damit er für immer sehen konnte: »Wenn Ihr erwachet, werdet Ihr den Ort kennen.«

Shellar wollte das Gesicht erfassen, eine liebkosende Berührung ausführen, seine unwürdigen Lippen die anderen berühren lassen, es war als wenn jeder Augenblick Abstand zu der unglaubwürdigen Schönheit ihn sterben ließ. Case erwachte.

Erwachen. Das Verlassen der Dreaming Reality in die reale Welt. Die Wiedergeburt. Cases Körper war schweißgebadet. Stone blickte ihn an und meinte: »Jhalazzar?«

Case bemerkte nun ebenfalls, dass der Schweiß ihm unter anderen im Gesicht stand und nickte immer noch ehrfurchtsvoll berührt. Wer auch immer dieser Träumer war, die Gestalt seines Charakters hatte er beeindruckend geschaffen. Case schaute auf sein Terminal:

```
Starting dreaming reality system...
Initialized dreaming reality console.
Opening connection scene Whyne...
Server Response OK.
Connection opened.
Starting scene Whyne...
Scene Whyne started.
:: User ocean shellar entered scene Whyne
:: Message from User: unknown
{
address resolved
look for data pack
{
583CA10B
158BE357
45B1BCE1
B5371A7F
78576F0227A4
}
in destination
{
9264D6A4
2116E113
41551304
BF9FCCE3
1A123B186050
}
magister Jhalazzar
}
:: User ocean shellar left scene Whyne
Finalizing scene Whyne...
Finalized scene Whyne.
Closing connection...
Connection closed.
System stopped.
Aufruf:          _
```

Case hatte alles, was er benötigte. Es dauerte nur eine halbe Minute, bis er Verbindung mit der angegebenen Zieladresse aufgenommen hatte, und das entsprechende Datenpaket mit der Identitätsnummer, welche Hexadezimal angegeben war, gefunden hatte. Die Daten enthielten die konkrete Adresse, die er gesucht hatte. Das Paket hatte ihm der Träumer des Charakters Jhalazzar hinterlegt, ebenso wie die Nachricht auf seinem Terminal. Case und seine Freunde hatten nie erfahren, welcher Mensch hinter Jhalazzar steckte, aber sie wussten, dass es ein Hacker wie sie war, und die Person Zugriff auf diverse Dateien besaß, mit welcher man eine Zieladresse auf eine reale Adresse zuordnen konnte, um in Erfahrung zu bringen, wo ein Computer, zu dem man Verbindung hatte sich real befand. Case hatte Jhalazzars Dienste schon mehrfach in Anspruch genommen, so wie sie der Magierin auch bereits bei Problemen mit Rat und Tat zur Seite gestanden hatten.

Ein letztes Gespräch mit Stone hatte ergeben, dass sich die Datenpakete zu einem einzigen Projekt mit dem CyberNetTechnology internen Namen Blackbird zuordnen ließen. Was der Inhalt des Projektes war konnte noch nicht geklärt werden. Auch schien geheim zu sein, wer an dem Projekt arbeitete. Die Daten waren hochgradig verschlüsselt, Stone war nicht in der Lage die Daten zu lesen. Er hatte seine firmeninternen Kontakte zu nutzen, um zu erfahren was dahinter steckte. Momentan beschäftigte er sich aber mit den Listen, wer Zugriff auf diese Daten besaß und wer dazu Zugriff auf die Protokolldateien hatte. Die Vermutung lag nahe, dass derjenige der in der Firma die Protokolldateien manipulierte auch an dem Projekt arbeitete und somit auf beide Datenbereiche Zugriff besaß. Auf diese Weise konnte Case trotz der Geheimhaltung eingrenzen, wer an dem Projekt arbeitete.

Case besah den Ort genau. Es war ein gigantischer Wohnblock, angereiht an einen weiteren, beiden umgeben von viel mehr dieser Blöcke. Standardbauten. Mittlerweile wusste jeder Architekt, dass diese Bauweise nicht ansehenswert war und Depressionen bei den Bewohnern auslöste, die sich wahrscheinlich wie Insassen einer Haftanstalt vorkamen. Ja, hier ein Leben zu führen, kam Case vor wie eine Haftstrafe abzusitzen. Und wenn man nicht gerade jung war, und dies bloß den ersten Entnabelungspunkt darstellte, hatte man lebenslänglich bekommen. Grau an grau. Die Wände. Die kleinen Balkone, welche direkt nebeneinander hingen. Der Ausblick von ihnen grandios auf Balkone von dem Wohnblock gegenüber. Die Depressionen führten nicht einmal zu neuen Kunden für Sofie. Denn wer, der hier wohnte, würde sich eine regelmäßige oder auch nur einmalige Sitzung leisten können? In der Armutsphase des Aufbaus der Europäischen Union hatte man nach dem schrecklichen vorherigen Krieg keine ausreichenden Geldmittel besessen, in der Zeit waren viele dieser Wohngebiete erschlossen worden.

Trotz des Anblickes dachte Case an glückliche Tage, wenn er die Siedlung betrachtete, welche man wider besseren Wissens gebaut hatte, um die Wohnungsarmut der unteren sozialen Schichten zu senken. Case musste unwillkürlich an die Zeit denken, als Sofie, damals noch mit ihrer gerade erst begonnen Tätigkeit nach dem Studium, an einem solchen Ort gewohnt hatte. Gut, ihre Wohnsiedlung hatte einen kleinen Vorteil gehabt, statt der engen ebenfalls grau asphaltierten Strassen, die hier die Häuserschluchten trennten, waren es damals bei ihr Rasenflächen mit Blumenbeeten gewesen. Das hatte es ein wenig wettgemacht. Aber die Häuser waren dieselben. Case schwelgte in seinen Gedanken. Sie hatte eine der Standardwohnungen im dritten Stock ihres Hause, der kleine Flur, eng gefüllt mit den wenigen sportlichen Schuhen und ihrer Jacken, direkt rechts eine Tür zu ihrer Toilette mit Badewanne und Duscheinheit in einem. Die zweite Tür rechts eine kleine Küche, Case hatte immer gegrinst, wenn er damals mit ihr versuchte dort zu kochen, weil sie ständig aneinanderrempelten, was meist mit anderen Dingen, denn mit essen endete. Aber die Küche war zumindest schön eingerichtet gewesen, mit dezenten blau gefärbten Möbeln, vom Vormieter übernommen. Gegenüber der Küchentür befand sich auf der linken Seite des Flures eine kleine Büronische, dort hatte Sofie versucht den schriftlichen Teil ihrer Arbeit nach einem langen Tag zu erledigen. Wenn sie nicht gerade mit Case datete. Am Ende des Flures führte die letzte vom Flur abgehende Tür in das Wohnzimmer. Dort befanden sich ein Esstisch, eine Couchgruppe, die sich in vielen Situationen als bequem erwies, und die Glastür zum kleinen Balkon. Wenn Case damals auf die Idee kam zu rauchen, höchst selten, ging er auf diesen Balkon und ging seinen Gedanken nach. Während er über die Rasenfläche hinweg auf die anderen Gebäude schaute und manchmal spielende Kinder am Boden beobachtete. Er konnte sich noch sehr gut an die festen und dennoch liebevollen Umarmungen erinnern, von Sofie, wenn sie zu ihm heraus kam. Er sehnte sich damals immer nach diesen Umarmungen, wenn er auch nur fünf Minuten lang nicht in ihrer Nähe war. Heute dachte er nur selten daran, aber wenn, dann vermisste er sie auch. Wenn man vom Flur das Wohnzimmer betrat, befand sich die Tischgruppe direkt in Front, und der Raum weitete sich nach links. Direkt rechts war die letzte Tür der Wohnung, welche ins Schlafzimmer führte. Dort lagen Matratzen auf dem Boden, als Schlafgelegenheit. Oder als Spielplatz, je nachdem. Case spürte jetzt, in Gedanken schweifend, deutlich Sofies regelmäßigen Atem an seinem Hals, in den Anfangszeiten ihrer Beziehung, als seine unsterbliche reale Liebe in diese Frau begann. Eng angekuschelt hatten sie viele lange aber schnell vorübergehende Morgen der freien Tage hier verbracht. Case sah sich in Gedanken auf den Matratzen liegen, Sofie im Halbschlaf neben sich, ihre Hand strich unregelmäßig über seine empfindliche Haut am Rücken, ein Kitzeln, welches er besonders liebte. Er starrte an die Decke, leerte seine Gedanken und war erfüllt von dem Augenblick.

Heute war er nicht an diesem Ort, um jemanden zu besuchen. Nicht direkt zumindest. Es war die Adresse des Verbindungsknotens. Case dachte nicht daran auszusteigen und die Wohnung zu betreten. Er würde mit sehr hoher Wahrscheinlichkeit ohnehin keine Spuren finden. Dafür aber sicherlich entweder zahlreiche Fallen auslösen, oder aber auf Wachen treffen. Da Case kein professioneller Einbrecher war, es sei den in der digitalen Welt, hatte er nicht vor sein Glück aufs Spiel zu setzen. Er wusste genau, um welche Wohnung es sich handelte. Und nun würde er abwarten und der Dinge harren, die da kamen. Er war sich relativ sicher, dass etwas passieren würde. Denn Case war sich mittlerweile einer Sache klar: dies war ein reiner Verbindungsknoten, an dem die Daten aus CyberNetTechnology gesammelt wurden. Alte gesammelte Daten befanden sich nicht hier in den Netzknoten, er hatte schließlich nichts aufgefunden. Das bedeutete, dass sie sie sammelten und wieder von dem Verbindungscomputer löschten. Der Verbindungscomputer selbst hatte keine andere Anbindung, sonst hätte Case von ihm aus Zugänge im Cyberspace gefunden. Nein, jemand kopierte die Daten von CyberNetTechnology auf diesen Rechner und löschte sie dann wieder. Und das machte nur Sinn, wenn man sie vorweg auf andere Weise erneut kopierte. Da blieben zwei Möglichkeiten. Erstens: hier befand sich ein zweiter Computer, der nicht mit dem ersten verbunden war, sonst hätte Case das ja im Netz entdeckt, und die Daten wurden manuell im ersten Computer zum Beispiel auf einen tragbaren Datenträger gesichert und im anderen Computer kopiert und von da weiter versand. Das die Daten weiter übertragen wurden war für Case sicher, wer würde schon diese Daten ausschließlich hier in einer Standardwohnung nutzen? Diese erste Möglichkeit hatte Case geprüft. Er war in diverse Netzbetreiberunternehmen eingedrungen, welche Verbindungen ermöglichten, quasi die Telekommunikationsunternehmen für Computer. Lediglich mit einer Stelle wurde von dieser Wohnung her Verbindung aufgenommen und das war CyberNetTechnology. Das heißt, es kam nicht in betracht, dass die Daten elektronisch weitergeleitet wurde. Folglich kam Case zu zweitens: er hatte die Vermutung, dass die Daten manuell transportiert wurden. Dies bedeutete irgendjemand würde in die Wohnung gehen, dort Verbindung zu CyberNetTechnology aufnehmen, Daten abgleichen und sichern, und mit der Sicherung zu einem anderen Ort fahren. Und auf diesen jemand wartete Case.

»Hi Jaana.«

Ein strahlendes Lächeln war die Antwort auf seine Begrüßung. Das fuchsrote Haar streichelte ihre Schulter, ihr nicht geschminktes Gesicht hatte eine wundervolle Natürlichkeit. Viele Frauen waren neidisch, dass Jaana nicht nötig hatte Schminke zu benutzen. Sie wirkte dennoch unglaublich hübsch: »Na Stone. Schleichst Du wieder durch das Gebäude?«

Sie deutete ihm an, sich in ihr Büro zu setzen. Stone zog eine hübsche gelb leuchtende Rose hinter seinem Rücken hervor und reichte sie ihr. Sie zog die Augenbrauen hoch, nahm die Rose zauberhaft an sich und steckte sie in ein leeres Glas auf ihrem Schreibtisch: »Ich werde ihr später Wasser geben.«

Stone konnte ihren Blick nicht deuten, war jedoch viel zu sehr trainiert ein charmanter Verführer zu sein, um unsicher zu werden.

»Gelb, Stone?«, wollte sie wissen, und er grinste. Daher ihre Zurückhaltung: »Ich war mir nicht sicher, wie es für Dich ist, Jaana. Von meiner Seite hätte ich die Farbe rot bevorzugt, aber vielleicht ist es für Dich wenig mehr als Freundschaft.«

Sie lächelte ihn an, und ihm wurde nun doch flau, sein Herz verloren: »Beim nächsten Mal erwarte ich rot.«

Sie setzte sich vor ihm auf den Schreibtisch und ergriff seine Hand. Es fühlte sich richtig an. »Dann wird es rot sein. Würdest Du morgen Abend gern mit mir ausgehen?«

Hm. Sie wandte den Kopf, einen Seitenblick zu ihrem Terminkalender, der zugeschlagen auf der Mahagoni-Schreibtischoberseite verweilte. Sie griff nicht danach und sah Stone wieder an: »Gern.«

Stille. Beide wussten nicht so recht, wie es weitergehen würde. Dennoch würden sie das Risiko eingehen: »Kommt Ihr bei Eurem Job voran, Stone?«

Stone nickte mehrfach. Es war die sprachlose Geste, dass alles OK war, aber durchaus besser werden konnte. Jaana hatte einen hohen Stellenwert innerhalb der Firma, dennoch wusste auch sie nicht den wahren Grund von Case und Stones Anstellung. Ein schriller Ton erklang. Stone schrak auf. Er gab Jaana einen Kuss auf die Wange und verschwand von ihrem Lächeln begleitet. Es war soweit. Die Verbindung wurde erneut hergestellt. Das Warnprogramm welches Stone zur Überwachung installiert hatte, hatte ihm auf seinem mobilen Kommunikationsgerät den Start der Verbindung signalisiert. Stone rannte zu ihrem Büro.

Case hatte den weißen Lieferwagen direkt bemerkt, als dieser in die Strasse eingebogen war. Aufmerksam hatte er bislang alles beobachtet, was diese Strasse betreten hatte, unwichtig ob Mensch oder Fahrzeug. Case hatte die Hoffnung innerhalb des Tages etwas zu entdecken, da die Verbindung ja fast jeden Tag aufgebaut wurde, und es heute bislang nicht geschehen war. Case Kommunikationseinheit vibrierte. Case nahm den Anruf entgegen und vernahm Stones Stimme: »Wir haben einen Connect«. Case beobachtete aus den Augenwinkeln wie der Lieferwagen in Höhe des Zielgebäudes hielt. Der Fahrer stieg aus, ging zum Laderaum, nahm ein kleines Paket heraus und schlenderte zu dem Wohnhaus. Ihm war klar, dass jemand in der Wohnung sein musste und die Daten abglich, oder ein automatisierter Prozess ablief. Der Fahrer dieses Wagens war es zumindest nicht. Nichts desto trotz war es an der Zeit etwas zu tun. Case betätigte einen Knopf an der Front seines Sitzes und in seinem Fahrzeug klappte ein Terminal aus, welches den Platz eines Beifahrers belegte. Seine Finger glitten über die Tasten.

Stone hatte die Liste der Personen, die an dem Projekt arbeiteten und auf die Protokolldateien zugreifen durften, auf sieben Personen begrenzt. Nun war es an der Zeit die wahre Person zu filtern. Stone bemerkte auf seinem Terminal, dass bereits jetzt einzelne Änderungen an den Protokolldateien erfolgten, welche nicht korrekt waren. Er überwachte die Datei und ließ sich die Statusinformationen auf seinem Bildschirm anzeigen. Stone grinste breit, während er sein Terminal ungestüm bearbeitete. Nacheinander entfernte er die Protokolldateiberechtigungen seiner sieben Verdächtigen, bis bereits bei der vierten Person die Manipulationen abrupt endeten. Stone aktivierte die Berechtigung erneut und nach einer kurzen Pause gingen die Manipulationen weiter. Zur Bestätigung entfernte Stone noch die Berechtigungen der drei letzten Kandidaten, die Dateien wurden weiterhin verfälscht. Stone hatte nun seinen Kandidaten herausgefiltert. Jetzt musste er lediglich wissen, ob nicht jemand illegal den Zugang dieser Person nutzte, daher beeilte sich Stone damit zu dem Büro des Angestellten zu gelangen, nachdem er sichergestellt hatte, dass der Computer, von dem die Modifikationen der Protokolldatei erfolgten, sich in dem Büro befand. Es kostete Stone eine kurze Sekunde sich zu fangen, damit eine hektische Atmung ihn nicht verriet. Er öffnete die Tür direkt nach einer Pause und trat in den Raum. Mit einem verwirrten Ausdruck im Gesicht blieb er stehen. Seine verhaspelte Miene schaute sich zuerst im Raum um und blieb dann an dem Angestellten hängen, der misstrauisch von seinem Terminal aufblickte:

»Entschuldigung. Ich suche Fachner.«

Ein beiläufig gemurmeltes »im Nebenraum« ertönte, bevor der Mann sich wieder seinem Terminal zuwandte. Stone nickte dankbar, drehte sich um und verließ den Raum. Er hatte den Mann von dem Photo der Personalakte erkannt. Seine Zielperson war bestätigt. Sie hatten den Maulwurf in der Firma gefunden. Stone sendete Case eine entsprechende Mail über die mobile Kommunikationseinheit und ging seines Weges in Richtung seines Büros.

Case bekam einen weiteren Anruf von Stone, den er eilig entgegen nahm: »Case, die Verbindung ist beendet. Hast Du meine Mail bekommen?«

»Jepp. Darum kümmern wir uns, wenn ich wieder da bin. Schau aber schon mal nach, was das für eine Person ist und bleib bitte dran, um was es sich bei dem Projekt handelt.«

»Klar, Case. Kommst Du zurück?«

»Negativ. Ich werde den Daten auf der Spur bleiben. Ich halte Dich auf dem Laufenden. Hab hier einen Kurierdienst. Der Wagen gehört aber gar nicht dem Lieferunternehmen. Ich warte auf dem Fahrer, der sich im Zielgebäude befindet. Werde ihm folgen.«

»Ok, Case. Pass gut auf Dich auf.«

Prime Archer Dexter schritt die drei Stufen zur Lagerhalle empor, schloss das altmodische wirkende Schloss mit ihrer Keycard auf und trat hinein. Sie trug einen schwarzen Lederkoffer in der linken Hand. Zwischen den üblichen Containern, die man auch sonst am Hafen vorfand, war ein Gang freigelassen, der von der Tür aus ins Innere der Lagerhalle führte. Sie war sich durchaus bewusst, dass trotz der leeren Atmosphäre und der scheinbaren Verlassenheit des Ortes mindestens zwei Scharfschützengewehre gerade auf ihren Kopf zielten. Die Soldatin kam an das Ende des improvisierten Ganges und betrat eine große frei Fläche, in deren Mitte der Lieferwagen des Kurierdienstes geparkt war. Daneben stand ein schwerer schwarzer Cruiser, eine Mischung aus Van und Geländewagen, in dem ohne Probleme acht Personen Platz hatten. Sie schritt in reflexartigem militärischem Gleichschritt auf den Cruiser zu. Ein Mann, der wie sie schwarze Kleidung ohne Rangabzeichen trug, stieg hinten rechts aus. Sie grüßte militärisch, was er nicht erwiderte. Stattdessen schaute er sie missbilligend an: »Kein verräterischen Sätze, Zeichen, Ränge oder weiteres in einer verdeckten Operation.«

Auf seine Zurechtweisung hin wurde ihr mulmig. Zwar behielt sie weiterhin einen kühlen Blick, aber dies war ihr erster realer Auftrag. Sie war frisch aus der Ausbildung entlassen und war – was echte Einsätze anbelangte – noch nicht abgebrüht. Trotzdem wahrte sie ihre Miene und nickte. In einer verdeckten Operation sollte nichts darauf hindeuten können, dass militärische Einheiten beteiligt waren. Die Mitglieder der Operation trugen daher keine erkennbaren Uniformen und Rangabzeichen, redeten sich mit Codenamen an, versuchten keine militärische Hierarchie nach außen zu zeigen und hatten zivile Waffen, die in der Armee nicht benutzt wurden.

»Sie sind ein Zugvogel?«

Zugvogel war die Bezeichnung für einen Neuling, der am besten erst einmal einfach den anderen folgte, da er noch nicht genug eigene Kenntnisse besaß. Wieder nickte sie, diesmal sichtbar ein wenig betreten. Sie wusste, wen sie vor sich hatte, der Operationsbefehl, den sie erhalten hatte, enthielt den Operationsbefehlshaber als Vermerk. Und sie wäre kein echtes Mitglied der Frontnachrichteneinheit gewesen, wenn sie sich nicht über alle vermerkten Personen informiert hätte. Es war Lieutenant Hanston, ein Spezialist für verdeckte Kampfeinsätze. Was Oliver Hanston wohl selbst nicht wusste, in den Unterlagen der Frontnachrichteneinheit festgehalten, auf die Dexter als Mitglied Zugriff hatte. Er galt als der Soldat mit den besten Erfahrungen bei verdeckten Operationen und würde bei diesen Einsätzen sicherlich eine lange Karriere vor sich haben. Ihr brünettes zu einem Zopf gebundenes Haar streifte über ihre Schulterpartie, als sie den Kopf in Richtung des Lieferwagens drehte: »Ist da das Subjekt meines Einsatzes?«

Lieutenant Hanston nickte: »Ja. Dort drin. Das wird auch Ihr Einsatzort sein, wir haben hier nichts anderes. Sie sind sich über das Ziel im Klaren?«

»Ich wurde informiert«, erwiderte sie knapp.

»Gut, beginnen wir. Ich will die Sache schnell hinter uns bringen. Ich denke doch, Sie kriegen ihn trotzdem zum Reden?«

Die Verwendung von trotzdem war eine Anspielung auf ihren neuen Status. Hanston war ein Profi. Er wollte nur mit Profis zusammenarbeiten. Sie grinste schief: »Wenn zwei Leute ein Geheimnis für sich behalten wollen, dann geht das nur wenn beide tot ist. Und wenn das Subjekt für jemand anderen arbeitet, dann haben wir schon zwei«, nannte sie das Grundprinzip, auf das der Frontnachrichtendienst aufgebaut war. Hanston zog eine Gänsehaut über den Rücken, wie immer wenn er mit der Frontnachrichteneinheit konfrontiert wurde.

Stone war von Case informiert worden, dass es wahrscheinlich Probleme gab. Case hatte angerufen, als er den schwarzen Cruiser bemerkte, der in der abgelegenen Gasse, in welche der Lieferwagen zuletzt eingebogen war, plötzlich hinter Case auftauchte und schnell beschleunigte. Stone hatte erwidert: »Verstanden«, und der Anruf war beendet. Stone leitete darauf das Notfallprogramm ein, welches die Freunde vor langer Zeit bereits für solche Fälle abgesprochen hatten. Er sprang an sein Terminal, an dem er gerade eben noch die Personalakte des Maulwurfes durchgegangen war, nahm Verbindung zu dem Computer in Case Fahrzeug auf, manipulierte die originale Fahrzeugidentifikationsnummer. Diese elektronische Fahrzeugcodierung ermöglichte es ein Fahrzeug seinem Besitzer zuzuordnen. Sie konnte von anderen Fahrzeugen bei einem Unfall automatisch ermittelt werden, oder von Polizeifahrzeugen oder Radarstationen. Danach leitete Stone die komplette Datenvernichtung des Terminals in Cases Fahrzeug ein, so dass eine spätere Datenanalyse nicht mehr möglich war. Jetzt würden die erst einmal bei Überprüfung der Identifikationsnummer herausbekommen, dass es sich um ein Dienstfahrzeug eines großen europäischen Unternehmens handelte. Nachdem Stone diese Sicherheitsmaßnahmen ergriffen hatte, legte er nach kurzem Nachdenken sein Dreaming Reality Interface an und betrat das Szenario Whyne.

Dexter betrat den Lieferwagen. Case saß in der Mitte des Lieferwagens, er war geknebelt und hatte die Augen verbunden. Er war am Kopf leicht blau angelaufen, wahrscheinlich Überreste seine Gefangennahme. Einige wenige Pakete lagen in einer Ecke des Transportraumes. Dexter schloss die Wagentür hinter sich. In dem geräumigen Lieferwagen konnte sie bequem stehen. Sie stellte ein großes Paket seitlich vor den Stuhl, Case zuckte bei den Geräuschen, welche sie verursachte, nervös zusammen. Sie legte ihren schwarzen Koffer aufgeklappt auf das Paket. Zahlreiche silbern glänzende Instrumente wurden offen gelegt. Das waren ihre Werkzeuge. Nicht der Standardsatz der Frontnachrichteneinheit, sondern die Version für verdeckte Ermittlungen um erneut keine Spuren zu hinterlassen. Nicht einmal die Schnittwunden würden im Mikroskop auf Klingen zurückzuführen sein, die in der Europian Defence Army benutzt wurden. Sie kannte ihre Einsatzziele. Sie würde später alle Zeit der Welt haben in näher zu befragen, wenn sich feststellte, dass diese Angelegenheit hohe Aufmerksamkeit erforderte. Jetzt drängte lediglich die Zeit nach seinem Namen und Auftraggeber. Sie war sich relativ sicher, dass er dies nicht überleben würde. Nicht die Befragung, sondern alles was danach folgte. Normalerweise wurden keine Zivilisten von Soldaten im Einsatz getötet. Aber dies war eine verdeckte Operation, er war wahrscheinlich ein Spion, diese beiden Bedingungen erforderten meist eine schnelle saubere Lösung. Das Damoklesschwert schwebte über ihrem Subjekt. Sie kannte die Vorgehensweise der Befragung nur zu gut aus ihren Trainings. Und aus den Probeeinsätzen an der Öffentlichkeit nicht bekannten Gefangenen. Diesmal würde sie allein unter echten Einsatzbedingungen handeln. Sie war sich sicher, dass Lieutenant Hanston lieben einen Profi mit höherem Rang gesehen hatte. Aber er würde mit einer Soldatin im Rang eines Prime Archers leben müssen. Und Case sterben.

Sie trat hinter das Subjekt und entfernte das Tuch von seinen Augen. Das erste was er wahrnahm, war der geöffnete Koffer vor ihm. Die Instrumente gaben ihm den ersten Schock. Er hatte nicht die geringste Ahnung, welchen Zweck sie erfüllten, aber die Vorstellung, was man mit diesen extrem kleinen Klingen anstellen konnte, ließ ihn erschaudern. Die Frau trat in sein Blickfeld. Ängstlich sah er sie an. Er hatte nicht die geringste Ahnung, wen er vor sich hatte, rechnete aber mit Industriespionage, und er war sich durchaus bewusst, dass Kriminelle Mitwisser nicht am Leben lassen würden. Er wartete darauf entweder getötet zu werden, allerdings hätte man ihn dafür sicher nicht die Augen befreit, oder aber irgendetwas gefragt zu werden. Wobei er sich nicht vorstellen konnte, was die von ihm wissen wollten.

Prime Archer Dexter hatte nicht vor eine Frage zu stellen. Sie nahm eine kleine Ampulle mit einer durchsichtigen Flüssigkeit aus dem Koffer und drehte sich zu ihrem Subjekt. Case hätte auf eine Frage ja auch gar nicht antworten können, fiel ihm in diesem Moment ein. Er war immer noch geknebelt. Sie träufelte die Flüssigkeit in seine beiden Augen, er wollte den Kopf wegdrehen, aber ihre Hand hielt ihn am Kinn fest, und er war noch von dem letzten Kampf bei seiner Gefangennahme erschöpft. Seine beiden Arme und Beine und die Schultern waren mit absolut reißfesten Plastikstriemen an den metallenen Stuhl gefesselt, der ebenso fest am Boden verankert war. Es brannte grausam. Allerdings trübte es sein Blickfeld nicht. Dennoch verursachte die Flüssigkeit dermaßen hohe Schmerzen, dass es ihm wegen des Brennens nicht möglich war, die Augen zu schließen, nicht einmal zu zwinkern, vielleicht waren die Lider auch betäubt. Case starrte seine Folterknechtin mit starr geöffneten Augen an. Völlig gelassen verschloss sie die Ampulle wieder und verstaute sie an ihren Platz im Koffer. Diesmal griff sie eine Schere mit schmalen Klingen.

Sie führte die Schere in die Nähe seines Halses. Sein Atem erstarrte, seine weit ausgerissenen Augen wirkten barmherzigkeiterregend. Sie führte den kalten Stahl mit der Spitze an seine Kehle. Sein Körper bebte vor Angst. Mit geübten Bewegungen und kalter Miene schnitt sie das Langshirt vom Hals abwärts auf, so dass sein Brustkorb freilag. Eine der Grundlagen ihres Trainings beruhte darauf steril zu arbeiten. Sie nahm eine Flasche mit Sprühverschluss aus dem Koffer und besprühte seine Brust mit der kalten Flüssigkeit. Er bekam wegen der Kälte eine Gänsehaut und ließ seine Augen nicht von ihren Bewegungen ab. Verzweifelt versuchte er etwas zu sagen.

Stephanie Dexter spürte, dass der Mann vor ihr kein schweres Subjekt sein würde. Er würde schnell sprechen. Sie würde nach Standard vorgehen können, ein wenig ihres selbst ausgearbeiteten Prozedere einfließen lassen, und er würde bereitwillig stammeln, was er wusste. Er wirkte nicht ausgebildet. Sie blickte auf die Brust, stellte sicher, dass die Flüssigkeit flächendeckend verteilt war, nahm einen länglichen fingerdicken Gegenstand aus dem Koffer, nachdem sie die Sprühflasche zurück gelegt hatte und hielt ihn vor die Brust des Subjektes. Ein kurzes Zucken ihres Fingers löste einen Funken aus und die Flüssigkeit fing augenblicklich Feuer. Case Körper bäumte sich als ganzes auf, aber aufgrund des Riemens, der um seinen Unterleib und die Stuhlrückwand gebunden war, bewegte er sich dabei kaum zwei Zentimeter. Die Flüssigkeit war sofort ausgebrannt und restlos wieder entfernt. Sein aufgeschnittenes Shirt war an den Rändern ein wenig verkokelt und ein ekeliger Brandhauch von Shirt und Haut bahnte sich den Weg in seine Nase. Sie schien den Geruch zu ignorieren und verstaute den Funkenzünder. Seine Brust war nun sicherlich steril und vorbereitet. Selbst die letzten kleinen Härchen waren nicht mehr vorhanden, die Haut ein wenig gewärmt. Sie zog ein kleines Skalpell hervor und sah es hochhaltend in seine Augen. Sein Blick flehte sie an, sie bemerkte, wie er unter dem Knebel versuchte etwas zu sagen. Doch sie war perfekt trainiert. Sein Blick weckte keine Emotionen in ihr, er war lediglich ein Subjekt. Sie wusste, dass es sich ändern würde, spätestens wenn sie seine schmerzerfüllten Schreie und seine Stimme hören würde, wenn er sie anbettelte. Das hatte ihr bei den Gefangenen im Training immer am meisten Mühe gemacht. Aber für den Augenblick spürte sie nichts. Sie setzte das Skalpell an seine Brust an, drückte es ganz leicht an seine Haut und bewegte es zweimal in parallelen Geraden von oben nach unten. Die Schnittwunden taten bestialisch weh, und Case nicht schließbare Augen weinten. Leichte Rinnsale von Blut führten zu seiner Hose. Während das Blut lief, nahm sie ein elektronisches Gerät aus dem Koffer, von welchem vier Kabel verliefen. Eines der Kabel hatte am Ende eine metallene Platte. Sie befestigte diese mit einem Klebestreifen an der Stelle, wo Case sein Herz vermutete. Am zweiten Kabel befand sich eine Klammer, die an sein Ohrläppchen gesteckt wurde. Wenn er hätte klar denken können, so hätte er vermutet, dass damit sein Blutdruck gemessen wurde. Eine weitere Metallplatte am dritten Kabel befestigte Dexter an der Innenseite seiner rechten Handfläche um seinen Schweißverlust und seine Zuckungen genau messen zu können. Das letzte Kabel endete in einer Spritze. Case schüttelte den Kopf wie ein kleines heulendes Kind und versuchte sinnlos sich zu wehren. Sie stach die Spitze in die Ader seines rechten Armes. Hiermit würde sie alles in seinen Blutkreislauf hinein pumpen können, was nötig sein würde. Danach betrachtete sie die Schnittwunden, die allmählich aufhörten zu Bluten, die Rinnsale wurden dünner. Er war vorbereitet.

Stone hatte sich in Whyne zu einer der freien Städte begeben. In die Stadt Pen'tra. Er hatte über ein Teleportationsprogramm seinen Charakter Gilbert Naciron an den neuen Ort transferiert, denn zuletzt hatte er sich in Perl befunden. Er machte sich große Sorgen um seinen Freund, der sich nicht mehr gemeldet hatte, was bei Entwarnung unverzüglich geschehen wäre.

Es waren die ersten Worte, die er sie sprechen hörte. Sie waren direkt an ihn gerichtet, aber der monotone Ton der Stimme ließ Zweifel wecken, ob sie ihn überhaupt als Mensch ansah: »Ich werde Sie gleich fragen, wie Ihr Name lautet. Sie werden mir antworten.«

Sein Atem ging immer unregelmäßiger, und sein Körper war längst nicht mehr unter seiner Kontrolle. Seine Augen verloren Tränen des Schmerzens und der Angst. Sie trat eng vor ihn, er konnte ihre Kühle förmlich riechen. Ihre Hände umtasteten zärtlich seinen Hals, während sie nach dem Knoten des Knebels griffen. Er konnte nicht wissen, dass auch die zärtliche Wenigkeit genau geplant und antrainiert war. Durch die kurze Pause und die sanfte Geste würden die Schmerzen viel stärker wirken. Es dauerte recht lange, den Knebel zu entfernen. Auch dies war geplant. Das Subjekt überlegte dabei verzweifelt, ob er seinen Namen nennen konnte. Vielleicht nur, wie ihn seine Freunde nannten? Damit ließ sich erstmal nicht zuviel anfangen, und dennoch würde er ihr etwas sagen können. Ihr Kopf befand sich in der Front über seinem Gesicht. Sie vernahm mehr als deutlich den Geruch von Verzweiflung, welcher von ihm ausging. Sie hatte diesen Geruch bei allen ihren Gefangenen bemerkt. Diese Gemeinsamkeit hatte alle Subjekte. Natürlich war dies nicht die einzige Gemeinsamkeit, aber sie viel ihr immer wieder auf. Er war vom Knebel befreit. Ihm kam es so vor als schrie er seine Antwort gerade zu hinaus, sie vernahm sein Stottern, auch dass konnte sie nicht überraschen: »Mein Name ist …«

Blitzschnell spürte er den ekelerregenden Knebel wieder in seinem Mund, ein Brechreiz überkam ihn. Er würgte, während er die melodische Stimme seiner Folterin hörte:»Ich hatte gesagt, ich werde Sie gleich fragen. Ich habe Sie bislang nicht gefragt. Ich denke, Sie brauchen mehr Zeit.«

In der Subjektklassifizierung hatte sie sich nicht geirrt, Case mochte eine hohe Willenskraft haben, aber die Widerstandsfähigkeit dieses Subjektes bezüglich Folter und dem simplen Ertragen der Schmerzen und der Demütigung bei völliger Handlungsunfähigkeit war nur gering. Dass sie den Knebel nicht wirklich abnehmen würde, hatte sie bereits im Voraus gewusst. Sie trat wieder zu ihrem Koffer, wobei sie ihm den Rücken zuwandte und schien zu überlegen, wonach sie als nächstes greifen sollte. Er fühlte sich so hilflos, da er nicht einmal zu betteln vermochte. Von ihm unerkannt beobachtete sie den Anzeigebildschirm ihres elektronischen Gerätes. Sein Herzschlag war katastrophal, wie nach einer absolut gigantischen Anstrengung. Er war physisch am Ende. Auch anhand der anderen Messdaten war klar, dass er wahrscheinlich nervöser war, als jemals zuvor in seinem Leben. Sie griff mit der linken Hand in den Koffer und zog ein silbriges Gefäß in der Größe eines Glases hervor. Gleichzeitig betätigte sie mit einem schlanken Finger ihrer rechten Hand einen Schalter an dem Gerät, woraufhin sich im Verborgenen ein Serum auf den Weg in sein Blut machte. Es würde noch zu seiner Schwäche beitragen und bestand teilweise aus einem verbotenes Wahrheitsserum aus Ostasien. Sie drehte sich und öffnete unter Cases Blick das Gefäß.

Mit einer chirurgischen Zange entnahm sie der Öffnung ein zappelndes Etwas und führte es an Cases Wunde. Case wusste nicht direkt einzuordnen was er gerade wahrnahm. Sie führte die Zange wieder zu dem Gefäß, während sie es ihm, wie einem Kind eine einfache Frage, erklärte:»Spezielle Züchtungen. Diese Gattung kann Blut riechen. Blut ist für sie wie eine Droge. Sie geraten in einen Blutrausch. Sie lieben Blut«, sie geriet fast ins Schwärmen, »und werden versuchen tief in die Wunden einzudringen, wobei sie sich in den Körper bohren. Allerdings sind sie sehr langsam. Sie fressen sich dabei hinein. Aber das was Sie in wenigen Augenblicken spüren dürften ist ihr Sekret. Sie sondern es ab, um das Blut besser genießen zu können. Es greift auch das Fleisch an.«

Der Schmerz kam. Und wollte nie wieder gehen. Case ekelte es vor den Tieren, die tatsächlich in winzigen Längen Zug um Zug in seine Wunden glitten. Er spürte ihr Beißen, das Verbrennen seines Fleisches und seine eigene Panik. Alles nahm überhand, und er verlor sich in einem Brechreiz. Gewandt reagierte sie und öffnete den Knebel, sein Erbrochenes sammelte sich auf seiner Hose und am Boden. Sie trat hinter ihm und erfasste seinen Kopf mit ihren kühlen Händen. Körperkontakt hatte sich als sehr wichtig erwiesen, vor allem wenn man den Geschlechterunterschied als Vorteil nutzen konnte. Er legte den Kopf ein wenig in den Nacken, so dass dieser mehr in ihre Hände fiel. Sie konnte hinter ihm stehen und nach unten schauend sehen, wie die genetischen Zuchttiere bereits mit der Spitze in seinen Wunden versanken. Sein Körper zitterte, als wenn er einen epileptischen Anfall unterlegen war. Jeder Funke seine Körpers erheischte ihr Mitleid:»Wie lautet Ihr Name?«

Er nannte ihr seinen Namen, die Firma für die er arbeitete, und was er an dem Wohngebäude zu suchen hatte. Er erzählte ihr alles. Doch sie glaubte es ihm nicht. Nachdem sie in der ersten Phase meinte genug Informationen gesammelt zu haben, knebelte sie ihm wieder den Mund, er bettelte vorher und wirkte hilfloser, als ein Mensch eigentlich sein kann. Wenngleich es schwerer war, wenn sie seine Stimme hörte, blieb sie weiterhin kalt und zog den Knoten des Knebels stramm an. Zu Beginn ihrer Ausbildung hatte sie gedacht, dass man als Frau von Natur aus mitleidsvoller ist und versucht bei den Gefangenen besonders hart zu sein. Erst mit der Zeit stellte sie fest, dass sie es dadurch deutlich übertriebener anging, als ihre männlichen Kollegen. Dieses Subjekt hatte Glück über diese Selbsterkenntnis, ein paar ihrer ersten Testobjekte hatten bestialisch leiden müssen. Sie kniete hinter ihm zu Boden, so dass ihr Kopf neben seinem Ohr erschien und erhob ihre Stimme als Flüstern. Dies gehörte ebenfalls zur Standardvorgehensweise. Allerdings nur für den Fall, dass jemand bei Phase eins nicht die Wahrheit sagte. Was immer der Fall war, da man nicht wusste, ob es der Wahrheit entsprach. Und im Zweifelsfall galt es als Lüge: »Ich weiß, dass Sie lügen. Wir werden nun gemeinsam daran arbeiten, dass Sie die Wahrheit sagen. Ich helfe dabei.«

Sie schüttelte von ihm unbemerkt den Kopf. So eine unglaublich dumme Lüge. Der Auftragnehmer muss doch niemanden auf den Auftraggeber ansetzen, wenn alles perfekt nach Plan vonstatten geht. Als wenn CyberSpaceTechnology gegen sie vorgehen würde. Die wussten doch, für wen sie das Projekt durchführten. Sie lief an ihm vorbei zu dem Koffer.

ERHELLUNG

Die Tür des Lieferwagens schwang auf und eine schlanke Gestalt mit kurzen blonden Haaren sprang hinein. Prime Archer Dexter ging gemäß ihres Kampftrainings sofort in Defensivstellung und taxierte die Angreiferin, doch Schnelligkeit siegte. Ein katzengleicher Körper bearbeite sie mit zwei rasch aufeinander folgenden Tritten, welche ihre Deckung zerschlugen und ein gezielter Schlag mit den Knöcheln gegen die Schläfe gab der Soldatin den Rest. Sie sackte zu Boden. Der Gestalt des Angreifers kniete vor Case nieder. Dieser war durch die plötzliche Situationsänderung völlig überfordert. Er hörte eine bekannte Stimme besorgt seinen Namen aussprechen und dann eine weitere männliche Stimme, die etwas stoisch sprach wie »King, er ist hier, Zwangsbefragung erfolgte«. Die Antwort konnte er nicht vernehmen, zuletzt spürte er, wie gepackt wurde, bevor ihm endgültig schwarz vor Augen wurde.

»Pawn 7, alles in Ordnung?«, fragte eine andere Stimme, die Codierung für Teammitgliedernamen benutzend, die bei Aktion der Europian Secret Division üblich waren – Bezeichnungen von Schachfiguren: »Ja. Habe ihn betäubt und entferne seine Fesseln. Kann ich ihn dann herausbringen?«

»Hier ist alles befriedet. Pawn 2 und 3 prüfen noch die Lage, wie warten auf die Statusmeldung.«

»Pawn 2 an King, bestätige Befriedung.«

»King an alle. Gelände ist befriedet. Alle sichern. Pawn 7, sie bringen die Zielperson jetzt raus.«

Der Mann bei Case wandte sich gefasst an die Frau, die Case besorgt anstarrte und kaum wusste, wie sie ihm helfen konnte: »Ziehen Sie ja nicht diese Viecher raus, die Köpfe könnten sonst stecken bleiben. Wir kümmern uns draußen um ihn. Fassen Sie ihn besser gar nicht an.«

Sie blickte den Mann an, welcher ihr in den Lieferwagen nachgefolgt war und dankte Gott dafür, dass sie in ihren vielen Turnieren gelernt hatte, auch in Situation von hoher Belastung beherrscht zu bleiben. Aber dennoch, den Mann den sie liebte hier in dieser Situation zu sehen, war nicht leicht zu verkraften.

Gilbert Naciron hatte in der freien Stadt Pen'tra die Taverne Seesturm betreten, war direkt auf den Wirt zugelaufen und hatte ihn auf Katjahla angesprochen. Er führte ihn in einen Gastraum der Taverne, wo der Charakter der amazonenhaften Kriegerin ihn begrüßte. Aber Gilbert hatte keine Zeit für lange Begrüßungen. Sein Freund Ocean Shellar war in Gefahr, und daher beantwortete er die Begrüßung nicht. Der Wirt hatte gerade erst die Tür zugeschlagen, als Gilbert eilig sprach: »Wir brauchen Hilfe. Shellar ist von Unbekannten wahrscheinlich Gefangen genommen worden. Ich weiß, wo er sich aufhält.«

Katjahla betrachtete ihn ohne Interesse: »Mir sagt der Namen Shellar viel, er ist bekannt als Held, aber…«

Naciron unterbrach sie: »Es geht aber nicht um diese Welt. Sein Leben ist real in Gefahr.«

Katjahlas Miene war keine Regung abzulesen. Er sprach weiter: »Wir haben bei der GEF-Sache geholfen. Jetzt brauchen wir Hilfe. Prüfen Sie das und den Namen.«

Ein Flackern im Gesicht des Charakter: »Vielleicht sind Sie nicht die Katjahla von damals, aber wir haben Kontakt zu Ihnen gehabt. Jetzt wurde mein Freund wahrscheinlich gefangen. Er muss befreit werden.«

Die Kriegerin betrachtete ihr massives Breitschwert mit der Bastardklinge, welches neben ihr auf dem hölzernen Tisch des Gastraumes lag.

»Und inwieweit betrifft die Situation uns?«

Stone als sein Charakter schluckte schwer. Er hatte keinen anderen Ausweg gewusst, er hatte nicht die geringste Ahnung, wo er um Hilfe ersuchen konnte, wenn sie ihm hier verweigert würde. Er presste die Lippen aufeinander, verdrängte die Gefühle um die Angst um seinen Freund, die ihm den Verstand trübten und wählte seine Worte mit bedacht: »Falls man ihn befragt, dann könnte er damals erlangte Informationen preisgeben, die auch Euch Schaden könnten.«

Stone hatte keine Ahnung ob man seinen Freund foltern würde. Eigentlich glaubte er es gar nicht. Es war ein Trick. Es war ihm gerade in den Sinn gekommen, um Überzeugungsarbeit zu leisten.

»Wartet hier.«

Sie verschwand vor seinen Augen.

Der Dienst war mit ihm in einem unauffälligen Transporter davon gefahren, wobei sie ihn direkt während der Fahrt verarzteten. Kein Mitglied des Teams sprach. Lediglich als Sofie nach Case Zustand fragte, antwortete ihm die Person, die Case behandelte, dass er nicht in Gefahr sei. Sofie hatte auf dem Weg Gelegenheit die Teammitglieder zu mustern. Ihre dunkelblauen Kampfanzüge wirkten wie eine Uniform, direkt integriert die Masken, welche das Gesicht verdeckten. Sie trugen schusssichere Westen und hatten vorhin zusätzlich leichte Kampfhelme getragen, welche nun an ihren Gürtel befestigt hingen. Ihre Schusswaffen bestanden aus Gewehren, die Sofie nicht näher klassifizieren konnte. Es schien sich der Kontur nach um Frauen und Männer zu handeln. Sofies Blick schweifte lediglich kurz über das Team, besorgt blieben ihre Augen die meiste Zeit bei Case. Das Team vom Dienst hatte rasch gehandelt, nachdem irgendjemand mit Entscheidungsbefugnis auf Stones Bitte in der Dreaming Reality hin den Einsatzbefehl gegeben hatte. Sie hatten sich mit Stone und Sofie, welche zufällig Case abholen wollte und von Stone informiert worden war, getroffen. Stone konnte Case anhand eines Peilsignals, dass von Cases mobilen Kommunikationgerätes gesendet wurde, orten. Parallel dazu hatte der Dienst auch ein Team zu dem letzten bekannten Standort von Case Fahrzeug geschickt, die zwischendurch gemeldet hatten, dass sie es entdeckt hatten und es zur Sicherheit entsorgten. Das Kampfteam hatte Stone in der Nähe des Zielgebietes in seinem eigenen Fahrzeug zurückgelassen, der Teamleiter hatte erlaubt, dass Sofie das Team begleiten durfte um Case zu identifizieren. Sie waren ohne Umschweife in sekundenschnelle in die Lagerhalle eingedrungen, ohne ein Geräusch zu verursachen. Damit schien der Feind nicht gerechnet zu haben. Zwar hatten die alle Eingänge abgesichert, aber auf den Angriff eines Spezialteams der Europian Secret Division waren sie nicht vorbereitet. Es dauert drei lange Sekunden, bis alle Soldaten der EDA in der Lagerhalle mit den hochwirksamen Waffen des Angriffsteam befriedet worden waren. Das Team interessierte sich nicht weiter für den Feind. Sie hatten den strikten Auftrag keine Spuren zu hinterlassen, Case lebend zu befreien und sich wieder zu entfernen. Teil des Befehles war es ausdrücklich keinerlei Ermittlungen vorzunehmen. Der Dienst wollte mit dieser Sache eigentlich nichts zu tun haben. Gar nichts. Am besten nichts davon wissen. Es ging lediglich darum, dass dieser Hacker keine Informationen preisgeben durfte. Da es ebenso eine verdeckte Operation des Militärs auf der Gegenseite gewesen war, fiel keinem Mitglied des Dienstes auf, dass sie einen Kommandotrupp der Europian Defence Army ausgeschaltet hatten. Für den Dienst wurde der Einsatz als Anti-Terror-Kommando klassifiziert. Die Sache war innerhalb des Dienstes nicht einmal in die obere Führungsebene hoch gedrungen. Man setzte Sofie und den schlafenden Case bei Stones Fahrzeug ab und entfernte sich unter kompletter Einhaltung des Einsatzbefehles.

Case Zustand hatte sich bereits gebessert. Er hatte Stone berichtet, was geschehen war. An die Situation im Lieferwagen konnte er sich bloß albtraumhaft erinnern, die einzelnen Worte die gesagt wurden, waren durch den Schock aus seinem Gedächtnis gelöscht. Case hatte den Lieferwagen verfolgt, was zu seinem Verhängnis wurde. Man hatte ihn überfallen, die Identifikationsnummer seines Fahrzeuges ausgelesen und ihn mitgenommen, aber sein Fahrzeug stehen lassen: »Das heißt also jemand stiehlt Daten von CyberNetTechnology und ist bereit Gewalt einzusetzen? Und dazu noch schwere Waffen? Was sind denn das für Daten? Wo sind wir da denn diesmal reingerutscht?«, fragte Sofie. Case zuckte mit dem Kopf, Sofie hielt ihn weiterhin im Arm. Sie befanden sich in der Wohnung von Case und Sofie, deren Besorgnis sich lange nicht gelegt hatte. Case hatte darüber nachgedacht: »Bin mir nicht sicher.«

Sofies attraktiver Körper presste sich eng an Case: »Aber die dringen in den Cyberspace der Firma ein?«

Case schaute zu Boden, als er ihr antwortete: »Wer durch's Fenster einsteigt kann die Tür nicht benutzen.«

Stone nahm einen tiefen Schluck aus dem Glas mit starkem Alkohol vor ihm und schüttelte den Kopf: »Ich habe herausgefunden, für wen das Projekt realisiert wird.«

Case schaute ihn verwirrt an. Stone nickte ihm zu: »Ja, Case. Die EDA ist Kunde von CyberNetTechnology. Ich habe es von Jaana. Es ist natürlich inoffiziell, es soll geheim bleiben, dass CyberNetTechnology etwas für die EDA entwickelt. Aber die EDA ist Kunde des geheimen Projektes.«

Sofie stöhnte entsetzt auf.

Ted Danzinger setzte sich zu den zwei Freunden in ihr Büro bei CyberNetTechnology. Case hatte ihn um den Termin gebeten. Danzinger hatte bei Beginn ihrer Tätigkeit mit ihnen vereinbart, dass sie ihn kontaktieren sollten, sobald sie der Meinung waren, ihm ausreichende Informationen liefern zu können, bzw. wann immer sie seine Hilfe benötigten. Stone teilte Getränke aus, während Case dem Berater von CyberNetTechnology darauf ansprach, was er herausgefunden hatte: »Ihr Unternehmen realisiert ein geheimes Projekt für die Europian Defence Army.«

Danzinger zeigte keine Regung, aber er benötigte einige Sekunden um zu verarbeiten, was Case ihm da entgegenbrachte. Schließlich lächelte er: »Das haben Sie also herausgefunden. Sie sind anscheinend wirklich gute Hacker. Ja, wir machen Geschäfte mit der Regierung, unter anderem auch im militärischen Sektor mit der EDA. Ich bitte Sie darüber mit niemandem zu sprechen, wir sind durch Verträge zur Geheimhaltung verpflichtet, und ich vermute, es könnte als Spionage oder Landesverrat von der EDA interpretiert werden, wenn etwas nach außen dringt.«

Danzinger hatte dies in ruhigem und freundlichem Ton geäußert, wie eine Bitte. Case nickte: »Natürlich, es ist unser Job schweigsam zu sein. Auf jeden Fall geht es den Eindringlingen, die Ihr Netz aufsuchen um genau dieses Projekt. Sie sondieren alle Daten, welche damit in Zusammenhang stehen und gleichen sie regelmäßig ab. Das heißt im Klartext, irgendjemand da draußen hat Kopien des Projektes und holt sich nahezu jeden Tag neue, mit interner Hilfe. Datendiebstahl.«

Danzinger nickte resigniert mit dem Kopf: »Ja, dass hatten wir befürchtet.«

»Wir?«

»Der Vorstand und ich als Vorstandsberater. Es trifft auf unser Worst Case Szenario zu, der schlimmste Fall, der eintreten kann. Wie Sie sich vorstellen können, ist dieses

Projekt von höchster Sicherheitsstufe. Ich kann und möchte nicht näher auf den Projektinhalt eingehen, allzu detailliert bin ich selber nicht informiert. Aber auf keinen Fall dürfen bestimmte Projektdaten nach außen dringen. Konnten Sie ermitteln, wer die Daten stiehlt?«

Case beschrieb ihm alles, was geschehen war. Danzinger lauschte mitfühlend und aufmerksam. Danach herrschte Stille. Er schien zu grübeln. Case blickte Stone an, welcher mit den Schultern zuckte. Es dauerte mehrere Minuten, bis sie das Gespräch wieder aufnahmen.

»Ich denke, es gibt nur eine Lösung.«

»Werden Sie den Spion der EDA melden?«

»Sicherlich, aber ich denke nicht, dass wir gegen ihn vorgehen werden. Noch nicht. Es ist sicherer, die Hacker denken, es wäre alles in Ordnung. Sie müssen wissen, dass wir knapp davor stehen das Projekt abzuschließen. Bestimmte Testdaten, welche wir momentan verwenden, werden morgen auf Realdaten umgestellt. Solange die Gegenseite nur die Testdaten besitzt, können sie das Ergebnis des Projektes zum Glück nicht nutzen. Es wird nur eine Simulation ablaufen, und niemals die echten Auswirkungen«, er zwinkerte verschwörerisch, »Was auch immer das für Auswirkungen sind. Ich benötige Ihre Hilfe ein letztes Mal, bitte. Ich kann hier sonst niemanden einweihen, wer weiß, wer da noch mit drin hängt, und das Risiko wird mit jedem Mitwisser erhöht. Ich werde mit der EDA Kontakt aufnehmen, die können dann selber Ermittlungen anstellen. Wichtig ist jetzt zu aller erst, dass die Gegenseite nicht die Realdaten erhält, die das Projektteam morgen einstellt. Bitte sichern sie die Testdaten und sobald die Eindringlinge beim nächsten Mal auftauchen sorgen sie dafür, dass sie die Testdaten anstelle der Realdaten enthalten. Und am wichtigsten ist, dass Sie es unbemerkt tun.«

Case und Stone gingen in dieser Nacht nicht schlafen. Sie nutzen jede verbleibende Sekunde, in den internen Systemen des Cyberspace dieses Unternehmens einen Filtermechanismus zu implementieren, der automatisch ein bestimmtes Datenpaket bei Anforderung über eine externe Verbindung gegen ein versteckt hinterlegtes Datenpaket mit den Testdaten austauschte. Sie übertrafen sich bei ihrer Arbeit. Als am nächsten Tag, wenige Minuten nach Mittag, eine unplanmäßige Verbindung von außen aufgebaut wurde, während ein bestimmter Angestellter geschickt die Protokolldateien manipulierte, konnten die Angreifer nicht ahnen, dass ihnen zumindest ein nutzloses Paket zugespielt wurde. Für sie war es leider das wichtigste Paket des Projektes. Darin befanden sich elektronische Schlüssel für den Zugriff auf Funktionen, welche von der EDA kontrolliert wurden.

Für Case und Stone war die Arbeit damit erledigt. Danzinger hatte ihnen die vereinbarte Summe und dazu noch einen weitaus größeren Betrag gezahlt, er nannte ihnen Dankbarkeit des Vorstandes und Entschädigung für die erlangten Schmerzen als Grund. Das Geld wurde auf mehrere von Cases Konten in Afrika verteilt, Case Sicherheitsfanatismus und sein anarchistischer Grundansatz als Hacker ließen in innerhalb der Europäischen Union lediglich Scheinkonten führen. Er und seine Frau

Sofie entschlossen sich zu einem lagen ausgedehnten Aufenthalt in Südafrika. Sie hatten sich dazu durchgerungen, Abstand zu den Vorfällen der letzten Zeit zu gewinnen, ihre Beziehung durch gemeinsame Zeit und Erlebnisse zu festigen und waren sich unsicher, ob die Unbekannten nicht noch auf der Suche nach Case waren. Stone blieb in Europa und datete weiterhin mit Jaana. Es entwickelte sich tatsächlich eine feste Bindung und als nach zwei Jahren klar war, dass Case und Sofie deutlich länger in Afrika bleiben würden als ursprünglich geplant, kamen die zwei auf einen Urlaub nach, der ebenfalls zeitlich ausuferte. Sie alle bauten sich dort eine neue Zukunft auf. Keiner von ihnen wusste, welche Konsequenzen ihre Handlungen für Europa haben würden. Und das sie besser auf lange Zeit im neuen Kontinent verweilten.

»Lieutenant Hanston, es tut mir leid, aber dieser Einsatz war ein Fiasko. Sie hatten ein gut ausgebildetes Kommandoteam bei sich, und jetzt erzählen Sie mir, dass Ihre Verteidigung überrannt wurde, und Unbekannte den Gefangenen befreit haben?«

Hanston wusste, dass es sich um keine Frage handelte, die er beantworten sollte und wartete ab. Sein Vorgesetzter war ein hagerer, durchtrainierter Mann, dessen hohes Alter verhinderte, dass er einen aktiven Dienstrang bekleidete. Stattdessen hatte er nur noch Kommandobefugnis und leitete die Einsätze verschiedener Einsatzteam der Europian Defence Army von diesem Büro aus. Hanston besaß großen Respekt vor diesem Mann, der viele Einsätze nur unter großen Mühen überstanden hatte, über die er wegen der Geheimhaltungsstufe nicht einmal reden durfte.

»Lieutenant, Sie sind einer der besten Teamleiter unter meinem Kommando. Ich glaube weiterhin fest an Sie. Allerdings war diese Blamage zu entscheidend. Meinen Vorgesetzten hat das ebenso wenig wie mir gefallen. Sie können froh sein, dass Ihr Team lediglich mit Betäubungswaffen angegriffen wurde, und es keine Verluste gab. Ansonsten wäre heute der Tag Ihrer Entlassung, wenn man nicht sogar ein Verfahren gegen Sie einleiten würde. Sie haben ja keine Ahnung, was der zuständige Kommandant der Frontnachrichteneinheiten mir alles ans Ohr geworfen hat. Immerhin stand Prime Archer Dexter unter Ihrer Verantwortung, als man sie niedergeschlagen hat. Mit der Frontnachrichteneinheit haben Sie sich mächtige Feinde gemacht, Hanston. Der Kommandant sieht es nicht gerne, wenn seine Spezialisten angegriffen werden. Die sind nur sehr schwer zu ersetzen, jahrelange Ausbildung, Schleifung und Abstumpfung. Zum Glück hat Dexter nur wenig Schaden genommen. Dennoch konnte ich leider nicht viel für Sie tun, Hanston. Ich habe von meinen Vorgesetzten den Befehl erhalten Sie zu degradieren und Ihnen die Einsatzleitung zu entziehen.«

Hanston hatte dies bereits vor dem Gespräch befürchtet. Auch er war sich im Klaren über die Situation, und das ihm auch deutlich Schlimmeres als eine Degradierung geschehen konnte.

»Es tut mir sehr leid. Auch für mich selbst. Ich weiß, wie erfolgreich Sie im Allgemeinen sind. Und ich verlange von Ihnen, dass Sie sich anstrengen, bestmögliche übermenschliche Leistung erbringen, damit ich bald wieder einem so ausgezeichneten

Soldaten eines meiner Teams unterstellen kann. Die entsprechenden Papiere erfolgen auf dem Dienstweg. Weggetreten, Ranger Hanston.«

Hanston nickte seinem Vorgesetzten zu, salutierte respektvoll und verließ das Büro nach einer militärisch korrekten Kehrtwendung. Es traf ihn tief in seinem Kern. Vorher hatte er den niedrigsten Befehlsrang der Europian Defence Army erreicht, der erste Rang der erlaubte ein Kommando zu führen. Jetzt befand er sich wieder bei den Funktionsrängen. Dies verbot ihm eigenverantwortlich zu handeln oder als Teamleiter eingesetzt zu werden. Er war wieder ein einfacher Befehlsausführer, dabei hatte er sich gerade zur nächsten anstehenden Beförderung hochgearbeitet. Jetzt war er direkt zwei Ränge degradiert worden. Und niemand hatte eine Ahnung, wer dafür verantwortlich war, um wen es sich bei den Unbekannten gehandelt hatte. Und richtig an den Vorfall erinnern konnte sich ebenfalls niemand. Man hatte sie unter Drogen gesetzt, was zur Folge hatte, dass sie einige Erinnerungen verloren. Niemand war auch nur geringfügig in der Lage, den Gefangenen zu beschreiben.

»Oh, Jules. Du hast auch schon einmal anders geredet.«

»Hey, ich bin bloß Realist geworden. Wenn sie kiffen, macht's uns die Sache nur leichter«, beide Freunde mussten unwillkürlich lachen und grinsten sich an. Jules wurde wieder ernst, es gab noch eine kleine Angelegenheit zu besprechen: »CyberNetTechnology hat perfekt funktioniert. Jetzt haben wir die Kontrolle.«

Marc nickte seinen Freund nachdenklich an. Er war sich immer noch nicht ganz im Klaren über die Konsequenzen die daraus entstanden: »Du meinst, wir haben die Schlüssel?«

»Das auch. Aber das war niemals mein Hauptanliegen. Es ging darum, dass jemand anderes die Schlüssel nicht hat. Und das ist abgeschlossen. Diese Hacker haben ein weiteres Mal bewiesen wie gut sie sind.«

Marc nippte an seinem Espresso: »Marc, Jetzt gehört die Welt uns!«

»Ja, Jules. Es war also gut Anteile an CyberNetTechnology zu kaufen.«

Jules Augen glühten vor Freude, während Marc gelassen wirkte: »Gut? Es gab keine bessere Idee. Für den Kauf könnte ich Dir einen Kuss geben.«

Marc zuckte mit den Mundwinkeln und schüttelte den Kopf, während Jules weiter sprach: »Wie vermutet, hat sich bestätigt, dass CyberNetTechnology Projekte für das Militär durchführt. Die sind so geheim, dass sie uns nicht mal in Kenntnis gesetzt hatten, als wir Anteile der Firma besaßen. Nur gut, dass ich Danzinger als Berater eingeschleust hatte und zusätzlich die Hacker. Denn kein Plan überlebt den Kontakt mit dem Feind. Aber wenn ein Kontakt niemals zustande kommt, hat man schon gewonnen. Die Zukunft ist erwacht. Wir sind die Zukunft. Und Zukunft ist gut für alle.«

Marc schaute bei dem letzten Satz von seinem Espresso auf und Jules direkt an, der euphorisch zum Himmel schaute und die Arme in einer allumfassenden Geste ausbreitete.

VII. Der letzte Akt

JAGD UND BEUTE

Chris DeForrest starrte auf die Karte vor seinen Augen und auf die Informationen am elektronischen Flipchart, Commander Hanston im Rücken hinter sich stehend wissend. Ungeduld war bei dem Soldaten zu spüren: »Beruhigen Sie sich. Zielfahndung ist eine komplexe Sache. Es kann Monate dauern, bis eine Spur zum Ziel führt.«

»Bereits Stunden können für uns zuviel sein. DeForrest, wir können jeden Augenblick mit einem umfassenden atomaren Terrorschlag gegen das Vereinte Europa rechnen.«

DeForrest atmete tief ein und wieder aus: »Ich weiß das. Aber diese Tatsache beschleunigt unsere Jagd nicht.«

Er starrte weiter auf die Karte. Dort waren die Orte eingezeichnet, an denen sich der Gesuchte bestätigterweise zuletzt aufgehalten hatte. Zwei Hotels und eine Bar. Zwei Telefongespräche hatte er hingeführt. Bei dem Hotel ermittelten sie die Kartennummer, mit der er bezahlt hatte und fanden somit das andere. Aber wie würde die Spur weitergehen? Wenn Jules wirklich Europa zerstören wollte, so musste er einen Weg aus Europa finden um sein Überleben zu sichern. Oder nicht. Chris an seiner Stelle würde alles daran setzen zu verschwinden. Aber wie? Alle Flüge zu Zielen außerhalb Europas wurden kontrolliert, alle Schiffverbindungen überwacht. Wie nur?

Der Text der Telefonate war für ihn völlig belanglos. Er enthielt keine Ortsangabe, sicherlich nicht einmal verschlüsselt. Chris vermutete, dass es eine Meldung an seine Truppe war. Entweder ein Code, der sie zum Handeln veranlasste, oder eine Bestätigung, dass es ihm gut ging. Beidesmal hieß es einfach: »Gehe den Weg ohne Licht, und Du musst ihn erfühlen«. Absoluter Schwachsinn nach DeForrest.

»Wissen Sie, DeForrest, es gibt nichts, was uns nicht zur Verfügung steht. Wenn wir es möchten, können wir weltweit das Kommunikationsnetz abschalten. Kein Problem. Dann könnte er keinen Befehl zum Abschuss abgeben. Aber es kann ja sein, dass der Countdown erst abgelaufen ist, wenn er keine Nachricht mehr sendet. Scheiß Zwickmühle was? Die Zeitspanne zwischen den Telefonaten waren genau achtundvierzig Stunden. Auf die Sekunde. Wir haben noch zwölf Stunden, und dann sind wieder achtundvierzig Stunden um. Ich verwette meinen Arsch, dass dann wieder ein Gespräch stattfindet. Es wäre toll, wenn wir dann vor Ort auf ihn warten.«

»Klasse. Und was soll ich jetzt machen? Kann ich was dafür, dass Sie Ihren Überwachungsstaat nicht perfektioniert haben? Dass keine Kameras wild anfangen zu piepsen, wenn er vorbeiläuft.«

»Wir durften es nicht übertreiben. Die Bevölkerung darf schließlich nichts erfahren.«

»Erfahren wovon?«

»Von den Möglichkeiten. Wollen Sie alles wissen? Alles, DeForrest? Und danach sterben oder Teil von uns werden?«

»Hören Sie mit dem Unsinn auf. Ich versuche den entscheidenden Schritt vorherzusehen.«

»Und wie?«, bohrte Oliver Hanston nach.

»Indem ich herausfinde, wie er gedenkt Europa zu verlassen.«

»Das schafft er nicht.«

»Aber er wird die Zerstörung nicht anordnen um mit in den Tod zu gehen. Sein Profil sagt, dass er nicht aufgeben kann. Und immer einen Alternativplan hat.«

»Er gedenkt Europa in einem atomaren Schlag zu vernichten. Die Überlebenschancen sind unglaublich gering. Wenn er Erfolg hätte, was er wahrscheinlich glaubt. Dabei werden unsere Defensivsysteme jeden Atomangriff abwehren. Und aus Europa entfliehen schafft er nicht.«

Chris DeForrest drehte sich um, damit er Commander Hanston anschauen konnte: »Ich benötige eine europäische Karte mit eingezeichneten Schutzbunkern für den A-Fall.«

Hanston nickte stumm.

Sie legte das Buch beiseite auf den Nachttisch, als sie die Nervosität ihres treuen Bewachers bemerkte. Der Schäferhund deutscher Art und Abstammung hatte die Ohren gespitzt und lauschte in die Dunkelheit der Wohnung. Als er sich schließlich aufstellte und zu knurren begann, löschte sie das Licht in Form der kleinen Lampe und zog ihre Waffe aus dem Nachttisch. Sie lud sie durch und löste, während sie leicht bekleidet aus dem Bett stieg, die Sicherung. An der Wohnungstür wurde die Klingel ausgelöst. Jack Harder freute sich die braun gelockten Haare zu erblicken, welche sanft die Schultern streichelten, und die braunen Augen einrahmten, welche sogar in dieser Dunkelheit strahlten. Er bemerkte trotz seiner psychologischen Fesselung die Waffenmündung, welche sich daran begab in seine Richtung zu zeigen und entwaffnete die Frau vor sich mühelos mit einer lässigen Handbewegung: »Ich bin es doch bloß, Dein ehemals treuer Diener. Sperr Deinen Hund ein, oder ich werde ihn töten.«

Angesichts seiner Waffe und seines energischen Auftretens kam sie seiner Aufforderung nach. Außerdem hatte er ihre Neugierde geweckt. Der Schäferhund bellte einmal auf, als sie die Küchentür vor seiner Nase schloss, aber mehr Krach machte er nicht. Denise Hemington trat zu Jack, der auf dem Sofa Platz genommen hatte, und sie setzte sich ihm gegenüber in den Sessel. Das übergezogene weiße T-Shirt verhüllte nicht, dass ihre Brüste von jedem anderen Zwang befreit waren, und ebenso wenig den schwarzen Tanga, der sie zu schützen versuchte. Ihre braunen Augen ließen ihn nicht aus den Augen: »Ich bin suspendiert und werde von Kollegen bewacht.«

»Sie sind tot«, irgendwie war ihr das klar. Sie lächelte. Sie hatte diesen Menschen erschaffen. Ihn so unglaublich abgehärtet. Ihn nahezu unbesiegbar gemacht. Unverletzbar. Bis auf die Schmerzen, welche ihr Lächeln verübte: »Natürlich sind sie das. Du hast Dich perfekt in Deine Rolle eingelebt. Die Rolle, welche ich Dir anvertraut hatte. Ich habe nie gedacht, dass Du Dich irgendwann nicht wieder davon lösen kannst.«

»Ihr habt mich zu diesem Menschen gemacht.«

»Das haben wir, habe ich wohl. Aber das hätte ich nicht geglaubt. Das Du dabei bist, wenn Millionen von Menschen in den Tod geschickt werden sollen, dass Du Ihnen dabei noch die Richtung zeigst.«

»Menschen sind mir egal. Tod ist mir egal.«

»Dir ist alles egal. Ich weiß das jetzt. In Dir ist alles abgestorben. Ich hätte das verhindern müssen. Leider habe ich das damals nicht. Ich dachte, Du bräuchtest kein Mitgefühl. Dabei habe ich mich wohl geirrt. Jetzt wird Europa untergehen. Oder wirst Du Dich gegen Jules stellen? Nein, das wirst Du nicht.«

Jack Harder nickte sie ehrlich an, sie fragte: »Wird es wirklich geschehen?«

Erneut nickte er. Verstehend blickten ihre Augen. Sie wusste jetzt, was sie angerichtet hatte. Was geschehen war, und dass sich dies nicht rückgängig machen oder ändern ließ: »Warum bist Du hier?«

»Um dies zu beenden.«

Er erwiderte ihren Blick, senkte die Augen nicht wie früher und schaute nicht beiseite. Sie sah die Stärke in seinen Augen, die Macht welche von ihnen ausging, und nichts war von der Macht übrig, welche sie über ihn gehabt hatte. Plötzlich legte er die Waffe beiseite, stand rasch auf und riss den Couchtisch zwischen ihnen gewalttätig fort. Er trat auf sie zu, ergriff ihren Unterleib schmerzvoll um ihn empor zu reißen. Seine Zähne ergriffen ihren Tanga, schoben ihn seitlich und seine Zunge strich über die anrasierten Haare, als sie sich ihren Weg bahnte, sich kitzelnd an ihr Lustzentrum drängte, sie erregte und alles um sich herum vergessen ließ. Leises Stöhnen entfleuchte ihr, als ihre gierigen Lippen sich aufgrund der Stimulierung weiteten, und er die Zunge weiter in sie presste. Wild an ihr leckend und ihre Lust schleckend genoss er es, wie sie sich mit ihren Armen unten am Tisch abstützte, um ihren Körper aufzubäumen. Kopfüber stand sie in einem Handstand vor ihm, seinen Kopf zwischen ihren glühenden Schenkeln spürend, seine Nähe in jedem Winkel ihres Körpers, Schreie drangen aus ihrem Mund, ihre Beherrschung existierte nicht mehr. Auf diese Weise endgültig stimuliert gab ihr Wille zum ersten Mal auf, und ihr Unterleib explodierte zweifach ohne Umschweife hintereinander in Ekstase, es war die Gefahr und auch der angestaute Hass der sich in ihr entlud. Dies spürend, ließ er ihren Körper zu Boden sinken, riss sich die Hose bis zu den Knien herunter, sie entkleidete sich mit geschwächten Bewegungen, er kniete sich hinter sie, und bevor sich ihr Atem beruhigen konnte, nahm er sie. Heftig und unnachgiebig stieß er dabei immer wieder in ihre gereizte Vulva hinein, das ungestüme Pulsieren ihrer Scham vernehmend, ihr Oberkörper senkte sich zu Boden, als die erschöpften Arme nachgaben, doch ohne in der hämmernden Bewegung langsamer zu werden, griff er statt an den Schultern, zog sie ruckartig wieder hoch, hielt sie schmerzhaft an den Haaren mit einer Hand fest, die andere betastete stimulierend ihrer Brüste, knetete daran und kniff in ihre hervorstehenden Knospen. Völlig apathisch kam sie ein weiteres Mal. Er schubst ihre Körper wieder nach unten, knallende Geräusche von aufeinander treffenden Körpern mischten sich dabei zu ihrem nicht endenden Schreien. Sein Glied wurde immer härter und riesiger, klopfte bereits gegen ihr Innerstes und machte keine Anstalten barmherzig zu sein. Seine Hände packten erneut ihren ungeschützten Nacken, um ihren Körper zu fixieren, als er den rhythmischen Grad seines Eindringens steigerte, sie einige Minuten in einer Geschwindigkeit nehmend, welche sie niemals zuvor gespürt hatte. Hass trieb ihn an. Als er ihre Schulter losließ, fiel sie nach vorn, entglitt dabei seinen Befriedigungsversuchen. Er drehte sie herum, presste brutal ihre Beine auseinander und legte sich zwischen diese, sein erigiertes Glied mit der linken Hand in ihre geschundenen Schamlippen einführend, mit Zwang drückend, da sie durch ihre Muskelzuckungen wahnsinnig eng wirkte. Sein Körper drückte sich fest gegen ihren, und sein Unterleib hob und senkte sich zuckend, sie zu einer weiteren Stöhnattacke bewegend, welche direkt in sein Ohr drang, da sein Kopf neben ihrem lag, leicht gedreht, weil er in ihren Hals biss und an ihm ihren Schweiß leckte, ihren Kopf an den Haaren ziehend dazu bewogen, sich in den Nacken zu legen. Ihre Fingernägel bohrten sich vor Gier nach Lust und Schmerz in seinen Rücken, als er sie zum nächsten multiplen Orgasmus ritt, während sie ihn blutig kratzte. Ihr ohrenbetäubendes Schreien als sie von einem Sinnesrausch in den nächsten gelangte, auf einer Woge der sexuellen Befriedigung in Wellen der Orgasmen schwebend, verstarb allmählich, als sie keine Luft mehr bekam. Ihr Körper zuckte ekstatisch, presste sich gegen seinen, ihre Schamlippen versuchten sich zu schließen, und öffneten sich stets wieder, als ihr Leib das Ende verspürte. Ihre Nägel bohrten sich tiefer und tiefer, in gleichem Maß drang er weiter in sie ein, brutal und ohne Rücksicht. Als er schließlich sein weiterhin zuckendes aber mittlerweile entspannteres Glied aus ihrer überfluteten Grotte zog, war sie bereits tot. Würgemale zierten ihren Hals.

Dank Chris DeForrest hatten sie ihn gefunden. Sie hatten in der Nähe der zuletzt bestätigten Orte nach atomaren Schutzbunkern gesucht, und letztendlich hatte DeForrest einen festgelegt, der in der Nähe lag. Die letzten drei Kontakte lagen immer ein Stück näher an diesem Bunker. DeForrest hatte die Hotels in den umliegenden Dörfern kontaktiert, und gefragt, ob innerhalb der letzten vierzig Stunden neue Gäste eingetroffen waren und sich Beschreibungen geben lassen. Die Hotels hatten er vorher nach Jules Profil eingegrenzt. Drei Hotels waren in die nähere Wahl gekommen. Während sie sich auf dem Weg befanden, hatten näher am Ort ansässige Militärs das Zielobjekt lokalisiert. Jetzt war alles für den entscheidenden Einsatz bereit.

DeForrest saß mit in dem militärischen Transporter, welcher in einer Seitenstraße beim Hotel angehalten hatte. Er hörte wie Hanston abschließende Kommandos gab, aber irgendwie verklangen diese Kommandos akustisch unverstanden in seinem Kopf. Er war nicht bei der Sache, die Jagdgier breitete sich in seinem Kopf aus. Er hatte es fast geschafft. Ihm war klar, dass dies eine militärische Aktion werden würde. Er durfte nur warten und zusehen, ob seine Fahndung ein Erfolg werden würde. Oliver Hanston trat zu ihm und sprach ihn an: »Die Vorbereitungen sind zu Ende. Meine Leute sind in Stellung.«

»Warten wir die Stunden bis zum erwarteten Anruf?«

»Nein. Menschen, die etwas zu sagen haben, wollen nicht mehr Zeit verlieren. Wir gehen jetzt rein.«

DeForrest nickte. Diese Sätze hatte er verstanden. Der Transporter fuhr an, wurde schnell beschleunigt und genauso schnell wieder abgebremst. Hanston riss die Seitentür auf und sprang heraus, zwei seiner Männer folgten ihm, zwei weitere überwachten die Aktion an den Monitoren. DeForrest blickte durch die geöffnete Seitentür, und als der Transporter wieder anfuhr, sah er wie Hanston mit seinen zwei Begleitern in das Hotel lief. In der Haupthalle des kleinen Dorfhotels entsicherten sie ihre fertig geladenen automatischen Gewehre und rannten zum Entsetzen des Portiers die Treppe zu den Zimmern hinauf. Hanston wusste, dass die restlichen seiner Männer das Gebäude komplett abgeriegelt hatten, und er sah sich und zwei weitere Soldaten für den Sturm als ausreichend an. Sie erreichten die zweite Etage, in welcher er Jules Zimmer wusste und liefen den Flur entlang. Commander Hanston stellte sich an einer Türseite auf, ein anderer Soldat an der gegenüber, und der dritte trat die Tür auf, danach zur Seite springend, während sich Hanston unter Rückendeckung vom anderen Türrand rasch ins Zimmer begab. Er legte die Mündung seines Laufes auf den Kopf der Zielperson an und spürte das Adrenalin in seine Blutbahn steigen. Vor seinem geistigen Auge sah er die Person mit zerfetztem Kopf auf das Bett sinken, auf dessen Rand sie saß. Innerhalb dieses geistigen Bildes sog sich die Bettdecke voller Blut, und der Leichnam zuckte absterbend. In der Realität rückten Hanstons Soldaten nach, legten dem Mann, welcher nicht die Bereitschaft sich zu wehren zeigte, Handschellen an, und führten ihn aus dem Hotel. Sie hatten ihn geschnappt. Hanstons Vorgesetzte, sowohl die der Europian Defence Army, wie auch der World Security Organisation würde wieder aufatmen können. Sie transportierten den Hochsicherheitsgefangenen ab. Aus der Einsamkeit seiner Isolation davon.

Vorhin im Hotelzimmer hatte er nachgedacht. Über das Kind das er einst gewesen war. Über die absolute Unschuld, welche ihm da inne gewohnt hatte. Über die Unschuld die er auf seinem Weg verloren hatte. Gedanken an den Mann, welcher er zu Beginn des Stadiums gewesen war. Und an seine Prinzipien. Er hatte diese Prinzipien stets befolgt. Er hatte sich niemals hängen lassen. Aber trotzdem hatte er den Eindruck, dass – pauschal gesagt – alles den Bach hinunterlief.

OHNE AUSWEG

»Sie befinden sich hier nicht auf Ihrem Thron!«

Ein Anflug des bekannten allzeit charmanten Lächelns huschte über das gegerbte Gesicht. Seine Augen waren rötlich umrandet, seine Lider schwer, dennoch spürte man die nie vergehende Jugendlichkeit seines Charakters. Sein anschließendes trockenes Lachen, das fast schon einem Husten glich, war kein Zeichen seines Humors, sondern der Schwermut, welche seine Seele mehr als zu befallen drohte. Leicht ironisch hallte der Klang seiner attraktiven Stimme, als er der Soldatin antwortete: »Ein Thron ist jeder Ort an dem ich sitze. Und jetzt lassen Sie mich gefälligst aussprechen und wagen niemals wieder mich in meinen Worten zu unterbrechen. Ihnen ist schließlich nicht mehr erlaubt als anderen Sterblichen. Sie halten mich einmal mehr auf dieser Welt fest, in einem Bereich, welchen Sie annehmen zu kontrollieren. Nach Ihrem Gesetz spricht nichts dagegen meinem Geist festzuhalten, es ist Ihrer Auffassung nach sogar rechtens. Aber Ihr Gesetz ist genauso falsch wie jedes andere auf der greifbaren Welt existierende. Es ist von Menschen formuliert, und Gesetze sind voneinander verschieden, wenn Menschen abweichender Auffassungen Gesetze erlassen. Folglich sind sie willkürlich und von einer übergreifenden Wahrheit genauso weit entfernt, wie ein Verstoß gegen sie. Die einzige Wahrheit, welche existiert, die werden wir Menschen ohnehin niemals zu formulieren vermögen. Und ich werde mich vor einer Halbwahrheit nicht beugen. Daher existieren die Ihrigen Gesetze wie das Verbot von Mord nicht. Für mich gibt es lediglich Loyalität, sowie Willensstärke. Und die mir obliegende Macht. Verurteilen Sie mich ungestört, mein Desinteresse sei Ihnen sicher. Mein Urteil über sie alle, über die Anmaßung der Europäischen Union, ist bereits gefällt. Leider war ich nicht bereit eine Begnadigung auszusprechen. Meine ausgesprochene Strafe wird mit voller Härte vollzogen und treffen. Wo ist schon der Unterschied zwischen meiner GEF und Ihren Organisationen? Nicht einmal in der Handelsweise.«

»Ich bin Lieutenant Commander Dexter. Frontnachrichteneinheit. Sie halten jetzt Ihren Mund. Der Zeitpunkt kommt bald, in dem Sie froh sein werden noch einige wichtige Sätze herauszubringen.«

»Frontnachrichteneinheit? Die militärischen Folterknechte«, schaufte er.

»Richtig. Gefangene fangen ein Verhör, bei dem wir mitwirken, zumeist damit an, dass sie beten. Möchten Sie das auch?«

»Ich habe niemandem mehr etwas zu sagen. Auch keinem Wesen, welches Sie Gott nennen.«

»Ich benötige aber Informationen. Aus Ihrem Kopf. Und ich werde diese bekommen.«

»Sie leiden an maßloser Selbstüberschätzung, junge Dame.«

Ihr hübsches höfliches Lächeln wurde breiter und wirkte weniger gezwungen. Die junge Soldatin war alt genug den Rang eines Lieutenant Commanders inne zu haben. Sie war über die schicksalsschweren Dreißiger im Leben eines Menschen hinaus. Ihr hochgestecktes brünettes Haar wirkte angesichts der Uniform ein wenig zu edel, eine Haarsträhne hatte sich gelöst und war in ihr Gesicht gefallen. Manchmal strich sie diese mit einer anziehenden Geste beiseite, aber stets bahnte sich die Strähne wieder ihren Weg nach vorn. Sie wäre die ideale Begleitung für ein Date, schätze Jules.

»Wer von uns beiden leidet an Selbstüberschätzung?«

Ihr breites Lächeln wurde zu einem noch breiteren Grinsen, als sie die beiden am Verhör beteiligten Soldaten anwies, den Gefesselten zu knebeln. Fürs erste sollte Jules stillschweigend teilnehmen. Zwei letzte Sätze in ihre Richtung drangen vorher aber noch an ihr Ohr: »Ich war immer zu geizig dafür Geld auszugeben. Aber ich wette, Sie machen es auch umsonst ganz ordentlich.«

Sie kannte das Ziel ihres Verhöres genau. Man hatte sie darüber informiert, dass sie wahrscheinlich nur noch knappe sieben Stunden Zeit hatte, die benötigten Informationen aus ihrem Opfer heraus zu holen. Verhöre waren ihr Spezialgebiet.

Verhöre sämtlicher Art. Sie hatte Menschen bereits tagelang verhört, für die Opfer eine unglaubliche nervliche und körperliche Belastung. Zeit erleichterte es ihr stets ein Ziel zu erreichen. Sie konnte dann langsam und mit Genuss an die Sache gehen. Und mit Pausen für sich selbst. Heute allerdings herrschte Zeitdruck. Dieser Faktor war gegen sie gerichtet. Deshalb würde sie ihn zuerst foltern, und die Befragung beginnen, wenn er gefügiger war. Sonst war es sehr interessant, die Gefangenen vorher bereits zu befragen, wenn diese noch nicht die Kontrolle über sich verloren hatten und sich noch beherrschen konnten und zu sehen, wie sie sich dann entwickeln.

Commander Hanston stand vor der Glasscheibe und betrachtete die Soldatin. Jules nahm er momentan nicht wahr. Er sah nur die energische Frau, welche darauf wartete, dass Jules Knebel richtig saß. Neben ihm stand der General, sie befanden sich in der von ihm befehligten Militärbasis, welche als Hauptbestandteil einen atomsicheren unterirdischen Bunkerkomplex besaß. In diesem Bunkerkomplex waren wichtige militärische Einrichtungen untergebracht und ein Gefängnis für Hochsicherheitsgefangene der Europian Defence Army, welche das Pech hatten in Krisenregionen oder bei Terroranschlägen gefangen und in die höchste Sicherheitskategie eingeordnet worden zu sein, unbekannt für die Öffentlichkeit. Der General schaute lediglich der Szene zu. Er wusste, dass er zwar einen höheren Rang als Commander Hanston neben ihm innehatte, aber dass Commander Hanston in diesem Fall über absolute Befehlsgewalt verfügte. Daher hatte er ihm – ohne sich auch nur kurz zu weigern – sofort die Leiterin seiner Frontnachrichteneinheit zur Verfügung gestellt, als Hanston dies angesprochen hatte. Des Weiteren hatte der General danach die Befehlskette nach oben verständigt, und wahrscheinlich wusste der zuständige Prime Commander bereits Bescheid. Aber alle Befehle, welche von oben wieder zu ihm gelangt waren, lauteten Hanston ohne Einschränkungen Zugriff auf jegliches Material und jegliche Mittel zu erlauben, und ihn so gut wie möglich zu unterstützen. Dem General wurde die eisige Stille im Beobachterraum unangenehm, und er entschloss sich zu einem Gespräch: »Das ist also dieser Jules.«

Hanston wandte sich von der beobachteten Soldatin ab und dem General zu: »Ja, Sir. Der Führer der German Economy Force. Mein Gefangener.«

Der General nickte anerkennend, »Sie haben da gute Arbeit geleistet, schätze ich. Welcher Einheit gehören Sie an, Commander?«

Hanston blickte auf die Soldatin, welche er längst wieder erkannt hatte, trotz der langen Jahre. Er nahm sich vor, sie nachher auf einen Kaffee einzuladen, vielleicht wurde ja mehr daraus. Die Damen von der Frontnachrichteneinheit gefielen ihm, sie ließen ihn immer wieder erschaudern und waren mehr als erfinderisch. Und sie schien noch dazu nett zu sein. Hanston schüttelte den Kopf: »Das entfällt mir leider immer wieder. Aber ich denke, dass ist für Sie nicht von Interesse, Sir. Tut mir leid. Aber ich und mein Team gehören zum Militär. Das sollte reichen, oder?«

»Ich verstehe«, nickte der General verständnisvoll.

»Tut mir wirklich leid, Sir. Ich respektiere natürlich Ihren Rang, aber dazu kann ich nichts sagen. Aber ist es nicht schön zu wissen, dass die EDA dermaßen wichtig für die Stabilität der Union ist?«, Hanston deutete mit einer Hand auf Jules. Der General schaute wieder in den Verhörraum: »Da haben Sie Recht, Commander. Das haben Sie damit wohl bewiesen. Ich hoffe unser Einfluss reicht aus.«

Andrew Ravenow fand Harder wie abgesprochen. Er fing ihn in dem Hotel ab, in dem Jack Junior eingecheckt hatte, als der junge ehemalige Personenschützer von Jules von seinem letzten grausigen Besuch wiederkehrte: »Hallo Jack, wir gehen jetzt«, sprach er ihn in der Hotelhalle an. Jack blickte zu dem Mann im dunklen Mantel und nickte. Sie verloren keine unwichtigen Worte. Erst draußen, als sie in einen von Ravenow gemieteten Wagen einstiegen, und Ravenow losfuhr, begann Jack ein Gespräch: »Hattest Du Kontakt zu Jules?«

Ravenow schwieg sekundenlang. Schließlich ebbte die Stille ab, als er antwortete: »Wir haben einen alternativen Plan eingeleitet. Ich habe die Befürchtung, dass Jules gefangen genommen wurde.«

Jack Harder drehte sich erregt, um Ravenow besser betrachten zu können: »Dann befreien wir ihn.«

»Nein. Tut mir leid, Jack. Aber ich habe diesen Fall mit Jules vorher besprochen. Der Krieg wird ausgeführt. Jules wird schon klar kommen.«

»Was?!«, Harder war sichtlich erregt. Andrew bemerkte: »Beruhige Dich, Jack. Das hilft nicht. Die haben eine flächendeckende Fahndung nach GEF-Mitgliedern eingeleitet. Wir müssen aus Europa verschwinden, bevor man uns schnappt und niemand mehr frei ist, der auf Jules Seite steht.«

»Aber ...«, protestierte Jack seinem Herren und Freund verpflichtet.

»Gehorch mir einfach. Jules hat Dir doch gesagt, dass Du auf mich hören sollst, oder?«

»Äh, ja ...«

»Na also. Wir verschwinden aus Europa, bevor noch mehr passiert. In gerade mal sechs Stunden befindet sich Europa in der Hölle, oder die Hölle in Europa, mir egal. Jules hat das in die Wege geleitet. Dann will ich nicht hier sein. Jules sollte eigentlich mit uns abhauen, aber er war nicht mehr am Treffpunkt. Die haben ihn also gefangen. Ich habe meine Kontakte bereits eingeleitet, um herauszubekommen, wo er sich befindet.«

»Und?«

»Habe noch keine Antwort erhalten. Aber Geduld ist eine Tugend, Jack. Wir haben hier nur noch zu verlieren. Daher verlassen wir die Union und werden für Jules den Rest koordinieren. Das können wir auf jeden Fall für ihn tun.«

»Aber er wird sterben.«

»Nicht unbedingt. Er hat den Joker in der Hand, denn er kann den Angriff auf Europa aufhalten. Somit kann er sich selbst frei pressen. Wenn der Angriff auf Europa rechtzeitig eingeleitet wird, damit die wirklich merken und glauben, dass dieser Joker existiert. Ich soll für ihn diesen Angriff einleiten, wenn er nicht am Treffpunkt ist. Nun, er war nicht am Treffpunkt, und das heißt, wir haben eine Mission zu erfüllen. Und zwar aus Europa abzuhauen, und nach Ablauf des Countdown den Angriff zu starten. Wenn der Angriff von Jules abgeblasen wird, dann kann er sich damit freipressen. Wird der Angriff nicht von ihm verhindert, hat er es wohl alleine geschafft zu entkommen. Verstehst Du, wie wichtig es ist, dass wir entkommen?«

»Wie fliehen wir?«

»Wir haben einen Flug nach Moskau gebucht.«

»Aber Moskau ist doch Europa.«

»Jack, Jack, Jack. Du hast noch viel zu lernen. Wir haben diesen Flug zwar nach Moskau gebucht, aber wir haben die Macht. Verstehst Du? Das ist ein Flug innerhalb Europas, seit Russland beigetreten ist. Die Kontrollen wegen Anhängern der GEF erfolgen nicht. Ich habe alles organisiert. Auf der Rückbank liegt Handgepäck für uns, darin ist unser Flugticket nach Nordafrika, wo wir erwartet werden. Deine Freundin wurde schon transportiert«, spielte Andrew auf Denis Hemmington an, die Jack nach Wiederbelebung in die Obhut eines von der GEF kontrollierten Krankenhauses gegeben hatte, »Du wirst sie in Afrika wieder sehen.«

»Sir, es sind noch ungefähr fünf Stunden. Nichts Neues von der Befragung. Das Subjekt hält dem Verhör noch stand«, berichtete Thomas Kiem.

»Danke, Thomas.«

»Ich werde jetzt gemäß unseren Protokollen die letzten Alarmstufe für den A-Schlag auslösen, Sir.«

»Tun Sie das«, bestätigte von Schattenbergs resignierte Stimme.

»Nach einer Stunde ist unser Hauptquartier dann komplett abgeriegelt.«

»Was?«

»Nun, das sind die Sicherheitsbestimmungen für den A-Schlag.«

»Aber Thomas, niemand wird Europa in einem atomaren Angriff untergehen lassen. Wir haben eine umfassende Abwehr für den A-Fall.«

»So sind dennoch die Bestimmungen.«

»Ich will hier nicht alles abwarten. In einer halben Stunde will ich zu der Militärbasis aufbrechen, in welcher man diesen Jules festhält. Bereiten Sie meinen Flug und den Besuch dort für mich vor.«

»Sir ...«

»Ich habe Ihnen meine Anweisungen erteilt. Sie kommen hier allein klar. Machen Sie alles nach den Bestimmungen und es wird schon gut verlaufen. Wir halten über das A-Fall sichere militärische Kommunikationsnetz den Kontakt aufrecht.«

Die Flucht verlief relativ unspektakulär. Andrew Ravenow hatte alles perfekt geplant, wie es seine Art war. Die gefälschten ID-Karten machten beim Flughafencheck keine Probleme, und man ließ sie ungehindert passieren. Auch ihr Handgepäck erweckte keinen Ärger. Ravenow übernahm rasch die Kontrolle über das Flugzeug. Mit seinem mobilen Computersystem übernahm er die Kontrolle über die Flugzeugdaten und veränderte selbst von den Piloten unbemerkt die Route.

Beiläufig erklärte er Jack, dass in dem Flugzeug Technologie aus einem Unternehmen eingesetzt wurde, welches unter Leitung der GEF stand. Und das man während der Zusammenarbeit mit dem Dienst dazu verpflichtet wurde, dieses

Hintertürchen einzubauen, was nun Ravenow, der mit den Errungenschaften des Dienstes vertraut war, in die Lage versetzte die Manipulationen auszuführen. Jack war dennoch besorgt: »Die werden uns Abfangjäger schicken, wenn die Bodenleitstationen die Änderung bemerken.«

»Keine Sorge, Jack. Selbst wenn Jäger kommen, können die kein Flugzeug mit Passagieren abschießen. Die würden uns nur zum Landeplatz begleiten um uns dort zu kriegen. Das macht uns aber nichts. Kurz vor der Küste Afrikas werden wir auf niedrigste Höhe gehen, in der Nacht mit den Hilfsfallschirmen aus unserem Handgepäck abspringen, und von treuen Gefährten erwartet werden. In knapp vier Stunden befinden wir uns am Zielort in Südafrika und geben den Startbefehl.«

Von Schattenberg war bei der Basis angelangt. Allerdings erwarteten ihn keine guten Neuigkeiten. Das Verhör war immer noch nicht beendet, Jules trotzte anscheinend allen Schmerzen, die Zeit spielte für ihn, und das gab ihm Auftrieb. Und bis zu diesem nächsten Anruf, von dem alle behaupteten, dass er Europas Armageddon ausrufen oder abwenden konnte, waren es noch fünfunddreißig Minuten. Rosenheim würde das Ende des Verhöres selbst mit ansehen dürfen, quasi als Zeitzeuge. Jules wirkte zerschlagen und dem Tode nahe. Aber seine innere Stärke hatte sich in einem Kern befestigt, Ausläufer von ihr drangen in seltener werdenden Momenten an die Oberfläche, sichtbar zum Beispiel in einer sarkastischen Lippenbewegung. Er war voll gepumpt mit Medikamenten, welche, die ihn am Leben erhielten, und anderen, welche das Verhör erleichtern sollten. Erstere taten perfekt ihren Dienst, letztere erfüllten ihren Zweck scheinbar nicht.

Halb benebelt schwebte sein Kopf scheinbar im freien Raum, sein Körper schmerzte so sehr, dass er sich fast wie betäubt anfüllte. Er sah die Soldatin vor sich, die ihn manchmal einfach nur schlug, teilweise auf Elektroschocks zurückgriff, und viel zu oft das perverse chirurgische Instrumentenarsenal, neben sich gelagert, benutzte. Deutlich sah er sie längst nicht mehr, ihre Gesichtszüge hatten sich bereits vor Stunden in sein Gehirn eingebrannt. Von Zeit zu Zeit hörte er seine eigene Stimme etwas brabbeln, er hatte nicht auf jedes Wort korrekten Einfluss, aber er beantwortete ihre Fragen nicht. Er erinnerte sich daran, etwas Bestimmtes nicht sagen zu dürfen, aber es fiel ihm ohnehin nicht mehr ein. Irgendwie war es ihm gelungen, es zu vergessen. Die Aufnahmefähigkeit zu bemerken, dass sie nervöser und hektischer geworden war, hatte er vor Stunden verloren. Ihre Zeit rann davon, sehr schnell, und sie wusste, dass sie sich beeilen musste. Die letzte Droge, welche ihn aufputschte, wirkte allmählich wieder, und sie nutzte die kommende Gelegenheit.

»Ich gebe Ihnen jetzt die Möglichkeit ihre Leute zu kontaktieren. Sie werden Entwarnung geben«, sie legte eine mobile Kommunikationseinheit vor ihn auf den Tisch: »Sagen Sie mir die Nummer.«

Aus dem Raumstück hinter ihm erschien eine Hand vor seinem Gesicht, welche ihm mit einem nassen Tuch das Gesicht abwischte, und sein Geist klärte sich davon und dank der Aufputschmittel. Jules atmete tief ein und aus, den Augenblick genießend, in dem ihm keine Qualen zugefügt wurden.

»... zu spät ...«, lallte er. Er bekam eine schallende Ohrfeige von ihr, aber diese war lauter als schmerzvoll und sollte ihn wachrütteln: »Der Anruf!«

Jules bewegte den Kopf kraftlos von links nach rechts und in die andere Richtung. Sie nahm sein Kopfschütteln zur Kenntnis: »Sie rufen jetzt ihre Leute an.«

»Wie spät ...«

Sie umfasste seinen taumelnden Kopf mit ihren schönen feingliedrigen Fingern und hielt ihn fest, damit er einen Augenblick nicht trudelte: »Zeit für den Anruf.«

»Nein. Sie ... Probe ...«, er riss sich mit aller Kraft, welche ihm tief verborgen geblieben war, zusammen, »... Sie haben ... ein Pro ... Problem.«

»Sie rufen dort jetzt an. Die Nummer!«

Er spürte das volle Anschlagen des Medikaments. Es wischte alles Schläfrige und Erschöpfte in ihm fort, und sämtliche Schmerzen, welche ihm beigebracht worden waren, meldeten sich wieder ungetrübt zurück. Diese Schmerzen zwangen in aktiv zu werden, zwangen in, aus dem entstandenen Nebel in die Realität zurück zu kehren, erschöpfte, aber wache Augen blickten sie an. Er stammelte eine Nummer.

»Heute ist ein guter Tag zum Sterben, Jack.«

»Andrew, jeder Tag ist ein guter Tag zum Sterben.«

»Ja, aber heute ist ein besonders guter.«

»Der beste.«

Sie waren an ihrem Zielort eingetroffen. Kameraden der GEF hatten sie nach ihrem Absprung eingesammelt und hergebracht. In dieser Station eines kleinen unbekannten afrikanischen Stadtstaates liefen Jules Kontrollfäden über sein paramilitärisches weltweites Einsatznetz zusammen. Über seine echte Macht, die er im Hintergrund angesammelt hatte. Die einzige Macht, die heutzutage vor den hochgestellten Politikern zählte. Die A-Macht.

Vor Andrew Ravenow und Jacoba Jack Junior Harder lag der Raum, von dem aus Ravenow Jules letzten Befehl verbreiten würde, an alle angeschlossenen fernen Stationen, die auf dem afrikanischen Kontinent lagen. Die beiden Einzelgänger gingen zusammen den letzten Weg dieser Menschheit. Das Leben würde immer weitergehen, seinen ihm eigenen Weg nicht verlieren. Nur heute würde das Leben einen herben Rückschlag erleiden. Aber auch dies gehörte wohl zu der elitären Auslese, welche man mit Evolution umschrieb. Ein Anruf traf ein. Ravenow war zuständig. Er lauschte in den Hörer. Dann legte er auf und schüttelte den Kopf.

Jules träumte von früher. Er saß in einem bequemen Sessel. Er schaute hinaus aus dem Fenster, vor den er ihn gestellt hatte, blickte hinaus auf die sichtbaren Lichter, ein erdlicher Sternenhimmel der Elektrizität, welcher sich breit gemacht hatte, durch die Hand der Menschen. Quälende Gedanken wirrten in seinem Kopf, dieses Bild vor Augen.

Ich schaue auf diese Welt, wissend, dass ich jetzt die Macht über sie in Händen halte. Ich schaue auf all das, auf dieses glänzende Paradies des Konsums. Ich werde das vernichten. Ich sehe mein Reich, meine Besitztümer und bin am Ende meines Lebens angelangt. Diese Menschheit wollte mich nicht, hat mich nie akzeptiert, objektiv betrachtet habe ich mehr gutes über sie gebracht als sie verdiente, doch niemals gab es den Faktor in meinem Leben, der mich wirklich ans Leben gebunden hätte. Ich verspüre keine Kraft mehr. Selbst die Kraft, welche ich mir jahrelang vorgegaukelt habe beginnt zu schwinden, ist bereits geschwunden, und ich sehe bei weitem keine Möglichkeit mehr sie zu retten. Die Kraft, diese Welt. Ich sehe keine Hoffnung mehr für mich. Ich werde alles mit mir nehmen, alles, denn dies geschieht verdientermaßen. Habe ich nicht alles versucht, Leben geschenkt, Menschen umsorgt, Verantwortung getragen, Liebe geschenkt? Niemals ein wahres gleiches Gefühl erfahren. Was ist aus mir geworden? Ich habe Macht gesammelt, Macht ohne Grenzen. Mein Weg ist vom Leben abgedrungen, hat sich einem niederen Ziel genähert. Hier stehe ich jetzt und heute, zu dem gemacht, was ich heute bin und bin kraftlos. Mein Dasein ist verwirkt, aber diesmal lasse ich es nicht auf sich beruhen. Ich nehme alles mit was schuldig ist. Alles. Alles ist schuldig.

Dummerweise war es kein Fenster, durch das er in die scheinbare Freiheit blickte. Es war ein Monitor, und das Bild zeigten ihm seine Bewacher. Er sollte die Vernichtung kommen sehen, um sie eventuell zu stoppen, von dem Raum aus, in dem man ihn nach seinem negativ verlaufenen Verhör gebracht hatte. Genauer gesagt war das Verhör geglückt, aber in der Hälfte des Satzes hatte der Entgegennehmer des Anrufes das Gespräch absichtlich abgebrochen und entschieden, den Stopp nicht zu akzeptieren. Jules hatte sich sehr angestrengt etwas zu vergessen. Und als er sich erinnern wollte, hatte er sich erinnert. An den Satz, den er zu sagen hatte, in den Gesprächen davor. Und daran, dass er nach einer Gefangennahme einen anderen Satz sagen musste, um Entwarnung zu geben. Welchen Satz hatte er gesagt? Den richtigen? War es ein absichtlicher Entschluss? Oder wollte Ravenow keinen Abbruch akzeptieren?

»Sir, den Verlauf der A-Waffen können Sie hier ersehen.«

»Danke«, meinte der General. Rosenheim war still. Er schaute gefangen auf den großen Anzeigeschirm, gebannt von der Göttlichkeit, welche ihn befiel. Zwölf glühende Punkte flogen wie Sternschnuppen über den Bildschirm, gestartet in afrikanischen Kleinstaaten und verteilten sich über der Europäischen Union. Eine Gänsehaut breitete sich bei ihm aus. Ein weiterer Soldat trat zu dem General und dem Leiter der Europian Secret Division. Er hatte einen schnellen, aber irgendwie der zu überbringenden Botschaft angemessen, ehrfürchtigen Gang: »General, wir haben Nachricht vom Hauptquartier erhalten. Die A-Fall Verteidigungssysteme sind ausgefallen.«

»Was!«, das letzte Wort war keine Frage, sondern ein Schrei. Der Überbringer nickte wissend: »Ja, Sir. Dem ist nichts hinzuzufügen. Die elektronischen Schlüssel zum Aktivieren des Systems wurden abgelehnt. Die Europäische Union ist dem Angriff schutzlos ausgeliefert.«

Im fernen Afrika blickte Andrew Ravenow auf seinen neuen Schüler: »Weißt Du, Jules hat Dich mir anvertraut, weil er glaubt, dass wir ein gutes Team bilden, und ich Dir noch ein paar Dinge beibringen kann. Ich finde, er hat mit uns eine gute Wahl getroffen.«

Jack Harder bemerkte nicht, was Ravenow da sagte. Zumindest realisierte er dies im Augenblick nicht. Er zeigte auf die Bildschirme und stellte die Frage, welche ihn bewegte: »Warum zeigen die keine Aktivität bei denen?«

Ravenow lachte: »Weil Jules perfekt ist. Die Regierung kaufte die Raketenverteidigungssubsysteme von einer Firma namens CyberNetTechnology. Was denkst Du, wer bereits damals, vor fünfzehn Jahren, als diese Systeme entwickelt wurden, einen großen Einfluss auf diese Firma besaß?«

EPILOG

Möge die Macht grenzenlos sein und der Geist stark, dennoch wird er schwächeln und die Macht überhand nehmen. Bis schließlich der Herrschende auf seine vernichtete Herrschaft blickt, sich frei fühlend zu regieren über ein Nichts, denn verloren ist alles, was er einst beherrscht hat, da er, wie niemand, die grenzenlose Macht wahrlich in Grenzen auszuüben vermochte. Doch ist wirklich der schuldig, wer sich nicht mehr weiß zu kontrollieren, der sämtliches Mitgefühl verloren hat, da er nie selbst welches erfahren durfte? Ist nicht er in Wahrheit das einzige Opfer das vernichtet wird, und alle anderen die Täter? Oder nicht?

Heinrich von Schattenberg spürte die eingekehrte Stille dieser Welt. Das plötzliche Ausatmen des Todes war vorbei, und bevor das Einatmen wieder kommen würde, falls es kam, gab es eine ausgedehnte Pause. Der Moment der Stille. Es war der Augenblick, in dem die Überlebenden den Toten gegenüberstanden. Unwissend, dass sie überlebt hatten. Das würden sie erst lange Zeit später bemerken. Für den Augenblick hatten sie überlebt. Etliche starben einen Augenblick später.

Die ersten der Menschheit, welche die Schwelle übertraten wurden von der Photonenflut überrascht und starben schlicht gesagt durch Verbrennung als über siebzig Prozent der ersten Bombenenergie freigesetzt wurde. Überlebende davon wurden von der nachfolgenden Überschalldruckwelle niedergewalzt. Diese Welle machte die Zerstörung von Material und menschlichen Faktoren nahezu perfekt. Dann kommt zuerst die Überdruckphase durch die letzte anwesende Überlebende sterben sollten. Durch zurückströmende Luft normalisiert sich der Luftdruck wieder, und eventuell entstehende Brände dienen der letzten Reinigung.

Heinrich von Schattenberg atmete wieder ein. Bei den weiteren Detonationen anderswo reagierte er kaum noch. Wie auch? Alle Emotionen, welche ein Mensch empfinden konnte, hatten ihn bereits bei der ersten überflutet. Bevor alle Detonationen erklungen waren, wandte er sich von dem riesigen Sichtschirm ab, welcher eine taktische Weltkarte zeigte, mit den Flugbahnen der taktischen Waffen und ihren Detonationspunkten. Heinrich von Schattenberg entfernte sich gesenkten Schrittes von der Anzeigewand. Er trat zum General, welcher die militärische Verantwortung für diesen Bunkerstützpunkt zu tragen hatte. Von Schattenbergs Stimme war rau und klanglos. Aber nicht nur das, er klang wie ein Toter, welcher etwas auf dieser Welt zu regeln hatte, bevor er abdankte: »Wo befindet sich der Gefangene?«

»In Ebene vier unter strengstem Gewahrsam.«

»Bringen Sie mich dorthin.«

»Aber ich ...«

»General, ich bin Ihr höchster Chef, selbst wenn Sie vorher von meiner Existenz nichts wussten. Aber ab heute gibt es kein Versteckspiel mehr, und Sie wissen es. Warum wollen Sie hier bleiben?«

»Ich habe die Verantwortung. Falls Befehle eintreffen ...«

Von Schattenberg schüttelte sanft den Kopf. Der Mann, dem er gegenüberstand hatte in seinem Leben immer viel Verantwortung tragen müssen. Er hatte noch nicht eingesehen, dass dies heute vorbei war: »Sie haben für diese Massenvernichtung keine Verantwortung. Das habe einzig und allein ich. Nicht einmal der Gefangene. Nur ich. Und momentan habe ausschließlich ich die Befehlsgewalt. Kommen Sie mit zur Ebene vier. Es gibt etwas Wichtiges zu erledigen. Wir können für das Heute der Menschheit nichts mehr tun, aber für das Morgen sind wir in der Pflicht.«

Jules hatte sich auf den nackten Flur gesetzt. Es war vorbei. Er hatte nichts von den Detonationen gehört, hatte ihre Verbreitung nicht auf Monitoren verfolgt, aber er hatte sie bis ins Mark verspürt. Er bildete sich ein die zahllosen Tode spüren zu können, welche die Oberfläche der Erde beherrschten. Eine Träne rann über seine Wange. Warum?

Die Tür seiner großräumigen aber nackten Zelle öffnete sich, und ein Verlorener trat ein. Die derben Gesichtszüge von der beladenen Schuld gezeichnet. Der alte Mann trat vor den sitzenden Mörder: »Keine langen Worte, ich möchte nicht mehr lange auf dieser Welt weilen. Ich werde es kurz machen. Sie haben gewonnen, und ich habe einen Fehler begangen.«

Jules schaute hoch zu Heinrich von Schattenberg und grinste breit. Er ließ sich nicht in die Seele blicken: »Ich mag Menschen, die einen Fehler zugeben. Ich verzeihe Ihnen, Heinrich. Damit wäre wohl alles wieder gut.«

Heinrich schaute entgeistert. Er wollte losbrüllen, hinspringen und den vor ihm Sitzenden wegen soviel Sarkasmus eigenhändig erwürgen, aber vorm Handeln besann er sich eines besseren. Er lächelte.

»Ja. Alles ist wieder gut. Wegen mir haben Sie diese Welt vernichtet. Ich stehe hinter dem Komplott und bin momentan Anführer des geheimen Dienstes, der einmal mit Ihnen zusammen gearbeitet hat. Ich habe diesen Fehler gemacht und möchte die Verantwortung tragen. Diese Welt ist vernichtet, in ihren Grundfesten zerstört. Aber dies dürfte Ihnen klar sein. Kommen wir zu etwas anderem, bevor ich mich wegen meiner eigenen Existenz erbrechen muss. Diese Welt muss wieder aufgebaut werden.

Die wenigen Überlebenden müssen weiterleben. Es muss eine neue Welt geschaffen werden.«

»Viel Spaß dabei«, Jules Sarkasmus hatte genug Eigenleben um die menschliche Rasse zu überdauern.

»Sie haben mich noch nicht verstanden. Ich habe den Fehler begangen, welcher diese Welt vernichtet hat. Eine Kette von Fehlern. Ich werde keine weiteren mehr machen. Ich habe bewiesen, dass ich nicht fähig bin, die Geschicke der Welt zu lenken. Diese Welt braucht eine Führernatur, einen Menschen, welcher sich durchsetzen kann, der stark ist. Einen Herrscher. Keinen Menschen wie mich, der nicht weiß, dass und wie er die Balance zwischen gut und böse halten muss. Ich bin verloren. Und diese Militärs hier, die werden zwar perfekt Befehle ausführen und nach Plan vorgehen, aber sie haben wahrscheinlich auch nicht die charakterliche Stärke die Menschheit wieder gegen alle auftauchenden Probleme nach vorn zu bringen. Sie sind mein Mann dafür, Jules! Bitte.«

Jules antwortete nicht. Er implodierte. Sein angestauter Hass auf diese Welt löste sich in einem Mal auf und kehrte sich um. Was hatte er getan? Er hatte diese Welt ins Chaos gestürzt, unbeteiligte Menschen wegen persönlicher Wut. Aus persönlicher Wut die Welt vernichtet. Und jetzt wurde er gebeten diese Welt zu retten. Was war er für ein Mensch? Heinrich von Schattenberg winkte den General ab, der sich im Hintergrund lauthals aufregte und sprach weiter: »Sie können das schaffen. Vergessen wir alles. Ich weiß, moralisch ist es vielleicht nicht perfekt, den Mann, der die Vernichtung quasi befohlen hat, um den Wiederaufbau zu bitten, aber dies ist logisch betrachtet das Beste. Wir haben ausreichend Überlebende in den versteckten Bunkern. Auserwählte, die begnadet waren, evakuiert zu werden. Aus welchen Gründen auch immer. Und vielleicht noch Menschen draußen, die durch die Summierung hunderttausender positiver Werte nicht gestorben sind. Außerdem waren Ihre afrikanischen Arsenale nicht ausreichend, um flächendeckend vorzugehen und ein paar konnten Kommandotruppen vorab ausschalten. Es sind vereinzelte Inseln in Europa, die dem A-Schlag zum Opfer gefallen sind. Ein Großteil der Union ist unberührt und wird mit den Nachwirkungen zu kämpfen haben. Alles vorhanden, um ein neues Europa aufzubauen. Nur darf diese Menschheit nicht im hinterlassenen Chaos untergehen. Ordnen Sie dieses Chaos. Sie haben die Bunker. Sie haben geschützte Nachrichtenwege dazwischen. Sie haben Truppen in diesen Bunkern. Erschaffen Sie Patrouillen, in Strahlenschutzanzügen können sie in jeweiliger Bunkerumgebung nach dem Rechten sehen. Bauen Sie eine Ordnung auf. Versuchen Sie es. Ich bitte Sie darum. Es ist die schwerste Aufgabe, welche jemals einem Menschen anvertraut wurde, aber ich bitte Sie darum. Ich schaffe es nicht, und es gibt keinen anderen hier. Niemanden, der Ihr Durchsetzungsvermögen und auch die Kontakte außerhalb der EU besitzt. Sie haben doch Kontakte zu Ihren Stützpunkten in Afrika, nicht wahr? Dort draußen wartet die überlebende Union, sie braucht eine neue Regierung und Steuerung. Ich bitte Sie darum. Bitte!«

Jules blickte hoch und blickte entgegen seinem sonstigen sarkastischen Wesen ernst in die Augen des Führers der Europian Secret Division. Er faltete seine Hände und dachte in der Stille des Raumes einen Augenblick nach, bevor er antwortete. Die Mittel, welche die Schmerzen der Folterung nahmen und ihn wieder denken ließen, flossen in seinem Blut: »Ich bin dieser Welt ebenfalls einiges schuldig.«

»Ist das ein Ja?«, fragte der unglaublich müde Mann.

»Ja, das ist es.«

»Ich übertrage Ihnen hiermit die Oberherrschaft über die Europian Secret Division und aller damit verbundenen Privilegien und Pflichten. Diese beinhalten in dieser Krisensituation, wo die politische Struktur der Europäischen Union vernichtet ist, die Herrschaft über jedes Europäische Militär. Alle Bunker samt Insassen stehen unter Ihrer Kontrolle. Sie haben meine Worte gehört, General. Ich werde meinen Willen schriftlich festhalten, bevor ich mich verabschiede. Jules, der Öffentlichkeit wird dies nie bekannt. Und den Dienst gibt es offiziell natürlich nicht.«

»Gilt meine Herrschaft bereits?«

»Ja. Sie sind jetzt der Chef.«

Jules stand auf und trat zu dem General, während er mit Heinrich, ohne diesen anzublicken, ansprach: »Und Sie wollen Suizid begehen?«

»Lassen Sie mich meinen Weg gehen, Jules. Ich kann mein Leben nicht mehr ertragen.«

Jules stellte sich vor den General und taktierte ihn mit aufmerksamen Augen: »Ich bin Führer der German Economy Force. Und ab heute ebenfalls Führer der Europian Secret Division. Und somit Ihr Chef. Werden Sie mir gehorchen um diese Welt neu aufzubauen?«

Der General musterte ihn ebenso abschätzend: »Mir wurde befohlen, Ihnen zu gehorchen.«

»Das möchte ich nicht wissen.«

»Wahrscheinlich hat er recht mit Ihnen. Obwohl ich es nicht dulde. Aber ich habe Ihre Verhöre überwacht und in den letzten Tagen viele Berichte über Sie gelesen. Ich denke, Sie haben die Kraft dazu. Ich werde Ihnen gehorchen.«

Jules nickte: »Gut. Das ist geklärt. Dann lassen Sie jetzt diesen Mann dort hinten in Gewahrsam nehmen und zu seinem Schutz inhaftieren. Heinrich, ich benötige Sie als meinen Berater. Das ist meine Bedingung. Niemand wird in einem Bunker getötet, und niemand tötet sich selber. Erstes Bunkergesetz.«

»Jawohl, Sir«, es schien, als wäre der General über den ersten erteilten Befehl ein wenig glücklich. Heinrich von Schattenberg wollte protestieren, aber Jules und der General verließen den Raum, und Jules schloss die schalldichte Sicherheitstür: »Des Weiteren will ich Nachrichten an die anderen Bunker versenden. Was ist mit den Prime Commandern?«

»Ich werde Ihnen die Bunkerstandorte der EDA-Befehlshaber zeigen.«

»Dann mal los. Wir haben eine neue Welt zu erschaffen. Da sind die ersten Minuten vielleicht die wichtigsten. Bevor noch jemand auf die Idee kommt an meiner Herrschaft zu zweifeln ...«, Jules schlug dem General freundlich auf die Schulter und grinste schräg. Der General erkannte die Ironie des letzten gesprochenen Satzes und wusste, dass eine gute Wahl getroffen worden war. Zumindest nicht die schlechteste.

Die Europäische Flagge wurde 1955 n. Chr. vom Europarat für sich eingeführt und erst 1986 für die Europäische Gemeinschaft übernommen. Die zwölf Sterne stellen nicht Mitgliedsstaaten dar, sondern die Anzahl soll Vollkommenheit symbolisieren. Die Spitzen zeigen stets nach oben, die Anordnung erfolgt nach der Ziffern der Uhr.

Gehisst wurde sie zum ersten Mal am 29. Mai 1986 – nach Zustimmung der Europäischen Kommission, des Europarates, des EU-Ministerrates sowie des Europäischen Gerichtshofes – vor dem Komplex der Europäischen Kommission.

Zitat aus der amtlichen Erläuterung des Europarates:

»Gegen den blauen Himmel der westlichen Welt stellen die Sterne die Völker Europas in einem Kreis, dem Zeichen der Einheit, dar. Die Zahl der Sterne ist unveränderlich auf zwölf festgesetzt, diese Zahl versinnbildlicht die Vollkommenheit und die Vollständigkeit [...] Wie die zwölf Zeichen des Tierkreises das gesamte Universum verkörpern, so stellen die zwölf goldenen Sterne alle Völker Europas dar, auch diejenigen, welche an dem Aufbau Europas in Einheit und Frieden noch nicht teilnehmen können.«

In der Offenbarung 12, 1 wird gesagt:
»Und es erschien ein großes Zeichen am Himmel: Eine Frau, mit der Sonne bekleidet, und der Mond unter ihren Füßen und auf ihrem Haupt eine Krone von zwölf Sternen.«

<http://www.oliver-szymanski.de>

WEITERE ROMANE:

AUS DER REIHE: DER DEUTSCHE
NYC 9.11. Der Plan danach
Der Deutsche Erbe (in Arbeit)

AUS DER REIHE: UNDERWORLD'S CHILDREN
Nacirons Vampire: Sakrileg
Nacirons Vampire: Blutlinie (erscheint in Kürze)

AUS DER REIHE: WHODUNIT
Liebesakt